Marido & Mulher

Tony Parsons

Marido & Mulher

Tradução: *Pedro Jorgensen Junior*

SEXTANTE

Publicado originalmente com o título: *Man & Wife*

tradução
Pedro Jorgensen Junior

preparo de originais
Fabrício Marques e Valéria Inez Prest

revisão
José Tedin Pinto e Sérgio Bellinello Soares

diagramação
Marcia Raed

capa
Victor Burton

fotolitos
R R Donnelley América Latina

impressão e acabamento
Geográfica e Editora Ltda.

CIP-BRASIL. CATALOGAÇÃO-NA-FONTE
SINDICATO NACIONAL DOS EDITORES DE LIVROS, RJ

P275m Parsons, Tony, 1953-
Marido e mulher
/ Tony Parsons ; tradução de Pedro Jorgensen Junior. – Rio de Janeiro : Sextante, 2004

Tradução de: Man and wife
Relacionado com: Pai e filho
ISBN 85-7542-1360

1. Relação homem-mulher – Ficção. 2. Casamento – Ficção.
3. Ficção americana.
I. Jorgensen Junior, Pedro. II. Título.

04-1667. CDD 813
CDU 821.134.3(81)-3

Editora Sextante (GMT Editores Ltda.)
Rua Voluntários da Pátria, 45 – Gr. 1.404 – Botafogo
22270-000 – Rio de Janeiro – RJ
Tel.: (21) 2286-9944 – Fax: (21) 2286-9244
Central de Atendimento: 0800-22-6306
E-mail: atendimento@esextante.com.br
www.sextante.com.br

Para meu pai

Parte Um

O HOMEM DOS SONHOS DELA

a mulher mais maravilhosa que existe

Meu filho vem ao meu casamento.

Ele é o meu padrinho. É o que digo a ele: "Você é o meu padrinho de casamento, Pat." Ele parece contente. Nunca foi padrinho de casamento em sua vida. E não é que vá fazer algum discurso picante sobre o que eu aprontava com as garotas quanto era rapazinho, ou cogite uma escapada com alguma das damas de honra, ou precise se preocupar em trazer as alianças. Ele tem só seis anos.

As obrigações de padrinho de Pat são essencialmente cerimoniais. Mas estou genuinamente feliz quando lhe digo: "Você é o meu padrinho de casamento."

Ele é o melhor de mim, o meu filho, e este dia especial perderia todo o sentido se ele não estivesse aqui.

Em poucos dias, quando o bolo de casamento acabar e a minha nova vida de casado estiver entrando em seu ritmo normal, alguma professora irá perguntar a Pat o que ele fez no fim de semana.

E ele dirá: "Eu fui ao casamento do meu pai."

E, mesmo que ele não diga nada além disso, eu fico imaginando o que essa observação inocente, mil vezes repetida, causará na sala dos professores. Os comentários. Os suspiros. Sou capaz até de ver as risadinhas matreiras. Sinal dos tempos, irão pensar as professoras do meu filho. Uma criança passar o fim de semana assistindo ao casório do próprio pai. Que mundo, hein?

Eu sei que o meu pai sentiria o mesmo, embora nem de longe fosse achar a situação engraçada.

Sei que mesmo nos seus últimos anos, quando já se resignara com a vida dos filhos, com as coisas que os homens e mulheres da época moderna fazem com suas vidas, o meu pai não desejaria que seu neto passasse a tarde de sábado assistindo ao meu casamento.

Um bom passeio no parque proporcionava toda a emoção de que ele precisava.

Mas eu acho que eles todos estão errados – as professoras do meu filho, o meu pai, todos os que acham que a primeira vez deve ser considerada mais especial do que a última.

✦ ✦ ✦

O que Deus uniu o homem não separa...

Qual o problema de casar de novo? Não pode haver nada de errado em tentar outra vez. A menos que se trate de uma Elizabeth Taylor, que se casou oito vezes.

À medida que os anos passam e eu começo a ver mais traços do meu pai quando me olho no espelho, percebo que estou cada vez mais de acordo com as opiniões dele a respeito deste infeliz mundo moderno.

Mas nisso você estava errado, pai.

Todos merecemos uma segunda chance de encontrar o amor que tanto procuramos, todos temos direito a uma segunda tentativa de chegar a um final feliz, de transformar a nossa vida em algo parecido com o que dizem aquelas canções de que você tanto gostava.

Você sabe.

Uma das velhas canções.

É um casamento simples. Simplíssimo. Só alguns amigos mais chegados, o que sobrou de nossas famílias – nossas mães, nossos filhos, as irmãs dela, os irmãos do meu pai, os irmãos da minha mãe – e nós dois.

Eu e a mulher mais linda que existe.

Eu não consigo parar de olhar para ela.

Não consigo tirar os olhos desse rosto incrível.

Não consigo parar de pensar em como ela está maravilhosa hoje, sorrindo no banco de trás do táxi que nos conduz ao salão da Rosebery Avenue onde iremos nos casar.

Sinto-me hoje como se estivesse vendo Cyd pela primeira vez. Será que todo homem sente a mesma coisa? Mesmo os que se casam com noivas de primeiras núpcias? Será que todo homem acha a sua noiva a mulher mais linda do mundo? Provavelmente.

De todo o meu coração, eu quero tudo de bom para ela. Quero que este dia seja perfeito, e me dói saber que as coisas nunca podem ser perfeitas.

Ela não tem um pai para estar ao seu lado nem um pai para recebê-la em sua nova família.

Nossos pais eram homens da velha escola, fortes, gentis e diretos. E no entanto esses homens inflexíveis, de uma geração endurecida, tinham corações e pulmões que se revelaram surpreendentemente frágeis.

Nossos pais se foram muitos anos antes da hora, e eu sei que hoje vamos sentir falta deles. Hoje, mais do que nunca.

E há ainda outra razão para as nuvens que pairam sobre este dia perfeito.

Os sinos da igreja não soarão para nós, não se cantarão hinos e não haverá nenhum pároco velhinho para nos declarar marido e mulher e nos dar permissão para nos beijarmos. Porque nenhuma igreja nos aceitaria. Muita quilometragem no painel, você sabe como é. Muita vida já vivida.

Eu achava que ia lamentar isso também. A ausência da consagração. Achava que seria um "corta-onda" definitivo na cerimônia.

Mas, quando ela pega a minha mão, tudo isso deixa de ter importância, porque eu sinto que há qualquer coisa de sagrado neste salão secular onde as mulheres usam chapéu, os homens trajam terno e gravata e as crianças vestem o que a minha mãe chamaria de suas roupas de domingo.

Todos sorriem, felizes por nós, e o ar do salão se enche do aroma dos lírios brancos espalhados por toda parte.

Nenhum outro lugar é mais sagrado do que este.

E, se há alguém abençoado, somos nós.

Um casamento simples. É o que nós dois queríamos. Tornar oficial o que já sabíamos quase desde o começo – que estamos construindo uma vida juntos.

E dizer ao mundo que o melhor ainda está por vir. O que pode haver de mais auspicioso? O que pode haver de mais certo? De mais sagrado?

Para ser sincero, uma grande parte de mim se sente aliviada de estar fugindo do casamento tradicional.

Estou feliz por ter evitado aquilo tudo – as devoções tão caras à religião, a chuva de confetes na saída da igreja e, depois, a discoteca onde tios bêbados balançam os braços ao som de Wake Me Up Before You Go-Go.

Adeus a tudo isso.

Apenas uma cerimônia simples unindo duas vidas complicadas.

Vidas que não estão começando, que já têm uma história. E a parte mais feliz dessas vidas, dessas histórias, se pode ver naquelas duas crianças de pé, ao lado das respectivas avós, na primeira fila do que se poderia, neste caso, considerar a congregação.

A menina do vestidinho longo amarelo levando com todo o cuidado um buquê de flores junto ao peito, com um ar solene e os mesmos olhos grandes, o cabelo escuro e o rosto bonito da mãe.

E o menino, um pouco mais novo, de gravata-borboleta e camisa de babados, sem paletó (O que foi que ele fez com o seu paletó? Estava com ele da última vez que eu olhei.), que não se compara nem de longe ao espetáculo de formalidade compenetrada da menina. Apenas sorri timidamente e arrasta os sapatos novinhos em folha como se fosse a primeira vez na vida que saísse sem tênis.

Peggy e Pat.

A filha dela e o meu filho.

Meu menino lindo.

Pat está de mãos dadas com a minha mãe. E quando o escrivão pergunta pelos anéis eu observo como o rosto do meu filho mudou.

A suave e doce harmonia do bebê e da criancinha que ele foi começa a se dissipar, substituída por linhas mais pronunciadas e angulosas. O tempo passou, escoou sem que eu percebesse, e o meu menino começa a ficar mais bonito que engraçadinho. Crescendo a cada dia.

Cyd sorri para mim como se fôssemos os últimos amantes da Terra. E eu penso: sem objeções. Não tenho absolutamente nenhuma ressalva quanto a essa mulher. Ela é a *mulher.* Na alegria e na tristeza. Todos os dias da minha vida. *Ela é* a *mulher.*

E meu espírito se eleva porque hoje eu me sinto novo, como se os bons tempos estivessem finalmente para começar. Apesar de tantas coisas que deixamos para trás, algumas ruins, tristes e dolorosas, sabemos que há muitas outras pela frente, muitas coisas pelas quais vale a pena esperar ansiosamente.

Eu estou seguro de que essa é a *mulher. Quero passar o resto da minha vida com ela.* Ser-te fiel, amar-te e respeitar-te. *Por mim, tudo bem. Eu quero que o rosto dela seja a última coisa que eu veja à noite e a primeira que eu veja de manhã. Quero ver esse rosto mudar com o passar dos anos. Quero conhecer todas as pintas do seu corpo, guardar todos os seus traços na memória.* Na saúde e na doença. Na riqueza e na pobreza. Até que a morte nos separe. *Pode contar comigo. Ótimo. Fantástico. Onde é que eu assino?*

Só tem uma ínfima, minúscula, pontada de dúvida...

E eu a expulso de minha mente, me recuso a reconhecer a sua existência. Ela não vai embora. É uma apreensão leve e distante, escondida em alguma parte do meu coração, mas que eu não posso negar que esteja lá.

Não chega a ser uma nuvem pairando sobre este dia perfeito, parece mais o ruído distante de um trovão.

Olha, eu sei que estou neste salão por dois motivos. Porque eu a amo, com certeza. Eu amo a minha noiva. Eu amo a minha Cyd. Mas também – como dizer? – porque quero reconstruir minha família.

Não é só a parte do marido que eu quero fazer direito desta segunda vez.

É também a de ser pai.

Para a filha dela. Para qualquer criança que venhamos a ter. E para o meu menino. Eu quero uma família para ele, também, tanto quanto para mim. Uma família para o meu menino. Para nós dois.

Uma família novamente.

Eu estou aqui por essa mulher incrível. Mas estou aqui também pelo meu filho.

Será que isso está certo? É perdoável estar aqui por duas razões? Por duas pessoas? É correto que nossa história de amor não seja a história inteira?

Alguém está falando conosco, de modo que eu tento ignorar esse som de trovão distante. O escrivão pergunta à noiva se ela promete amar e respeitar.

– Eu prometo – diz minha mulher.

Eu respiro fundo.

E prometo também.

um

Meu filho tem um novo pai.

Ele não chega a chamar o cara de papai – ele não faria isso comigo –, mas eu não me iludo. Esse sujeito – Richard, o desgraçado do Richard – me substituiu em tudo o que é importante.

Richard está com meu filho quando ele toma café da manhã (Cereais com chocolate, certo? Está vendo, Pat, como eu ainda me lembro dos cereais?). Richard está presente quando meu menino brinca caladinho com suas miniaturas de *Guerra nas estrelas* (brinca em silêncio porque Richard é mais chegado a um Harry Potter, não sabe grande coisa sobre espadas de luz, Estrelas da Morte e Cavaleiros Jedi).

E está lá de noite, dormindo na mesma cama da mãe do meu filho.

Não esqueçamos esse detalhe.

✦ ✦ ✦

– E aí, como vão as coisas?

Eu fazia ao meu filho essa mesma pergunta todo domingo, quando nos sentávamos na lanchonete de lados opostos da bandeja com os nossos hambúrgueres, em meio a outros pais e meninos e meninas exatamente como nós. Você sabe. As famílias de fim de semana.

– Bem – ele disse.

E era tudo. Bem? Simplesmente bem? É engraçado. E um pouco triste, porque quando ele era menor eu não conseguia fazê-lo parar de falar tantas eram as suas perguntas.

Como é que eu sei a hora de acordar? Aonde eu vou quando estou dormindo? Como é que eu cresço? Por que o céu não pára? *Você* não vai morrer, vai? É claro que *nós* não vamos morrer, não é? A Estrela da Morte é maior do que a Lua?

Antigamente era impossível fazê-lo *parar* de falar.

– Tudo bem na escola? Você se dá com todo mundo da sua sala? Está tudo legal com você, meu amor?

Eu nunca lhe perguntava nada a respeito de Richard.

– Bem – ele repetiu, impassível, lançando um véu impenetrável sobre a sua vida com uma única palavrinha. Pegou o hambúrguer com as duas mãos, parecia um filhote de esquilo fissurado em comida de lanchonete. E eu o observava, notando que ele usava roupas que eu nunca tinha visto. Quando as teriam comprado para ele? Por que eu não havia reparado nelas antes? Eram tantas as questões, que eu não tinha nem ânimo de perguntar.

– Você gosta da sua professora?

Ele fez um sinal afirmativo com a cabeça e deu uma mordida no hambúrguer maior do que era capaz de mastigar, tornando impossível qualquer outro comentário. Todo fim de semana era a mesma coisa, havia já dois anos, desde quando ele fora morar com a mãe.

Eu perguntava sobre a escola, os amigos e a casa.

Ele me respondia o nome, a identidade de menor e o cartão de vacinação.

Ainda se podia reconhecer nele a criança dócil de cabelo louro-escuro que andava numa bicicleta chamada Bluebell. O menino que aos dois anos de idade era tão engraçadinho que as pessoas paravam na rua para olhar para ele, que aos três insistia chamar-se Luke Skywalker e que aos quatro tentou ser muito corajoso quando a mãe me abandonou e o mundo começou a se despedaçar.

Ainda era o meu Pat.

Mas ele não abria mais o coração para mim, não falava das coisas que lhe davam medo, das que o deixavam feliz, dos sonhos que tinha tido, das coisas que o deixavam perplexo neste mundo – "por que o céu não pára?" – como quando era pequeno.

São tantas mudanças quando começa a escola... Na verdade, muda tudo. A gente perde os filhos e nunca mais os tem de volta. Mas era mais do que a escola.

Existia entre nós uma distância que eu, por mais que tentasse, não conseguia vencer. Havia paredes nos separando, e eram as paredes de sua nova casa. Que já não era tão nova. Alguns anos mais e ele teria passado a maior parte da sua vida morando longe de mim.

– Que tal o gosto do seu sanduíche, Pat?

Ele revirou os olhos.

– Você nunca comeu um igual?

– Estou comendo, neste exato momento.

– Ora, o gosto é exatamente este gosto.

Meu filho aos sete anos de idade. Às vezes eu o irritava. Eu sabia muito bem disso.

Mas passávamos bons momentos juntos. Quando as minhas perguntas idiotas acabavam, a gente bem que se divertia. Do jeito como sempre nos divertimos. Era bom ter Pat por perto – despreocupado, radiante, louco por uma farra. Mas era diferente agora, com o nosso tempo racionado. Esse tempo juntos tinha um toque de desespero porque eu não suportava vê-lo desapontado ou triste. Qualquer tristeza, não importava se fosse temporária e insignificante, me doía de uma forma que não tinha precedentes nos tempos em que morávamos juntos.

Esses domingos eram o ponto alto da minha semana. Embora nessa época as coisas estivessem indo bem para mim no trabalho, nada era tão bom quanto esse dia, esse dia maravilhoso que eu passava inteirinho com o meu menino.

Não fazíamos nada de especial, nada além das coisas que sempre fizéramos. Dividíamos o nosso tempo entre comida e futebol, parque e cinema, jogos eletrônicos e shopping centers. Passávamos alegremente as nossas horas.

Mas era diferente de quando vivíamos juntos, porque agora, no final desses dias comuns e perfeitos, tínhamos de dar adeus.

O relógio não parava de correr.

Houve uma época em nossa vida, no curto período em que cuidei dele sozinho enquanto a mãe tentava recuperar, no Japão, a vida a que renunciara por mim, em que eu achava que eu e Pat éramos únicos.

No portão da escola, eu ficava separado das mães que esperavam os filhos e achava que não havia no mundo ninguém como nós. Agora não me sentia mais assim. O mundo estava cheio de pessoas como nós. Até a lanchonete estava repleta de gente como nós.

Aos domingos, ela estava sempre lotada de pais de fim de semana que ficavam de papo furado com os filhos, crianças desconfiadas de todos os tamanhos, de lindos bebês de fraldas a adolescentes intratáveis cheios de *piercings*. Os pais faziam o melhor que podiam, com um olho no filho e outro no relógio, no esforço infrutífero de compensar o tempo perdido.

Eu e esses outros pais evitávamos fazer contato visual. Mas havia entre nós uma espécie de fraternidade envergonhada. Quando se via uma cena desagradável – lágrimas ou vozes alteradas, um sanduíche abandonado num instante de raiva, um pedido enfastiado para atender a mamãe no celular imediatamente –, nos compadecíamos uns dos outros, eu e todos os outros pais de domingo.

Num momento de silêncio entre mim e Pat, percebi que na outra mesa um pai estava sendo torturado pela filha, uma garota de uns dez anos de idade, de olhos redondos, usando uma faixa no cabelo.

– *Je suis végétarienne*, dizia a garota, empurrando o seu suculento hambúrguer duplo ainda intocado.

O pai ficou boquiaberto.

– Que história é essa de ser vegetariana, Louise? Você não era vegetariana na semana passada. Você comeu um cachorro-quente antes de ver *O Rei Leão*, não lembra?

– *Je ne mange pas de viande* – insistia a garota. – *Je ne mange pas de bouef.*

– Eu não acredito – disse o pai. – Por que você não me disse que tinha virado vegetariana? Nem sua mãe?

Pobre coitado, pensei, e vi a vida amorosa do sujeito passar rapidamente ante meus olhos.

Provavelmente, se tratava de um romance empresarial. A mulher chega do escritório de Paris lançando nuvens de charme e Chanel e um sotaque de derreter qualquer homem crescido. Um namoro fulminante, as maravilhas das duas cidades, a fase do luar e das flores, uma gravidez precoce, provavelmente indesejada, e a mulher comprando uma passagem só de volta para seu país depois de o sexo esfriar.

– *Je suis allergique aux sandwiches* – dizia a garota.

Pat tinha parado de comer, a boca aberta de admiração, claramente impressionado com a garota da mesa ao lado. Tudo o que as crianças maiores diziam ou faziam deixavam-no impressionado. Mas isso agora era novidade. Talvez fosse a primeira vez que ele via uma criança maior do que ele falando uma língua estrangeira fora dos filmes e da TV.

– É japonês? – ele me perguntou num sussurro. Para ele, toda língua estrangeira era, a princípio, japonês, idioma em que a mãe é fluente.

– Francês – eu sussurrei de volta.

Ele sorriu para a garota com faixa no cabelo. Ela olhou direto nos olhos dele.

– E por que ela está falando francês? – ele me perguntou, reanimando-se de repente. E foi como nos velhos tempos: Pat trazendo um dos pequenos enigmas da vida para eu decifrar. Agradecido, eu agarrei a chance.

– A garotinha é francesa – eu disse, numa voz abafada. Olhei para o pobre-coitado do pai dela. – Meio francesa.

Pat abriu os olhos.

– É uma viagem muito grande até aqui. É muito longe.

– Não é tão longe quanto você pensa, meu amor.

– É, sim. Você está errado. A França é longe como eu acho. Talvez mais longe ainda.

– Não, não é. A França, bem, Paris, está só a três horas de trem de Londres.

– Que trem?

– Um trem especial. Um trem muito rápido que vai de Londres a Paris. O Eurostar. Ele faz a viagem em três horas. Vai por um túnel debaixo do mar.

Meu filho fez uma cara desconfiada.

– *Debaixo* do mar?

– Isso mesmo.

– Não, eu acho que não vai. Bernie Cooper foi à França no verão. – Bernie Cooper, sempre citado com nome completo, era o melhor amigo de Pat. O primeiro melhor amigo da vida dele. Aquele do qual se lembraria para sempre. Pat referia-se a Bernie com o fervor de um guarda do exército vermelho citando os pensamentos do presidente Mao no calor da Revolução Cultural. – Bernie Cooper foi a uma praia da França. Eles foram de Jumbo. Portanto, não se pode ir de trem à França. Foi Bernie Cooper que disse.

– Bernie e sua família devem ter ido ao sul da França. Paris é muito mais perto. Eu garanto a você, meu amor. A gente pode ir de Londres até lá em três horas. Nós iremos lá um dia. Você e eu. Paris é uma cidade linda.

– E quando é que nós vamos?

– Quando você for um menino grande.

Ele me olhou de um modo perspicaz.

– Mas eu já sou um menino grande.

E eu pensei comigo mesmo: é verdade. Você já é um menino grande. O bebê que eu pegava no colo já era e eu nunca mais iria tê-lo de volta.

Dei uma olhada no relógio. Era cedo ainda. Ainda estavam servindo café da manhã na lanchonete.

– Vamos – eu disse. – Pegue o seu casaco. Vamos agora. Não esqueça sua bola de futebol e suas luvas.

Ele olhou pela janela para as ruas molhadas de chuva do norte de Londres.

Vamos ao parque?

– Vamos a Paris.

✦ ✦ ✦

Dava para ir. Eu já havia feito as contas. Ou alguém acha que eu o levaria a Paris feito um louco? Dava para ir. Não confortavelmente, era a conta exata. Três horas até Paris pelo Eurostar, uma tarde olhando os lugares e depois – vum! – de volta para casa na hora de dormir. A hora de dormir de Pat, não a minha.

Ninguém iria saber que nós tínhamos ido a Paris – isto é, a mãe dele não iria saber – até estarmos de volta a Londres, lépidos e fagueiros. Só precisávamos dos passaportes.

E a sorte estava conosco. Em minha casa, Cyd e Peggy não estavam por perto. Na casa de Pat, o único sinal de vida era Uli, a babá alemã sonhadora. Portanto, eu não teria de explicar à minha mulher nem à minha ex-mulher por que precisava do meu passaporte e do de Pat.

Uma corridinha até a Estação de Waterloo e logo estaríamos saindo, Pat com o rosto colado na janela do Eurostar até o vidro ficar todo embaçado.

Ele me olhou de esguelha.

– Vamos fazer uma aventura? Isso é uma aventura, não é?

– Uma grande aventura.

– Que engraçado – disse o meu filho, sorrindo.

Duas palavrinhas que eu nunca vou esquecer. E no momento em que ele as disse, bem que era verdade. Um dia em Paris. Só nós dois.

Que engraçado.

✦ ✦ ✦

Meu filho pertencia a um novo tipo de família. Como é que se diz? Uma família mesclada.

Como se gente pudesse ser indefinidamente misturada e combinada. Moída e homogeneizada. Uma mescla de outras famílias. Como grãos de café. Mas com homens, mulheres e crianças a coisa não era tão simples.

Eles moravam a menos de dois quilômetros de nós, mas havia coisas sobre a vida deles juntos que me estavam para sempre vedadas.

Eu conseguia imaginar o que acontecia entre Gina e nosso filho, conseguia vê-la lavando o cabelo dele, lendo para ele *Onde fica o mundo selvagem*, colocando um prato de macarrão verde para ele comer, abraçando-o com tanta força que não dava nem para dizer onde é que ela terminava e ele começava.

Mas eu não fazia a menor idéia do que se passava entre Pat e Richard, esse cara de seus trinta e tantos anos que eu não conhecia e essa criança de sete cuja pele, voz e rosto eram mais familiares para mim do que a minha própria estampa.

Será que Richard lhe dava beijo de boa-noite? Eu nem perguntava. Porque na verdade não sabia o que me machucaria mais. Se o afeto, a intimidade e o carinho manifestos num beijo de boa-noite ou a fria distância implícita na ausência dele.

Não que Richard fosse mau sujeito. Até eu era capaz de enxergar isso. Minha ex-mulher não se casaria com ele se ele fosse um desses caras que abominam crianças. Eu sabia, mesmo em meus momentos de maior desconsolo, que havia padrastos piores do que Richard. Aliás, nem se usa mais esse termo – padrasto. Excessivamente carregado de significados.

Eu e Pat tínhamos nos acostumado a chamá-lo de parceiro, como se o assunto dele com Gina fosse uma sociedade comercial ou, quem sabe, uma partida de bridge.

Mas o que me tirava do sério com Richard, e me levava a bater boca com minha ex-mulher no telefone – coisa que eu decididamente preferia evitar –, era que ele parecia incapaz de compreender que meu filho era um em um milhão, dez milhões, um bilhão.

Richard achava que Pat precisava melhorar. Mas meu filho não precisava melhorar. Ele já era especial.

Richard queria que meu filho gostasse de Harry Potter, de brinquedos de madeira e de tofu. Ou eram lentilhas? Mas meu filho gostava de *Guerra nas estrelas*, espadas de luz e pizza. Permanecia obstinadamente fiel às causas da violência irracional e dos carboidratos com bastante queijo.

✦ ✦ ✦

No começo, quando ainda buscava conquistar Gina, Richard concordava com tudo. Antes de conseguir o seu visto de entrada múltiplo, de se casar com minha ex-mulher, mãe do meu filho, Richard gostava de fingir que era Han Solo para o Luke Skywalker do meu filho. Adorava. Pelo menos agia como se adorasse.

E, cá entre nós, Pat seria capaz de dar um beijo em Saddam Hussein se ele fingisse ser Hans Solo durante cinco minutos.

Agora Richard nem tentava mais, ou tentava de outra forma. Ele não queria mais ser amigo do meu filho. Queria ser uma espécie de pai. Queria melhorar o meu menino.

Como se melhorar uma pessoa pudesse substituir a iniciativa de amá-la.

✦ ✦ ✦

Você faz todas aquelas promessas para a sua mulher e um belo dia contrata um advogado para provar que elas não significam mais nada. Gina agora fazia parte do meu passado. Mas você não se divorcia dos filhos. E nunca se liberta das promessas que fez a eles.

Paris era simplesmente isso.

Eu estava tentando cumprir minhas promessas não ditas ao meu filho. Ser ainda importante para ele. Ser sempre importante. Estava tentando convencê-lo, talvez convencer a mim mesmo, de que nada de fundamental havia mudado entre nós. Afinal, eu sentia muita falta do meu filho.

Na ausência dele é que eu percebia o quanto o amava realmente. Amava-o a ponto de sentir uma dor física, de temer que algum mal inominável fosse lhe acontecer, que ele pudesse me esquecer, que eu passasse a ocupar um lugar secundário em sua vida e que meu amor e a falta que eu sentia dele não significassem mais nada.

Apavorava-me a idéia de que um dia eu pudesse chegar para a minha visita e ele nem me reconhecer. Ridículo? Pode ser. Mas nós passávamos a maior parte da semana longe um do outro. A maioria dos fins de semana também, apesar dos nossos encontros estabelecidos pela Vara de Família. Eu nunca estava presente na hora de colocá-lo na cama, não podia ler para ele uma história, enxugar-lhe as lágrimas, acalmar seus temores, ser simplesmente o cara que voltava para casa, para ele, à noite. Da mesma forma como meu pai voltava para mim.

É possível ser pai direito numa época como esta? É possível ser um pai de verdade para o seu filho se você nunca está por perto?

Ele fora morar com a mãe havia não mais de dois anos, e eu já estava perto de me tornar uma figura distante. Nada que se parecesse com um pai de verdade. Na melhor das hipóteses, eu era um pai de fim de semana. Quase um pseudopai, como Richard. Não era o tipo de pai que eu queria ser. Eu queria que meu filho fizesse parte da minha vida.

Minha nova vida.

✦ ✦ ✦

Eu e Cyd estávamos casados havia pouco mais de um ano.

Tinha sido um ano excelente. O melhor ano da minha vida. Ela se tornara a minha melhor amiga e não deixara de ser minha amante. Estávamos naquela fase em que a gente sente familiaridade e excitação ao mesmo tempo, em que tudo fica cada vez melhor e nada se desgastou ainda, aquele período feliz em que se divide o tempo entre construir um lar e transar até virar pelo avesso. Compras em lojas de móveis e de lustres seguidas de sexo selvagem e atlético. Não há nada melhor.

Além de ser a pessoa mais simpática que eu conhecera, Cyd também me deixava louco. A única razão de eu ir à academia era não querer que ela deixasse de sentir tesão por mim. Meus abdominais eram todos para ela. E eu queria que fosse sempre assim. Mas quem já se ferrou uma vez nunca pode ter muita certeza. Quem já passou pela Vara de Família sabe que "para sempre" parece tempo demais. E talvez isso seja positivo. Talvez impeça você de tratar o amor da sua vida como uma peça de mobília do tipo "monte você mesmo".

Com meu filho não era assim. Eu planejei ficar com Cyd até ficarmos velhos e de cabelos brancos. Mas nunca se sabe, não é? Minha experiência me diz que relacionamentos vão e vêm. Mas ser pai é para toda a vida. Como é que se diz?

Até que a morte nos separe.

✦ ✦ ✦

Planejamos fazer um monte de coisas em Paris.

Pat queria ir à Torre Eiffel, mas, como as filas eram desanimadoramente longas, resolvemos deixar para outra oportunidade. Pensei em levá-lo ao Louvre, mas achei que ele era muito pequeno e o museu, grande demais.

Então o que fizemos foi passear de *bateau-mouche* pelo rio Sena e depois comer uns *croque-monsieurs* num pequeno café do Marais.

– Torrada com queijo francês – disse Pat, se empanturrando. – É deliciosa mesmo.

Depois fomos dar uma volta nos Jardins de Luxemburgo, brincar de chutar bola embaixo dos castanheiros enquanto jovens casais se agarravam nos bancos do parque, cachorrinhos de madame saracoteavam com os focinhos para o alto e todo mundo fumava como se ainda fossem os anos 1950.

Fora o passeio de barco pelo rio e o fantástico queijo na torrada, não fizemos nada de tão diferente dos nossos domingos de sempre. Mas pareceu especial, e eu acho que nossos corações estavam mais leves do que jamais haviam ficado em Londres. Foi um daqueles dias que a gente tem vontade de colocar dentro de uma garrafa para poder conservar para o resto da vida e ninguém tirá-lo de você.

Tudo ia bem até voltarmos para a Gare du Nord. Assim que chegamos aos portões de embarque, no primeiro andar da estação, deu para perceber que havia algo errado. Tinha gente por toda parte. Mochileiros, executivos, grupos de turistas. Todos retidos por causa de algum problema na linha. De folga ou refugiados? Ninguém sabia.

Mas não havia trens indo nem vindo.

Foi quando percebi que estávamos encrencados.

✦ ✦ ✦

Ainda bem que meu pai não estava vivo para ver essas coisas. O choque o teria matado, juro por Deus que teria.

Mas eu tinha consciência de jamais ter tido a chance de passar muito tempo com meu próprio pai. Meu velho nunca me levou para passar o dia em Paris.

Eu cresci sob o mesmo teto de meu pai, mas ele trabalhava seis dias por semana, o dia inteiro, depois voltava para casa sem fala de tão cansado e se sentava para jantar na frente da TV pensando com seus botões a respeito do último número de dança exibido no programa de televisão.

Meu pai ficava afastado de mim pela necessidade de trabalhar e ganhar dinheiro. Eu estava afastado de Pat pelo divórcio e pelas regras de visita. Será que era tão diferente assim? Sim, era muito diferente.

Mesmo que eu raramente visse o meu pai – e talvez eu esteja enganado, mas acho que ainda me lembro de todos os passeios que fiz com ele, de todas as partidas de futebol a que fomos juntos e de todos os filmes a que assistimos –, ele nunca teve medo de que alguém fosse me roubar ou de que eu começasse a chamar outro cara de papai.

Ele passou por muitas coisas na vida – uma infância pobre, uma guerra mundial e um câncer terminal. Mas nunca passou por isso.

Espere até o seu pai chegar em casa, minha mãe me dizia a toda hora.

E era o que eu fazia. Eu passei a infância esperando o meu pai voltar para casa. E talvez Pat fizesse o mesmo. Mas ele sabia perfeitamente que o seu pai não ia voltar para casa. Nunca mais.

O meu velho achava que a pior coisa que um filho pode ter neste mundo é um mau pai. Mas, pai, tem uma coisa que é tão ruim quanto isso.

É você ser um estranho.

Evidentemente, eu queria que o meu filho tivesse uma vida feliz. Desejava que ele fosse um bom menino para a mãe dele, que se desse bem com o novo marido dela, que se saísse bem na escola e que soubesse a sorte que era ter encontrado um amigo como Bernie Cooper.

Mas eu queria também que meu filho me amasse da maneira como me amava antes.

Não esqueçamos esse detalhe.

dois

Pat dormia profundamente quando o táxi entrou lentamente na rua onde ele morava.

Como eu raramente via o meu filho dormindo, fiquei espantado ao observar como o sono parecia apagar o efeito da passagem dos anos. Quando estava acordado, transparecia em seu rosto meigo a necessidade de estar sempre em guarda, aquela vigilância dilacerante da criança que teve de descobrir o seu lugar entre os pais divorciados. Ele era observador e cauteloso o bastante para transpor o campo minado existente entre pais que a certa altura de sua curta vida se cansaram de viver sob o mesmo teto. Adormecido, porém, o seu frágil escudo desvanecia e ele voltava a ser uma criança de aspecto tranqüilo e desarmado. Nada mais tinha importância neste mundo.

As luzes da casa estavam acesas e todos do lado de fora, sob a luz do jardim, esperando o nosso regresso.

Gina, minha ex-mulher, tinha a expressão carregada e o rosto – aquele rosto pelo qual um dia eu me apaixonei – contraído, branco de ódio.

Richard, o sósia de Clark Kent com aqueles óculos e aquele corpo musculoso, o protótipo do segundo marido cheio de si, estava ao lado dela oferecendo-lhe apoio e conforto.

E até Uli, a babá, estava ali em pé, assistindo à minha chegada, os braços cruzados na altura do peito como uma aprendiz de megera.

O único que tinha um ar vagamente simpático era o enorme policial que os acompanhava. Talvez ele fosse um pai de domingo, também.

Gina veio ao nosso encontro enquanto eu pagava o taxista. Abri a porta do táxi e aninhei delicadamente o meu filho nos meus braços. A cada semana ele ficava mais pesado. Foi quando Gina o tomou de mim, olhando-me como se nem nos conhecêssemos.

– Você está com algum problema mental?

– O trem...

– Você está completamente doido ou faz essas coisas só para me ferir?

– Eu liguei assim que vi que não chegaríamos na hora de ele ir para cama.

Era verdade. Eu telefonara para eles da Gare du Nord usando um celular emprestado. Gina ficou histérica quando eu lhe disse que estávamos encalhados num país estrangeiro. Minha sorte é que a conversa teve de ser curta.

– Paris. Droga de Paris. Sem nem me perguntar. Sem ao menos pensar.

– Eu sinto muito, Gina. Sinto mesmo.

– Sinto muito, Gina – ela repetiu. – Sinto muitíssimo, Gina.

Eu sabia que agora ela ia começar a falar sem parar. Quem já foi casado sabe exatamente como os casais discutem. Parecem dois lutadores de boxe que já se enfrentaram. Ali e Frazier, eu e Gina. Todos já se conhecem perfeitamente bem.

Ela fazia a mesma coisa na época da nossa separação – repetia as minhas palavras explorando fraquezas e contradições e as atirava de volta para mim com o primeiro objeto doméstico que estivesse à mão. Fazia minhas desculpas, álibis e justificativas parecerem sempre frágeis e vazios. E eu sempre achava que isso era golpe baixo.

Na verdade, não brigávamos com tanta freqüência. O nosso casamento não era desse tipo. Pelo menos até bem no final. Mas hoje seria difícil de acreditar.

– Estávamos loucos de preocupação. Eu entendi que você ia levá-lo ao parque, não que ia arrastá-lo até o outro lado da Europa.

O outro lado da Europa? Isso era ridículo, mas o exagero desmedido era outra característica do estilo de briga de Gina.

Não pude deixar de pensar que esta era a mesma mulher que viajara sozinha para o Japão quando jovem e que vivera lá um ano inteiro. Isso, sim, é que era ir até o outro lado do mundo. E ela adorou fazer isso. Teria voltado para lá.

Se não tivesse me conhecido.

Se não tivesse engravidado.

Se não tivesse desistido do Japão pelos seus garotos.

Por mim e por Pat. Nós éramos os seus garotos. Nós dois. Muito tempo atrás.

– Nós fomos só até Paris, Gina – eu disse, incapaz de me conter e já sabendo que a deixaria enfurecida. Já nos conhecíamos bem demais para discutir de maneira civilizada.

– É como ir até o fim da rua. Paris é praticamente a casa do vizinho.

– Só até Paris? Ele tem apenas sete anos. Tem de ir à escola amanhã cedo. E você vem me dizer que só foi até Paris? Nós ligamos para a polícia. Eu já estava telefonando para os hospitais.

– Eu liguei pra você, não liguei?

– No final, você ligou, quando já não tinha outra escolha, quando viu que não ia poder se safar. – Ela ergueu Pat nos braços. – O que você está pensando da vida, Harry? O que é que se passa na sua cabeça? Quero dizer, você tem alguma coisa na cabeça?

Como é que ela poderia entender o que se passava na minha cabeça? Ela ficava todos os dias com ele e eu só tinha direito a um mísero dia por semana.

Ela já estava no jardim, com Pat nos braços, a caminho da porta.

Eu ia atrás dela, evitando fazer contato visual com o marido, a babá e o enorme policial. Por falar nisso, o que fazia esse policial ali? Era como se alguém tivesse dado um alerta de seqüestro, mas quem faria uma maluquice dessas?

– Olha, Gina, eu realmente sinto muito por ter deixado você tão preocupada. – E era verdade, eu me senti muito mal quando soube que ela telefonara para os hospitais e a polícia, pensando no pior. Eu podia imaginar como ela estava se sentindo. – Não vai acontecer de novo, no domingo que vem eu...

– Eu vou ter de pensar sobre o domingo que vem.

Eu parei, desconcertado.

– O que você quer dizer com isso? Eu vou poder vê-lo no domingo que vem, não vou?

Ela não me respondeu, eu estava ferrado com ela. Totalmente ferrado.

Acompanhada do marido e da tia de aluguel, Gina cruzou a soleira da porta com nosso filho nos braços e entrou aonde eu não podia mais segui-los.

Pat bocejou, espreguiçou-se, quase acordou. Com uma voz terna e doce, que mexeu comigo por dentro, Gina lhe disse para dormir novamente. Richard se postou entre nós e me lançou aquele olhar de "mas você, hein?". Balançando a cabeça devagar, com aquele sorrisinho irritante, ele fechou a porta na minha cara.

Eu levei a mão à campainha.

Eu precisava tirar a limpo aquela história do domingo seguinte.

Foi quando senti a mão do policial no meu ombro.

✦ ✦ ✦

Um dia eu fui o homem dos seus sonhos. Não apenas o homem que toma conta do filho dela aos domingos. O homem dos sonhos dela no tempo em que tudo com que Gina sonhava era uma família.

Tudo o que Gina mais queria era uma vida familiar, com a qual sonhava como só são capazes de sonhar as pessoas que vêm daquilo que antigamente se chamava um lar desfeito.

O pai saíra de casa pouco antes de ela entrar para a escola. Era músico, um ótimo guitarrista, mas nunca fez sucesso. O fracasso estava sempre em seu caminho, seja na carreira musical que não decolou, nas famílias destroçadas que deixou em seu rastro. Glenn – ele era Glenn para todo mundo e papai para ninguém, principalmente para os próprios filhos – deu ao rock and roll os melhores anos da sua vida. Às mulheres e filhos que deixou para trás, porém, não legou mais do que dores de cabeça e dívidas.

Gina e sua mãe, que trocara uma carreira razoavelmente bem-sucedida de modelo por um marido espetacularmente malsucedido, foram só as primeiras de uma série. Como elas, havia outras famílias abandonadas – mulheres que foram beldades notórias nos anos 1960 e 1970 e crianças atônitas com a separação dos pais antes mesmo de aprenderem a andar de bicicleta.

Da mãe Gina herdou a aparência física, uma perfeita simetria de feições à qual nunca deu nenhuma importância, como só a verdadeira beleza sabe ser. A herança de Glenn era de outra natureza. Traduzia-se na ânsia de Gina por uma vida familiar estável. Uma família só dela, que ninguém pudesse nunca levar embora. Ela pensou que a teria comigo, porque era exatamente de onde eu vinha. Ela me achava uma espécie de especialista na tradicional configuração pai, mãe e filho morando em uma pequena casa no subúrbio, uma família inabalavelmente nuclear, distante das estatísticas do divórcio. Até conhecer Gina, eu sempre achara a minha família constrangedoramente comum. Gina fazia a gente se sentir exótico – e éramos mesmo, minha mãe, meu pai e eu. Essa loura linda e sorridente veio ao nosso mundo, passou pelo nosso jardim e entrou na nossa sala de estar dizendo que nós éramos uma família especial. *Nós.*

Todos os nossos amigos achavam que Gina e eu éramos muito jovens para nos casar. Ela era uma estudante de japonês em busca de uma oportunidade de viver em Tóquio, Yokohama ou Osaka. Eu, um produtor de rádio à procura de uma chance na TV. Na opinião dos nossos amigos era cedo demais para votos de matrimônio, bebês, monogamia e prestações da casa própria. Eram responsabilidades só para uns dez anos à frente, diziam.

Eles – os estudantes de línguas que achavam que o mundo estava à sua espera e os colegas um pouco mais velhos da minha emissora de rádio, cínicos que achavam já ter visto de tudo na vida – acreditavam que havia aviões para tomar, amantes para conhecer, drogas para experimentar, canções para ouvir, aventuras para viver, *flats* no exterior para se alugar e praias nas quais se deveria dançar ao amanhecer. E estavam certos, havia tudo isso à espera. Deles. Mas nós abrimos mão disso um pelo outro. Foi quando chegou o nosso filho. E ele foi a melhor de todas as coisas.

Pat era um bebê meigo e tranqüilo, que sorria durante quase todo o dia e dormia quase a noite toda, bonito como a mãe, ridiculamente fácil de a gente amar. Mas a nossa vida de casados, com um filho e ainda na flor dos vinte anos, não era perfeita. Longe disso.

Não foi apenas um emprego que ficou para trás. Gina desistiu de uma vida totalmente diferente no Japão em favor dos seus garotos. Às vezes – quando o dinheiro apertava, quando eu chegava do trabalho cansado demais até para conversar, quando Pat passava a noite inteira sem dormir com as gengivas doloridas pelos dentes que nasciam, ela devia ficar pensando em tudo que estava perdendo. Mas não tínhamos motivos para arrependimento. Durante anos foi tudo muito bem, foi tudo como havíamos desejado. O que ambos havíamos desejado.

Uma família para substituir aquela em que eu fora criado. E uma família para substituir aquela que minha mulher nunca tivera.

Então eu passei uma noite com uma colega de trabalho. Uma irlandesa bonita, de rosto pálido, que dava a impressão de ser mais inteligente e mais suave do que a maioria das mulheres que trabalhavam comigo.

E isso foi uma loucura. Pura loucura.

Porque depois que Gina descobriu, tivemos todos de começar de novo.

✦ ✦ ✦

Eu mandava dinheiro todos os meses.

Nunca atrasava. Eu queria dar o dinheiro. Eu queria ajudar a criar o meu filho de todas as maneiras ao meu alcance. Não fazia mais do que minha obrigação. Mas às vezes eu ficava pensando nesse dinheiro. Ele estava mesmo sendo gasto com Pat? De verdade? Cada centavo? Como eu podia ter certeza de que não estava servindo para sustentar o homem com quem minha ex-mulher se casara? Aquele desgraçado do Richard.

Eu não sabia. Não tinha como saber.

E ainda que fosse. O que eu achava é que esse dinheiro devia me garantir alguns direitos humanos básicos. Como telefonar para o meu filho sempre que precisasse falar com ele. Isso não devia ser um problema. Devia ser uma coisa normal. E como eu sentia falta desse *normal!* Alguns dias de normalidade, de pensão completa – seria uma conquista para lá de bem-vinda.

Mas toda vez que pegava no telefone eu me via incapaz de discar o número dele. E se o Richard – estranho eu chamá-lo pelo primeiro nome, como se fôssemos amigos – atendesse? E aí? Ficaria de conversa fiada? Conversa fiada não me parecia apropriada na nossa situação. As palavras me fugiam, eu colocava o telefone de volta no gancho e não ligava. Limitava-me aos horários previamente combinados com Gina. Era como se eu e meu único filho vivêssemos em planetas diferentes.

Mas eu continuava achando que o dinheiro que mandava todo mês – que a minha atual mulher, isto é, a minha segunda mulher, isto é, a *minha mulher,* achava um tanto generoso demais, ainda mais, diga-se de passagem, porque queríamos nos mudar para uma casa maior num bairro melhor – devia significar alguma coisa.

Eu não era nenhum canalha inconstante que não estava nem aí, que já tinha se arrumado com outra família, louco para esquecer o que ficara para trás. Eu não era um escroto qualquer. Não era Glenn, o pai de Gina. Mas o que é que se pode fazer?

Eu sou apenas o pai de Pat.

✦ ✦ ✦

Minha mulher me entendia.

Minha mulher. Era assim que eu pensava nela. Segunda mulher sempre me soava péssimo. Como segunda casa, aquele lugar para onde a gente foge nos fins de semana e nas férias escolares. Ou segundo carro – como se ela fosse um fusca enferrujado.

Segunda mulher soava como segunda mão, segunda voz, segundo lugar – e Cyd merecia muito mais do que isso. Essa coisa de segunda não era para Cyd, não servia para descrevê-la. E nova mulher também não soava legal. Tinha qualquer coisa de troféu, de mulher muitos-anos-mais-jovem-do-que-eu, de coroas obscenos que fugiam com suas secretárias.

Não – minha mulher. É isso o que ela é. Essa é a minha Cyd.

Como Cyd Charisse. A bailarina. A garota de *Cantando na chuva*, que dançava com Gene Kelly sem nunca dizer uma palavra. Porque nunca precisou. Com aquelas pernas, aquele rosto, aquele ardor que era fogo puro. Quando Gene Kelly olhava Cyd Charisse, as palavras não eram necessárias. Eu sabia o que era isso.

Cyd me entendia. Mesmo aquela tarde de domingo em Paris ela entenderia.

Cyd era minha mulher. Era isso. E bastava. E essa vida para a qual eu agora retornava não era nem nova nem segunda coisa nenhuma.

Era o meu casamento.

✦ ✦ ✦

Antes de ir para a cama eu fui dar uma olhada em Peggy.

Já no décimo sono, ela chutara o edredon mas continuava agarrada a uma boneca de plástico de uns vinte centímetros, que aninhara junto ao pijaminha de algodão. Peggy era uma menina linda de rosto claro e ar solene até quando babava na fronha, que era como minha mãe se referia a alguém que dorme profundamente.

A boneca em seus braços era uma criatura meio estranha, cor de chocolate, mas com longos cabelos louros e olhos de um azul intenso. A boneca Lucy. *Eu Amo a Boneca Lucy* – era o slogan. Fabricada no Japão, mas destinada ao mercado mundial. Eu já estava ficando entendido nessas coisas.

A boneca Lucy não era nada americanizada, não se parecia nem de longe com a Barbie. Estava mais para a lourinha daquele trio Destiny's Child ou, sei lá, uma dessas cantoras novas, Anastacia, Alicia Keys e outras que eu não sei o nome, tão indefiníveis racialmente que podem ter vindo de qualquer parte do mundo. A boneca Lucy. Seus braços e pernas se ajustavam a qualquer posição. Peggy era louca por ela. Eu cobri as duas com o edredom oficial da boneca Lucy.

Peggy era filha do primeiro casamento de Cyd com um belo desperdício de espaço chamado Jim. Um bonitão fracassado cuja única realização digna de nota em toda a sua vida era a pequena Peggy. Jim e seu fraco por garotas asiáticas. Jim e sua loucura por motos grandes, que vivia arrebentando por aí. Ele vinha de vez em quando à nossa casa ver a filha, não seguia um horário rígido como eu e Pat. O pai de Peggy aparecia quando lhe dava na veneta.

E a filha era louca por ele.

Aquele cretino.

Eu conheci Peggy antes de conhecer Cyd. Peggy foi a menininha que acompanhou meu filho em seus primeiros dias de escola, nos meses seguintes à separação, quando ele ainda estava terrivelmente frágil e assustado. Eles passavam tanto tempo juntos que às vezes pareciam irmãos. Mas esse laço se enfraquecia à medida que suas vidas se tornavam cada vez mais separadas – agora Pat tinha Bernie Cooper, e Peggy, uma amiguinha do mesmo sexo, que também amava a boneca Lucy –, mas Peggy era mais do que minha enteada. Era como se eu a tivesse visto crescer.

Deixei Peggy agarrada com a Lucy e entrei silenciosamente no nosso quarto. Cyd dormia na sua metade da cama o sono de uma mulher casada.

Enquanto eu me despia, ela se remexeu na cama e ficou ouvindo, meio acordada meio adormecida, a minha história sobre Pat, Paris e trens parados. Ela segurou minhas mãos entre as suas e fez um gesto de aprovação com a cabeça. Entendeu imediatamente.

– Pobres meninos. Mas vai ficar tudo bem com você e Pat. Eu prometo, está bem? A Gina vai se acalmar. Ela vai ver que você não fez por mal. E aí, como estava o tempo em Paris?

– Meio nublado. E a Gina disse que ia pensar sobre o domingo que vem.

– Deixa ela pensar uns dias. Ela tem direito de ficar brava. Mas você tem direito de levar seu filho a Paris. Agora vem para a cama, vem.

Enfiei-me entre os lençóis, mergulhado numa onda de gratidão. Aquilo que para Gina era uma prova de descaso e irresponsabilidade, para Cyd era simplesmente uma boa idéia que deu totalmente errado. Um ato de amor que perdeu o trem de volta para casa. Ela não era imparcial, é claro. Mas eu agradeci aos céus por estar casado com essa mulher.

E eu sabia que não eram as alianças, os papéis que assinamos nem as promessas que fizemos no dia da cerimônia que a tornavam minha mulher, mas o fato de ela estar do meu lado, agora e sempre, para me dar amor e apoio.

Continuei a falar na escuridão do quarto sentindo o calor do corpo de Cyd, tentando me convencer de que havia solução para tudo aquilo.

Disse que telefonaria para Gina de manhã. Eu tinha de saber se estava tudo certo quanto ao domingo seguinte e se poderia passar para pegar Pat na hora de sempre. E precisava me desculpar por tê-la deixado louca de preocupação. Não fora minha intenção causar tantos problemas. Nós só fomos até Paris porque eu não queria que Pat fosse como os outros filhos de pais de tempo parcial. Como a meio-francesinha que tinha virado vegetariana e milhares de outros como ela. Eu queria que Pat soubesse que tinha um pai de verdade, um pai que fazia coisas especiais para ele, que lhe proporcionava aventuras das quais ele sempre iria se lembrar. Como meu pai foi para mim.

Minha mulher me deu um beijo para levantar o meu astral e, também, para me fazer calar a boca, e depois me beijou um pouco mais.

Aí os beijos começaram a ficar diferentes. Já não eram beijos para tranqüilizar, afagar e aconchegar. Eram como aqueles que fizeram tudo começar. Isso é uma coisa que eu posso dizer a favor do nosso casamento – a qualidade do nosso beijo não mudou.

E logo lá estava ela esperando por mim, com os cabelos negros espalhados sobre o travesseiro e o rosto iluminado somente pela luz da rua que passava entre as lâminas da persiana. A mulher por quem eu ainda era louco. A minha mulher.

Eu me movi na direção dela sem mexer na caixinha de madeira que guardava o nosso método de planejamento familiar, dentro da gaveta do meu criado-mudo.

Então eu a ouvi suspirar na escuridão.

– Harry, querido, não me faz passar por isso toda vez. Por favor. Você já tem o seu bebê. Nós já não concordamos sobre isso?

Eu vinha lendo bastante ultimamente sobre a ânsia de ter filhos. O tema aparecia regularmente na seção "Você e Sua Família" do jornal de domingo. Mulheres desesperadas para dar à luz. Parecia ser a última moda. Mas minha mulher não estava nem um pouco aflita para ter um bebê. Agia como se já tivesse se acalmado.

É claro que já discutíramos bastante a possibilidade de ter um filho nosso. Eu o queria logo, porque isso faria de nós uma família. Cyd também queria, só que mais tarde, porque tinha de fazer outras coisas antes. Trabalho. Negócios. Ambos imaginávamos uma vida feliz, mas, por mais que eu gostasse do adorável traseiro da minha mulher, não dava para me iludir achando que nossas visões sobre ter filhos eram iguais.

Então eu abri a caixa de camisinhas, perguntando-me por que ela dissera que eu já tinha o meu bebê. Estaria se referindo a Pat? A Peggy? Ou à criança que morava em mim?

Era esse o problema de ser um cara como eu. Era complicado. Todas essas partes da vida que pareciam nunca se ajustar. Às vezes não dava nem para reconhecer a própria família.

Mas depois que fizemos amor eu dormi virado para o mesmo lado que a minha mulher, com os nossos corpos encaixados bem apertado e meu braço direito ligeiramente enroscado na sua cintura.

E durante as doces horas em que dormimos nessa posição, sonhando bem juntinhos, ela era a única para mim, e não havia nenhuma complicação.

três

– Não dá pra fazer omelete sem quebrar ovos – disse-me Marty Mann. – Esse é o seu problema, Harry. Você nasceu romântico e vai acabar destruindo esse seu coração idiota. Você vai ser ferrado pelo destino. De que outra forma isso pode terminar?

Estávamos sentados em seu bem instalado escritório da Mad Mann Productions, falando de trabalho. Somente trabalho. Mas Marty era um desses homens de negócios atirados e ambiciosos que fazia o trabalho parecer uma coisa bem diferente. Uma espécie de ato de masoquismo.

Marty vivia prometendo às diretoras de programação de meia-idade "fazer de você a minha putinha". Não ficava excitado com os programas de TV que produzia, ficava "de pau duro". Quando se dava mal num negócio, "cagaram em cima de mim". Em vez de trabalhar duro, ele "ralava como uma prostituta".

Eu ficava pensando como devia ser a sua vida de casado. Dava para imaginá-lo perguntando à sua mulher depois de uns drinques no sábado à noite o que ela achava de fazer uma co-produção.

Eu conhecia Marty há muito tempo. Siobhan, sua esposa há quase dois anos, fora uma espécie de namorada minha por mais ou menos duas horas. Pouco antes do meu casamento explodir.

Marty e eu tínhamos começado juntos no rádio, num programa de entrevistas da madrugada, cujos espectadores eram os doidões acordados àquela hora. Eu produzia e Marty transformava gente triste e solitária em pessoas absolutamente divertidas. Quando fomos juntos para a TV, eu pensei que a nossa parceria fosse ser o meu ganha-pão para o resto da vida. Até chegar o almoço em que ele me rifou.

Mas acabamos fazendo as pazes. Eu dei a volta por cima com um apresentador mais jovem e mais quente, enquanto Marty perdeu totalmente a sua verve. Depois que ele foi obrigado a baixar a bola na dura realidade da TV vespertina, tentando vender jóias que poderiram fazer a pele ficar verde, descobrimos que podíamos ser amigos outra vez.

Estávamos agora do mesmo lado da câmera. A Mad Mann Productions não fazia mais aqueles programas de baixaria com VJs de cabelo amarelo que causaram tanta polêmica na década de 1990. Agora Marty era criador de programas. Ele vivia pegando no meu pé pelo fato de a minha produtora fazer um único programa, o *Sextas com Fish*. Talvez você já o tenha visto. Aquele com Eamon Fish, o jovem humorista irlandês. Eamon era conhecido por sair com as garotas do tempo. Dizia-se que ninguém no país sabia mais a respeito de frentes quentes do que ele. Marty jamais apostaria todas as suas fichas num jovem comediante solista dando uma de apresentador de programa de entrevistas. Afinal, tinha uma penca de programas.

– *Seis estudantes invocados num apartamento* – ele disse, apertando uma tecla do controle remoto. As telas de TV que cobriam uma das paredes de seu escritório mudaram todas para a sua última invenção. Gente jovem e bonita em roupas mínimas batendo boca em cômodos alugados. – Tem de tudo: sexo, juventude, drama, falta de grana, *piercing* nos mamilos. *Seis estudantes invocados num apartamento*, Harry. Os patrocinadores estão loucos de alegria.

Ele apertou outra tecla. As telas mudaram para uma cena em preto-e-branco em câmera inclinada em que dois rapazes lutavam com o dono de uma loja de conveniência. – Ah, essa agora é ótima –, regozijou-se Martin quando o homem atrás do balcão pegou um taco de beisebol e saiu feito louco atrás dos agressores.

– *Você foi assaltado!* – disse Martin. – Hilariantes e às vezes trágicas cenas reais de assaltos violentos. Uma, humm, denúncia cruenta, como eu diria, contra a nossa sociedade violenta. – Outra tecla. Filmes de aldeias vietnamitas explodindo em chamas alaranjadas, hippies transando na lama de Woodstock, estudantes enfrentando a Guarda Nacional, tudo com um toque de melancolia garantido pelos Kinks cantando *Waterloo Sunset*. –*Todo o passado recente*. O passado com um ar melancólico. Este é para quem nasceu depois da guerra, e também para seus filhos. Para mostrar aos sacaninhas mimados o que foi que eles perderam.

Nossas produtoras não poderiam ser mais diferentes. Eu trabalhava numa sala de fundos no Soho com dois funcionários em meio expediente, enquanto Marty tinha um grande escritório cheio de gente trabalhando. Eu tinha Eamon Fish no turno da meia-noite, Marty emplacava *Seis estudantes invocados num apartamento* no horário nobre.

– Não dá para ter um programa só – insistia ele. – Não é bom apostar todas as suas fichas num cavalo só. E Eamon não vai ficar nas paradas para sempre.

– Mas eu gosto de trabalhar com uma única produção. Para poder me concentrar realmente em Eamon. Tirar o máximo dele.

– E se alguma coisa der errado? Acontece o quê? Você sabe com o que se parecem os programas de TV, não sabe?

– Mulheres?

Ele deu um tapa na mesa.

– Exato. Programas de TV são como mulheres. Você tem de pôr as suas azeitonas em mais de uma empada. Diversifique, meu chapa. Você precisa espalhar a sua semente.

Marty tinha em casa uma mulher esperando o seu segundo filho. Siobhan, uma ex-produtora convertida em dona-de-casa, era uma irlandesa ruiva, bonita e inteligente que eu via às vezes em coquetéis de lançamento, mas não tinha a menor idéia se era feliz ou não. Eu não podia deixar de notar que na Mad Mann tinha uma concentração maior de moças bonitas do que era de se esperar numa produtora do seu porte.

Mas eu dava atenção ao que Marty dizia. Ele conhecia o seu negócio. Eu o ouvia porque o trabalho era cada vez mais importante para mim. E não só porque agora eu trabalhava por conta própria. Nem porque a quantidade de contas para pagar crescia a cada ano. A verdadeira razão de eu trabalhar tanto era o fato de eu ser bom naquilo. Era o que eu fazia de melhor na vida.

Lidar com diretores de programação, coordenadores de produção e com pessoas de talento. Eu sabia falar com essa gente, conseguia que eles fizessem o que precisava ser feito. Maquiadoras chorosas, diretores de cena intratáveis, iluminadores bêbados. Eu já vira tudo isso. Convidados com pânico de palco, convidados que apareciam de porre, convidados que ficavam paralisados quando a luz vermelha da câmera se acendia. Nada disso era novidade. Esse era o meu mundo, e eu passava meu tempo ali porque em nenhum outro lugar me sentia tão confortável.

Mesmo com um único programa, a televisão exige longos dias de trabalho. Acordar cedo e dormir tarde, reuniões de roteiro e ensaios completos, café demais e luz do dia de menos. Às vezes eu perdia de vista o motivo de trabalhar tanto. Aí eu me lembrei.

Era por Pat que eu trabalhava tanto, é claro. Por Cyd e Peggy também. E ainda por minha mãe, agora que meu pai morrera. E, independentemente do que dissesse a minha mulher, eu não conseguia deixar de sentir que trabalhava também pelo meu bebê. Não o menino que morava com a mãe nem a menina que morava comigo. O meu outro filho. Aquele que ainda não nascera.

Uma moça entrou no escritório de Marty sem bater. Era uma das muitas ruivas jovens e esbeltas que trabalhavam na Mad Mann, moças que se pareciam bastante com Siobhan no tempo de solteira. Ela curvou-se sobre a mesa tipo presidente de Marty e começou a remexer uma gaveta.

– Qual o problema, benzinho? – sorriu Marty. – Perdeu o seu grampeador?

– Preciso do piloto de *Seis estudantes invocados num apartamento*. Para seus amigos húngaros.

Marty pegou uma fita VHS de aspecto já bastante castigado e a entregou a ela.

– Estamos vendendo essa idéia por toda parte – ele disse. – Em breve teremos *Seis estudantes chineses invocados num apartamento*, *Seis estudantes poloneses invocados num apartamento*. O mundo todo quer sentir firmeza.

Ficamos observando a ruiva sair da sala.

– Nós vamos sair para tomar uns drinques – disse Marty. – Está a fim, Harry? Ela tem uma amiga.

– Preciso ir para casa. Vamos ter uma festinha.

– Que legal!

– Bem, é uma festa para meninas de sete anos de idade.

– Então fica para outra vez. – Marty me acompanhou até a porta do escritório. – E não se esqueça do que eu lhe falei sobre apostar suas fichas em mais de um cavalo.

– Vou me lembrar.

Ele me abraçou.

– Sabe qual é o seu problema, Harry?

– Qual?

– Você acredita em amor verdadeiro. – Meu velho amigo deu um sorriso melancólico. – Esse negócio sempre acaba em lágrimas.

✦ ✦ ✦

Era para ter sido um momento feliz.

Estávamos os quatro comendo bolo. Eu, Cyd, Peggy e Pat. Nossa família recém-mesclada, curtindo nosso barato. Mas assim que acabou de devorar a sua fatia de bolo, Pat, o meu filho – naquela idade em que a gente se diverte com as funções corporais –, deixou escapar por acidente um sonoro arroto.

– Ah! – disse ele, com um sorriso amarelo. – *Essa* foi engraçada!

Peggy levou um guardanapo delicadamente aos lábios.

– Não, na verdade não é nem um pouco engraçado, Pat. É nojento. Não é, mãe?

Cyd sorriu para os dois.

– Olha, não é realmente muito bonito. Mas eu tenho certeza de que Pat não vai fazer de novo.

– Bom, *eu* não acho nem um pouco engraçado – disse Peggy, que para alguém da sua idade até que fazia uma representação muito convincente de criança da realeza.

– E eu tenho certeza de que um menino crescido como o Pat também não vai achar engraçado quando ele parar para pensar no assunto – disse Cyd.

Meu filho ficou arrasado.

Eu sabia que o arroto fora sem querer e que Pat só chamou a atenção para ele porque tinha certeza de que seria motivo de piadas e riso. E pela primeira vez, mas não pela última, eu me senti dilacerado. Dividido entre a lealdade ao meu filho e a lealdade à minha mulher.

Para ser sincero, eu também não queria vê-lo arrotando e soltando pum na minha presença. Ele podia reservar seus números gasosos para os amiguinhos sacanas da escola, que sem dúvida receberiam toda emissão ventosa com lágrimas de alegria, uma sonora ovação e muitos tapinhas nas costas. Mas quando vi suas bochechas ardendo de vergonha e seus olhos se enchendo de lágrimas, o meu sangue ferveu. Ele não merecia aquela humilhação. Não por causa de um mísero arroto.

– Ele é uma criança – eu disse a Cyd. – O que você esperava? Oscar Wilde? Vocês querem fazer o favor de deixá-lo comer o bolo dele em paz?

Peggy e Cyd ficaram olhando para mim. Minha mulher não disse nada, só arregalou aqueles seus belos olhos, surpresa. Mas a filha deu um sorrisinho esperto.

– Gente, pelo amor de Deus, *alguém* levantou com o pé esquerdo hoje. Mãe, me dá mais um pedaço de bolo, por favor?

Cyd foi cortar o bolo. Em cima dele havia um casal de noivos. Porque era a nossa recepção de casamento. Estávamos casados não havia mais de duas horas. E embora eu ainda não tivesse percebido, a lua-de-mel já terminara.

✦ ✦ ✦

Minha mulher era maravilhosa com meu filho quando ainda era minha namorada.

Cyd conversava com ele sobre a escola, pedia a sua opinião abalizada para comparar *A ameaça fantasma* com os três primeiros filmes da série *Guerra nas estrelas* e perguntava se ele queria mais sorvete.

Ele sorria timidamente para essa estrangeira alta de sotaque texano, e eu diria que compartilhava o sentimento do pai. Ele era louco por ela.

Cyd agia como se o conhecesse desde que ele nasceu, quando na verdade ela o viu pela primeira vez pouco antes de ele entrar para a escola. Ela não tentava ser sua mãe, porque ele já tinha uma, nem tentava ser sua melhor amiga. Bernie Cooper era seu melhor amigo. Cyd não forçava seu relacionamento com Pat – e era por isso que a coisa dava certo. Parecia que com ela tudo vinha naturalmente. Havia entre eles uma simpatia genuína e uma afeição verdadeira, o que era mais do que eu poderia ter desejado.

Cyd era tão natural com Pat quanto com a sua própria filha, meiga e atenciosa, mas pronta para aplicar um castigo leve quando ele saía da linha. Não era muito comum ele sair da linha – quando Cyd o conheceu, aos quatro anos de idade, Pat era um menino calmo e bem-humorado cujas transgressões quase sempre resultavam da superexcitação com alguma brincadeira de *Guerra nas estrelas*. Pular em cima do sofá com tênis enlameados e brandir a espada de luz eram os seus crimes mais hediondos.

E quando ela falava com meu filho, essa namorada que viria a ser minha mulher, quando eu escutava a sua voz, quando percebia a intimidade afetuosa e despreocupada que ela lhe dedicava, eu ficava zonzo de felicidade e gratidão.

Mas depois que nos casamos eu precisava de mais que apenas isso. Eu sabia que não era justo, que não era nada justo, mas essa necessidade vinha de alguma câmara secreta dentro do meu coração e eu não podia simplesmente negá-la.

A partir do momento em que fomos declarados marido e mulher, eu passei a precisar que ela o amasse.

✦ ✦ ✦

Quando eu cheguei em casa, o som na caixa era alto, a dança corria solta e a casa estava cheia de mulheres de um metro de altura vestidas com roupa de festa.

Era o aniversário de oito anos de Peggy.

Nas paredes de seu quarto, por cima dos pôsteres do desenho animado *Pocahontas* de alguns anos atrás, viam-se imagens das mais recentes bandas de garotões musculosos com cabeça raspada e cara de poucos amigos. E um monte de acessórios de Brucie – o par constante oficial da boneca Lucy.

Mas em todas as reuniões sociais de Peggy havia agora um severo apartheid entre os sexos. Dois anos atrás, Pat teria sido convidado para essa festa. Agora não mais.

Abri caminho pela sala de estar cheia de menininhas que tentavam se remexer como Kylie Minogue em seu último vídeo. Eu trazia embaixo do braço um embrulho para presente da loja de brinquedos Hamleys. Os olhos de Peggy se abriram num júbilo teatral quando o entreguei a ela.

– Feliz aniversário, meu amor.

Ela rasgou o embrulho e arfou de admiração.

– *Lucy Dançarina!* – ela leu, devorando as palavras estampadas na caixa cor-de-rosa. – *Você vai amá-la! Vai se admirar com a sua elegância! Brinquedo inadequado para crianças de menos de três anos de idade! As peças menores podem causar asfixia! Todos os direitos reservados!* – Peggy se atirou no meu pescoço. – Obrigada, Harry! – E me devolveu a boneca. – Faz ela dançar! Faz a Lucy dançar a música da Kylie!

Eu me sacudi um pouquinho com a Lucy Dançarina. Não dava para fazer muita coisa com os braços dela porque ou eles ficavam rigidamente esticados ao lado do corpo ou erguidos numa espécie de saudação fascista, mas ela era capaz de fazer com alarmante facilidade aquele movimento em que a bailarina se senta no chão com as pernas abertas em direções opostas. Isso graças à sua pélvis plástica, flexível como a de uma estrela pornô.

Peggy a arrancou de minhas mãos para mostrá-la a uma de suas amiguinhas.

– Olha só, Agnes – disse ela. – A *Lucy Dançarina.* As peças menores podem causar asfixia! *Fantástico!*

Minha mulher estava na cozinha com as mães. Eu não sei o que acontecera com os pais, mas estavam todos em outros lugares. Cyd cobria uma bandeja de petiscos com plástico transparente. Ela havia montado um negócio próprio de bufê, de maneira que a nossa casa estava sempre cheia de comida que outras pessoas iam comer. Ela veio a até mim e me beijou na boca. – Você trouxe o Brucie DJ Ibiza que ela queria?

– Esgotado. Nada de Brucie DJ Ibiza até a semana que vem. Eu trouxe a Lucy Dançarina.

– Eles *nunca* têm nada do Brucie em estoque – disse uma das mães. – Isso me deixa louca de raiva.

– Talvez não devêssemos ficar incentivando essa história de boneca Lucy – eu disse.

Todas me olharam em silêncio. A maioria das mães ali presentes era um pouco mais velha do que Cyd. Minha mulher se tornara mãe na faixa dos 25 anos. Como eu. Mas muitas dessas mães haviam deixado a gravidez para quando o relógio biológico estivesse perto de bater a meia-noite.

– *Posso saber* por que não? – uma delas perguntou num tom de voz de fazer murchar os colhões de uma reunião inteira de executivos de meia-idade.

– Bem – eu disse, olhando nervoso para aquelas caras de censura. – Será que essa coisa de Lucy-Brucie não contribui para reforçar estereótipos sexuais pouco saudáveis?

– Eu acho a boneca Lucy um ótimo modelo – disse uma das mães.

– Eu também acho – disse uma outra. – Ela já tem um longo relacionamento com o Brucie.

– Ela trabalha – disse uma terceira. – Ela *se diverte*. Ela *viaja*. Ela tem uma porção de *amigos*.

– Ela *faz música*, ela *dança*, ela é uma *princesa*.

– Ela vive uma vida intensa e repleta de realizações – disse minha mulher. – Quisera eu ser uma Lucy.

– Mas, mas – eu balbuciei – ela não se veste como uma perua? Só para agradar aos homens? Vocês não acham ela meio piranha, não?

O silêncio que antecede uma tempestade.

– Meio *piranha*?

– *A Lucy?*

– Ela está de bem com a sexualidade dela! – disseram todas em uníssono.

Pedi desculpas e me retirei para o meu estúdio no último andar da casa.

Essas mães tinham qualquer coisa que me desconcertava. Eram todas mulheres instruídas e inteligentes que cresceram lendo feministas e neofeministas como Germaine Greer e Naomi Wolf, mulheres que foram à luta e ganharam bastante dinheiro em carreiras bem-sucedidas, muitas vezes criando seus filhos sozinhas.

Mas as suas filhinhas, quando brincavam com a casinha de bonecas de Lucy, faziam de conta que eram um outro tipo de mulher. Elas cozinhavam, limpavam e arrumavam, preocupadas em saber a que horas o Brucie DJ Ibiza ia se dignar a voltar para casa.

Peggy e suas amigas, todas nascidas na década de 1990, eram meninas centradas e autoconfiantes que passavam o que parecia ser todas as suas horas acordadas imitando as virtudes femininas tradicionais. Adoravam a moda, gostavam de se vestir, sabiam tudo sobre as cantoras e as supermodelos do momento. Tinham uma obsessão por sapatos de fazer inveja a Imelda Marcos. Passavam horas se enfeitando e fazendo poses, esquecidas diante do espelho. Gostavam de se maquiar. Aos sete ou oito anos, já eram viciadas em cosméticos. Estavam na escola há apenas dois anos e já aplicavam cremes e fórmulas baratas em suas peles perfeitas, novinhas em folha. Aspiravam ser tudo aquilo que suas mães não quiseram ser. Sonhavam ser donas-de-casa dos anos 1950. Talvez fosse por isso que suas mães, com freqüência, pareciam estar perto de perder a paciência com elas.

Minha mulher era um pouco de cada coisa. Uma excelente mãe que tinha um negócio que começava a decolar. Ganhava dinheiro e cuidava da casa, fazendo com que isso parecesse a coisa mais natural do mundo.

Eu tinha muito orgulho dela.

Quando me aventurei a descer, as mães já tinham ido embora e levado com elas as suas filhas. Cyd e Peggy recolhiam os enfeites da festa espalhados pelo tapete.

– Coitado do Harry – riu a minha mulher. – Passou um aperto com elas?

Peggy ergueu os olhos e sorriu.

– O que aconteceu com Harry?

– Ele não está acostumado com o mundo governado pelas mulheres – disse Cyd.

Era verdade. Eu vivera os trinta primeiros anos da minha vida em casas onde o número de homens era o dobro do de mulheres. Eu, meu pai e minha mãe; depois eu, Gina e Pat. Agora eu estava em minoria.

Cyd ergueu as mãos cheias de enfeites de papel colorido.

– Vem cá, meu gato, vem dançar com as suas meninas.

Às vezes o mundo ficava parecido com as advertências das caixas de brinquedos – a parte que fala das peças menores capazes de causar asfixia.

Então nós rimos à beça, Cyd, Peggy e eu dançando ao som de Kylie Minogue em meio aos restos da festa – balões estourados, enfeites coloridos e pedaços de bolo pisados no assoalho. Rimos de pura alegria, rimos tanto que mal dava para acompanhar *Can't Get You Out of My Head.*

E por um momento a minha vida pareceu tão intensa e cheia de realizações quanto a da boneca Lucy.

quatro

Minha mãe ainda dormia com a luz acesa.

Na mesma casa onde passou a maior parte da sua vida de casada, onde um dia fora uma jovem esposa e mãe, na casa que foi o seu lar durante todos esses anos, ela se esforçava para dormir à noite com todas as luzes do seu quarto brilhando.

– Parece que eu não consigo pegar no sono, Harry. Eu deito com o meu rádio-despertador ligado bem baixinho na Rádio 2 (os vizinhos ganharam uma bebezinha, eu contei a você? É uma coisinha linda) e, assim que eu durmo, acordo novamente. Que coisa engraçada, não? Você não acha estranho?

– Não vejo nada de estranho, mãe. Você não consegue dormir porque fica com uma lâmpada de 100 watts queimando em cima da sua cabeça. É uma técnica de privação de sono. Uma forma de tortura.

– Ah, isso não tem nada a ver, meu querido.

– É claro que você não consegue dormir. Não consegue dormir porque não apaga a luz. Por que você não tenta dormir com a luz apagada? Por que não experimenta, uma vezinha só, mãe? Me faz esse favor?

– Eu não posso fazer isso, meu filho – disse ela, acariciando a cabecinha dourada de Pat, que se sentara no chão, entre nós, para consultar a programação de TV do *Radio Times*. – Eu não consigo ficar deitada a noite inteira no escuro. Sem o seu pai é impossível.

Meu pai morrera dois anos antes.

Fazia já dois anos que meu pai tombara numa cama de hospital com o cérebro enevoado de dor e analgésicos, subjugado pela doença. E eu achava que o câncer de pulmão do meu velho iria com toda certeza matar o casal. Não podia crer que minha mãe fosse capaz de viver sem o meu pai. Mas mulheres como a minha mãe, viúvas convictas, eram mais fortes do que pareciam, donas-de-casa diligentes cujo único ato de rebeldia foi vestir minissaia durante um curto período na passagem da década de 1960 para a de 1970. Mulheres como a minha mãe eram feitas para sobreviver a qualquer coisa. Até aos seus maridos durões. É verdade, ela não conseguia dormir sem as luzes acesas. Mas era perfeitamente capaz de viver sem meu pai. Já havia provado isso.

Durante muito tempo meus pais foram como um organismo vivo – Paddy e Elizabeth. Cumpriram a longa jornada de namoradinhos adolescentes até avós extremados, a grande viagem que tão poucos casais ainda conseguem fazer. Eu nunca fui capaz de imaginar um sem o outro.

Eu sabia que meu pai não conseguiria viver sem minha mãe. Se ela tivesse ido na frente, ele morreria, privado de sua principal razão de viver. E sempre supus que ela também não sobreviveria sem ele.

Estava enganado.

Minha mãe pertencia à última geração de mulheres que se casaram com a expectativa de serem mimadas pelos maridos. Ela não via nada de estranho em deixar o meu pai dirigir o carro, trazer o dinheiro para casa, sentar na sua poltrona, chegar do trabalho e devorar o jantar – o seu "chá" – como um chefe de tribo que retorna da guerra.

Mas na velhice, na viuvez, essas mulheres revelaram uma atitude independente que pouca gente reconhece. Essas donas-de-casa dos anos 1960 e 1970, essas noivas da austeridade – a última geração de mulheres que costuravam para os seus filhos –, essas mulheres com seus casaquinhos de malha de cores suaves eram feitas de aço.

Minha mãe não morreu. A morte do meu pai não a matou. Ela se recusou a deixar que o fim dele fosse o seu também.

Ela saía para tomar café com bolo com as amigas e fofocar com um grupo social conhecido simplesmente como "as garotas do ônibus". Fazia casacos de tricô para a neném dos vizinhos, a coisinha linda da porta ao lado – minha mãe achava que todos os bebês eram umas coisinhas lindas –, e punha Dolly Parton para cantar no máximo volume em seu *mini stereo system*.

– Que voz encantadora – ela dizia. – Que figura extraordinária.

Telefonava diariamente para todos os seus irmãos – era quase impossível falar com ela no telefone, sempre ocupado – para saber de seus empregos, seus filhos e sua saúde.

Minha mãe estava vivendo sem meu pai, o homem ao redor do qual ela construíra todo o seu mundo. Estava vivendo a sua vida sem ele. Para mim, isso parecia uma coisa incrível. E eu desconfiava que para ela também.

A morte do meu pai quase fez minha mãe enlouquecer de tristeza. Ela chorava no supermercado, no ônibus, em todas as horas inconvenientes. Não conseguia evitar. Chorava até as lágrimas secarem. Mas conseguiu dar a volta por cima. Mais do que isso: tornou a se interessar pela vida, aprendeu a se virar sozinha, a voltar a sorrir.

– Ainda não morri – ela costumava dizer.

Fora a luz acesa a noite inteira – o que será que ela achava que podia lhe acontecer no escuro? –, minha mãe seguiu em frente. Não normalmente, porque o normal se acabara. Mas mergulhou num mundo transformado, um mundo sem o seu querido Paddy. E ela seguiu em frente porque era uma mulher que não amava somente o meu pai. Ela amava as pessoas. Todos os tipos de pessoa.

Os jovens vizinhos com sua neném nova. A senhora idosa do outro lado da rua, a tia Ethel que não era minha tia de verdade mas que fora uma jovem esposa e mãe junto com minha mãe mais de meia vida atrás.

Ela amava os velhos amigos com quem se encontrava na nova cafeteria da rua principal do subúrbio onde construíra a sua vida. E também sua família. Amava todos os irmãos, cujo número somente agora começava a diminuir. E as esposas deles. E os filhos deles, já crescidos e com família. E finalmente havia eu, o seu único filho.

Mas acima e além de todos, minha mãe amava o neto. O seu Pat. O meu filho era a sua melhor razão para seguir em frente depois que meu pai se foi.

– Ele é o amor da minha vida, não é, lindinho? É o meu queridinho.

Meu filho sorria pacientemente enquanto pegava o controle remoto.

A minha mãe tinha uma espécie de dom, o dom de fazer a gente se sentir amado. E não era simplesmente porque sua fala era pontilhada de termos afetivos, todos aqueles *meu coração, meu amor, meu querido, meu lindo* e *meu anjo* que pareciam ser da sua natureza – e de todas as mulheres de sua geração e formação. Tinha um modo de fazer você se sentir mais importante do que qualquer outra coisa neste mundo, fosse simplesmente lhe trazendo uma xícara de chá, lhe afagando o cabelo ou tricotando um suéter que você só vestiria quando fosse visitá-la.

Mesmo não sendo propriamente uma viúva alegre – além de passar tempo demais no cemitério, eu temia que ela fosse dormir para sempre com a luz acesa –, a minha mãe aprendera a seguir vivendo. As roupas do meu pai ainda ocupavam um lado inteiro do armário à espera da hora certa de migrar para algum bazar de caridade, mas o espírito dele não assombrava mais a casa.

Minha mãe preenchera finalmente o ambiente com o seu próprio espírito.

A casa não cheirava mais a charutos e cremes de barbear. Não havia mais cerveja preta na da geladeira nem garrafas de uísque irlandês em cima da pequena cômoda conhecida como o "armário das bebidas". E a música também havia mudado. Isso foi o que mais me chamou a atenção. Foi como eu soube que o fantasma do meu pai tinha realmente ido embora.

Ao entrar na casa onde me criei, eu não mais ouvia Frank Sinatra, Dean Martin e Nat "King" Cole. Não ouvia mais as antigas canções – Sammy Davis Junior choramingando *What Kind of Fool Am I?*, Sinatra durante os anos da Capitol, as *16 Most Requested Songs* de Tony Bennet, as trilhas sonoras que preencheram os anos entre *Oklahoma!* e *West Side Story*.

Minha mãe me deu todos os discos do meu pai. Porque tinha os seus próprios discos para tocar.

Ela gostava de country e western. Canções com histórias e melodias, canções que deixavam a gente saber exatamente o que elas queriam dizer. Canções felizes. Canções tristes. Canções para dançar, beber, chorar o amor perdido. Ela era louca por essa música anasalada e lacrimosa. Eu não fazia a menor idéia de se isso era coisa antiga ou se Dolly Parton, Tammy Wynette e Patsy Cline eram gostos novos. Meu pai é que era o DJ da casa. MC Paddy Silver e seu vinil dançante. Agora não mais.

Minha mãe sofrera dois golpes nos anos recentes. Primeiro perdeu o marido, o homem que amou desde o dia em que ele apareceu na sua casa, no East End, com um de seus irmãos com quem treinava boxe no clube do bairro. Perdeu o homem com quem viveu um amor de toda a vida, aquele rapaz agitado, aquele homem durão que aprendera a ser delicado. Perdeu-o para um câncer de pulmão, perdeu-o para o tempo.

E, embora eu não suportasse admiti-lo – nem para mim mesmo, que dirá para ela –, de alguma forma muito particular ela perdeu também o neto.

As coisas não eram tão fáceis agora que eu estava divorciado. Já não era tão fácil Pat passar longas horas com a avó agora que ele morava com a mãe dele e eu não morava com nenhum dos dois.

De todo o coração, eu gostaria que as coisas fossem diferentes. Queria que tudo fosse fácil como nos velhos tempos, quando eu ainda estava com Gina e minha mãe via Pat o tempo todo, ou mesmo depois, quando Gina foi tentar a sorte no Japão, ver se recuperava a sua vida, e eu cuidava de Pat sozinho, época em que minha mãe foi como a mãe de nós dois. Eu gostaria que as coisas fossem tão simples quanto haviam sido em outros tempos, porque sabia que Pat era o centro do universo da minha mãe. Mas nada voltaria a ser como antes. O centro do universo tinha mudado de lugar.

São eles os grandes esquecidos na hora do divórcio. Os avós. Os velhos que adoram os meninos e meninas gerados por seus próprios filhos adultos e insensatos, indivíduos falíveis que de alguma forma criam a perfeição. O divórcio faz com que todo o amor incondicional que os avós têm para dar se torne supérfluo de uma hora para a outra.

Por isso eu me esforçava tanto. Fazia de tudo para fingir que o centro do universo estava onde sempre estivera. Metade do meu tempo com Pat eu passava com a minha mãe. Entrávamos no carro e íamos para Sussex, por ruas por onde passei a vida inteira.

Eu lembrava essas ruas de quando era criança voltando da casa da minha avó no East End, adormecido no banco de trás do Morris Minor do meu pai. E de quando era adolescente e fazia cantar os pneus do meu Escort para impressionar a garota de cabelos compridos no banco ao lado. E de quando, mais tarde, passava por elas como um jovem marido e pai levando sua pequena família para ver os avós orgulhosos. E de quando, mais tarde ainda, passava por elas no meu carro esporte de dois lugares, com Pat ao meu lado lutando contra o sono, sentindo falta da mãe e não querendo falar no assunto.

Eu conhecia bem essas ruas. Lembro-me de passar por elas para ir visitar o meu pai doente, o meu pai moribundo, e no dia do seu enterro. De todas aquelas viagens de carro entre Londres e Essex, da cidade ao subúrbio, pensando na minha vida sem nunca conseguir saber o que viria em seguida, sem nunca sonhar.

Agora, uma vez mais, eu e Pat passávamos por aquelas ruas de Essex para ir ver a minha mãe na casa onde ela dormia com a luz acesa.

Gina se fora. Meu pai se fora. Cyd e Peggy não faziam parte dessas viagens a Essex, esse ritual há muito estabelecido de nossas vidas. Minha nova mulher e sua filha tinham suas vidas em Londres, e nós as deixávamos para trás sem nem precisar discutir o porquê.

Crescer e envelhecer. Tudo isso a gente espera. Mas minha pequena família estava ficando cada vez menor e mais frágil. E para isso a gente nunca está preparado.

Pat se sentia confortável na casa onde eu cresci. Lá, na grande mancha suburbana onde termina a cidade e começa o campo, algum nó fortemente apertado dentro dele parecia relaxar. A melhor parte de sua infância ele passara na velha casa. Sem pais brigando, chorando, nem se separando. Sem convulsões, infidelidades, nem celulares jogados na cara. Somente vídeos de *Guerra na estrelas* e xícaras de chá, e a chance de abrir a geladeira sem pedir permissão a ninguém. Doces horas passadas sentado no chão da sala ouvindo vozes familiares cantando velhas canções no quintal. E todos os momentos desses dias tranqüilos preenchidos com um amor descomplicado e incondicional. Antes, dos meus pais. Agora, só da minha mãe. Mas o amor permanecia.

– Você é o homem dos meus sonhos. Não é, meu lindo?

Meu filho sorria pacientemente e saía para procurar alguma coisa lá em cima. Os seus velhos brinquedos estavam ali, muitos dos quais eram infantis demais para um garoto de sua idade. Uma coleção de vídeos de *Guerra nas estrelas,* por certo, e um monte de coisas que ele não via mais, filmes de luta e gibis da Disney, juntando poeira e registrando a passagem dos anos. Ali ele tinha o seu quarto, pilhas de roupas e uma vida. Era capaz de fazer o trajeto da televisão até a geladeira e vice-versa de olhos fechados.

Ali tudo era fácil. As conversas formais que costumávamos ter durante os nossos hambúrgueres de domingo não eram necessárias.

Ficávamos na frente da televisão, meu filho e eu, enquanto minha mãe preparava o almoço. Ou o jantar, que ela chamava de chá. Ou uma xícara de chá, que ela chamava de uma boa xícara de chá.

Ela recusava a nossa ajuda para lavar a louça. Pat e eu tínhamos sido bem treinados pelas mulheres de nossas vidas e fazíamos a nossa parte nas casas onde morávamos, sem sequer pensar a respeito, sem que ninguém precisasse pedir.

Mas minha mãe não queria nem ouvir falar nisso. Na sua casa era ela quem ditava as regras, e uma delas dizia que isso era assunto seu. Ela era o chefe que servia. Sua palavra era lei, sua maneira de fazer as coisas era inegociável. Às vezes eu a observava pela fresta da porta entreaberta mexendo em pratos e panelas enquanto cantava uma canção de Dolly Parton, e ficava com vontade de abraçá-la daquela forma impetuosa com que o meu filho às vezes a abraçava.

Nós a adorávamos, e adorávamos estar ali porque não tínhamos de pensar em nada. Que alívio poder desligar aquelas partes do cérebro treinadas para se mover no pântano do divórcio, do segundo casamento e da família mesclada. Ele pode tomar uma coca-cola? Ele pode ver uma fita de vídeo? Ele pode sair da mesa? Ele tem realmente de comer essas lentilhas todas? Como é bom não ter de pensar a respeito do que é bom para você. Só que não dura muito.

Depois da nossa fatídica viagem a Paris, eu passei a controlar meticulosamente o tempo. Para voltar a Londres, para levar Pat de volta para a mãe dele, eu sempre dava um desconto para as obras na via expressa A127, os acidentes na M25 e os jogos de futebol na Zona Norte de Londres. Só não podíamos era chegar tarde outra vez.

– Hora de voltar pra casa – eu disse ao meu filho. E ele me dirigiu um olhar que jamais devia ser visto no rosto de uma criança de sete anos. Mais do que qualquer outro lugar, dizia o olhar no rosto do meu filho: este lugar parece a minha casa.

Então o que é aquele outro lugar?

Saímos da casa de minha mãe justo quando começava a escurecer. Eu sabia que logo as luzes se acenderiam e assim ficariam a noite inteira, enquanto minha mãe deitava na cama cantarolando canções de Dolly Parton para manter o bom astral, e os velhos ternos do meu pai continuavam ocupando o guarda-roupa, preciosos demais para serem doados a uma instituição de caridade.

cinco

Gina esperava por mim no estacionamento da escola.

Devia ter vindo direto do escritório porque usava terninho e sapato alto e carregava uma pasta bastante usada. Estava ótima, o ideal de mulher trabalhadora de algum editor de moda, embora mais magra do que eu jamais a vira antes. Minha ex-mulher ainda era bonita o suficiente para virar a cabeça dos homens na rua. Mas parecia mais séria do que sempre fora.

– Desculpe o atraso, Gina.

– Tudo bem. Estamos os dois adiantados. – Beijou-me de leve no rosto, apertando meu braço. Ela me perdoara pela aventura em Paris, eu acho. – Vamos falar com a professora, então?

Entramos no edifício principal da escola e percorremos corredores que pareciam exatamente iguais aos que povoavam as minhas lembranças dos anos passados. As pinturas das crianças na parede, o cheiro da merenda, o alarido distante da aula de educação física. Ecos e risadas, cheiro de desinfetante e sujeira. Fomos até a sala da diretora sem precisar perguntar onde ficava. Não era a primeira vez que éramos convocados à escola do nosso filho.

Miss Wilkins, a diretora, era uma moça de rosto pálido e cabelo louro bem claro e curtinho. Com seu penteado estilo Eminem e seu tênis de "funkeiro", ela não parecia ter idade bastante para ocupar o cargo máximo da escola, talvez no máximo para ela própria estar saindo da escola. Mas as promoções aconteciam rápido por aqui. A escola de Pat era cercada de conjuntos habitacionais barra-pesada, e muitos professores simplesmente não agüentavam o tranco.

– Sr. e Sra. Silver. Entrem, por favor.

– Na realidade, Sr. Silver e Sra. McRae – disse Gina. – Obrigada.

A diretora nos preparou com o confortante preâmbulo de praxe. Nosso filho era um menino ótimo, de temperamento dócil, adorado pelos professores e pelas crianças. E aí veio o motivo de estarmos ali.

Ele estava totalmente fora de controle.

– O Pat nunca é rude nem violento – disse Wilkins. – Não é como alguns outros. Ele faz tudo com um sorriso nos lábios.

– Então ele deve ser bastante popular na escola – eu disse. Eu não conseguia deixar de defendê-lo. Sempre sentia necessidade de interceder por ele.

– Seria, sim, se conseguisse ficar em sua carteira durante pelo menos uma lição inteira.

– Ele fica zanzando – disse Gina, mordendo nervosamente a unha do polegar, como se tivesse sido chamada à escola por causa do seu próprio mau comportamento. – É isso, não é? Ele fica andando pela classe. Conversando com as outras crianças enquanto eles tentam fazer suas tarefas. – Ela olhou para mim. – Nós já estivemos aqui antes. Mais de uma vez.

– A senhora me permite uma pergunta pessoal? – disse Wilkins. Ela podia ter um penteado diferente mas ainda era como todas as professoras que eu conhecera.

– É claro – disse Gina.

Pausa.

– O divórcio foi muito tenso?

– Não são todos? – eu disse.

Seguimos Miss Wilkins pelo corredor. Na porta de cada sala de aula havia um pequeno quadrado envidraçado. Como as janelas das celas das prisões. Wilkins ergueu a cabeça loura na frente do vidro por um instante e em seguida deu um passo atrás com um sorriso sinistro, levando o indicador aos lábios. Pela janelinha, Gina e eu ficamos espiando a sala de aula do nosso filho.

Eu o localizei imediatamente. Mesmo no meio de vários outros meninos de seis a sete anos, alguns com cabeleiras bem parecidas e todos vestindo o mesmo suéter verde que passava por uniforme nestas paragens, eu não podia deixar de reconhecê-lo.

Pat estava no meio da classe, debruçado sobre uma carteira como todas as outras crianças. E eu pensei em como o cabelo dele parecia sempre sedoso, como se tivesse saído de um comercial de condicionador mesmo quando precisava do que minha mãe chamava de uma boa lavada à moda antiga.

A professora desenhara no quadro-negro um esboço do planeta Terra, um globo branco perdido no meio daquele negrume com uns rabiscos meio apagados, quase irreconhecíveis, representando os continentes. Ela estava escrevendo qualquer coisa no alto do quadro. *Nosso Mundo*, se lia.

Todas as crianças desenhavam, atentas. Inclusive Pat. E por um instante eu tive a ilusão de que estava tudo bem com ele. Havia qualquer coisa de comovente naquela cena. Porque, é claro, essas crianças dos bairros mais humildes da cidade vêm de todos os grupos étnicos do planeta. O problema era que o desenho sobre o qual o meu filho estava debruçado era de outro aluno. Ele estava ajudando uma menininha a colori-lo.

– Pat? – disse a professora, voltando-se. – Desculpe, mas eu já não pedi para você ficar na sua carteira?

Ele a ignorou. Com todo o charme juvenil que os seus olhos tímidos irradiavam por entre a franja dourada dos cabelos, ele circulava entre as carteiras olhando por cima dos ombros dos seus colegas de classe, lançando sorrisos e sussurrando comentários às crianças concentradas no planeta Terra.

– Sim – disse Gina, e eu não precisei olhar para saber que ela estava contendo as lágrimas. – Respondendo à sua pergunta, foi um divórcio bastante estressante.

✦ ✦ ✦

Nós fazíamos essas coisas juntos.

Não havia hipótese de um de nós apenas ir à escola ouvir o sermão da compenetrada diretora – quem diria – punk e ter de resolver sozinho os problemas do nosso filho.

Nós dois éramos pais, independentemente de onde ele morava, e nada mudaria este fato. Esta era a nossa atitude.

Gina era muito melhor do que eu nesses assuntos. Ela não sentia necessidade de ficar na defensiva a respeito de Pat, conseguia se comunicar com os funcionários da escola, abria-se sobre os nossos problemas pessoais e levava qualquer um que tivesse alguma curiosidade a uma visita guiada à nossa roupa suja, que por sinal a esta altura já estava um bocado velha e puída. Eu me deixava impressionar muito mais do que ela. Pelo menos ficava muito mais deprimido. Porque no fundo eu também culpava o nosso divórcio pelos problemas de Pat na escola.

– Não se preocupe, Harry, ele vai sair dessa – Gina me disse enquanto tomávamos um *capuccino.* Era o que fazíamos. A cada duas ou três semanas, depois da visita obrigatória à escola, nós íamos a um pequeno café na Upper Street. Costumávamos ir ali nos velhos tempos, antes de Pat nascer. Esses *capuccinos* no meio da manhã eram todo o relacionamento social que nos restara. – Ele é um bom menino. É inteligente, todo mundo gosta dele. Só que tem problemas de concentração. Tem dificuldade de se concentrar nas coisas. Não chega a ser a síndrome do déficit de atenção, sei lá o nome que eles dão. É só um problema de concentração.

– Miss Wilkins acha que a culpa é nossa. Que a gente fundiu a cuca dele. E talvez ela esteja certa, Gina.

– Não interessa o que ela pensa. A felicidade de Pat, isso é o que interessa.

– Mas ele não está feliz, Gina.

– Aonde você quer chegar?

– Ele não se sente feliz desde que... você sabe. Desde que nos separamos.

– Muda o disco, Harry.

– É sério. Ele perdeu aquela chama que ele tinha. Lembra-se daquele brilho maravilhoso? Escuta, eu não estou culpando você nem Richard.

– Richard é um excelente padrasto. – Ela sempre ficava suscetível quando eu sugeria que o divórcio talvez não tivesse sido uma bênção na vida do nosso filho. – Pat tem sorte de ter um padrasto como Richard, que se preocupa com a sua educação, que não quer que ele gaste todo o seu tempo com espadas de luz e futebol, que quer que ele se interesse por museus.

– E Harry Potter.

– O que há de errado com Harry Potter? Harry Potter é ótimo. Todas as crianças adoram Harry Potter.

– Mas ele tem de se adaptar, o pobrezinho. Estou falando de Pat, não de Harry Potter. Ele tem de se adaptar a todo lugar que vai. Você não vê? Quando ele está com você e Richard. Quando está comigo e com Cyd. Ele tem de ter jogo de cintura o tempo todo. Pelo menos isso você admite, não admite?

– Eu não sei do que você está falando.

– Ele só fica relaxado com a minha mãe. Crianças não deviam ter de se adaptar. Pat teve de fazer um papel coadjuvante no nosso pequeno drama em plena infância. Nenhuma criança merece isso.

Ela não queria ouvir aquilo. E eu não a culpava. Eu gostaria de pensar que os problemas do nosso filho na escola não tinham nada a ver conosco, e sim com o fato de que ele era um danado dum preguiçoso. Mas eu simplesmente não conseguia acreditar nisso. A razão de ele ter bicho-carpinteiro na escola era sua necessidade de ser querido pelas pessoas, ele precisava ser amado. E eu sabia que isso tinha algo a ver comigo e com minha ex-mulher. Talvez tivesse tudo a ver conosco. Como é que eu poderia não ficar pensando em como as coisas teriam sido se tivéssemos ficado juntos?

– Você nunca pensa no passado?

– Como assim?

– Você nunca sente falta de nós? – eu disse, cruzando a linha entre o que era e o que não era permissível. – Nem de vez em quando? Nem um pouquinho?

Ela me dirigiu um sorriso cansado por sobre o resto do seu *capuccino.* Não havia mais nenhum calor, nem em seu café, nem em seu sorriso.

– Falta de nós? Você quer dizer ficar em casa sozinha enquanto você dava uma de gostosão no glamouroso mundo da televisão?

– Não, não era assim...

– Você quer dizer sentir falta de seus lançamentos, suas festas e suas reuniões sociais e de ser tratada como a mulher invisível, porque eu cuidava do seu filho e não de qualquer programinha de merda na TV?

– Bem, na verdade o que eu...

– As pessoas me menosprezando por estar criando um filho, quando o que eu fazia era o trabalho mais importante do mundo. Eu dizendo às pessoas que era uma dona-de-casa e elas *sorrindo,* Harry, achando tudo aquilo realmente *engraçado.* Na verdade, achando uma *piada.*

Ai, meu Deus, tudo isso outra vez, não.

– Posso pedir a conta?

– Quando o que era realmente engraçado era que eu tinha qualificações profissionais que aqueles imbecis nem sequer sonhavam. Quando o que era engraçado era que eu era bilíngüe enquanto a maioria daqueles cretinos mal sabia falar a própria língua. Se eu sinto falta dessas coisas? Não, decididamente não, não me venha com essa agora. E também não sinto falta de dormir na nossa cama com nosso menininho no quarto ao lado enquanto você trepava com suas estagiárias.

– Você sabe o que eu quero dizer. Eu falo da falta de complicação. É só isso. Não precisa ficar arrastando toda essa velha...

– Não, não posso dizer que sinto falta. Nem você. Você não devia sentir falta daquela nossa vida, porque ela estava construída sobre uma mentira. Eu gosto de como é agora, se você quer realmente saber. Essa é a diferença entre mim e você. *Eu gosto de como as coisas estão agora.* Gosto da minha vida com Richard. Para mim, esses são os bons tempos. E você deveria se sentir agradecido, Harry.

– E por quê?

– Por Pat ter um padrasto que se interessa profundamente por ele. Alguns padrastos são maus. Outros são violentos. Muitos são indiferentes.

– Eu devia estar agradecido por meu filho não estar sendo maltratado? Dá um tempo, Gina.

– Devia estar agradecido por Richard ser um homem bom e atencioso que quer o melhor para o Pat.

– Richard quer mudá-lo. Mas ele não precisa mudar. Ele é ótimo do jeito que é.

– Pat não é perfeito, Harry.

– Eu também não.

– Ora, Harry, todo mundo sabe disso.

Ficamos nos encarando por uns instantes e então Gina pediu a conta. Eu a conhecia bem demais para querer pagar.

Nós sempre fazíamos isso – apoiávamos um ao outro, tentávamos ser amigos, e aí, como sempre, acabávamos quase nos estapeando. Era como se não pudéssemos evitar. No final nos enlouquecíamos mutuamente cutucando as velhas feridas, transformando a intimidade que existia entre nós numa exasperante claustrofobia.

Eu sabia que a havia enfurecido hoje. E foi por isso que a notícia que ela me deu quando caminhávamos de volta ao estacionamento soou como um ato de suprema crueldade e rancor.

– Mas nada disso tem importância – ela disse. – O problema na escola, essa comédia de erros que a gente arrasta na frente de todo mundo. Nada disso tem mais importância, Harry.

– Do que você está falando?

– Nós estamos indo para os Estados Unidos.

Parei e fiquei olhando para ela.

– Eu queria lhe dizer. Mas ainda não havia nada definido. Não até esta semana.

Pensei no que ela disse por um momento. Mas não havia compreendido. Não ainda.

– Por quanto tempo? Pat passar duas semanas sem ir à escola não chega a ser uma má idéia. Vai ver até faria bem para ele. Quem sabe ele não está mesmo precisando de um tempo? O que ele está aprendendo agora não é grande coisa mesmo.

Minha ex-mulher balançou a cabeça. Ela não conseguia acreditar como eu podia ser tão lerdo.

– Se liga, Harry.

Parado no estacionamento deserto da escola, eu comecei finalmente a entender. A entender que minha ex-mulher podia fazer o que bem quisesse. Que idiota eu tinha sido.

– Espera aí. Me diz que você está falando de férias, Gina. Me diz que está falando da Disneylândia, da Flórida.

– Estou falando de ir embora de Londres, Harry. Embora do país. Estou falando de me mudar para sempre. Morar, Harry. Richard, eu e Pat. O contrato de Richard está terminando e ele nunca se firmou aqui.

– Richard nunca se firmou aqui? Richard? E Pat? E quanto a Pat conseguir se concentrar, porra?

– Quer fazer o favor de controlar a sua língua? Ele tem sete anos. As crianças são muito adaptáveis. Elas se acostumam com qualquer coisa.

– Mas a escola dele é aqui. A avó dele está aqui. Bernie Cooper está aqui.

– Quem diabos é... ah, o Bernie. Pelo amor de Deus, Harry, ele pode fazer novos amigos. É uma questão profissional. Richard pode conseguir um emprego bem melhor nos Estados Unidos.

– Mas o seu emprego é aqui. Olhe pra você, Gina. Você finalmente conseguiu sua vida de volta. Agora vai jogar tudo fora outra vez?

– Meu emprego não chega a ser o que eu queria. Eu mal uso o meu japonês. De que adianta trabalhar para uma empresa japonesa se não preciso falar japonês? Não se preocupe, não estamos falando de um apartamento na cidade. De Manhattan a Connecticut o trem leva só...

– Não se preocupe? Mas quando é que eu vou poder vê-lo? E a avó dele?

– Você vai vê-lo o tempo todo. As férias escolares são longas. Você pode ir. De Londres a Nova York é um pulo. Quanto? Seis horas?

– Você conversou com Pat sobre isso? Ele sabe que não vai ser uma voltinha até a casa da Minnie e do Mickey e depois voltar?

– Ainda não.

Balancei a cabeça, tentando controlar a respiração.

– Não posso acreditar que você está pensando em arrastá-lo até o outro lado do mundo – eu disse, sabendo que não era exatamente verdade. Eu acreditava, e muito. Percebi que ela sempre tivera essa idéia dentro de si, essa crença de que sempre haveria uma vida melhor esperando na outra ponta de um vôo intercontinental.

Gina sentira isso durante anos – quando era solteira e depois que nos separamos. E ainda sentia. No passado, o Japão era a Terra Prometida. Agora eram os Estados Unidos. Estava entranhado em seu caráter esse desejo de começar de novo do outro lado do mundo. Ah, sim, eu podia acreditar perfeitamente.

– Qual é o problema com Londres? O lugar dele é aqui. Sua família e seus amigos – continuei. – Gina, ele é *feliz* aqui.

Ela ergueu as mãos com as palmas viradas para cima, abarcando tudo: Miss Wilkins, o problema na escola, o nosso filho que não conseguia ficar sentado durante uma lição inteira, Paris e o Eurostar quebrado, a vida na Zona Norte de Londres.

– Ora, é claro que não. A vida vai ser melhor lá. Para todos nós. Eu não quero que a infância de Pat seja como a minha: o tempo todo casas diferentes, pessoas diferentes. Quero que a infância dele seja como a sua, Harry. – Ela pôs a mão no meu braço. – Você tem de confiar em mim. Eu só quero o que é melhor para o nosso filho.

Eu me livrei dela, irado.

– Você não quer o que é melhor para o nosso filho. Você não quer nem o que é melhor para você mesma. E nem para esse babaca fracassado com quem você se casou.

– Quer fazer o favor de controlar sua língua?

– Você só quer vingança.

– Acredite no que quiser, Harry. Eu não estou nem aí para o que você pensa.

– Você não pode fazer isso comigo, Gina.

De repente, ela se enfureceu. Uma vez mais eu vi que seria impossível recriar aquilo que uma dia existira entre nós. Podíamos ser educados, até afetuosos, preocupados com Pat, mas o amor que havíamos perdido era impossível de reconstituir agora. Ele se exaurira por completo. Como é que se diz? Casados durante anos, divorciados para sempre. Assim éramos nós. Gina e eu estávamos divorciados para sempre.

– Você quebrou o compromisso, Harry, não eu. Você ficou por aí de sacanagem, não eu. Foi você que encheu o saco do leito conjugal, Harry. Não eu.

Ela balançou a cabeça e riu. Eu olhei para o rosto dessa mulher ao mesmo tempo familiar e estranha. O meu filho herdara de sua mãe os olhos transparentemente azuis, os cabelos louro-escuros e os dentes ligeiramente afastados. Definitivamente, ela era a mãe dele. Mas eu não a reconhecia mais.

– E agora *você* vem *me* dizer o que eu posso e o que eu não posso fazer, Harry? É muita cara-de-pau. Eu estou levando meu filho para fora do país. Pode começar a se acostumar com a idéia.

Aí ela pressionou a chave do carro e eu vi as luzes da trava elétrica cintilarem no seu anel de casamento.

Não o que ela usava quando estava comigo.

O novo.

seis

Richard era um desses executivos malhados que começavam a aparecer em toda parte. O fortão de óculos. O *nerd* de academia.

Dez anos atrás um sujeito como Richard – que mexe com o dinheiro dos outros – seria um cara de pernas finas e ombros estreitos. Mas para viver na cidade hoje em dia você tem de ser fortão, pelo menos ter pinta de fortão. Eu não sabia o que é que ele praticava – musculação, aeróbica cardiovascular, talvez boxe –, mas quando invadi o restaurante onde ele almoçava com uns colegas de profissão achei-o definitivamente mais parecido com o Super-Homem do que com o seu alter ego tranqüilão.

Richard foi o último a olhar para mim. Os três me viram chegando. Talvez fosse a minha roupa – um paletó que minha mãe chamava de sobretudo, blusa cáqui e botas. Traje a caráter para um produtor de TV, mas que chamava a atenção num restaurante metido a besta onde serviam comida rústica toscana para executivos que ganham salários de seis dígitos por ano.

Os companheiros de mesa de Richard notaram a minha aproximação – um jovem executivo tipo Armani, um cara mais velho, de cabelo grisalho, e um gordo –, mas não sabiam muito bem o que pensar a meu respeito. Eu juro que um deles – o gordo – esteve a ponto de me pedir outra garrafa de água mineral. Mas quando eu abri a boca ele percebeu que eu não estava ali para servir Perrier.

– Você não vai levar Pat para longe de mim, seu desgraçado – eu disse. – Nem pense em levar Pat para fora do país.

Os outros olharam para Richard e para mim, e para ele novamente, sem saber o que pensar daquela cena. Um marido corneado? Uma briga de homossexuais? Eu notei que eles não conheciam Richard bastante bem para entender de imediato. Então ele explicou, sem tirar os olhos de mim.

– Este senhor é o pai do meu enteado – disse Richard. – O pobrezinho.

E foi aí que eu perdi as estribeiras, atirei-me em cima da mesa espalhando as cestas de pão e os galheteiros de azeite prateados, que eu tenho quase certeza de que não existem nas casas rústicas da Toscana. Os companheiros de mesa de Richard recuaram e começaram a se levantar das cadeiras para se afastar da confusão, mas dois garçons caíram em cima de mim antes que eu conseguisse alcançá-lo. E começaram a me empurrar para fora, um deles prendendo meus braços ao lado do corpo num abraço de tamanduá e o outro tentando agarrar o colarinho do meu sobretudo.

– Deixa a gente em paz – eu disse, cravando os calcanhares no piso de tábuas coberto de serragem e conseguindo agarrar a ponta da toalha apesar dos braços imobilizados. – Deixa o meu filho em paz, Richard.

Os garçons eram fortes demais para mim. Ao contrário de Richard, eu não passava horas na academia fazendo musculação. Toda a minha força se esvaía enquanto eles me punham para fora com a maior facilidade. Mas como ainda estava agarrado à toalha, levei-a comigo, e veio tudo ao chão: os copos, os pratos de massa bem servida, os pães e os pequenos galheteiros de azeite.

No chão e no colo deles.

Richard, de pé com o *linguini alla marinara* escorrendo-lhe pela calça, agora sim estava irado, pronto para experimentar seus novos bíceps, louco para me nocautear.

– Você não vai levar meu filho embora só porque não consegue se virar nesta cidade, Richard.

– Isso quem decide somos eu e Gina.

– Eu sou o pai dele, seu desgraçado. E serei sempre o pai dele. Você não pode mudar isso.

– Me responde uma coisa, Harry?

– O que é, seu babaca?

Ele espanou um camarão da braguilha suja de tomate.

– O que foi que ela viu em você?

✦ ✦ ✦

Foi Eamon Fish quem primeiro me falou sobre famílias mescladas. O que é irônico, porque Eamon era o homem mais solteiro que eu conhecia. A seiva do amor ainda estava subindo dentro do seu corpo, mas não havia alcançado completamente a cabeça.

Embora fosse um rapaz moderno, que gostava de viver a vida, Eamon era dolorosamente antiquado quando se tratava de amor, casamento e tudo o mais. Culpa da sua criação em Kilcarney, na Irlanda. Sua visão do casamento era a de um homem solteiro, ao mesmo tempo desconfiada e romântica. Mas em seu favor, eu sou obrigado a dizer, ele foi o único que me alertou para a situação em que eu estava me metendo.

– Harry, meu bom homem – ele me chamou no meio da minha recepção de casamento. – Quero conversar com você.

Veio abrindo caminho entre os convidados, sorrindo e fazendo gestos de cumprimento com a cabeça, sempre educado e afável com as pessoas que o reconheciam e agradecido às que não o reconheciam. Trazia a sua taça de champanhe erguida no ar para evitar que virasse, tinha um aspecto mais desleixado do que de costume, a camisa para fora da calça, o cabelo despenteado e os olhos semicerrados. Mas tinha a beleza irlandesa de um jovem Jack Kennedy, de modo que mesmo bêbado ele mais parecia um farrista do que um vagabundo de rua. Abraçamo-nos e tocamos nossos copos.

– À sua saúde. E à de sua noiva maravilhosa. E à de sua... como é que se diz?... família mesclada.

– Minha o quê?– eu ainda estava rindo.

– A sua família mesclada. Você sabe. Sua família mesclada.

– O que é uma família mesclada?

– Você sabe. É como naquele filme *Os meus, os seus, os nossos.* Quando um homem e uma mulher juntam as famílias que já tinham para formar uma nova. Você sabe, Harry. Um homem que vive com filhos que não são seus. Uma mulher que vira mãe de filhos que não trouxe ao mundo. Uma família mesclada. Deus os abençoe, a todos vocês. – Aproximou o rosto do meu e me puxou para perto. – Felicidades, meu chapa. Vem, vamos sentar, quero conversar com você um minuto.

Achamos uma mesa tranqüila no canto e Eamon imediatamente tirou um saquinho de celofane de dentro do paletó que ainda ostentava um cravo amassado na lapela. Isso era novidade. Pó era novidade. Quando eu o conheci, ele nunca tinha ingerido nada mais forte do que chope irlandês com torresmo.

Fiquei olhando em volta da sala, preocupado, enquanto Eamon despejava cuidadosamente um montinho de pó branco nas costas do nosso convite de casamento e começava a separá-lo em linhas brancas com o seu cartão de crédito.

– Pelo amor de Deus, Eamon. Aqui não. Você não pode cheirar essa coisa com crianças por perto. Vai pro banheiro, pelo menos. Não é a hora nem o lugar. – Aí eu saí com uma das máximas do meu pai, quase como se fosse ele próprio falando pela minha boca. – Moderação, Eamon.

Ele deu uma risadinha. E se pôs a enrolar uma nota de dez libras.

– Moderação? Você está... com quantos anos? Trinta e três? Trinta e dois? Você já está no segundo casamento. Uma enteada que mora com você e um filho que não mora. Portanto, não me venha ensinar moderação, Harry. Você não tem nada de moderado.

– Tem crianças por aí. E minha mãe. E minha tia Ethel.

– Sua tia Ethel não liga, Harry. E aspirou habilmente as carreiras brancas para dentro do nariz. – Foi ela quem me vendeu. – E me estendeu a nota de dez libras ligeiramente úmida. Balancei a cabeça e afastei a droga. – De toda forma, parabéns pra você, sócio.

– Obrigado.

– Mas vê se não estraga tudo desta vez.

– Como assim?

– Tire a cabeça das nuvens e mantenha o pinto dentro das calças.

– Oh, é claro, esse é um dos votos tradicionais do casamento, não é? Igreja Anglicana, se não me engano.

– É sério. Não fique aflito quando a febre começar a baixar. Não comece a pensar que a grama do vizinho é mais verde, porque não é. Lembre-se de que o seu peru está preso em você, não o contrário.

Naquele momento eu vi Cyd atravessando a sala cheia de gente para se juntar a nós. Ela vinha sorrindo, e eu achei que nunca a vira mais linda do que naquele momento.

– E não se esqueça de como está se sentindo hoje – disse Eamon. – Isto acima de tudo. Eu sei como você é, porque todos os homens são iguais. Nós nos esquecemos do que há dentro dos nossos corações.

Mas eu não estava mais ouvindo. Achava que no dia em que precisasse dos conselhos conjugais de um humorista chapado eu estaria morto. Levantei para falar com minha mulher.

– Você parece feliz – ela disse.

– Estou mais do que feliz.

– Uau! Mais do que feliz. Eu espero não decepcioná-lo.

– Você jamais me decepcionará. Enquanto fizer uma coisa.

– E o que é?

– Dançar comigo.

Eu a tomei nos braços sentindo aquele corpo longo e delgado

através do vestido de casamento e nos movemos em perfeita harmonia ao som de Ella Fitzgerald cantando *Every Time We Say Goodbye.* Apesar de todos os amigos e familiares à nossa volta, durante todo o tempo em que a música tocou tudo o que eu olhava era o rosto de minha mulher.

✦ ✦ ✦

A polícia finalmente me liberou.

Richard e o restaurante resolveram não dar queixa. Então eu voltei para casa, pensando nas coisas que eu e Cyd havíamos conversado antes de nos casarmos. Foram horas e horas falando sobre tudo o que era importante. Era essa a base do nosso relacionamento. Isso e a vontade de transar até não poder mais, é claro.

Conversamos sobre nossos pais, esses maridos e esposas à moda antiga que casaram cedo, ficaram juntos a vida inteira e foram prematuramente separados pela morte. Conversamos sobre nossos pais não simplesmente porque os amávamos, mas porque era esse o tipo de casamento que tínhamos intenção de construir.

Conversamos sobre os problemas dos nossos relacionamentos anteriores – o dela corroído pelas constantes infidelidades de Jim, o meu arruinado por uma estúpida noitada que acabou descoberta. E conversamos sobre os nossos filhos, sobre as vidas que queríamos para eles e nosso receio de que o divórcio deixasse cicatrizes neles para toda a vida.

Conversamos sobre como o meu filho seria integrado à nossa nova família, sobre o que faríamos para ele se sentir um membro pleno, mesmo morando com a mãe, mesmo vindo só de visita. E falamos sobre o meu relacionamento com Peggy, que eu ia ser uma espécie de pai para ela, independente de ela ter o seu próprio pai. As nossas vidas pareciam tumultuadas e marcadas por cicatrizes, mas achávamos que o fato de sermos loucos um pelo outro era suficiente para lidar com aquilo tudo. E foi mesmo, durante algum tempo. Porque nós nos amávamos. Porque podíamos falar sobre qualquer coisa. Sobre quase tudo.

O único ponto sobre o qual não falávamos muito era sobre ter um filho nosso. A questão do bebê – o maior de todos os temas – foi deixada em suspenso. A culpa era do trabalho. De quem mais poderia ser?

– Eu quero ver a Food Glorious Food de pé e funcionando antes de começarmos a tentar um bebê – Cyd dizia. – Isso é realmente importante para mim, Harry. Por favor, tente entender.

O nome da firma de Cyd era uma referência à canção de Lionel Bart em *Oliver!*. Serviço de sushi, massa *ziti* assada, rolinhos primavera, *satay* de frango e minipizzas para toda a região.

– Mas um bebê nunca se sabe – eu disse. – Às vezes as pessoas querem ter um bebê e leva tempo. Meus pais esperaram anos por mim.

– Mas valeu a pena esperar. E pelo nosso bebê vai valer a pena esperar também. Ela será uma neném linda.

– Por que não outro menino?

– Um neném lindo, então. Mas ainda não está na hora. Harry, eu quero um filho tanto quanto você.

Eu me perguntava se isso era verdade.

– Só que não agora. Espere só até eu ver a minha empresa decolar. Um dia, está bem? Com certeza, um dia. Tem coisas que eu quero que aconteçam primeiro.

A Food Glorious Food ia bem, crescia realmente depressa. Festas, inaugurações e eventos, todos chamavam a Food Glorious Food para encher a barriga de seus convidados. Tomava bastante tempo, mas era uma coisa que Cyd sempre sonhara em fazer. O seu próprio negócio. Enquanto ela corria de eventos em hotéis elegantes para coquetéis de lançamento, eu ia para a fila da loja de conveniência comprar camisinhas como um adolescente de primeira viagem. Algo mais, senhor? Bem, sim, eu quero um bebê, já que está perguntando. Tem algum no estoque?

– Quero construir um negócio meu – ela dizia. – Eu nunca fiz isso em minha vida. Sempre trabalhei para outras pessoas, sempre dependi de empreguinhos que não significavam nada para mim. Durante quase toda a infância de Peggy eu trabalhei de garçonete. Mas eu sou boa nesse negócio, Harry. Isso eu sei fazer realmente bem. Sei cozinhar qualquer coisa, não tenho medo de trabalho e sou inteligente o bastante para saber o que os clientes querem. Eu não sou uma inútil. Tenho minhas habilidades.

– Eu sei que você tem, sei muito bem.

– Eu quero fazer uma coisa minha, ganhar meu próprio dinheiro, fazer você e Peggy se orgulharem de mim.

– Mas eu já me orgulho de você.

– Você entende, Harry? Tente entender, por favor. Eu quero que o nosso casamento dê certo. E é claro que filhos são uma das coisas mais importantes do casamento. Mas entender um ao outro também é.

– Eu entendo.

Eu sorri quando disse isso, para lhe mostrar que estava falando a verdade. Eu entendia. Pelo menos achava que sim. Eu queria que o negócio dela desse certo. Sabia o quanto era importante para ela. Sabia que Cyd não era como as mães das amigas de Peggy, mulheres que tinham largado carreiras de alta octanagem para ter filhos. Minha esposa estava fazendo diferente. Ela era pelo menos tão inteligente quanto aquelas outras mães. Por que não haveria de conseguir o que desejava?

Mas eu achava que não era só o negócio do bufê que estava adiando a sua vontade de ter um filho. Jim a exaurira, o que era uma boa razão para ela querer dar ao nosso casamento tempo para crescer antes de acrescentar complicações à mistura. E no meu íntimo eu suspeitava de uma outra razão, que não poderia nunca ser dita, para Cyd querer protelar a gravidez.

Eu tinha um palpite de que minha mulher não acreditava totalmente que eu fosse capaz de cumprir os votos conjugais, de que no final ela ia ver que eu não era diferente dos outros. Apenas um Jim a mais. Ela não queria ter um filho com um homem que não ia ficar com ela. Não pela segunda vez. E eu era capaz de entender. Porque tinha a mesma dúvida.

Mas, voltando do restaurante no meu carro, eu vi que ter um bebê não tornaria as coisas mais complicadas para nós. Tornaria, sim, tudo muito mais simples. Um bebê nosso era exatamente do que precisávamos. Para consolidar tudo. Para criar um lar onde houvesse espaço para todos nós. Inclusive Pat.

Sentindo ainda pulsar os músculos do braço em conseqüência dos golpes aplicados pelos garçons, eu percebi que precisávamos de um bebê para transformar a nossa família mesclada numa família propriamente dita.

Eu precisava ser novamente um pai de verdade. Para Peggy. Para o bebê que Cyd e eu iríamos ter.

E para o menino que eles queriam levar embora.

✦ ✦ ✦

– Pode me ajudar com isso, querido?

Cyd se preparava para sair para um serviço. A cozinha estava cheia de bandejas prateadas cobertas com filme de PVC. Hoje era dia de *antipasti* – tomates grandes recheados com arroz, presunto com figos, fatias de mozarela decoradas com folhas de manjericão, *pane alle olive* e *pizza marinara* do tamanho de CDs.

Enquanto eu ajudava minha mulher a levar tudo para o carro, ela me falava sobre o evento. O negócio ainda era novo o bastante para deixá-la excitada.

– É um lançamento. Na Shaftesbury Avenue. Uma atriz de Hollywood que quer fazer teatro. Ibsen, eu acho. Não sei bem. Alguma coisa escandinava. Bufê para 200 convidados na festa após o show.

Depois de carregar seu furgãozinho com iguarias italianas, ela bateu a porta e olhou para mim. Só então ela percebeu que havia algo errado.

– O que foi?

– Gina. E o incompetente do marido dela. Querem ir embora do país. Levando Pat com eles.

– Para sempre?

Eu assenti com a cabeça.

– Sacanas, os dois.

– Qual o motivo?

– Richard. Londres não serve para ele. Quer tentar a sorte em Nova York. Como se sua maldita carreira fosse a única coisa que importasse. E como se Pat não tivesse nenhum direito.

Ela me abraçou. Ela sabia o que isso significava.

– O que você acha de Pat vir morar conosco? – eu disse.

– Mas a Gina concordaria com isso?

– E se concordasse? Estaria tudo bem para você?

– O que for bom pra fazer você feliz, meu amor.

– Obrigado.

Fiquei triste. Porque ela não disse que Pat vir morar conosco *a* deixaria igualmente feliz. É claro que não disse. Como poderia? Ela disse que não faria nenhuma objeção, e eu sabia que minha mulher era uma mulher generosa, de bom coração, que ela me amava de verdade.

Então por que aquilo não me bastava?

Porque eu queria que Pat fosse tão importante para ela quanto para mim. Apesar de o casamento ter mudado as coisas, da diferença entre ser namorada do pai de Pat e ser mulher do pai de Pat. Mas eu queria que ela o visse com os meus olhos – que ele era único, especial, maravilhoso. Eu queria que Cyd mirasse Pat com olhos de mãe. Mas só os laços sangüíneos fazem alguém sentir-se assim. E mesmo com toda a boa vontade do mundo, não dá para enganar o seu sangue.

– Meu Deus – ela disse, olhando para o relógio. – Preciso correr. Falamos sobre isso quando eu chegar, está bem?

– Claro.

Ela apertou a minha mão e beijou-me no rosto.

– Vai dar tudo certo, querido, eu prometo. Agora preciso ir. Não esqueça que Jim vem buscar a Peg.

Como eu podia esquecer?

As aparições esporádicas de Jim para ver a filha haviam adquirido a importância de visitas de Estado. O nível de excitação começava a subir em nossa casa vários dias antes do evento. Eu devia ser simpático com Jim – outro pai de meio expediente, separado da carne da sua carne. Mas ficava ressentido, amargurado e enciumado. Pela razão de sempre – a de que minha mulher o amara primeiro (com toda certeza) e o amara mais (provavelmente). E havia também razões que nada tinham a ver com o meu coração enciumado.

Jim aparecia quando queria. E saía com Peggy quando lhe convinha. Isso deveria ter reduzido o seu prestígio em nossa casa, mas não, ele sempre escapava sem um arranhão. Independentemente do que fizesse, Peggy era louca por ele e ficava superagitada quando ele vinha buscá-la em sua motocicleta Norton.

Com Jim e Peggy eu aprendi que as crianças querem amar seus pais, querem amá-los com todo o seu coração.

Mesmo quando eles não merecem.

✦ ✦ ✦

Jim estava atrasado. Muito atrasado.

Peggy estava empoleirada nas costas de uma cadeira junto à janela, o rosto grudado ao vidro, esperando ver aparecer a motocicleta do seu pai.

Mas Jim não viria. Eu pressentia isso, porque já acontecera antes. Peggy não teria sua noite com seu pai. Não desta vez.

O telefone tocou e Peggy correu para atender. Eu estava ajoelhado no chão, recolhendo os acessórios da Lucy Piloto de Avião e seus amigos das alturas. É facílimo uma criança perder essas pecinhas minúsculas e depois entrar em desespero porque não consegue achá-las. Com todo o cuidado, eu arrumei a bandeja de bebidas do comissário de bordo.

Peggy voltou para a sala com o telefone, tentando ser valente, sugando o lábio inferior para ele parar de tremer.

– É o meu pai. Ele quer falar com você.

Eu peguei o telefone.

– Jim?

Dava para ouvir a música de fundo. *Meu bem, puxe a minha alavanca do amor/ Meu bem, puxe a minha alavanca do amor/ Meu bem, puxe a minha alavanca do amor/ Mas não tão forte da próxima vez.*

– Eu estou no dentista – disse Jim, elevando a voz mais alto que a música. – Não vou poder desta vez. É uma pena. Você tenta explicar pra ela, Harry? Eu fiquei bastante chateado, mas descobri um buraco que precisa ser tapado com urgência.

Desliguei o telefone.

Peggy sumira.

Eu a encontrei em seu quarto, escondida debaixo do edredom. Nas paredes, os pôsteres de bandas juvenis e as muitas encarnações da boneca Lucy, com seus sorrisos permanentes e seus mundos perfeitos, brilhavam sobre a menina triste.

Eu afaguei a sua cabecinha.

– O seu pai virá da próxima vez, meu amor. Você sabe que ele te ama.

– Ele está com dor de dente.

– Eu sei.

– Ele está sofrendo.

Ela se sentou e eu lhe enxuguei os olhos com um lenço oficial da boneca Lucy, pensando que ela era uma garota bacana que merecia mais do que aquele irresponsável do pai dela. Bem, qualquer criança neste mundo merecia um pai melhor do que Jim.

– Conta uma história, Harry. Que não seja de livro. Conta uma história da sua cabeça. Um história real.

– Uma história real?

– Ahã.

– Está bem, Peg. – Pensei um minuto. – Era uma vez um velho chamado Gepeto.

– Que nome engraçado.

– Gepeto achou um pedaço de pau mágico que, adivinha?, sabia rir e chorar.

Ela me dirigiu um sorriso dúbio.

– É?

– Juro.

– Você está inventando, Harry – ela disse, e seu sorriso se alargou.

– Não estou não, Peg – eu disse, sorrindo para ela também. – É tudo verdade. E desse pedaço de pau mágico, adivinha?, Gepeto fez Pinóquio.

– Quem era Pinóquio?

– Era um boneco. Só que esse pedaço de pau agia como uma pessoa. Sabia rir e chorar e tudo mais. Mas o que ele queria, mais que tudo no mundo, era ser um pai de verdade.

Eu disse pai?

Eu queria dizer menino.

Pinóquio queria ser um menino de verdade.

sete

– Só em duas ocasiões da vida você é declarado alguma coisa – disse Eamon. – Na primeira é declarado marido. Na segunda é declarado morto.

Sempre tinha o trabalho. Mesmo com a minha mãe dormindo de luz acesa, a minha mulher exigindo que eu comprasse camisinhas e o meu filho fazendo as malas para ir viver uma nova vida do outro lado do oceano, sempre tinha o trabalho.

Trabalho é mais fácil que família. No trabalho você consegue se sentir um ser humano bem-sucedido. O que quer que você faça, não tente fazer em casa.

– Eu venho de uma dessas famílias irlandesas numerosas – disse Eamon cruzando o estúdio de TV montado e iluminado para parecer uma dessas casas noturnas onde ele aperfeiçoava o seu número solo. – Dez filhos.

Ouviram-se assovios entre os assistentes, incentivados a agir como se estivessem na intimidade de um porão do Soho e não em um asséptico estúdio de TV em White City.

– É, eu sei. Dá pra acreditar? Dez. Mas, depois do décimo, meus pais passaram a usar um método anticoncepcional poderoso. Nunca falhou. Toda noite, antes de ir para a cama, eles passavam uma ou duas horas comigo e meus irmãos e irmãs.

Mesmo com minha ex-mulher me acusando de molestar seu

marido e me ameaçando com restrições judiciais – sem a menor necessidade porque logo eu estaria limitado pelo oceano Atlântico –, ainda tinha o trabalho. E mesmo sendo cada hora com meu filho uma hora a menos – é essa a sensação mais aguda do pai ausente, não o *estar com* mas a contagem regressiva para o *separar-se de* –, ainda tinha o trabalho, com suas migalhas de conforto, seus arremedos de satisfação pessoal e a brilhante carreira de Eamon Fish.

– Um dia o meu pai chegou mais cedo em casa e encontrou minha mãe na cama com o leiteiro – disse Eamon. – Ela ficou apavorada. "Oh, meu Deus! Por favor, não conte nada ao carteiro."

Eamon Fish já percorrera um longo caminho desde o dia em que bateu à minha porta, dois anos antes. Era um humorista boa-pinta de olhos escuros, um novato morto de medo se perguntando se a TV ia torná-lo famoso ou devorá-lo vivo. Agora ele ostentava todos os signos do sucesso – um programa já em sua quarta temporada, três prêmios nacionais de televisão, dois apartamentos ainda não decorados em bairros chiques de Dublin (Temple Bar) e Londres (Docklands) e, ah, sim, um consumo de cocaína de duzentas libras por dia.

Apesar de vir de um lugar distante como os verdes campos de Kilcarney e de fazer tão boa figura em Londres, Eamon ainda gostava de representar o garoto irlandês de olhos grandes, recém-saído da roça e desembarcado do vôo matinal da Aer Lingus vindo de Cork. Ele se apegava aos mitos do seu passado como um náufrago ao seu colete salva-vidas.

Desde o começo eu fui o produtor do seu programa noturno de entrevistas. *Sextas com Fish* dava certo porque jogávamos com os pontos fortes de Eamon. Apesar daqueles dois anos na TV, no fundo ele ainda era um humorista de palco. Sabia conversar com os convidados e era capaz de fazer graça com os mais modestos personagens do turbilhão do *showbiz*, mas o melhor era quando conversava consigo mesmo.

– Os bebês de Kilcarney são em geral muito bonitos. É verdade, estou dizendo a vocês. – Ele usava um pigarrinho nervoso para pontuar a fala. Embora copiasse seu herói Woody Allen, Eamon fizera daquele pigarro a sua marca registrada. – Mas eu nasci tão feio, que a parteira disse: "Esse ainda não está pronto" e me empurrou de volta pra dentro. Eu não sei. Tudo é tão diferente por aqui, todos os ginecologistas são *homens*. Como pode? É como ir a um mecânico que nunca teve carro.

Seus monólogos sobre homens e mulheres da sua cidade natal, Kilcarney, eram sempre a melhor parte do programa, a que produzia as maiores risadas, e a ocasião em que ele ficava mais à vontade. E ele era jovem, ia melhorar ainda mais. Depois de dois anos na frente das câmeras, Eamon estava mais confiante que nunca. Tinha superado, em boa medida, aquela ânsia de agradar e ser apreciado, e conseguia mergulhar em sua matéria-prima sabendo que tinha o controle da audiência. Como outras pessoas com quem eu já trabalhara na televisão, a audiência era a única coisa que ele conseguia realmente controlar na vida.

– Estou pensando em fazer as pazes com a minha namorada. A Mem. Ela é tailandesa. Dançarina. Bem, não exatamente dançarina. – Pigarreava. – Mais para *stripper*. – Gargalhada geral. A platéia do estúdio comia na mão dele. Ria até quando ele não estava brincando. – Uma ótima garota, muito boa. Quando vejo as fotos do tempo em que estávamos juntos, férias em Koh Samui, natal em Kilcarney, o strip-tease que ela fez para mim no dia do meu aniversário, eu sinto que devíamos ficar juntos outra vez. Mas essas fotos são uma memória deturpada do nosso relacionamento. Eu sei disso. Onde estão os momentos ruins? Nós não tiramos fotos deles. Muitas vezes eu me pergunto por que é que só fotografamos os bons momentos. Por que eu não tirei uma foto da Mem quando ela teve cistite? A sua TPM, onde aparece no álbum de fotografias?

Risada geral. Vaias femininas.

– Nós terminamos porque não chegamos a um acordo a respeito do casamento. Os homens solteiros sabem mais sobre o casamento do que os casados. Se não soubéssemos, estaríamos casados também. Pessoalmente, eu penso que o casamento consiste em superestimar a diferença entre uma mulher e todas as outras mulheres. Na opinião da minha ex-namorada... Ai, meu Deus, ai meu Deus!

De repente, era sangue por todo lado. O sangue cobria as mãos e o rosto de Eamon e respingava no microfone. Tanto sangue que não dava nem para ver de onde vinha.

O diretor de cena olhava para mim enquanto Eamon, cambaleando, recuava, cobrindo o rosto com as mãos, e a platéia vibrava – chocada, assustada, alguns rindo sem saber se aquilo fazia ou não parte do número. Com a mão na garganta, eu gesticulava e gritava *corta, corta, corta* para o diretor lá em cima, na galeria, quando percebi que o sangue estava saindo do nariz de Eamon.

Sempre tinha o trabalho. Independente de as coisas estarem ruins em casa, sempre tinha o trabalho.

Foi então que o nariz de Eamon se rebelou na frente das câmeras.

E de repente nem trabalho tinha mais.

✦ ✦ ✦

Pat não falava sobre a mudança.

Eu sabia que Gina discutira o assunto com ele, tentando explicar por que aquilo estava acontecendo e o que significava. Falara do trabalho de Richard em Manhattan, da casa da família dele em Connecticut – nomes que para Pat eram tão remotos quanto Marte e Vênus. Buscara tranquilizá-lo dizendo que embora ele não fosse me ver todos os domingos, como agora, haveria longas férias em que ele poderia ficar comigo e ver sua avó e Bernie Cooper e todas as coisas de que gostava em Londres. Dissera ao nosso filho que ele seria feliz.

Toda aquela lengalenga.

E no final – eu o imaginava olhando para ela, o rosto pálido que nada deixava transparecer, nem mesmo seu medo – ela jogara o seu grande trunfo.

Quando mudassem para a nova residência de Connecticut, emoldurada por aquelas imensas pastagens verdes do outro lado da montanha, ela lhe daria uma coisa que ele sempre desejara.

Um cachorro.

Foi isso o que a minha ex-mulher prometeu ao nosso filho, a compensação por ele abrir mão de Londres, da sua avó, do seu pai, do seu melhor amigo, da sua vida. Quando eles se mudassem para um outro país, ela lhe compraria um cachorro. Um vira-lata mágico que faria tudo ficar bem.

Amaldiçoei Gina e a forma como suas escolhas e decisões ainda eram capazes de destroçar o meu mundo. Depois de todo esse tempo eu ainda não estava livre dela. Havia fragmentos de Gina incrustados em todos os lugares da minha vida, como marcas de uma antiga explosão, iguais aos estilhaços de granada que durante cinqüenta anos foram sendo expelidos do corpo do meu pai. O passado que não deixa você em paz, que já foi embora faz tempo, mas está sempre presente. Eu nunca seria livre, porque ela tinha o meu filho. E agora planejava levá-lo embora.

Só os advogados poderiam detê-la.

Quando puxei o assunto da mudança – mostrando uma despreocupação que não sentia –, aquele rostinho que eu amava tanto se transformou numa máscara.

– Você vai me mandar um postal, Pat? Vai mandar um postal para o papai assim que chegar nos Estados Unidos?

– Eu escrevo pra você. Eu mando um e-mail. Pode ser pelo telefone.

– Por que você não me manda um postal? Eu gosto de receber postais. Postais são fantásticos.

– Mas eu não sei como se faz.

– Sua mãe lhe ensina.

– É? Então talvez eu mande um postal pra você. *Talvez.*

– O importante é: volte logo pra casa. Volte e fique comigo. Nas férias. É isso o que importa. Está bem, meu amor?

– Tá bem.

– E, Pat?

– O quê?

– Eu vou sentir sua falta.

– Eu também – ele disse, e eu me ajoelhei e o peguei em meus braços, afundei meu rosto em seu cabelo louro-escuro sentindo o cheiro de chocolate em sua respiração e transbordei de amor por ele.

– Vai ser ótimo morar nos Estados Unidos – disse minha mãe, querendo levantar o ânimo do neto e do filho. – *New York, New York*, que beleza! É uma cidade tão bonita que eles falam o seu nome duas vezes! Que menino de sorte.

– Fica depois do mar – disse Pat, inclinando o rosto para ela. – Como a França. Lá em Paris. Só que é um pouco mais longe. A gente não pode ir de trem. Tem que pegar o avião.

– Você vai se divertir muito nos Estados Unidos, meu benzinho.

O engraçado é que provavelmente minha mãe estava sendo sincera. Ela amava tanto o neto, e era um amor tão puro, que o que mais lhe importava era a felicidade dele.

Se por acaso ela achava que tudo isso era uma grande maluquice – Gina arrastá-lo mundo afora, obrigá-lo a deixar os amiguinhos da escola, a abandonar o pai e a avó e a renunciar a uma vida que finalmente começava a se ajustar a um mínimo de rotina –, não disse nada.

Estávamos diante do túmulo do meu pai.

Minha mãe e meu filho achavam que ir ao cemitério era a forma ideal de passar as tardes de domingo. Os dois eram grandes visitadores de túmulos. Eu não era tão chegado. Eu o corpo do meu pai na sala dos fundos da agência funerária e não tive a menor dúvida de que sua centelha se fora. Não acreditava que iríamos encontrá-lo no cemitério da velha igreja, naquela colina que dominava os campos onde eu, quando garoto, perambulava com minha espingarda de ar comprimido. Meu pai estava agora em outro lugar. Mas ir ali não mais me causava tristeza.

Não me lembro exatamente do momento em que parei de ficar triste ao ir ao túmulo do meu pai. Foi mais ou menos um ano depois, quando começamos a nos sentir satisfeitos pela vida que ele teve em vez de despedaçados com a sua morte. O espírito que dominava as visitas ao túmulo do meu pai não era mais o luto, e sim a preocupação com problemas mais triviais como trocar as flores, limpar a lápide e recolher as guimbas de cigarro e latas de cerveja deixadas pelos garotos *punk* da região tentando virar homens.

Eram visitas quase cerimoniais. Íamos relembrar o meu pai, dizer que ele ainda era importante para nós, que ainda era amado. Íamos àquele lugar porque não havia alternativa, exceto a memória e as fotografias, que por sinal já começavam a desbotar.

E tinha mais uma coisa.

Com a mudança para os Estados Unidos já em curso, eu senti necessidade de trazer o meu menino ao túmulo do avô naquele dia mesmo, assim como fiz, a despeito de todos os conselhos em contrário, quando meu pai estava morrendo no hospital. Eles se adoravam, aquele velho soldado durão e o menino de rosto meigo, e então, como agora, eu achava que devia a ambos uma oportunidade de dizer adeus.

✦ ✦ ✦

Depois voltamos à casa da minha mãe e ela calçou suas pantufas para ficar chutando bola com Pat no quintal.

Ela parecia estar de bom humor. Jogava a bola em cima das roseiras, cantava refrões de Dolly Parton, dizia, contra todas as evidências, que era Pelé, e somente quando o neto enjoou daquilo e foi assistir a um vídeo é que a máscara caiu.

– É um momento bem difícil para ele – ela disse, balançando a cabeça, esfregando furiosamente o fundo da pia. – O meu menino querido está numa situação bem complicada.

Ela estava certa. E suas palavras me fizeram pensar como era grave essa mudança, como ela seria uma autêntica revolução na vida do meu filho. Pat ia embora de Londres. Pat ia deixar seu pai, seu melhor amigo Bernie Cooper, sua escola, sua casa, a única vida que ele conhecera. Eu nem sequer conseguira começar a compreender como isso podia estar acontecendo.

Minha mãe tinha razão. Pat estava numa situação bem complicada. Seu menino estava numa situação bem complicada.

Mas precisei de algum tempo mais para perceber que minha mãe estava falando de mim.

✦ ✦ ✦

Estávamos no meu carro, em frente à casa de Gina, relutantes em entrar.

Ficamos um tempão ali sentados. Pat remexendo no rádio, tentando achar alguma música de Kylie Minogue, e eu simplesmente olhando para ele, cabelo despenteado, roupa suja de terra, todo aquele maravilhoso desmazelo.

Eamon acreditava que eu o teria de volta quando ele crescesse. Mas eu achava que a essa altura meu filho já seria outra pessoa, a criança que eu tanto amava teria ido embora para sempre. Portanto ficamos no carro, silenciados pelo que estava prestes a ser perdido. Aí as luzes começaram a se acender na casa de Gina e eu vi que estava na hora de entrar.

Geralmente Pat era entregue como um refém da Guerra Fria numa passagem do Muro de Berlim. Eu o acompanhava até o portão e Gina o esperava na porta da frente. E os dois o observavam atravessar a terra de ninguém – a calçadinha do jardim – que marcava o fosso entre os dois mundos.

Essa noite foi diferente. Essa noite Gina saiu e se aproximou do carro. Eu abaixei a janela, esperando levar um esporro por agredir o seu marido, por voltar depois da hora, por arruinar a sua vida ou por alguma outra coisa qualquer. Mas ela sorriu para mim de um jeito que lembrava o nosso antigo afeto.

– Entra um pouco, Harry. Não fica com essa cara. Está tudo bem. Richard foi jogar golfe.

Pat ficou excitado de repente e esqueceu Kylie.

– Vem, entra, pai, entra pra ver o meu quarto!

Eu nunca havia entrado naquela casa antes. Era irônico que ela me fosse apresentada agora que tinha uma tabuleta de VENDE-SE do lado de fora. Tentei recusar, sem muita convicção, mas os dois insistiram. Reconheço que estava curioso. Então, de mãos dadas com meu filho e seguido por minha ex-mulher, fui conduzido a um autêntico lar de cidade grande, um templo da opulência urbana, cheio de luzes, vidros e espaços livres, pisos encerados e badulaques asiáticos e belas fotos em preto-e-branco nas paredes.

– Bonita casa, Gina.

– A hipoteca é uma fortuna. Essa é uma das razões...

A voz dela foi morrendo. Ela sabia que eu não estava interessado em seus problemas financeiros.

Ninguém diria que uma criança morava nessa casa. Onde estavam os brinquedos, a bagunça, a confusão? Pat pegou a minha mão e me fez subir um lance de escada. Gina nos seguiu, de braços cruzados, ainda sorrindo.

O quarto de Pat era a única coisa com um aspecto que me soava familiar naquela casa. Havia velhos brinquedos de *Guerra nas estrelas* por toda parte – um par de espadas de luz, muitos bonecos, destroços encardidos da espaçonave de Han Solo, a Millenium Falcon e caças X-Wing com que ele brincara cinco anos atrás. E os livros que eu conhecia do tempo em que o colocava na cama, alguns que eu ficava lendo até ele dormir – *Onde fica o mundo selvagem, O tigre que veio lanchar, O homem de neve, O leão, A bruxa e o guarda-roupa* e, é claro, aqueles com curiosidades e fotos de *Guerra nas estrelas.* Havia alguns brinquedos muito antigos – um "Fale e Soletre" quebrado e um macaco movido a pilha que atendia pelo nome de "O Macaco George", a única incursão de Pat no mundo reconfortante dos bichos de pelúcia. Viam-se também algumas coisas novas – um edredom e fronhas com estampas de *A ameaça fantasma*, além de livros escolares e volumes de Harry Potter sobre a sua escrivaninha.

Era um quarto maior do que o que ele tinha quando morava comigo e também muito mais arrumado. Ou ele não era mais tão relaxado ou estava morando num lar mais disciplinado.

– O que você acha do meu quarto, pai?

– É fantástico, filho. Estou vendo que todas as suas coisas estão aqui.

– É mesmo.

Gina afagou-lhe o cabelo.

– Pat, por que você não desce um minutinho para ver um vídeo?

Nosso menino olhou espantado.

– Posso? Mas não está na hora de dormir?

– Esta é uma noite especial. Por que você não assiste ao primeiro filme? – Quando Gina dizia a Pat o primeiro filme, estava se referindo ao primeiro *Guerra nas estrelas.* – Não o filme todo, só até a hora em que prendem os dróides, está bem? – Era esse o velho acordo, não era? Era o que ela costumava dizer: *só até a hora em que prendem os dróides.* Eu já ouvira isso antes. Até eu já usara essa frase. – Depois escove os dentes e vista o pijama. Eu quero conversar com o papai.

Pat desceu correndo, ainda sem acreditar em tanta sorte, e Gina sorriu para mim no quarto do nosso filho.

– Harry – ela disse.

– Gina – eu disse. Ela estava tão magrinha e bonita. Minha ex-mulher.

– Eu só queria te dizer uma coisa.

– Pois então diga.

– Eu não sei bem como dizer. Eu acho que só queria te dizer... eu não quero roubar Pat de você.

– Ótimo.

– O que quer que aconteça, onde quer que estejamos, você será sempre o pai dele. Não há nada que possa mudar isso.

Eu não disse nada. Não lhe disse que ia consultar um advogado na manhã seguinte. Não lhe disse que Pat só cruzaria o portão de embarque sobre o meu cadáver. Eu sabia que ela estava tentando ser amável. Mas não estava me dizendo nada que eu não soubesse.

– Não se pode viver do passado, Harry. Nós só estamos pensando no futuro, eu e Richard. O futuro da nossa família. É por isso que estamos mudando. Eu quero que você entenda. Nós só estamos pensando no futuro. É assim que as famílias fazem, Harry. – Aí ela riu. – Deixa eu te mostrar uma coisa. – Ela pareceu ansiosa de repente, como se tivéssemos acabado de ser apresentados e não soubéssemos o que dizer um ao outro outro. – Você tem um tempinho?

– Todo o tempo do mundo, Gina.

Então eu a segui do quarto de Pat até outro quarto, um lance de escada acima. Era uma espécie de estúdio. Tinha um computador azul, arquivos, uma estante. Em cima da mesa, uma foto de Pat aos dois anos de idade, nu e sorridente numa piscininha de plástico. O quarto de Gina.

De dentro de uma caixa de papelão ela tirou um maço de fotografias. Eram todas de Pat. Devia haver duas dúzias delas. Dezoito por vinte e quatro, preto-e-branco, qualidade profissional.

E eram muito bonitas.

Deviam ter sido tiradas uns dois meses antes, no calor do verão, porque Pat ainda não tinha cortado o cabelo e sua pele estava ligeiramente bronzeada. Estava sem camisa, radiante, feliz da vida. Na maioria das fotos ele aparecia rindo, em outras mostrava apenas um sorriso tímido e divertido. Tinham sido todas tiradas na mesma tarde ensolarada. Ele fazia gracinhas para a câmera num jardim que eu não reconheci. Provavelmente o jardim de Gina. O jardim daquela mesma casa.

Fiquei sem fôlego ao ver esse ensaio em preto-e-branco do meu filho. Porque o fotógrafo o captara à perfeição.

Nas fotos, Pat espalhava a água de uma piscina plástica, deslizava na grama molhada e chutava uma bola de futebol na cerca do jardim, louco de alegria e se arrebentando de rir. Os olhos, o rosto, os braços e pernas – o fotógrafo não deixara escapar nada. Eu estava pasmo de que alguém conseguisse captá-lo de forma tão completa.

– Foi você quem tirou?

Gina balançou a cabeça.

– Só esta aqui – ela disse.

E me mostrou uma outra foto. Claramente tirada no mesmo dia, com a mesma câmera, mas não pelo mesmo fotógrafo. Pat estava em pé, parado, sorrindo timidamente para a câmera. Ao seu lado havia uma moça – exótica, sorridente, com um braço apoiado nos ombros nus do meu filho. Era linda. E sexy. E simpática. Tudo o que alguém poderia desejar.

– Você chegou a conhecer a minha amiga Kazumi? – perguntou Gina. – Nós dividimos um apartamento em Tóquio durante um ano. Ela está em Londres agora, tentando a sorte como fotógrafa. Ela se apaixonou por Pat. Como você pode ver.

Imediatamente eu quis conhecê-la. Essa fotógrafa que olhou para o meu filho e viu com absoluta clareza o seu jeito meigo e alegre. Essa estrangeira que conseguiu enxergá-lo além da máscara de seriedade e desconfiança que ele aprendeu a usar. Essa mulher que foi capaz de ver o meu filho exatamente com os mesmos olhos que eu vejo.

E de repente me veio à mente um pensamento que era o próprio prenúncio da traição, o pensamento mais perigoso que um homem casado pode ter.

Ela está lá fora. Ela existe.

Eu só não a conheci ainda.

oito

Eu pensei que meu advogado fosse me ajudar a manter o meu filho perto de mim. Achei que ele fosse me dizer que Gina estava planejando quebrar alguma lei inviolável da natureza e que a justiça não ia permitir que ela o levasse embora.

Eu estava completamente enganado.

– Mas os pais têm certos direitos. Não têm?

– Depende do que você quer dizer com "pais" – disse Nigel Batty. – Existem pais de todo tipo, certo? Pais casados. Pais solteiros. Pais adotivos, padrastos e madrastas, pais de criação. Defina "pais", Sr. Silver.

– Você sabe do que eu estou falando, Nigel. Pais do tipo amor-e-casamento. Espermatozóide-e-óvulo. Homem-e-mulher. Pais biológicos. Do tipo tradicional.

– Ah, do tipo tradicional. *Aquele* tipo de pais.

Nigel Batty era um sujeitinho briguento. Acumulara boa reputação por lutar pelos direitos de maridos e pais que estivessem levando ferro nas varas de família.

Na época em que eu o conheci, quando ele me representou no divórcio e, depois, na minha disputa com Gina em torno da guarda de Pat, os olhinhos redondos de Nigel ficavam escondidos atrás de uns óculos "fundo de garrafa". Nesse meio tempo, o laser curara sua miopia e o dispensara de usar óculos. Mas a força do hábito ainda o levava a franzir o rosto e apertar os olhos, o que lhe dava o aspecto desconfiado, cauteloso e hostil de um criador de caso.

Eu nenhum momento eu o deixei soltar os cachorros em cima de Gina. Ele queria fazê-la parecer a Prostituta da Babilônia, queria destruí-la no tribunal, mas eu não tive coragem de deixar. O que quer que tivesse acontecido entre nós, Gina não merecia esse tipo de briga. Nem meu filho.

Eu havia jogado a toalha na luta pela custódia acreditando que era o melhor para Pat. Tentara fazer a coisa certa. E agora me sentia como o maior panaca de todos os tempos.

Batty tinha suas próprias razões para defender como um fanático os direitos dos homens. Em seu passado havia um casamento internacional, duas filhas gêmeas e um divórcio litigioso. Eu sabia que ele nunca via as filhas. Mas por algum motivo eu imaginei que ele conseguiria fazer com que as coisas fossem diferentes no meu caso.

– Minha mulher não pode fazer isso, não é? Ela não pode levar o meu filho para viver em outro país. Quero dizer... *pode?*

– A mãe está impedindo o contato?

– Quer fazer o favor de falar língua de gente, Nigel?

Ele suspirou.

– Se essa mudança acontecer, a sua ex-mulher vai impedir o senhor de ver o seu filho?

– O oceano Atlântico vai me impedir de ver o meu filho.

– Mas a sua ex-esposa não está impedindo que o senhor tenha acesso ao menino.

– Ela está me impedindo o acesso mudando para outro país.

– Compreendo.

– Nigel, o que é que nós podemos fazer? Podemos detê-la? Não me interessa quanto vai custar. Não importa o que você tenha de dizer ou fazer. Eu topo qualquer parada.

– Odeio dizer isso, mas eu o avisei. Foi o senhor quem escolheu jogar com civilidade, sem aplicar golpes baixos.

– Resumindo, Nigel, ela pode levar o meu filho para fora do país?

– Resumindo? Não sem o seu consentimento.

– Meu consentimento?

Ele fez um gesto de concordância.

– Se ela levar o seu filho para fora do país sem o seu consentimento, estará se comportando muito mal. – Deu um sorriso maldoso. – Isso se chama abdução.

– Então ela precisa da minha autorização?

– Exatamente.

– Mas isso é uma grande notícia, não é? Isso é fantástico, Nigel. E o que é que ela pode fazer se eu não consentir?

– Ela terá de apresentar ao tribunal um pedido de licença para retirar a criança da jurisdição em caráter permanente.

– Quer dizer que, mesmo negando o consentimento, eu não tenho certeza de que conseguiria detê-la?

– Se o senhor quiser negar o consentimento e se ela quiser brigar, aí o tribunal decide. Isso resume toda a questão. Fica difícil para o senhor visitar o seu filho se a mudança for adiante?

– Bem, ela vai para Connecticut. Não dá pra dar um pulo por lá num domingo de tarde, dá?

– Não, mas o advogado dela com certeza irá alegar que há muitos vôos baratos de Londres para a Costa Leste dos EUA. E o senhor tem um bom emprego, se me lembro bem. – Ele deu uma olhada em suas anotações. – Produtor de TV. É claro. Deve ser bem interessante. Algo que eu já tenha visto?

– Eu comecei com o *Programa Marty Mann.* Agora eu faço *Sextas com Fish.*

– Ah, excelente. *Por que as garotas de Kilcarney fecham os olhos quando fazem sexo?* – Pigarrinho à Woody Allen. Ele fazia muito bem. – *Porque odeiam ver os homens se divertindo.* Muito engraçado.

Isso me fez lembrar que Barry Twist, o diretor responsável pelo programa, passara a semana inteira deixando mensagens para que eu lhe telefonasse. A emissora resolvera se preocupar com Eamon justamente agora que eu tinha outras coisas com que me preocupar. Mas pela primeira vez eu me dei conta do que Marty queria dizer com apostar todas as suas fichas num cavalo só. Se Eamon afundasse, eu afundaria com ele.

– Se essa mudança para os Estados Unidos for adiante, a sua ex-esposa estará negando o acesso a seu filho?

– Como assim?

– O senhor vai poder ver seu filho novamente?

– Bem, ela diz que eu vou poder ir vê-lo nas férias. Ou ele poderá vir aqui. Mas não é a mesma coisa, é? Não é o mesmo que estarmos juntos em Londres. Não é o mesmo que termos uma vida em comum. – Sacudi a cabeça. – Eu sinto que ele está se afastando de mim.

– Eu sei bem como é.

– E não sei como podemos explicar isso para ele. A mudança para os Estados Unidos, quero dizer.

– Ora, pode-se convencer uma criança de sete anos de qualquer coisa. A questão é: para quê? Escute, Sr. Silver. Podemos obrigá-la a pedir permissão para levar a criança para fora do país. Podemos convencer o tribunal de que seu filho estará correndo algum tipo de risco se a mudança se consumar. Agora, levá-la aos tribunais será um processo longo, traumático e caro, eu devo adverti-lo, e imprevisível também.

Fiz um esforço para não olhar a fotografia das duas menininhas sorridentes sobre a mesa. Porque eu sabia que Nigel Batty enfrentara essa mesma batalha e perdera.

– O que aconteceu comigo não necessariamente acontecerá com o senhor – ele disse, lendo o meu pensamento. – Sua ex-esposa terá de dar detalhes das providências adotadas para dar conforto ao seu filho. Acomodações, educação, saúde, formas de sustento. O tribunal decidirá sobre a necessidade de exercer algum de seus poderes.

– Quais são as minhas chances?

No silêncio, dava para ouvir a sua respiração.

– Não são muito boas. Existe uma coisa chamada preferência materna. O senhor entende essa expressão?

– Não.

– Significa que, em noventa e nove por cento dos casos, o pai está ferrado.

– Mas isso não é justo.

– A guarda dos filhos é quase sempre prerrogativa da mãe. A lei se propõe a preservar o bem-estar da criança. Na realidade, a lei cuida dos desejos da mãe. Percebeu a diferença? Não o bem-estar da criança, mas os desejos da mãe. Se a sua ex-esposa conseguir convencer o tribunal de que não tem intenção de impedir que o senhor mantenha contato e que o bem-estar do filho de vocês não será prejudicado pela mudança de residência, ela poderá levar o seu filho tranqüilamente para onde quiser. E se me permite um comentário pessoal: foi exatamente o que aconteceu comigo.

Ele pegou a fotografia sobre a mesa, examinou-a por um momento e depois colocou-a de volta, agora na minha frente. Eu vi duas crianças sorridentes, perdidas para sempre pelo pai.

– Então não há esperança.

– Sempre há uma esperança, Sr. Silver. O senhor pode negar o consentimento. Podemos pedir uma liminar que garanta o contato. Na pior das hipóteses, isso retardaria a mudança. Faria com que ela tivesse de ir ao aeroporto pelo caminho mais longo. Quem sabe? Poderia até fazer com que ela desistisse de deixar o país.

– E a liminar me garantiria o direito de ver o meu filho? Gina poderia me impedir?

– Bem, não exatamente. O senhor teria assegurado o contato como indivíduo designado na liminar.

Indivíduo designado. Uma dia, eu fui pai. Agora eu era um indivíduo designado.

– Ouvimos falar muito de pais ausentes na nossa sociedade, Sr. Silver. Mas não é tão comum ouvirmos falar de pais decentes que tiveram negado o contato com os filhos porque deu na veneta de um juiz. Eu vi homens serem destruídos pela perda de contato com seus filhos. Literalmente destruídos. Colapsos nervosos. Suicídios. Alcoolismo. Ataques cardíacos. Pressão alta levando inevitavelmente a enfartes. Homens mortos por causa da perda dos filhos. Homens que não fizeram nada de errado.

– Mas eu fiz.

– O quê?

– Eu fiz uma coisa errada. Eu não sou como esses outros homens. O meu primeiro casamento. A separação. A culpa foi minha.

– O que é que foi culpa sua?

– O nosso divórcio. O fim do nosso casamento. Foi culpa minha. Eu dormi com outra mulher.

Meu advogado deu uma gargalhada.

– Sr. Silver. Harry. Isso é totalmente irrelevante. O senhor não tem de ser fiel à sua esposa. Meu Deus, só se pensa nisso neste país. – A fisionomia dele ficou séria novamente. – Há outra coisa que o senhor deve considerar, Sr. Silver, a coisa mais importante de todas.

– E o que é?

– Convém o senhor se perguntar o que poderá acontecer no caso de ganhar a ação.

– É o melhor dos mundos, não? O que mais eu poderia querer? Se eu ganhar, Pat permanece no país e Gina não tem escolha. É exatamente o que queremos que aconteça, não é?

– Bem, como é que a sua ex-esposa vai se sentir se o senhor impedi-la de se mudar para os Estados Unidos?

– Eu acho... que ela vai passar a me odiar. Me odiar de verdade, com todas as suas vísceras.

Não era a primeira vez que eu me lembrava do sonho de Gina de morar no Japão, que eu roubei no dia de nosso casamento. Agora eu estaria lhe roubando o sonho de viver nos Estados Unidos. Eu teria negado a ela duas chances de felicidade.

– Exatamente, Sr. Silver. O senhor a estará impedindo de viver a vida que ela escolheu viver. E é altamente provável que isso venha a ter impacto sobre o seu filho. Na verdade, o senhor pode ter certeza disso. Francamente, se o senhor a impedir de ir, ela poderá envenenar o garoto contra o senhor. Tornar mais difíceis as visitas. Tornar tudo mais complicado. É o que normalmente acontece.

Então você acha que eu devo dar o meu consentimento para ela levar Pat para fora do país?

– Eu não disse isso. Mas o senhor precisa entender uma coisa sobre o direito de família, Sr. Silver. Nós não nos envolvemos. Os advogados, eu quero dizer. Enquanto os pais estão de acordo, nós deixamos a coisa seguir o seu curso normal. Quando eles não estão mais de acordo, é aí que nós entramos. E pode ser muito difícil se livrar de nós.

Então eu pensei em como seria a minha vida com Pat morando nos Estados Unidos. No vazio que ia ficar. E pensei em como seria a minha vida com Cyd e Peggy depois que Pat fosse embora. Nós três tínhamos passado ótimos momentos juntos, e o faríamos novamente. Lembrei-me principalmente de coisas bobas como dançar ao som de Kylie, ficar de onda com a boneca Lucy e de todos aqueles momentos de quietude e silêncio em que fechávamos a porta para o mundo e não sentíamos necessidade nem de falar. Mas, com Pat em outro fuso horário, sempre haveria uma sombra pairando sobre aqueles melhores momentos. Eu tinha a expectativa de ver Peggy crescer. Mas ao mesmo tempo me perguntava até que ponto a gente pode criar o filho de outra pessoa quando não pode criar nem o próprio filho. E pensei na minha vida se Gina e Pat ficassem. Podia vê-la me abominando, culpando-me por ter atrapalhado a carreira do marido, culpando-me por tudo o que havia de errado em sua vida. Eu tentei pensar no que seria melhor para o meu filho – tentei mesmo –, mas me queimava o coração saber a falta que eu iria sentir.

– O que quer que eu faça, eu perco – eu disse. – Eu não tenho como vencer, não é? Porque dando ou não dando o meu consentimento, no final o resultado é o mesmo. Eu o perco pela segunda vez.

Nigel Batty me observou cuidadosamente.

– Trate de desfrutar a família que o senhor tem – disse Nigel Batty. – É o meu conselho. Não como advogado, mas como homem. E dê graças a Deus, Sr. Silver. Ame a sua família. Não a família que o senhor teve um dia. Mas a que o senhor tem agora.

nove

Peggy e eu tivemos nosso caminho interrompido na porta do supermercado quando uma mãe jovem e gorda parou à nossa frente para brigar com um menino de uns cinco anos de idade que choramingava.

– Escuta o que eu estou lhe dizendo Ronan, pela última vez, *é não e não!*

– Mas eu quero – soluçava Ronan, o ranho e as lágrimas escorrendo-lhe pelo queixo trêmulo. – Mas eu quero, mãe. Eu quero, eu quero, eu quero.

– Mas hoje você não vai *ganhar* mais nenhum, Ronan. Pode *querer* à vontade, que não vai *ter*, ouviu? Por hoje você já ganhou o suficiente. Vai ficar doente se eu te der mais. Amanhã eu dou, se você se comportar direito e jantar tudinho.

– Mas eu quero agora, mãe, eu quero agora.

– Você não vai ganhar mais e acabou. Cala a boca, Ronan.

– Quero, quero, quero.

– É isto o que você quer, Ronan – disse a mulher, perdendo a calma de repente. Agarrou o braço do menino, virou-o de costas e deu-lhe umas boas palmadas na bunda. Uma, duas, três. Aí eu percebi que a mulher não era gorda. Ela estava grávida.

Ronan ficou quieto uma fração de segundo, abriu os olhos assustado e foi aí que começou a choradeira de verdade. A jovem grávida saiu arrastando o menino, cujos gritos se ouviam ao longo de todo o caminho entre o balcão de carnes e o de utensílios domésticos.

Peggy e eu trocamos um olhar maroto.

Ela ia sentada no carrinho do supermercado, com as pernas penduradas, de frente para mim, e eu diria que estávamos pensando a mesma coisa.

Graças a Deus nós não éramos assim.

Nós costumávamos nos sentir superiores no supermercado. Observávamos horrorizados e sem dizer palavra as jovens mães exaustas, às vezes grávidas, arrastando seus pirralhos chorões em frente às prateleiras de balas e doces, e os pais de cara vermelha, agourentamente taciturnos, prontos para explodir diante da primeira reivindicação de seus filhos pirracentos e mal-educados, e pensávamos: nós somos melhores do que isso.

Eu acho que para Peggy tudo era simplesmente uma questão de bons modos. Para uma criança de oito anos, ela tinha o senso de etiqueta de uma aristocrata. Essas pessoas desagradáveis evidentemente não sabiam se comportar num supermercado. Uma gente sem educação, a maioria delas. Mas, para mim, a questão ia muito além do comportamento correto no supermercado.

Quando Cyd estava ocupada, trabalhando para alguma conferência na City ou em alguma festa de lançamento no West End, e Peggy e eu tínhamos de ir ao supermercado sozinhos, eu costumava observar essas mães e pais de verdade fazendo compras com seus filhos e filhas de verdade. E pensava: o que é que tem ali para eu invejar?

Diante das brigas horrorosas que a gente via entre pais e filhos, eu me perguntava o que eles tinham de extraordinário. No supermercado cheio, perto da hora de fechar, era fácil ver que eles não estavam com essa bola toda.

Eu e Peggy nos divertíamos. Talvez porque ir ao supermercado juntos ainda fosse um acontecimento suficientemente raro para parecer uma pequena aventura: cada vez mais freqüente agora que a

Food Glorious Food estava decolando. O fato é que nós andávamos para cima e para baixo pelos corredores do supermercado, Peggy sentada em sua confortável cadeirinha, com a lista de compras, rindo de aprovação quando acontecia de eu desrespeitar o limite de velocidade. E ainda que para o resto do mundo a gente parecesse apenas um pai e uma filha a mais fazendo as compras da semana, não rolava entre nós nenhuma daquelas briguinhas idiotas que víamos entre muitos pais e filhos de verdade.

Nós éramos melhores do que aquilo.

Peggy e eu sempre nos divertíamos no supermercado.

Pelo menos foi assim até aquele dia.

A culpa foi toda do Tony, o tigre da marca de cereais. Se Peggy não fosse inapelavelmente viciada nas suas três doses diárias de sucrilhos, essa viagem ao supermercado teria sido tão rotineira e indolor quanto todas as outras.

Mas Tony, o Tigre, estragou tudo.

– Pão – disse Peggy, franzindo a sobrancelha quando lia a lista de compras feita pela mãe.

– Já peguei.

– Leite?

Eu lhe passei uma caixa de leite semidesnatado.

– Ha-Ha!

Peggy deu uma risadinha e apertou os olhos.

– Pa... papel... ênico.

– Papel higiênico. Já peguei! É isso, Peg. Já temos tudo. Vamos nessa.

– Então só falta o meu café da manhã. – Estávamos no corredor dos cereais. Por toda parte havia caixas coloridas e personagens de quadrinhos com olhares cobiçosos. – Sucrilhos. Eles são o máxxximo!

– Não precisamos de nada disso, Peg. Temos montanhas de cereais em casa.

– Sucrilhos, não, Harry. Tony, o Tigre, nós não temos. Ele é o máxxximo!

Peggy adorava sucrilhos. Ou talvez gostasse apenas de Tony e seu slogan. Mas eu já a vira ter essa mesma discussão com sua mãe algumas vezes. Cyd preferia comprar pacotes com vários tipos de cereais. E a regra subentendida lá em casa estabelecia claramente que Peggy tinha de comer todos eles – incluindo o de chocolate e o terrível cereal de arroz e trigo, com baixo teor de gordura – antes de se comprar outra caixa de sucrilhos. Não estava certo comprar outro multipacote simplesmente porque Peggy tinha acabado com todos os sucrilhos.

Quando surgia a controvérsia dos sucrilhos, Cyd simplesmente passava direto e o assunto morria. Mas comigo Peggy acreditou que a conquista de sucrilhos extra-regulamentares estava ao seu alcance.

– Mamãe falou, Harry. – Ela se esticou toda e puxou um pacote gigante de sucrilhos da prateleira. Tony, o Tigre sorria para mim. E continuou sorrindo até eu pegar a caixa da mão dela e colocá-la de volta na prateleira. – Puxa vida, Harry. Você está me decepcionando.

– Não, Peg. Escuta, a gente compra mais sucrilhos quando você tiver comido os outros todos. Eu prometo, tá bem?

Uma nuvem escura passou em seu rosto.

– Nós vamos comprar agora. Neste minuto. Eu estou falando sério, Harry. Não estou brincando.

– Não, Peg.

Ela começou a descer do carrinho. Como estava começando a ficar um pouco grande demais para aquele lugar, de repente o carrinho tombou de lado e eu tive de agarrá-la.

– Jesus Cristo, Peg. Assim você acaba se machucando.

– Não blasfema, Harry. Isso é vulgar. – E pegou um pacote de sucrilhos na prateleira. Eu o tirei dela e o coloquei de volta. As pessoas estavam começando a olhar. Da mesma forma como ficamos olhando Ronan levar palmadas por sua má-criação.

– Pare de fazer pirraça, Peg, vamos embora pra casa.

Fui pegá-la para colocá-la de volta no carrinho, mas ela se contorceu toda e escapou.

– Não põe a mão em mim, Harry. Você não é meu pai.

– O que foi que você disse?

– Eu acho que você me ouviu.

Tentei pegá-la novamente mas ela deu dois passos atrás e começou a gritar.

– *Eu quero a minha mãe. Você não é meu pai. Pára de agir como se fosse meu pai.*

Uma senhora com uma cesta contendo duas latas de ração para gatos e um pacote de confeitos de chocolate parou para investigar.

– Está tudo bem com você, querida?

– Ela está bem – eu respondi.

– Desculpe-me – disse a senhora gato. – Eu não estou falando com o senhor. Estou falando com a mocinha.

– Ele se comporta como se fosse o meu pai, mas ele não é meu pai – falou Peggy, com os olhos cheios de uma repentina autopiedade. – Ele não é mesmo. Ele está só fingindo.

– Ai, meu Deus, é agora – eu disse. – Lá vêm as lágrimas.

– Que homem terrível, o senhor – disse a senhora.

Nesse exato momento vinham passando a jovem grávida e Ronan. O menino estava bem mais alegre, acabando de dar fim a um saco de guloseimas.

– Tudo bem com você, meu amor? – disse a mãe de Ronan.

– Ela está zangada – disse a senhora gato. – Ela quer a mãe dela.

– Quem ele é quando está em casa? – perguntou a jovem mãe, apontando para mim.

– Eu acho que não é ninguém – disse a senhora. – O senhor é alguém? O senhor é pai dela?

– Não exatamente.

– Não, ele *não é* mesmo – disse Peggy, abraçando as pernas da mãe de Ronan. – Meu pai tem uma motocicleta.

A senhora afagou-lhe o cabelo. Ronan olhava para mim, ao mesmo tempo curioso e desconfiado. Estava lambuzado em volta da boca. Guardando para mais tarde, teria dito a minha mãe.

Foi então que surgiu de repente um segurança do supermercado, de camisa marrom e bíceps à mostra.

– O que é que está acontecendo aqui?

– Isso é ridículo – eu falei. – Vamos pra casa agora mesmo.

Aproximei-me de Peggy para pegá-la, mas ela recuou como se eu tivesse segurando uma serra elétrica ensangüentada.

– Não deixa ele tocar em mim!

– Ele não vai mais tocar em você – disse a senhora.

– Eu quero só ver se ele vai tentar – falou a mãe de Ronan.

– Mãe – disse Ronan, começando a chorar. Dava para ver a comida mastigada dentro de sua boca.

– Podem deixar que eu cuido disso – disse o segurança, de modo agressivo.

Era um jovem branco, de cabelo escovinha e espinhas descendo pelo pescoço forte e rosado. Suas mãos grossas pressionavam ligeiramente o meu peito. Por sobre seus ombros eu via a senhora e a jovem mãe abraçadas a Peggy, todas me olhando de modo ameaçador.

– Preciso conversar com o senhor – disse o segurança, pegando o meu braço. – No escritório da supervisão. Aí veremos se será necessário envolver a polícia.

Eu me desvencilhei dele, furioso.

– Polícia? Isso é um absurdo.

– O senhor é pai dessa menina?

– Sou marido da mãe dela.

– Isso é o que nós vamos ver.

– Eu não vou a lugar nenhum com você. Vamos para casa agora.

A ligeira névoa de educação que o envolvia se dissipou. Tive a impressão de que ele ficou feliz em vê-la desaparecer.

– Você vai vir comigo, cara – ele disse, com a voz agora um pouco mais baixa mas de certo modo mais convincente. – Pode ser por bem ou por mal, mas você vem comigo.

– Que loucura – reclamei. – Isso é uma completa loucura.

Mas permiti que o segurança me levasse embora, deixando Peggy com suas novas guardiãs.

– Mãe – ouvi Ronan dizer. – Eu posso comprar...

– Não, não vai comprar mais merda nenhuma – disse a mãe dele.

Passei duas horas numa salinha reservada para pessoas que furtam mercadorias, que fazem bagunça com os carrinhos e outras tais quais. Só eu e o espinhento. No final, eles não chamaram a polícia. Chamaram a minha mulher.

Eu os ouvi, antes que pudesse vê-los, quando seus passos ecoaram pelo labirinto de depósitos e escritórios nas entranhas do supermercado. A porta se abriu e lá estavam elas, minha mulher e minha enteada, acompanhadas por uma espécie de gerente vestindo um jaleco branco.

– Oi, Harry – disse Peggy. – Que sala é essa?

– Madame? – falou o homem do jaleco branco. – É ele?

– Sim, é ele – respondeu Cyd. – É o meu marido.

Ela não pareceu muito feliz em dizê-lo.

✦ ✦ ✦

– Tente se divertir – disse Cyd, enquanto o nosso táxi se arrastava no tráfego lento do rush da tarde. – Eu sei que você não está muito a fim de sair. Principalmente depois de ter sido preso.

– Eu não fui preso.

– Não?

– Fui somente detido para averiguação.

– Ah.

– Tem diferença.

– É claro. Mas, por favor, tente se divertir. Por mim.

– Pode deixar – eu disse. – Por você.

E era verdade. Eu sabia que esta era uma grande noite para ela.

Cyd sempre me acompanhava em atividades sociais relacionadas com o meu trabalho. Jantares de início de temporada, jantares de fim de temporada, as dezenas de cerimônias de premiação e outras diversões compulsórias a que eu devia comparecer como produtor de *Sextas com Fish.* Ela nunca se queixava.

Ao contrário de Gina, que geralmente voltava dessas atividades em lágrimas, com raiva de ter sido tratada como uma imbecil que não fazia nada além de tomar conta da casa, Cyd parecia se divertir com elas. Pelo menos fingia que sim, para me agradar.

Aquela noite era a minha vez de acompanhá-la. Estávamos indo a um jantar organizado pelo Sindicato dos Bufês. Era a primeira vez que a presidente-executiva da Food Glorious Food era convidada. Eu era o seu extra.

– Você tem certeza de que não preciso pôr gravata? – eu disse. Ainda estava com a mesma calça cáqui e blusa de moleton com que fora detido. – Não vai estar todo mundo de terno e gravata, vai?

Cyd me dirigiu um olhar ambíguo. Ela estivera tão envolvida com a roupa que ia vestir – no final escolheu um vestidinho preto que deixava de fora aquelas pernas que eu adorava, pernas de dançarina que poderiam muito bem ter pertencido a Cyd Charisse –, que não prestou muita atenção em mim.

– Ora, o que é que se veste nesses jantares a que você costuma ir? Essas cerimônias a que a gente vai quando acaba uma temporada de *Sextas com Fish*?

– A gente vai do jeito que está. Veste o que quiser. Mas é televisão.

– Ah, você vai ficar bem. Me disseram que era uma coisa informal.

A reunião era num restaurante chamado Deng's, onde eu estivera uma vez com Eamon e uma dupla de executivos da emissora. Um enorme galpão onde se servia comida asiática moderna, o que significa variações impecáveis das mesmas coisas que podemos comer nos restaurantes do Soho e de Chinatown, mas servidas debaixo de fotos irônicas de Deng Xiaoping, estilo Andy Warhol, e em porções muito menores. Os garçons do Deng's vestiam terninhos Mao, bastante elegantes, da grife Shangai Tang. A clientela geralmente vestia o informal-chique típico da minha turma.

Mas não nesta noite.

Meu estômago revirou quando eu percebi, ainda dentro do táxi, que os homens estavam todos de black-tie.

Menos eu, é claro.

– Ah, meu Deus – disse Cyd. – Eu sinto muito, Harry.

– Ai, ai, ai.

– Você quer voltar pra casa?

– Não, eu me viro.

– Não precisa se não quiser, meu amor. A culpa foi minha.

– Eu quero lhe dar apoio esta noite. O que pode acontecer de ruim?

– Você se sentir um completo panaca.

– Exatamente.

Entramos. Passei pela galera de black-tie como se fosse uma freira num bordel, consciente dos olhares e das risadinhas, mas ignorando todos eles.

Eu não ia permitir que um bando de mercadores de *satay* de galinha me impedisse de estar com a minha mulher em sua grande noite. Sally, a assistente de Cyd, acenava como uma louca do outro lado da sala e começou a abrir caminho até onde nós estávamos. Sally era uma espécie de parente – meio-irmã de Gina e ex-babá de Pat. Vestia um traje de baile feito de seda, sem alças, como o que a boneca Lucy usaria num programa especial com o boneco Brucie. Era a primeira vez que eu a via com jeito de mulher adulta. Ela estava muito excitada, mas se acalmou quando me viu.

– O que aconteceu com Harry?

– Ele não sabia – disse Cyd.

– Luke Moore quer te conhecer – disse Sally, pegando o braço de Cyd.

– Luke Moore? Ele está aqui?

– E quer te conhecer. – Sally agora sussurrava. – Ele me disse que ouviu falar muito bem da Food Glorious Food e que, quem sabe, a gente poderia vir a trabalhar juntos.

– Quem é Luke Moore? – perguntei.

– Ele é simplesmente, tipo assim, a coisa mais fantástica deste mundo – disse Sally. – Ele é dono da Cakehole, Inc.

– Luke Moore trabalha para a maior parte das grandes empresas do distrito financeiro – disse Cyd. – Qualquer coisa que você ponha na boca na City é provável que venha do serviço de bufê da Cakehole Inc., de Luke Moore.

– Vem *logo* – disse Sally, arrastando minha mulher com ela. Eu segui logo atrás.

Luke Moore era mesmo um grande homem. Alto, forte, tinha o físico de um ex-atleta que estava apenas começando a acumular umas gordurinhas e ostentava um cabelo um pouco longo demais para alguém que não é Rod Stewart. Uns quarenta anos, me pareceu, mas estava elegante naquele smoking.

Eu impliquei com a cara dele imediatamente.

Estava cercado de puxa-sacos sorridentes que concordavam com tudo o que ele dizia.

– Parece que os cientistas descobriram um alimento que reduz em noventa por cento o desejo sexual feminino – ele disse. – Chama-se bolo de casamento.

Enquanto os bajuladores uivavam de satisfação e choravam de tanto rir, Luke Moore viu Sally, que empurrava Cyd adiante.

Aí ele viu Cyd. Ele viu a minha mulher.

– Então é você a mulher que comanda o melhor bufê da cidade – ele disse, pegando a mão dela e não largando.

Cyd sorriu.

– E você deve ser um demônio de fala macia.

– Verdade, eu ouvi falar muito bem da sua empresa. Nós precisamos nos unir. Quem sabe podemos ajudar um ao outro?

– Parece interessante – disse Cyd, e eu percebi que ela não fazia nenhum esforço para tirar o braço e livrar-se daquele sacana. – Este é o meu marido.

Luke Moore olhou para mim pela primeira vez.

– Eu pensei que fosse o seu zelador.

Os puxa sacos riram às gargalhadas. O meu rosto começou a queimar, mas minha mulher saiu em minha defesa.

– Na realidade o meu marido é um homem muito importante, Sr. Moore. Ele é Harry Silver, o produtor de TV.

– Claro, claro – disse Luke Moore, que com certeza jamais ouvira falar de mim. – Eu sou um grande fã do seu trabalho.

– Certo.

– Marty Mann era realmente especial quando vocês trabalhavam juntos. Triste o que aconteceu com ele, não acha? Todos esses programinhas de baixo custo e alto impacto. *Seis estudantes invocados* e tudo o mais. Eu não tenho nada contra ganhar dinheiro. Longe disso. Mas fico muito feliz por você estar agora trabalhando com Eamon Fish.

Fiquei impressionado. E lisonjeado.

– Eamon Fish – disse um dos bajuladores. – Ele é bom pra caramba.

– Sim – falou Luke Moore. – Ele tem um estilo meio classe B.

Eu sorri, mordendo a língua. Por que será que as únicas pessoas que falam essa coisa de classe B são gente de classe C, D e E?

– E, além disso – disse Luke Moore –, os viciados sempre têm um certo apelo, não têm? A gente fica pensando o que é que vai acontecer em seguida.

– Eamon não é viciado – eu disse. – O problema dele é fadiga.

Mas Luke Moore já havia terminado comigo. Inclinou-se ligeiramente para a frente, ergueu a mão de Cyd e, bem ali na frente de todo mundo, beijou-a.

Eu quase vomitei.

– Eu estou sempre precisando de gente boa – ele disse. – Meu negócio precisa de uma mulher como você, Cyd. Nós devíamos tentar fazer alguma coisa juntos.

– Seria um prazer – disse minha mulher.

Eles trocaram cartões, e eu sabia que não estavam apenas sendo educados.

Esses dois iriam se ver novamente.

✦✦✦

– Quem sabe você conseguiria que Luke Moore fosse ao supermercado com Peggy? – eu disse no táxi de volta para casa. Fora uma noite abominável, e eu estava bêbado, enciumado e de saco cheio das pessoas me olharem como se eu devesse ter usado a entrada de serviço. – Esse sacana desse Moore talvez fosse capaz de explicar por que ela não pode comprar sucrilhos toda vez que tem vontade. Luke Moore talvez conseguisse explicar a Peggy por que é que o inútil do pai dela só aparece quando está a fim. Talvez o gente-boa do Luke Moore...

– Harry – disse Cyd, pegando a minha mão. – Fica tranqüilo, meu amor. Luke Moore não quer se casar comigo. Ele não está interessado em cuidar de mim, nem em ler na cama para Peggy, nem em nos ajudar a preparar a ceia de Natal. – Ela afagou o meu rosto com toda a antiga ternura. – Ele só quer me comer.

– Ah – eu resmunguei, começando a me acalmar.

– Sabe quantas vezes por dia uma mulher vê aquele tipo de olhar?

– Uma ou duas?

Ela riu.

– Mais, eu acho. Mas eu sou uma mulher casada. Portanto, cala a boca e me beija, seu idiota.

Portanto, eu a beijei, sentindo-me um idiota, mas também agradecido e privilegiado, e tão apaixonado como sempre estivera. Eu não iria perder essa mulher incrível de jeito nenhum. Nem para Luke Moore nem para ninguém. Não até que cometesse alguma loucura.

E por que razão eu faria uma coisa dessas?

dez

Inscrita em diagonal na tabuleta do lado de fora da casa de Gina lia-se a palavra VENDIDO. Quando ela chegou à porta, deu para ver vários caixotes enfileirados ao longo do corredor. Os preparativos da mudança iam de vento em popa.

Eu queria fazer alguma coisa diferente com Pat. O esquema habitual cinema, parque e pizza já dera o que tinha que dar. Eu queria que ele se divertisse como nunca. Queria ver o seu rosto se incendiar de contentamento. Queria que ele se lembrasse para sempre desse dia.

Fomos então até a Somerset House, uma construção antiga e imponente, mas não para entrar. Nós fomos ver as fontes.

Pegamos os guarda-chuvas coloridos na entrada e saímos correndo pela floresta de chafarizes do pátio. O rosto de meu filho se banhava de prazer enquanto a água batia no alto do seu guarda-chuva.

Gene Kelly, eu pensei. *Cantando na chuva.* Simplesmente cantando e dançando na chuva.

O pátio estava cheio quando chegamos, mas pouco depois os outros pais foram embora com suas crianças em busca de diversão mais seca e menos agitada. Mas Pat não queria saber de largar as minifontes que algum gênio instalara no pátio da magnífica mansão. Ficamos a tarde toda em Somerset House, correndo de um lado para outro com os guarda-chuvas sobre nossas cabeças. Molhados até os ossos, o coração disparado e quase explodindo de felicidade.

Quando começou a escurecer, pegamos minha mãe em casa e fomos até o parque. Só nós três. Minha mãe, meu filho e eu, caminhando na beira do lago num fim de tarde de novembro. O parque estava vazio. Tinham ido todos embora. As últimas folhas do ano pelo chão, o cheiro de inverno no ar, fogos de artifício e nevoeiro. Era outro ano que se acabava.

Tudo isso me fez lembrar um certo dia naquele mesmo parque. O dia em que tiramos as rodinhas da Bluebell, a bicicleta de Pat.

Lembrei-me do meu pai correndo atrás da Bluebell, o câncer já crescendo dentro dele sem que nós soubéssemos, cada vez mais distante da bicicleta, mas repetindo sem parar as duas palavras:

Te peguei.

Te peguei.

Te peguei.

Quando escureceu, eu levei Pat de volta para a casa de sua mãe. Fui com ele até a porta e me ajoelhei na sua frente para ficarmos da mesma altura.

Beijei-o, disse que ele era um bom menino e o apertei contra mim como se não fosse deixá-lo ir embora.

Na manhã seguinte, Pat, sua mãe e o novo marido dela pegaram o avião para ir viver uma nova vida em outro país.

✦✦✦

Ainda não havia sinal de Eamon Fish.

O primeiro número já acabara e a platéia no estúdio estava ficando inquieta. O humor deles piorava minuto a minuto. Eles tinham vindo aqui para se divertir e, como diria a minha mãe, dariam risadas só de ver um rocambole. Mas ficar esperando o astro aparecer começava a lembrar demais o trabalho. Os câmeras pareciam aborrecidos. A mulher do teleprompter estava sentada atrás de seu monitor, tricotando. O diretor de cena pressionou seus fones de ouvido e murmurou qualquer coisa para o editor lá em cima, na galeria. Este me olhou de modo inquisitivo e deu de ombros.

– Vou buscá-lo – falei.

A porta do camarim estava trancada. Bati e gritei o nome de Eamon. Nenhuma resposta. Bati mais forte, chamei-o com a voz irritada e disse para ele abrir. Silêncio. Finalmente, usei a linguagem clássica dos técnicos de futebol.

Eamon destrancou a porta e assim que eu entrei ele se ajoelhou e começou a procurar alguma coisa embaixo do seu toucador. Eu comecei a xingá-lo, pensando que ele procurava um papelote de cocaína perdido em algum lugar. Mas não era isso.

– Ela está por aqui em algum lugar – ele disse. – Eu sei que está, ah!

Eamon se levantou com uns pedaços de papel amassados nas mãos, espalhou-os sobre o toucador e começou a juntá-los como se fosse um desses quebra-cabeças para crianças de menos de cinco anos. Era a foto de uma garota. Uma mulher do sudeste da Ásia. Morena. Muito bonita. Alguém que eu conhecia.

– Mem – ele disse. – Minha linda Mem. Ai, como você pôde ser tão cruel? Eu te amava tanto, sua putinha nojenta.

Eu o observei montar a fotografia que rasgara. Era uma Polaroid, uma dessas fotos de casais que se tiram em lugares turísticos. Um homem e uma mulher num dia de verão, olhando para a câmera em frente à catedral de Notre-Dame. Eamon e sua Mem em Paris.

– O que houve, Eamon?

– Ela é casada. Quando fui ver, ela é *casada*, porra.

– Mem, casada? – Eu me lembrava de Mem tirando o vestido na boate onde ela trabalhava. Não dava nenhuma pinta de mulher casada. – Mas ela sempre pareceu tão... solteira.

– Tem marido e filho em Bangcoc. Um garotinho. Da idade de Pat. E vem mandando dinheiro para eles esse tempo todo.

– Jesus – eu o abracei. – Eu sinto muito, Eamon.

– Nós nos encontramos. Para falar sobre voltar. Ela parecia bem ansiosa. Sentindo falta de mim. E eu tinha comprado um anel para ela. Um anel de noivado da Tiffany. Um anel de verdade. Não é uma piada? Quando ela foi fazer sei lá o que no toalete, eu tentei escondê-lo na carteira dela. Quis fazer uma surpresa. E foi aí que eu vi o retrato dela com o marido e o garotinho. Piranha. E pensei que era verdade quando ela disse que queria voltar pra mim, Harry. Mas eu era só um porra dum caixa eletrônico.

Ficamos os dois olhando para a fotografia rasgada que ele tentava reconstituir.

– Você acha que se eu colar com durex fica direito, Harry? O que você acha? E se eu usasse supercola?

– Escuta, Eamon. Você deve se preocupar com isso depois. Tem uma centena de pessoas lá fora te esperando para começar *Sextas com Fish.*

– O programa? Como é que eu posso pensar no programa depois de descobrir que Mem tem marido e filho?

– Vai ter de pensar. É disso que se trata. Ir em frente quando você não está a fim. Fazer um puta programa quando você está na pior. Esta é a vida que você escolheu. Você não pode faltar uma noite só porque alguém deu um chute no seu coração.

– Um chute? Meu coração foi passado num moedor de carne. A garota que eu queria que fosse minha mulher não pode se casar comigo porque o marido não vai gostar. Eu preciso de uma carreira, Harry. Está no meu casaco. Guardada para uma emergência. Prepara duas, tá?

Agora era a minha vez de ficar irado. Peguei o papelote de cocaína em seu paletó e o joguei na cara dele.

– É por causa disso que você está caindo aos pedaços? Por causa de uma garota? Ela tem marido e filho na Tailândia e aí você sai correndo atrás do pó mágico? Você está maluco? Vai jogar tudo fora por causa de uma garota?

– Não é uma garota, é *a* garota. Será que você não entende nada de amor, Harry, seu sacana miserável?

– Entendo muito, cara. Olha, eu sei que Mem é um espetáculo de garota. Mas existem muitos outros peixes no mar.

– E todos tão escorregadios quanto ela, Harry.

Ele pegou a cocaína e enfiou no bolso, junto com os restos da fotografia rasgada. Passou na minha frente e parou na porta do camarim.

– Ora bolas, como é que você poderia entender, Harry? É claro, você é um homem casado. Como é que você iria saber alguma coisa sobre romance?

✦ ✦ ✦

O pior eram os domingos.

Depois que Pat foi embora, o dia do descanso era interminável.

Eu vagava pela casa sentindo-me perdido, incapaz de reconhecer a minha vida, enquanto na cozinha Peggy ajudava Cyd com uma receita especial de empanados de carne.

Eu diria que os empanados estavam mais para a Food Glorious Food do que para o nosso jantar, porque nas bandejas de prata espalhadas por toda a cozinha devia ter umas seiscentas rodelas de massa que minha mulher e sua filha iam recheando cuidadosamente com carne, alho e ervas picadas, deixando-as prontas para grelhar.

– Empanados texanos – disse Cyd.

– Iguais aos que as vaqueiras comem – disse Peggy.

Eu estava em pé, à porta, olhando as duas trabalharem, com aventais parecidos, os braços nus e os cabelos negros puxados para trás dos rostinhos lindos. Pareciam estar se divertindo muito.

– Solitário sem ele, não? – disse Cyd.

Assenti com a cabeça, e ela tocou o meu braço. Eu não precisava explicar como me sentia aos domingos. Ela me amava o suficiente para entender.

– Precisa de ajuda? – eu disse.

– O quê, ajuda *sua?* – disse Peggy.

Cyd sorriu.

– Claro.

Peggy me mostrou o que fazer.

Eu tinha de pegar uma rodela de massa, colocar um pouco de carne no meio, salpicar ervas e alho, dobrar e depois apertar as bordas fazendo um entalhe.

Fiquei surpreso com a minha total incompetência para aquele trabalho. Com excesso de recheio, os meus empanados se despedaçavam antes mesmo de serem colocados nas bandejas. No começo, foram motivo de riso e brincadeiras. Mas como eles continuavam desmanchando, a brincadeira acabou.

– Não é *assim*, Harry – Peggy suspirava. – Você está colocando *recheio* de mais.

Com seus dedinhos ágeis ela me mostrou como fazer, e a minha técnica logo melhorou. Eu diria que Peggy curtia ser a professora, de modo que ficamos algum tempo, os três, numa feliz harmonia, trabalhando na produção dos empanados. Depois, eu comecei a sentir uma espécie de inquietação.

– Sabe de uma coisa? – eu disse. – Acho que vou ver a minha mãe.

– Por que não? – disse Cyd. – Ela vai gostar.

– Vocês podem cuidar disso sem mim?

As duas até que foram um bocado generosas, pois nem se deram ao trabalho de responder a uma pergunta tão idiota.

✦ ✦ ✦

Eu não era o único a sentir falta de Pat. Perto de nós morava um garotinho. Um menino bonito, de cara suja, que tinha uma bicicleta velha e amassada, grande demais para ele.

– Cadê Patrick? – ele perguntou.

– Pat? Pat foi embora. Na semana passada. Para os Estados Unidos.

O menino assentiu com a cabeça.

– Eu sabia que ele ia. Mas não sabia se ele já tinha ido.

– Ele já foi, sim. Você estudava na escola dele?

Mas o menino já tinha ido embora. Pedalando aquela bicicleta que pelo tamanho pertencia a algum irmão mais velho. Pensando em como iria preencher o seu dia sem o meu filho.

Bernie Cooper. O primeiro melhor amigo de Pat.

✦ ✦ ✦

Quando eu era garoto, tinha um monte de gente que eu podia ir visitar sem avisar.

A qualquer hora que aparecesse, eu era muito bem recebido. Agora eu era um homem, meus amigos eram todos adultos e a única pessoa que eu podia visitar sem avisar era a minha mãe.

– Harry – ela disse e me fez entrar. – Como vai, querido. Eu estava de saída.

Fiquei estarrecido.

– Num domingo? Você vai sair num domingo?

– Vou ao Union Hall com a sua tia Ethel para uma tarde de dança country.

– Dança country? O que, aquela dança de caubóis? Eu achei que podíamos ver um pouco de televisão.

– Ai, Harry – riu a minhã mãe. – Eu posso ver televisão depois que morrer.

A campainha tocou e entrou uma vaqueira de uns setenta anos. Em vez de casaquinho de lã, blusa florida e sandálias, a tia Ethel, a vizinha do lado que não era na verdade minha tia, usava um chapéu de abas largas, jaqueta de lantejoulas franjada e botas de vaqueira.

– Olá, Harry, querido. Você vai ao baile country com a gente?

– Você está ótima, Ethel – disse a minha mãe. – Atiradora, pegue o revólver.

– Minha filha, eu estou mais para "vovó, pegue o revólver" – disse tia Ethel, e as duas riram até chorar.

– Ethel já sabe tudo. Já é uma especialista. Não é, Ethel?

Tia Ethel sorriu com modéstia.

– Eu sei fazer o Escorregando de Leve, o Batendo na Madeira e o Pernas Doidas. Mas ainda não me acertei com o Cha Cha Cha Miudinho e o Trevo Arrastado. – Aí ela se empertigou e começou a saltitar pela sala, quase trombando com um pufe verde-limão. – Um passo à frente para a esquerda, batendo o pé com força, levanta um pouquinho o joelho direito girando o pé para o lado, agora levanta o joelho direito um pouco mais.

– Este é o seu Cha Cha Cha Miudinho, Ethel?

– Não, meu bem, este é o meu Trevo Arrastado. E vou lhe dizer, está fazendo um milagre com a minha dor nas costas.

Olhei para a tia Ethel e depois para a minha mãe.

– Você não vai sair vestida desse jeito, vai? – eu disse.

Mas não precisava me preocupar. Minha mãe, antes de comprar uma roupa de vaqueira, ia ver se gostava. Fui com elas até o portão. E enquanto esperávamos a tia Ethel tirar o seu carrinho da garagem, ela se virou para mim e disse:

– Você vai tê-lo de volta, meu amor. Não se preocupe. Nós o teremos de volta.

– Teremos? Eu não tenho tanta certeza, mãe.

– Os filhos precisam dos pais.

– Os pais não têm mais a importância que tinham na sua época.

– Todo garoto precisa de mãe e pai, meu amor. Com certeza. Tango se dança a dois.

Não tive coragem de dizer à minha mãe que ninguém mais dançava tango hoje em dia.

Nem ela.

A tia Ethel tocou a buzina e abaixou o vidro do carro.

– O carreto está saindo – disse.

✦ ✦ ✦

Já passava da meia-noite quando cheguei em casa.

A cama estava cheia. Peggy dormia nos braços da mãe, chupando metodicamente o dedo polegar e com o cabelo escuro colado na testa saliente de bebê, como se estivesse com febre.

– Pesadelo – Cyd sussurrou. – Qualquer coisa com o pai caindo da motocicleta. Quando tiver certeza de que ela está dormindo, eu a levo de volta para o quarto.

– Tudo bem. Deixa ela aqui.

– Você não se importa, meu bem?

– Sem problema.

Beijei a minha mulher e fui dormir no sofá. Eu realmente não me importava. Peggy precisava da mãe nessa noite. E sozinho no sofá eu não precisava me preocupar se Peggy tinha acordado, se Cyd estaria cansada demais para transar, nem se eu tinha puxado o edredom todo para o meu lado. Lá embaixo eu não tinha com quem me aconchegar, mas também não tinha ninguém para atrapalhar o meu sono.

É esse o problema de dormir no sofá. A gente se acostuma.

✦ ✦ ✦

– Você precisa voltar a ter um pouco de romance em sua vida – disse-me Eamon, enquanto passava um pouco de massa de um lado do prato para o outro. Ele quase não estava comendo nesses dias. – Um pouco de emoção, Harry. Um pouco de paixão. De noites em que você não consegue dormir porque não agüenta ficar longe. Você deve se lembrar disso. Lembre, faça um esforço.

– Você acha que eu devo levar flores para a minha mulher?

Ele revirou os olhos.

– Eu acho que você devia arranjar uma amante.

– Mas eu amo a minha mulher.

– E daí? Romance é um direito humano básico. Como água, comida e abrigo.

– Você não está falando de romance. Está falando de levar o pau pra passear. Você só pensa nisso. Como sempre.

– Chame como quiser, Harry – dando uma sacada na garçonete enquanto ela tirava os pratos e a comida que sobrou. – Mas uma puladinha de cerca não vai fazer mal ao seu casamento. Vai ajudar a conservá-lo.

– Tenta explicar isso à minha mulher.

– Ora, a sua mulher não iria nem saber.

– Mas eu sim. Você não entende. Eu não quero outra mulher. Eu só quero a minha mulher de volta. Do jeito que éramos.

– Vocês, casados, me fazem rir – Eamon deu uma risadinha marota. – Se queixam de que falta emoção no leito conjugal. Mas não têm coragem de sair para procurá-la. Sabem exatamente o que precisam, mas não têm peito de ir buscar.

– Casamento é isso, cara.

– O quê? Frustração? Decepção? Desilusão? Dormir com uma pessoa que não te dá tesão? Porra, Harry, essa é muito boa. Fantástica. Me faz ter vontade de continuar solteiro.

– Eu ainda tenho tesão pela Cyd – eu disse. E era verdade.

Às vezes eu ficava olhando o rosto de Cyd sem ela perceber e me admirava de ver como ela era linda, me espantava com a emoção que ela despertava em mim, mesmo sem precisar fazer nada. Era incrível.

– E eu acho que ela ainda tem tesão por mim. Quando se lembra, quero dizer.

Eamon riu com essa.

– O que eu estou dizendo é que um casamento não pode acabar só porque a lua-de-mel acabou – eu disse.

– Mas a lua-de-mel é *a melhor parte.*

– Não se preocupe com a nossa vida sexual, ela é ótima. Quando conseguimos arranjar energia. O único problema é... eu não sei. Parece que a chama se apagou. Ela está sempre ocupada com o trabalho. Ou chega em casa cansada. Antes não era assim.

– As mulheres mudam, Harry – disse Eamon, inclinando-se para trás, tornando-se mais efusivo. – O que você tem de entender é que, em cada etapa da vida, mulher é como uma região diferente do mundo.

– Como assim?

– Bem, dos 13 aos 18, a mulher é como a África: um território virgem. Dos 18 aos 30, é como a Ásia: quente e exótica. Dos 30 aos 45, é como a América: totalmente explorada mas ainda rica em recursos. Dos 45 aos 55, ela é como a Europa: um tanto exaurida e desgastada, mas ainda cheia de lugares interessantes. Dos 55 em diante, é como a Austrália: todo mundo sabe que ela está lá, mas quase ninguém se esforça para encontrá-la.

– Você vai precisar de algo melhor do que isso quando a gente voltar, Eamon.

– É – ele disse secamente. – Quando eu voltar. Com licença.

E saiu para ir ao banheiro. Havíamos combinado com a emissora que Eamon tiraria licença pelo tempo que fosse necessário para se recuperar. Eu sabia que ele estava deprimido por causa da interrupção do programa. Mas a emissora exigia que ele largasse o vício antes de voltar ao ar. Era esse o motivo do nosso almoço. Convencê-lo de que ele precisava de ajuda profissional.

Eamon voltou à mesa, com os olhos cheios d'água e vidrados e a pele da cor de papel vegetal. Outra vez não, eu pensei. Bati com o dedo no meu nariz e ele pegou um guardanapo para tirar um floco de pó branco do dele.

– Oh! – ele sorriu, envergonhado.

– Escuta, tem uma médica em Harley Street. Ela trata de... estafa. A emissora quer que você vá procurá-la. Eu vou com você.

– Ai, meu cacete. Vocês pensam que eu sou o quê? Criança? Eu não estou precisando de ajuda.

– Presta atenção, Eamon. Você tem um talento enorme mas corre sério risco de jogar tudo pela janela.

– Eu não preciso de ajuda, Harry.

– Se você não for procurar essa médica, vai acabar perdendo o seu programa.

– Eu estou legal.

– E na certa vai arruinar sua saúde.

– É problema meu.

– Provavelmente vai ter problemas com a polícia.

– Foda-se a polícia.

– E com toda certeza o seu suado dinheirinho vai acabar indo todo para dentro do seu nariz e da sua privada.

– Eu faço o que quiser com o meu dinheiro

– E o seu pênis vai acabar murchando também.

– O quê?

– Você ouviu o que eu disse.

Ele ficou me olhando um momento. – Qual é o nome da médica?

O celular dele começou a vibrar. Nada de sinal sonoro, só trepidação. Ele o pegou e começou a falar, apesar de não ser permitido o uso de celulares no local. Era a ex-namorada. Mem. Ele quase foi às lágrimas, passando os dedos aflitos pela cabeleira negra e sedosa.

– Eu não estou te assediando... vinte mensagens? Tem certeza de que foi tudo isso? Bom, de qualquer forma eu só queria te ver, meu picolezinho de limão... Por quê? Só falar com você, explicar... Mem, a gente podia começar de novo... Eu quero que você faça um strip-tease só pra mim... por favor, meu coração...

Dois executivos na mesa ao lado olharam para ele com ar de desprezo.

– Quem é o artista com o celular? – disse um deles. – Telefones não são permitidos neste lugar, que eu saiba.

– Dãa! – disse o outro, imitando um idiota falando no celular. – Eu estou no trem...

Eamon virou-se para os dois.

– Ele não tocou, tocou? – perguntou. – Ele só vibrou, sem fazer nenhum ruído, não foi? Então que diferença faz eu falar nesta porra deste telefone e os babacas aí conversarem sobre mercado financeiro, Tiger Woods ou uma outra porcaria qualquer?

Boa pergunta, eu pensei, indicando que queríamos a conta. Ele devia incorporar essa também ao seu número. Mas, caramba, Eamon estava a ponto de explodir.

Enquanto eles ameaçavam nos encher de porrada, eu pensava no que Eamon dissera sobre a semelhança entre a mulher e o mundo. Se a sua teoria estava certa, a minha mulher era a América. Mas, depois de pouco mais de um ano de casamento, ela ainda não havia sido completamente explorada.

Às vezes eu achava que não a conhecia nem um pouco.

✦ ✦ ✦

Sem saber por que, comecei a passar de carro em frente à antiga casa de Gina. Eu sabia que não tinha ninguém lá. Os novos moradores ainda não haviam se mudado, e até a babá alemã já havia voltado para a Bavária. Mas eu achava aquilo, como dizer?, calmante.

Mesmo que não tivesse sido a minha casa, nem a de Pat, e que tampouco as minhas lembranças daquele lugar fossem agradáveis. Passar pela casa em que morou meu filho e pensar que não mais de duas semanas atrás as coisas dele ainda o esperavam em seu quarto – suas roupas no armário, algumas já pequenas demais, sua cama, seu edredom *A ameaça fantasma*, seu travesseiro – de alguma forma me faziam sentir um pouco menos só.

De modo que eu ficava dando voltas ao redor da casa como um ex-amante cheio de saudade, até ser vencido pelo cansaço.

Até que, um dia, eu vi a bicicleta de Pat.

Ela fora deixada no jardim. Ele sempre fazia aquilo – estacionava a bicicleta no gramadinho da frente quando voltava do parque e depois esquecia, confiando que o mundo inteiro era tão inocente quanto ele.

Só não fora roubada ainda por estar atrás de uma moita. Estacionei o carro, pulei o muro simbólico do jardim e peguei a bicicleta.

Eu iria guardá-la até quando o meu filho viesse à minha casa. Ou talvez ele quisesse que eu a mandasse para ele.

– Ela está?

Ergui os olhos. Era um jovem magérrimo, de cabelo amarelado. Asiático. Um desses japoneses moderninhos que a gente costuma encontrar nos bairros mais descolados de Londres, freqüentando galerias e lojas de discos raros. Ele parecia ter andado chorando. Olhei para ele por cima do muro do jardim.

– De quem você está falando? De Gina?

Ele olhou para a casa.

– Kazumi.

O nome não me disse nada.

– Casa errada, parceiro. Tente o vizinho.

– Não, é esta a casa onde ela está. – O inglês dele era bom. – Tenho certeza. – Ele olhou a rua, balançando a cabeça. – Eu sei que é esta a casa. Ah, lá vem ela!

Uma jovem asiática vinha lentamente pela rua pedalando uma bicicleta. Tinha aquele cabelo brilhante e macio das japonesas, apenas ligeiramente mais fino do que o normal. Ela parou em frente à casa de Gina e puxou o cabelo de cima dos olhos. Eu vi o seu rosto. Pálida, séria, ligeiramente mais velha do que eu a imaginara. Não era uma garota, era uma mulher. Mais ou menos da minha idade, quem sabe.

E era a mulher mais atraente que eu via em muito tempo. Desde que – bem, desde que eu vira a minha mulher pela primeira vez.

Ela olhou para o rapaz. Não pareceu feliz em vê-lo. O cabelo voltou a cair na frente daquele rosto notavelmente belo. Ela o deixou lá, um véu entre ela e o mundo.

– Kazu-chan – ele disse, e de repente eu pensei... é claro.

A amiga japonesa de Gina.

Aquela que olhou para Pat através da câmera e conseguiu enxergá-lo de verdade.

Kazumi.

Ele falou com ela num japonês macio e insistente, a cabeça ligeiramente inclinada, o cabelo amarelado mascarando a dor que sentia.

A mulher balançou a cabeça, dizendo-lhe não, e subiu com a bicicleta pela calçadinha do jardim. O jovem sentou-se no muro e começou a chorar, com o rosto escondido entre as mãos.

Kazumi balançava a cabeça, deixando transparecer uma espécie de descrença exasperada, enquanto se via às voltas com um grande molho de chaves na tentativa de abrir a porta da frente. Tinha dificuldade de encontrar as chaves certas. Finalmente ela abriu a porta e o alarme contra roubo começou a tocar.

Antes de fechar a porta, ela me olhou pela primeira vez – eu em pé no meio do jardim, segurando a bicicleta abandonada do meu filho, observando-a desligar o alarme.

Eu notei a expressão do seu rosto, vi como ela me olhava.

Como se eu fosse apenas mais um maluco doente de amor.

onze

Um postal de Nova York.

Na frente, uma foto do Central Park em plena mudança de estação. Árvores cor de ferrugem, verde e dourado, com arranha-céus prateados ao fundo. Nuvens brancas e macias sob um céu azul brilhante.

Atrás, uma mensagem do meu filho, com a letra cuidadosamente desenhada.

> *Querido Papai*
> *Nós fomos neste parque. Tem pato aqui.*
> *Eu te amo. Amor seu filho.*
> *PAT xxx*

– O bêbado vai ao confessionário em Kilcarney – disse Eamon. – O padre pergunta: "Qual o seu problema, meu filho?" O bêbado responde: "Aí na sua cabine tem papel?"

Estávamos na sala de espera de um consultório em Harley Street, confortavelmente sentados em sofás macios. Uma senhora idosa cuidava do balcão de recepção. Sobre as mesas laqueadas havia folhetos de imobiliárias. Dinheiro e problemas de saúde enchiam o ar. As unhas de Eamon, de tão mordidas, sangravam.

– Você vai ficar legal – eu lhe disse.

– Ônibus escolar em Kilcarney. O velho bêbado enrola a língua, canta canções separatistas e vomita. Fica totalmente fora do ar. As crianças têm de ajudá-lo. Aí uma delas pergunta: "Droga, quem é que vai dirigir o ônibus agora?"

– Ela é um médica muito boa. Trata de modelos, músicos, todo mundo.

– Um homem entra num bar em Kilcarney. "Me dá uma porra duma bebida." O barman diz: "Dou, mas antes você tem de cumprir três tarefas. Detonar o segurança, arrancar um dente solto do cão de guarda e dar com a prostituta da casa a trepada da vida dela." O sujeito nocauteia o segurança com um belo gancho de esquerda. Depois vai até o quartinho dos fundos e o cão de guarda começa a latir e ganir. Aí ele volta ao bar, fechando a braguilha, e diz: "Pronto. Cadê o cachorro com o dente solto?"

– Procura relaxar.

– Isso é babaquice. Eu não preciso de ajuda nenhuma. Aqueles filhos da puta da emissora.

– Sr. Fish? – disse a recepcionista. – A doutora Baggio vai atendê-lo agora.

Eamon tremia. Eu o abracei quando nos levantamos. Nesse instante, quando eu tive a sensação de que a sala estava fora de foco e me faltava força nas pernas. Minha visão turvou-se, minhas pernas se dobraram e eu vi o tapete grosso e felpudo da Harley Street vindo na direção do meu rosto.

✦ ✦ ✦

Acordei no sofá da Dra. Baggio com Eamon sentado ao meu lado, o rosto vincado de preocupação. A Dra. Baggio mexia em alguma coisa enrolada no meu braço.

Percebi que ela tirava a minha pressão.

– Seu pai sofria de hipertensão?

O rosto de meu pai passou na minha frente.

– O quê?

– A sua pressão arterial está 19,5 por 10.

– Puta que pariu, Harry – disse Eamon. – Você é que está doente, não eu.

– O senhor compreende o que isto significa? – perguntou a Dra. Baggio. – É muito sério. O primeiro número é a pressão sistólica, a pressão nas suas artérias quando o sangue está sendo bombeado –, e o segundo é a pressão diastólica, quando o coração está em repouso, enchendo-se de sangue antes da contração seguinte. A sua pressão arterial está perigosamente alta. O senhor pode ter um ataque cardíaco. O seu pai sofria de pressão alta, Sr. Silver?

Balancei a cabeça, tentando entender aquilo tudo.

– Não sei – eu disse. – Ele não nos contou nada nem quando teve câncer de pulmão.

✦ ✦ ✦

Bati na porta de Gina mesmo sabendo que ela não estava em casa. E fiquei me perguntando o que estava fazendo ali. Sabia que era por alguma coisa que eu não podia encontrar em casa. Mas não sabia o quê. Não ainda.

Os olhos amendoados de Kazumi apareceram sobre a trava de segurança. Ela jogou para trás uma oscilante torrente de cabelos negros.

– Sim?

– Gina está?

– Gina foi embora. – Fiquei surpreso ao perceber que o inglês dela tinha muito pouco sotaque. Apenas uma certa aspereza, típica do sotaque escocês. – Gina não está mais aqui.

– Ah, é claro. – Olhei para os dois lados da rua, balançando a cabeça, como se tivesse me lembrado de alguma coisa de repente. Olhei de novo para Kazumi e sorri. – Eu sou Harry.

– Harry? Não! Harry de Gina-san?

Gina-san. Honorável e respeitável Gina. Em cinco anos de casamento com uma nipomaníaca, eu não aprendera grande coisa de japonês, mas pelo menos isso eu sabia.

– Eu mesmo.

Foi a primeira vez que vi o sorriso dela. Era como uma luz mágica que descia sobre o mundo.

– Eu ouvi falar de você. É claro. O ex de Gina-san, quero dizer, o pai de Pat, não é?

– O próprio.

– Sakamoto Kazumi – ela disse. Onde quer que tenha aprendido a falar inglês com aquele sotaque escocês, ela ainda era japonesa o bastante para me dizer primeiro o sobrenome. – Estou aqui. Até chegarem os novos moradores. Tomando conta da casa. Muito conveniente para mim. Foi sorte.

– Kazumi? Foi você quem tirou aquelas fotografias do meu filho?

Ela sorriu novamente. Eu não conseguia tirar os olhos dela.

– A própria – ela disse. Engraçada, também.

– Eu adorei as fotos. Verdade. Incrível. Você conseguiu captá-lo de verdade.

– Não, não. Tiradas depressa no jardim. – Modéstia japonesa, apesar do sotaque escocês e do bom inglês. Ela moveu a cabeça num sinal breve e enfático de assentimento, um gesto que me pareceu tão nipônico. – Ele é um menino bonito – ela disse. Eu sabia que não estava sendo apenas educada. Dava para ver pelas fotografias.

Essa estrangeira achava que o meu filho era bonito.

– Mas você devia saber que Gina-san está nos Estados Unidos com o seu... com Richard. E com Pat-kun.

Pat-kun. O honorífico afetuoso tocou meu coração. Querido, meigo, pequeno Pat, ela estava dizendo. Minha primeira mulher me ensinara mais do que eu imaginava.

– Eu esqueci – eu disse. – Às vezes eu esqueço as coisas.

Isso era mentira, é claro. Mas tudo o mais era verdade, tudo o que eu disse sobre as maravilhosas fotos que ela fizera. E era também verdade que ela tinha um jeito que me fazia esquecer as coisas. Como, por exemplo, o lugar onde eu devia estar, a pessoa para quem eu devia telefonar e o fato de eu ser casado.

Kazumi me fez entrar e me serviu chá. Não precisava fazer nada daquilo, mas disse que era como se já me conhecesse.

Kazumi fora a melhor amiga de Gina no Japão. Durante um ano, elas dividiram um minúsculo apartamento em Tóquio. Gina planejava voltar para o Japão e viver lá de vez, quando me conheceu. Kazumi sabia de tudo isso. Se conhecia também as razões de não termos sido felizes depois, e devia conhecer com certeza, foi bastante educada para não mencionar.

– Seus garotos – disse Kazumi. – Era assim que ela sempre se referia a você e Pat. Seus garotos.

Não mais, eu pensei. Mas me sentia agradecido por podermos estar na casa de Gina e Richard tomando chá-verde, por poder ouvir Kazumi dizer com todas as letras que houve um dia em que eu fui importante para a sua amiga.

E me contou a sua história. Não toda. Mas o bastante para eu saber que fora projetista de interiores no Japão e que sempre desejara ser fotógrafa. A fotografia ocidental era sua obsessão. Weber, Newton, Cartier-Bresson, Avedon, Bailey. Desde que se conhece por gente, era isso o que ela tinha vontade de fazer na vida, olhar para o mundo e registrar o que via. E então alguma coisa aconteceu em Tóquio – ela não disse o que, mas eu achei que tinha algo a ver com um homem – que a fez pegar um avião para Londres e deixar a vida antiga para trás.

O sotaque escocês era produto de três anos de universidade em Edimburgo entre os 18 e os 21 anos, não muito depois de ter dividido a comida, o apartamento e a vida com Gina, durante um ano, em Tóquio.

– Eu sempre quis estudar em Edimburgo – disse Kazumi.

– Desde pequena. – O inglês perfeito tinha só uns pequenos defeitos de linguagem, que o tornavam incrivelmente atraente. – Muito bonito. Muito clássico.

Sua estada em Edimburgo deve ter coincidido com os primeiros anos do meu casamento com Gina, e eu expressei minha surpresa por não nos termos conhecido antes.

– Gina-san estava muito atarefada naquela época. Muito ocupada com seus dois meninos.

Mas eu sabia que era mais do que isso. No ínicio do nosso relacionamento, eu e Gina nos considerávamos totalmente auto-suficientes. Acreditávamos sinceramente não precisar de mais ninguém. Nem mesmo dos amigos mais caros e antigos. Perdemos todos. Só quando tudo acabou percebemos o nosso erro.

– Quem era aquele homem, Kazumi? O homem no jardim. Aquele que estava chorando.

Eu sabia que estava forçando a barra. Mas estava curioso a respeito dessa mulher tão bela e reservada, capaz de inspirar crises nervosas em seu próprio jardim.

– Ah. Homem chorando? Era o meu marido. – Ela pensou um pouco. – Ex-marido.

Aí ela se levantou. Já me havia dito o suficiente. Talvez até demais.

– Quer ver mais fotos de Pat? Eu acabei de copiar uma folha de contatos.

Subimos até o antigo estúdio de Gina. A casa estava quase vazia agora. As únicas coisas que havia ali pertenciam a Kazumi.

Ela espalhou um maço de fotos 18 x 24 pelo chão. Kazumi era tecnicamente brilhante. Composição, luz, todas as suas escolhas pareciam sublimes aos meus olhos de leigo. As imagens monocromáticas do meu filho brincando no jardim captavam perfeitamente os momentos fugazes da sua infância. E as fotos, embora em preto-e-branco, eram todas impregnadas de vivacidade. Eu senti novamente que ela gostava do meu filho.

– E por que você saiu de Tóquio?

Estranhamente, eu queria saber mais. Queria saber por que ela estava tão longe de casa, desconfiava que essa história não tinha lá muito a ver com Henri Cartier-Bresson ou Robert Capa.

– Eu era como Gina.

– Como assim?

– *Shufu.*

Eu havia aprendido rudimentos de japonês ao longo dos anos. Mas não o suficiente. Parti para o chute.

– Uma... mãe?

– Não, não. Mãe é *oka-san. Shufu* significa literalmente "senhora interior".

– Senhora interior?

– Dona-de-casa, prendas domésticas. *Housewife*, como dizem na Inglaterra. *Homemaker*, nos Estados Unidos. No Japão é *shufu*. Mas Gina quis ser *shufu*, não foi?

– Sim, eu acho. Por um tempo.

Até ela resolver que queria a sua vida de volta.

– Meu marido quer que eu seja *shufu*. Eu não quero nem um pouco!

Ela parecia achar aquilo divertido. Mas eu não sabia se o que atiçava o seu senso de humor era vislumbrar a própria imagem como dona-de-casa ou a descrição de funções da senhora interior. Talvez estivesse apenas disfarçando o seu constrangimento.

– E não funcionou?

Evidentemente que não funcionou, Harry, seu babaca idiota. Do contrário ela não estaria aqui, com o marido chorando no jardim e um estranho batendo à sua porta com uma mentira descarada.

Mas ela já me dissera o bastante para um só dia.

– Casado – ela disse, e eu custei a perceber que ela agora estava falando de mim. Ela olhava para o grosso anel de ouro no terceiro dedo de minha mão esquerda. – Casado outra vez. Casado agora. Com outra mulher. Não com Gina-san.

Olhei para o meu anel de casamento como se o notasse pela primeira vez, como se ele tivesse sido plantado ali. Eu não cogitei tirá-lo antes de vir ver Kazumi. Nem me passou pela cabeça.

Porque eu não estava conseguindo tirá-lo naqueles dias. Alguma coisa acontecera com aquele anel. Ele estava preso.

– Não funcionou – Kazumi disse para si mesma, como se fosse uma expressão nova que aprendera para avaliar um *test drive*. Simplesmente não funcionou.

✦ ✦ ✦

Gina me enviou uma fotografia.

E eu vi que meu filho tinha um sorriso novo.

Um sorriso banguela, cheio de gengivas, que despedaçou meu coração. Ele perdera dois dentes. No alto, bem no meio. A falta dos dentes dava-lhe uma cara cômica e lampeira – como a de um marinheiro bêbado voltando de licença ou a de um lutador de quinta categoria se divertindo na cidade grande.

Ele aparecia na foto totalmente produzido para a câmera, vestido dos pés à cabeça com o uniforme oficial do New York Yankees. Boné de beisebol, moletom e o casaco que minha mãe chama de parca. Todos na cor azul-escura, ostentando o símbolo dos Yankees. Debaixo da parca, a camisa listrada de azul e branco dos Yankees, de tamanho muito maior do que o dele.

Parecia um americanozinho. Telefonei para ele logo em seguida, sem ler a carta de Gina nem dar a mínima para o que mais houvesse no envelope.

Gina atendeu e foi chamá-lo imediatamente.

– O que houve com seus dentes? – eu perguntei.

– Eles caíram.

Ele parecia surpreendentemente calmo.

– Doeu?

– Não.

– Vão nascer outros, Pat. Você vai ganhar dentes de gente grande no lugar dos que caíram.

– Dentes definitivos no lugar dos dentes de leite. Eu sei. Mamãe me disse.

Aqueles dois dentes da frente ficaram moles durante muito tempo. Por alguma razão eu achava que estaria por perto quando eles caíssem. Agora que eles tinham desaparecido, eu me lembrei de tudo o que estava perdendo.

Então percebi que havia uma caixa de fósforos dentro do envelope. Dizia: Il Fornaio – 132a Mulberry Street – entre Hester e Grand.

– Você está gostando dos Estados Unidos?

– Nova York é muito grande. Maior do que Londres, até. E tem táxis também. Mas eles são amarelos, em vez de pretos. Onde nós moramos tem campos. Nós não moramos na cidade.

– Você costuma ir a esse restaurante com a mamãe e Richard? Você gosta do Fornaio, meu amor?

– Lá tem pizza. Você olhou dentro do envelope?

Dentro da caixa de fósforos havia duas pérolas de superfície irregular. Os dois dentes do meu filho que caíram.

– São para mim? Posso ficar com eles?

– Você pode vender eles pra Fadinha do Dente.

– Acho que vou ficar com eles pra mim. Vou ficar com eles. O que você acha?

– Acho legal.

– Você está bem, meu amor?

– Estou muito ocupado.

– Aposto que sim.

– Ainda desempacotando.

– Ainda falta muita coisa pra desempacotar?

– Eu não sei. Eu só tenho sete anos.

– Está certo. Eu tinha esquecido. Bem, nós não vamos mais ter os nossos domingos por um tempo.

– Eu sei. Conecky... conacky...

– Connecticut.

– É, Connecticut é muito longe pra você vir. Num domingo.

– Mas podemos conversar o tempo todo pelo telefone. E eu vou visitar você. E você pode vir aqui e ficar comigo durante as férias. Logo. Loguinho.

– Mas onde é que eu vou ficar?

– Eu arranjo um lugar legal. Na minha casa.

– E as minhas coisas? Pra onde vão minhas coisas?

– A gente vai dar um jeito de arranjar um lugar pra suas coisas.

– Então, tá bem.

– Vai ser legal aí nos Estados Unidos. Você vai gostar. Onde você está morando tem bastante espaço.

– Eu vou ter um cachorro. Mamãe disse. A gente vai arranjar um cachorro assim que a gente acabar de desembrulhar as coisas e eu não estiver tão ocupado.

– Um cachorro? Fantástico. Que nome você vai dar pra ele?

– Eu ainda não sei. Porque pode ser também uma cachorra. Aí é diferente.

– E... Pat?

– O quê?

– Não se esqueça de mim, está bem? Não se esqueça do seu papai que te ama muito.

– Eu nunca vou esquecer você.

Gina pegou o telefone. Eu não queria perguntar a ela como estavam as coisas. Enquanto Pat estivesse bem, eu não queria nem saber. Não me interessava. Mas ela queria me contar tudo o que estava acontecendo.

– Estamos com a família de Richard em Connecticut. Ele pega o trem para Manhattan todos os dias, para procurar emprego na cidade.

– Espera aí. Eu pensei que ele tinha um trabalho. Pensei que já estava tudo acertado.

– Ele estava, mas saiu.

– Ele já saiu do emprego? Mas vocês mal chegaram aí. Como ele pode ter saído tão cedo?

– Não era o que ele esperava. Ele achou que podia arranjar uma coisa melhor, mas a situação econômica está devagar em toda parte. Não há muitos empregos para uma pessoa como Richard. E a moradia é um pesadelo. Você quer viajar três horas todo dia? Ou prefere ir a pé e morar numa caixa de sapatos? Essa é a escolha.

– Então não é o que você esperava.

– Excesso de qualificação. É como eles estão avaliando o Richard. Como pode uma pessoa ter excesso de qualificação? Como pode uma pessoa ser inteligente demais para um emprego?

– Não dá pra entender. Deve ser o preço de ser um gênio. Mas Pat está bem?

– Eu acho que ele está adorando, Harry. A família de Richard o trata a pão-de-ló. Cuidam dele, sei lá. Como se fosse filho deles.

Muito decente da parte deles, eu pensei. Mas não disse nada.

– A irmã de Richard tem um menininho um ano mais novo do que Pat. Eles se dão bem demais. Passam muito tempo juntos. Eles estão aqui em Connecticut também. Toda a família dele.

– Mas não era isso o que você esperava?

– A Terra Prometida não existe, não é? Eu começo a perceber isso agora.

– Então quando é que você volta pra casa?

Ela suspirou.

– Minha casa agora é aqui, Harry. Richard recebeu outra oferta de trabalho na Bridle-Worthington.

– O que é isso? Eu não sei do que você está falando.

– É uma corretora, Harry. A Bridle-Worthington é uma corretora de valores de Wall Street.

– Eu pensei que ele tivesse excesso de qualificação.

– Não é exatamente o que ele estava procurando. O salário é muito menor. Mas ofereceram um emprego. Como eu digo, não é o salário que ele gostaria de ganhar, mas, por enquanto...

– Eu pensei que ou você viajava horas para o trabalho ou morava numa caixa de sapatos. Foi o que eu entendi você dizer.

– Nenhum lugar é perfeito. Mas Connecticut é muito bonito. Uma hora de trem até Nova York, talvez um pouco mais. Estamos procurando escola para Pat em Hartford ou New Heaven. Elas são um milhão de vezes melhores do que as que ele teria se estivéssemos em Londres. Londres acabou.

– Não para mim, Gina. Londres não acabou para mim. Escuta, por que você está me falando tudo isso?

– Porque eu quero que você saiba que não se trata de tirar Pat de você, Harry, e sim de ter uma vida melhor. Para a nossa família.

– E eu?

– Você tem a sua própria família.

– Não tenho não, porque você roubou o meu filho.

Ela ficou calada um momento. Eu era capaz de ouvir sua raiva a milhares de quilômetros de distância.

– Que alívio estar longe de você, Harry. Vai ser fantástico te ver fora da minha vida. Não tem nada que eu deseje mais ardentemente nesta vida. Que você vire um estranho.

E aí ela se foi.

Me Deixou com o fone numa das mãos e duas pequenas pérolas de valor inestimável na outra.

doze

Havia noites em que púnhamos Peggy na cama e um de nós ficava lendo para ela, e depois que ela dormia descíamos para ver televisão e fazer amor no sofá. Nossa família parecia estar engrenando.

Outras noites, Peggy ficava na casa do pai e parecia que as coisas nunca tinham estado tão bem. Jim Mason tinha uma nova namorada, que fazia de tudo para mostrar que era uma mulher maravilhosa – abria espaço para Peggy no relacionamento deles e era pródiga em atenções e presentes, agindo como se as coisas fossem ser assim para sempre. Era sempre nas noites em que Peggy dormia fora que Cyd parecia trabalhar até mais tarde.

Tudo demorava um pouco mais quando Peggy não estava por perto. As festas de inauguração do West End, as conferências na City – talvez fosse só uma coincidência, mas nada terminava cedo para Cyd quando não era dia de Peggy voltar para casa. Sim, talvez fosse só uma coincidência. Era o que eu achava. Até começar a notar aquele carro.

Eu esperava na janela até que via o Porsche 911 aparecer. Era tarde, já depois da meia-noite, quando ele subia a nossa rua com a elegância ameaçadora de um tubarão movendo-se em águas pouco profundas.

O 911 estacionava. Dentro, eu via duas sombras. As silhuetas de minha mulher e Luke Moore sentados no Porsche, apenas conversando. Apenas conversando.

Mas no momento em que ouvia o girar da fechadura eu já estava na cama, deitado quietinho do meu lado, os olhos fechados e a respiração serena.

Minha mulher entrava no quarto na ponta dos pés e começava a tirar a roupa o mais silenciosamente que podia.

Ela fingia estar voltando tarde do trabalho enquanto o marido, deitado no escuro, fingia estar dormindo.

✦ ✦ ✦

Tinha um velho sentado na cadeira do meu pai.

Me Senti como se tivesse ido ao lugar errado. Nenhum de nós jamais se sentou na cadeira do meu pai – nem minha mãe, nem Pat, nem eu. A velha poltrona ao lado da lareira não era o melhor assento da casa – ficava na diagonal da TV e seu estofamento macio havia afundado com o passar dos anos –, mas era sempre a cadeira de meu pai, o trono do seu palácio de subúrbio. E, embora ele tivesse morrido havia dois anos, aquela ainda era a cadeira do meu pai. Portanto, quem era esse senhor?

– Tudo bem, parceiro – ele me disse.

Tudo bem, parceiro?

Do que esse cara estava falando?

Fisicamente, o velho era o oposto do meu pai. Onde em meu pai havia uma careca lisa e lustrosa como se tivesse sido cromada, o velhote exibia uma luxuriante cabeleira prateada, cuidadosamente penteada para trás. Meu pai era parrudo e musculoso, essa figura tinha uma cinturinha fina de gigolô em fim de carreira. Em casa, o meu velho estava sempre com o seu conjunto comprado no magazine Marks & Spencer – pantufas, calças largas de jardinagem e suéteres de todas as cores, compridos e confortáveis. Um verdadeiro pai suburbano, apesar dos terríveis ferimentos de guerra que, eu sabia, ele ocultava embaixo da roupa.

Já esse impostor estava vestido como um caubói.

Camisa franjada. Botas de bico fino e salto. Calça Levi's justa e surrada, cinturão largo com fivela. Quase dava para notar o volume da sua cenourinha velha com dois ovos. O avô do Glen Campbell, aquele cantor country.

– Tudo bem, parceiro? – ele repetiu, levantando-se lentamente da cadeira de meu pai. Valorizando tudo o que podia. – Tex é o nome. Você deve ser Harry. Muito prazer em conhecê-lo, forasteiro. Elizabeth me falou de você.

Nanci Griffith cantava *Lone Star State of Mind.* Minha mãe entrou na sala com uma bandeja de chá e biscoitos, cantarolando a canção.

– Estou vendo que você e Graham já se apresentaram, querido – ela disse.

– Graham? Eu pensei...

– Tex é o meu nome na dança country – ele disse, sem sombra de vergonha. – Graham... não sei. Não soa tão bem quando você está fazendo o Entrando na Linha, não é?

– Ah, você devia ver o Graham, Tex, quero dizer, fazendo o Entrando na Linha – minha mãe deu um risinho zombeteiro enquanto passava os biscoitinhos de gengibre. – Ele atira mesmo essas pernas para o ar.

Um amigo da dança country. Então era isso. Perfeitamente inocente. Nada de suspeito. Dois idosos serelepes que saíam para dançar no outono de suas vidas. Completamente natural. Mas eu não podia evitá-lo. Estava chocado com a presença de Tex.

Minha mãe – que tinha seis irmãos, não tinha filhas nem irmãs e passara a vida inteira cercada de homens – sempre restringira suas relações. Todas as amizades que ela teve na vida foram mulheres. À exceção de meu pai. Ele foi o melhor de todos os seus amigos.

– Eu conheci sua mãe quando dançávamos o Quatro Estrelas – ele disse, como se estivesse lendo meus pensamentos. – Eu dei a ela algumas dicas. A ela e a... Elsie?

– Ethel – disse minha mãe. – O Quatro Estrelas... – Ela se impacientou com a lembrança. – ...é tão difícil. Todos aqueles rodopios.

– Rotações – Tex corrigiu-a delicadamente. – O Quatro Estrelas é uma dança country de quatro fileiras – ele me informou, como se eu estivesse muito interessado naquele negócio. – Diferente da Velho Oeste, que, como você provavelmente já sabe, é claro, é uma dança country de duas fileiras.

– Você mora por aqui mesmo, Tex?

– Southend. Descendo a A127, pegando à direita.

– Graham era corretor de seguros – disse minha mãe. – Agora está aposentado, é claro.

Tex serviu o chá.

– Um ou dois cubos de açúcar? – ele me perguntou. – Eu já sou doce demais.

Minha mãe soltou uma gargalhada como se aquilo fosse uma grande tirada. Quando ela foi até a cozinha buscar os chocolates, eu pedi licença a Tex e a acompanhei.

– Eu pensei que você dançasse country com a tia Ethel.

– Ethel saiu. A artrite, Harry. Esse negócio de bater o pé causa problemas para ela. Coitadinha.

– E o que é que esse John Wayne está fazendo na nossa sala de estar? Por que ele está sentado na cadeira do papai?

– Tudo bem com ele, o velho Graham. Não se preocupe. Ele é inofensivo. Ele me dá carona no carro dele. É meio presunçoso, eu admito. Mas todas as meninas do grupo têm uma quedinha por ele.

– E você?

– Eu? – minha mãe riu com um ar divertido. – Não se preocupe, Harry, eu já não estou mais em idade para essas coisas. Quando eu convido um homem para entrar e tomar chá com biscoitos, é exatamente isso o que eu quero dizer. O máximo que eu ofereço a ele é pudim de leite.

– Tex sabe disso? – Eu pensei na protuberância obscena na Levi's do velhote. Embora minha mãe já estivesse na casa dos setenta, eu sabia muito bem que ela ainda era capaz de atrair o olhar de muito velho assanhado. Ainda estava inteirona. – Ele não vai sair por aí sacando o 45, vai?

Eu falei aquilo com um sorriso forçado, fingindo que já sabia a resposta.

Mas agora a minha mãe não estava mais rindo.

– Eu tive um marido – ela disse. – Foi o suficiente para uma vida inteira.

✦ ✦ ✦

– Sua mãe precisa expressar a sexualidade dela – disse a minha esposa. – Ela ainda é uma mulher.

– Ela é uma senhora idosa! Devia estar expressando, como dizer?, o seu tricô.

Estávamos nos despindo para dormir. Uma coisa que já havíamos feito umas mil vezes antes. Mas ainda me excitava ver a minha mulher tirando a roupa. Aquelas longas pernas, aqueles longos braços revelando-se distraidamente. Acho que ela não sentia a mesma coisa ao me ver pondo o pijama listrado.

– Eu acho ótimo ela ter um amigo homem, Harry. Você sabe como ela sente a falta do seu pai. Você quer que ela passe a vida inteira dormindo de luz acesa?

– Quando ela se casou com meu pai, era para sempre. Está fadada a sentir falta dele. E não há nada errado em que sinta a falta dele.

– Quer dizer que eu devo ser fiel a você depois que você morrer?

Eu bufei.

– Eu me darei por feliz se você for fiel a mim enquanto eu estiver vivo.

Ela gelou dentro da camiseta que estava vestindo pela cabeça. Aí o rosto dela apareceu, o cenho franzido.

– O que você está querendo dizer?

– Nada.

– Sem essa.

– É que você parece um pouco amiga demais daquele cara.

– Luke?

– É o nome dele?

– Meu Deus, Harry. Eu não estou interessada em Luke. Não desse jeito.

– Você disse que ele quer...

– Não me interessa o que ele quer. Querer não é o mesmo que poder. Ele é inteligente o bastante para ver o meu trabalho na firma. Ele sabe que eu posso ajudar o negócio dele. E eu acho que ele pode ajudar o meu. Eu o admiro, está bem?

– Você admira esse vendedor de sanduíches?

– Luke é um homem de negócios brilhante. Ele trabalhou duro para chegar aonde chegou. Eu sei que é um pouco exibicionista. E sei que você não gostou do que ele disse sobre Eamon. Eu também não gostei, viu? Mas aqui se trata apenas de negócios. Você acha, sinceramente, que eu pensaria nele de outra forma? Eu não saio por aí transando com o primeiro homem que aparece, Harry. Eu não sou homem. Eu não sou você.

– Então como é que funciona? Você e esse Luke? Eu estou apenas curioso a respeito desse relacionamento.

– A empresa dele tem mais serviço do que pode dar conta. Quando aparece alguma coisa que eles não têm como atender, ele me chama.

– Não, eu me refiro a como funciona a coisa entre você e ele. Nesse outro nível. Ele sabe que você não está interessada nele? Ele leva isso na boa? Ou continua querendo pôr a mão nos seus canapés? Não precisa me dizer, porque eu sei a resposta.

Eu sabia que já devia ter calado a boca, mas não consegui me conter. Eu tinha medo de a estar perdendo. O que era um tanto irônico, porque eu é que tinha ido bater na porta de Gina sabendo que ela não estava em casa.

– Sabe o que me deixa mais triste, Harry? É você achar que ele está interessado em mim por um único motivo. Talvez, apenas talvez, ele tenha duas ou três razões para estar interessado em mim. Isso nunca passou pela sua cabeça? Por que você acha tão difícil alguém estar interessado em mim pelo que eu faço? E não pela minha aparência? Por que é tão difícil?

Porque eu ainda sou louco por você, eu pensei. Porque não suporto imaginar que um homem olhe para você e sinta a mesma coisa que eu sinto. Mas não disse nada.

– Eu não quero conversa com você. – Ela se virou para o outro lado e apagou a luz com raiva. Eu virei pra o meu lado e apaguei a luz também.

Ficamos um tempo deitados no escuro. Quando ela falou, não havia lágrimas nem raiva em sua voz. Apenas uma espécie de perplexidade.

– Harry?

– O quê?

– Por que você acha tão difícil acreditar que é amado?

Dessa vez ela me pegou.

✦ ✦ ✦

Kazumi me dissera que fazia aulas de fotografia toda manhã no Soho. Depois de duas ou três tentativas, eu descobri que, calculando o tempo certo, dava para pegá-la na curta caminhada da casa de Gina até a estação do metrô. Eu não podia acreditar que estava fazendo isso. Mas fazia mesmo assim.

Encostei o carro devagarinho no meio-fio, pertinho dela, tocando a buzina, com todo o tráfego arrastado da hora do rush berrando em protesto atrás de mim. Tentei parecer surpreso.

– Kazumi. Eu vi que era você. Escuta, não quer uma carona até a cidade? É meu caminho.

Ela entrou um pouco relutante, não tão satisfeita em me ver quanto eu esperava que ficasse. Tentava se ajeitar com uma enorme caixa de papelão em cujo rótulo se lia “Papel fotográfico Ilford”.

Trazia também um par de câmeras fotográficas. Mas nem de longe lembrava uma turista.

Perguntei o que ela achava de Londres, que técnicas estava estudando agora e se sentia falta do Japão. Eu falava demais, uma tagarelice insana, o rosto queimando de excitação por vê-la ali ao meu lado. Finalmente ela conseguiu falar alguma coisa.

– Harry – ela disse.

Não era Harry-san? Não era honorável e respeitável Harry? Reconheço que fiquei um pouco decepcionado.

– Você é casado, Harry. Tem uma esposa muito bonita. Uma esposa de quem você gosta muito. – Era tudo verdade. Ela olhava pela janela para o tráfego parado, nervoso, balançando a cabeça. – Ou será que tem alguma coisa que eu ainda não entendi?

Não, eu pensei. Sou eu. Sou eu quem ainda não entendeu uma coisa. E de repente eu descobri exatamente o que era.

✦ ✦ ✦

Cheiro da exótica culinária americana *cajun*, típica do estado da Luisiana.

Cyd estava na cozinha fazendo experiências com feijão vermelho, arroz e um peixe que parecia ser um bagre quando eu atirei uma pilha de folhetos coloridos em cima da tábua de cortar carne.

– O que é isso?

Peguei um ao acaso e mostrei as palmeiras, o mar azul e a areia branca, como um camelô que expõe suas mercadorias. – Barbados, querida. – Comecei a consultar os folhetos. – Antígua. Santa Lúcia. Ilhas Cayman.

– Você está doido? Não podemos ir ao Caribe. Não agora.

– Então que tal as Maldivas? O mar Vermelho? Koh Samui?

– Eu não posso ir à Tailândia, Harry. Eu preciso trabalhar.

Peguei as mãos dela entre as minhas.

– Foge comigo.

– Não toque em mim. Estou toda cheirando a peixe.

– Não tem importância. Você é o amor da minha vida. Eu quero levar você a um paraíso tropical.

– E Peggy?

– Peg vem com a gente. Oceano Índico. Flórida. Qualquer lugar. Por duas semanas. Por uma semana. Ela pode nadar de máscara e esnórquel. Pegar uma cor. Passear de *banana boat.* Ela vai adorar.

– Eu não posso tirá-la da escola.

– Gina tirou Pat da escola.

– Eu não sou Gina. E não posso me afastar por duas semanas.

Havia outros folhetos. Fininhos, com paisagens urbanas resplandecentes em vez de praias ensolaradas.

– Então que tal uma paradinha? Só por uns dias. Praga. Veneza. Ou Paris. Pat adorou Paris.

– Estou ocupada demais no momento, Harry. A firma está realmente decolando. Eu e Sally mal conseguimos dar conta. Estamos pensando em contratar mais uma pessoa.

– Barcelona? Madri? Estocolmo?

– Sinto muito.

Eu suspirei.

– Vamos ao cinema? A gente pode comer alguma coisa em Chinatown. Sally toma conta de Peg.

– Quando? Domingo é bom pra mim.

Então eu e minha mulher pegamos nossas agendas e, cercados pela sua culinária experimental *cajun*, tentamos achar alguma janela para o romance.

Parte Dois

O SEU CORAÇÃO É UM PEQUENO MILAGRE

treze

Minha mulher.

Eu sempre conseguia localizá-la numa sala cheia de gente. Algo a ver com a curva do rosto, o jeito de inclinar a cabeça, a maneira de tirar o cabelo da frente dos olhos. Bastava um simples olhar. Eu nunca confundiria a minha mulher com outra pessoa qualquer. Mesmo quando não esperava vê-la.

Era uma festa da emissora, de lançamento da nova programação da temporada. Vinho e canapés, fofocas e lisonjas, um discurso de Barry Twist sobre as próximas atrações. Uma noite de diversão compulsória, coisa muito comum na minha área. E embora Eamon estivesse oficialmente descansando e *Sextas com Fish* não fizesse parte da programação da primavera, eu achei que devia estar lá. O conselho de Marty Mann estava martelando a minha cabeça mais do que eu tinha vontade de admitir. Talvez eu devesse estar procurando novos talentos, cuidando de diversificar. Só mesmo um idiota depositaria todas as suas esperanças num cara só. Mas nesse exato momento eu não conseguia pensar em nada disso, porque minha mulher estava presente. Abri passagem no meio das pessoas. Cyd não ficou surpresa ao me ver.

– Harry. O que você está fazendo aqui?

– Trabalhando. – Se é que se podia chamar de trabalho essas horas de conversa fiada e vinho Chardonnay. Meu pai teria considerado aquilo uma grande noite. Para mim, era um dia a mais pegando no pesado. – E você? – Embora a essa altura eu já soubesse, é claro.

– Trabalhando também. – Só então eu percebi que ela carregava uma bandeja prateada apoiada no corpo, vazia a não ser por uns restos de bolinho de peixe e *satay*. – Sally está cuidando de Peggy para mim. Quero dizer, para *nós*. Recebi um chamado esta tarde. O pessoal do Luke normalmente faz este serviço, mas eles estavam assoberbados. Era um bom trabalho para eu pegar.

Luke. O sacana.

Sorrimos um para o outro. Fiquei feliz de vê-la ali. Estava me sentindo deslocado até o rosto dela aparecer de repente. Cyd me acompanhara a algumas dessas noitadas, mas não recentemente. E embora ela nunca corresse da raia, essa não era a sua praia – fumaça demais, álcool demais e conversa fiada demais com pessoas que ela nunca iria ver novamente, gente que estava sempre olhando por cima do ombro à procura de alguém mais famoso. Um saco. Mas como ela já estivera nesta mesma sala comigo, não parecia tão estranho vê-la por aqui. Mesmo com uma bandeja nas mãos.

Dei-lhe um toque no braço.

– Posso pegar uma bebida pra você?

Ela riu.

– Tenho de trabalhar, meu bem. Te vejo mais tarde. Podemos voltar juntos pra casa, se você puder esperar até eu terminar.

Ela me deu um beijinho no rosto e voltou para a cozinha para se reabastecer de *satay* e bolinhos de peixe, enquanto eu perambulava pela festa tentando evitar pessoas que queriam falar sobre Eamon e sua estafa nervosa. No meio do salão, uma torre de aparelhos de TV repetia uma sequência de trailers dos programas da nova temporada. Vários programas da grife Marty Mann. *Seis estudantes invocados num apartamento* estava de volta, assim como o programa *Você foi roubado!*, feito com imagens de circuito interno de TV. Fiquei por ali bebendo minha cerveja, assistindo a clipes de programas de prêmios irreverentes, de programas de entrevistas irreverentes e de dramas irreverentes.

Santa irreverência. Ela está matando a televisão.

Dois executivos de terno, ao meu lado, começaram a jogar amendoins para o alto para pegar com a boca enquanto observavam as telas como se nunca na vida tivessem visto um aparelho de televisão. Suas roupas, excessivamente formais, indicavam que não eram da emissora nem de nenhuma das produtoras que faziam os programas. Tínhamos na emissora um código de vestuário bastante estrito – andar adequadamente esculhambados o tempo todo. Talvez fossem anunciantes, convidados para curtir um gostinho de glamour barato.

Cyd passou na minha frente carregando duas bandejas de sashimi. Piscou para mim e inclinou-se para deixar uma delas sobre uma mesa. Os homens viraram as costas para a torre, as mandíbulas trabalhando furiosamente em seus amendoins.

– Olha só que pernas – disse um deles.

– Até o pescoço – disse o outro.

– Mas não tem bunda.

– Achatada como uma panqueca.

– E não tem peito.

– Com umas pernas assim não precisa de peitos.

– Mas precisa ter uma bunda bonita.

– Concordo plenamente.

– Precisa ou ter peitos ou ter bunda, mesmo com umas pernas assim. A gente precisa ter onde se segurar quando começa a escalada.

– Mas que belas pernas, hein?

– Com umas pernas dessas enroscadas no seu pescoço, sócio, você não ia nem querer respirar.

Eles debochavam em perfeita harmonia observando a minha mulher se afastar.

Fiquei olhando para os dois, com o rosto queimando. Continuei olhando, esperando que eles me notassem.

Não notaram.

Mas os amendoins se acabaram, e eles, depois de raspar o fundo da cumbuca, saíram à cata de mais salgadinhos. Eu fui procurar minha mulher. Topei com ela oferecendo sashimi a um grupo de mulheres que eu conhecia vagamente. Elas se serviam de peixe cru enquanto cuidavam de ignorar Cyd totalmente. Gente escrota. Quem elas achavam que Cyd era? Ninguém?

Cyd sorriu para mim. Seu rosto era lindo. Sempre iria ter um rosto lindo, não importa quantos anos se passassem. Mas eu não consegui sorrir para ela.

– Pegue o seu casaco. Vamos embora.

– Embora? Eu não posso ir embora. Ainda não, meu bem. Qual o problema? Você parece...

– Eu quero ir embora.

– Mas eu preciso trabalhar. Você sabe disso.

As mulheres estavam começando a olhar para nós, segurando lascas de salmão e atum com os dedos gorduchos. Peguei o braço de Cyd e puxei-a para o lado. A bandeja bateu nas costas de alguém, quase derrubando os sashimis.

– É sério, Cyd. Eu estou indo pra casa. Agora. E quero que você venha comigo. Por favor.

Ela não estava mais sorrindo.

– Você pode estar indo pra casa, Harry, mas eu estou trabalhando. O que foi que aconteceu? Vamos, me diz. Alguém disse alguma coisa sobre Eamon? É por isso que você está chateado? Esquece Eamon. Marty tem razão – arranja alguma coisa nova que sirva pra você.

Eu queria dizer a ela "não perca o seu tempo aqui. Eu sei exatamente como é essa gente, porque eu mesmo sou um desses miseráveis". Mas ela não ia saber do que eu estava falando. Ela era toda inocência, achava que tudo era uma questão de peixe cru e frango no espeto e de ser apreciada pelo seu bom trabalho.

– Por favor, Cyd. Vem comigo.

– Não, Harry.

– Então faz o que você quiser.

– Pode ter certeza.

Eu a larguei no meio da festa, dando de comer a todas aquelas caras duras e vazias, e saí para procurar um táxi. Deixei-a lá, sozinha, embora soubesse que ela era boa demais para aquele lugar e boa demais para aquelas pessoas.

✦✦✦

Quando cheguei em casa, Peggy já fora para a cama havia muito tempo. Sally estava no sofá, passeando preguiçosamente pelos canais da TV com o controle remoto numa das mãos e com a outra afagando o seu bebê dentro do bebê-conforto. Acariciando Precious. Era o nome do bebê. Precious. Sally me perguntou como tinha sido a noite – estava pensando no desempenho da Food Glorious Food, não na emissora – e eu disse que tinha ido tudo bem. E lhe chamei um táxi.

Luke Moore trouxe minha mulher para casa. Eu fingia estar dormindo, no meu lado da cama, tentando simular o ritmo suave da respiração da pessoa que dorme. Ouvi minha mulher despindo-se silenciosamente no escuro, as roupas deslizando pelo seu corpo esguio, meu coração louco por ela dentro do pijama comprado no magazine Marks & Spencer. Ficamos deitados no escuro por um bom tempo, esforçando-nos para não perturbar um ao outro.

Um de costas para o outro no leito conjugal, praticamente sem nos tocarmos.

✦✦✦

– O seu coração é um pequeno milagre, Sr. Silver – disse a Dra. Baggio. – Um pequeno milagre.

Minha mulher está tendo um caso, eu pensei. Ela está transando com esse cara. Eu sei que está.

– O coração é uma bomba do tamanho de um punho fechado – disse a minha médica, enchendo de ar a faixa que enrolara no meu braço. Eu senti aquilo apertando a minha pele. – Todo mundo tem pressão arterial. Não é nada mais que a pressão causada pelo bombeamento constante do sangue pelo corpo. Num adulto saudável, a pressão normal do sangue é 12 por 8. A sua é… minha nossa!

Acontece. A gente promete se amar para sempre. Sinceramente. A gente planeja não dormir com mais ninguém o resto da vida. Aí o amor vai se desgastando com o tempo, da mesma forma como a maré desgasta as rochas. E no final os seus sentimentos – os sentimentos dela – já não são mais os mesmos. Outras pessoas entram na nossa vida como a luz num quarto escuro. A gente não consegue mais tirá-las de lá. Não depois que as deixamos entrar. O que a gente pode fazer depois de tê-las deixado entrar?

– O senhor pode vestir a camisa – disse a médica.

Ela não queria mais saber de sexo. Não comigo. Nem com as mágicas camisinhas. Sim, ainda dávamos a nossa trepadinha de sábado à noite, que era à vezes adiada para domingo ou segunda-feira se o negócio de bufê assim exigisse. Mas eu tinha a sensação de que ela só fazia isso para me manter calado. De que ela preferia deitar e não pensar em nada em vez de ficar discutindo. Muito cansada, é o que ela sempre dizia. Certo, certo. Cansada de mim. E o que mais me fazia falta não era nem o sexo.

Era todo o resto. Era ser amado.

– Há várias providências que o senhor pode tomar para controlar a sua pressão arterial – disse a doutora. – Reduzir a ingestão de álcool. Perder peso. Aumentar a atividade física. E, mais importante que tudo, deve mudar de esposa...

Mudar de esposa?

Mas as coisas não estavam tão mal assim. Eu queria que meu casamento durasse. Eu queria acertar dessa vez. Acertar de uma vez por todas.

– Mas eu amo a minha esposa.

– Não, eu disse mudar as *coisas*, as coisas da sua vida. Não deixar que elas façam o senhor sofrer. Arranjar tempo para si mesmo.

Controlar suas ansiedades. O senhor precisa mudar de vida, Sr. Silver. É a única que o senhor tem.

Coisas. Não esposas.

Essas, obviamente, a gente pode ter mais de uma.

O coração é um pequeno milagre.

✦ ✦ ✦

– Eu gostei daquela sensação – disse Eamon. – Logo da primeira vez. Depois eu queria sentir aquilo outra vez.

Caminhávamos pelo pátio de um hospital privado a uma hora de viagem ao sul de Londres. Eamon falava sobre cocaína enquanto íamos chutando as folhas espalhadas pelo chão. Estava ainda na metade de um programa de desintoxicação de 28 dias, mas já me parecia em melhores condições físicas e mentais do que jamais estivera. Estava marcado um jogo de futebol nessa tarde – usuários de drogas contra maníaco-depressivos –, mas a partida fora cancelada. Os maníaco-depressivos estavam deprimidos demais.

– Temos sessões de grupo. É cada história, Harry... Você ia adorar. O pessoal do álcool, da cocaína e da heroína contando pra você como foi que as coisas degringolaram. Viciados de todo tipo. Alguns até bastante articulados. Sabe o que eu ouvi de um deles esta manhã? *O álcool me deu asas para voar... e aí levou o céu embora.* Não é fantástico? É exatamente o que a cocaína fez comigo.

– Mas isso não serve de explicação. Você tem uma vida ótima: dinheiro, fama, garotas do tempo. E joga tudo isso fora por uma sensação. Nem uma sensação, a lembrança de uma sensação.

– Corta essa, Harry. Eu sei que você não é chegado a álcool. E que as drogas não são a sua praia. Mas acontece a mesma coisa com você.

Eu vi que ele estava certo. Era por isso que eu queria que Cyd voltasse a ser a mulher que eu conhecera. E era por isso que eu tinha ido bater na porta de Kazumi. Eu também estava prisioneiro de uma sensação.

A recordação da sensação mais gostosa do mundo.

Não o barato da cocaína nem a névoa do álcool, mas o que eu sentia quando começava uma relação com uma mulher. Paixão, sexo, romance, sensação de estar vivo, de ser desejado – eram todas essas coisas reunidas num instante fugaz.

Eu gostava daquela sensação.

E não tinha jeito. Eu queria sentir aquilo outra vez.

Mesmo que causasse problemas sem fim.

catorze

Jim Mason parecia um modelo masculino entrando em decadência. Em seu rosto bem delineado, uma papada começava a dar seus primeiros sinais de vida, e sob a jaqueta de couro a sua barriga de cerveja inchava como um pneu. Mas ele ainda parecia capaz de criar problemas. O ex-marido de Cyd chegou para pegar a filha.

– Olá, Harry. Como vai essa força? Peggy está pronta pra ir badalar?

Era uma daquelas cenas que eu nunca pensei que fosse representar, um acontecimento cuja etiqueta eu gostaria muito de ter aprendido. Esse homem partira o coração da mulher que eu amava. Mas, se não tivesse sido assim, minha mulher e eu não estaríamos juntos agora. Eu devia agradecer-lhe ou dar-lhe uma porrada? Ou as duas coisas?

No passado, Cyd foi louca por esse cara, que pelas costas dela caiu em cima de todas as asiáticas que passaram na sua frente, da América à Europa. O meu grande amor fez de tudo para dar certo com essa lesma. Seguiu-o até Londres quando ficou claro que os Estados Unidos não estavam nem aí para ele, deu-lhe todo o apoio quando ele caiu da motocicleta e arrebentou a sua perna desgraçada, deu-lhe até uma segunda chance depois de me conhecer. Sem falar que pariu a filha dele e depois a criou sozinha. Eu devia detestar Jim Mason. Mas simplesmente descobri que não sabia lidar com o ódio. Só com a dor estúpida do ciúme.

O verdadeiro motivo do meu sangue ferver não era ele ter tratado Cyd tão mal. Era ter conquistado o coração dela sem se esforçar e depois tê-lo despedaçado, lépido e fagueiro. Mas eu não conseguia detestar o homem que fora o primeiro marido da minha mulher.

Ele era sempre muito simpático comigo.

– Cyd está trabalhando? Trabalho de mulher não dá trégua, não é? Brincadeira, sócio, brincadeira. Mande-lhe meus cumprimentos. Minha princesinha está pronta?

– *Papai!*

Peggy largou a Lucy Dançarina e correu para o pai. Jim ergueu-a do chão e sapecou-lhe um sonoro beijo no alto da cabeça enquanto ela se agarrava a ele, em teatral abandono, com as pernas em volta da cintura e os braços em volta do pescoço. Pai e filha se viam tão esporadicamente que seus encontros eram sempre carregados de emoção, como o reencontro com a família de um daqueles soldados americanos mantidos presos durante anos pelos vietcongues. Mas eu nunca sabia ao certo se a emoção era forçada ou não. A separação prolongada às vezes pode fazer com que pais e filhos se sintam pouco à vontade e até se estranhem.

Eu os levei até a porta. A rotina deles era sempre a mesma. Um passeio na motocicleta de Jim ao fast food ou a uma pizzaria. Eu não sei se a lei permitia que uma garota com a idade de Peggy pudesse andar na garupa de uma moto. Mas Jim não era do tipo que se preocupava com essas coisas. Uma vez, Cyd protestou argumentando que Peggy era pequena demais para andar de motocicleta, e Jim foi embora furioso, deixando a filha aos prantos. Ficou três meses sem aparecer. Depois daquilo, os alegres passeios não foram mais questionados.

Quando visitava a filha, Jim geralmente comprava algum brinquedo grande, inadequado e absurdamente inútil. Os preferidos eram os ursos de pelúcia, maiores do que a própria Peggy.

Depois que Peggy saiu, eu percebi, alarmado, que ela esquecera o seu minicapacete. Cyd estabelecera regras severas para os passeios de motocicleta.

Sempre usar o capacete.

Agarrar firme a cintura do papai.

Não andar na chuva.

Não fazer viagens longas.

Não andar em estradas.

Corri até a rua mas a moto – uma Norton poderosa – já saíra roncando. Peggy com o rosto colado à roupa de couro do pai e o cabelo esvoaçando.

Saí correndo pelo meio da rua, chamando-os aos gritos, com o pequeno capacete na mão. Mas eles não me escutaram. Era uma rua reta e comprida, dava para ver as luzes traseiras de Jim se perderem na distância enquanto eu o amaldiçoava por sua irresponsabilidade.

Aí, no último momento, eles deram meia-volta.

Fiquei em pé no meio da rua observando a moto voltar em minha direção, o coração enchendo o meu peito com aquele sentimento abrasador que se tem quando o filho da gente passa por um risco desnecessário. A Norton derrapou e parou bem na minha frente, Jim e Peggy sorrindo, com os rostos afogueados de excitação. Encaixei o capacete na cabeça dela.

– Jim, seu imbecil!

Ele balançou a cabeça sem acreditar no que ouvia.

– Do que foi que você me chamou?

– Você ouviu. E o que é que a sua mãe sempre diz pra você, Peggy? Qual é a regra mais importante da motocicleta? A regra número um?

Nenhum dos dois estava rindo agora, e a forma como me olhavam debaixo de seus capacetes era quase idêntica. Eu sempre achara que Peggy se parecia com Cyd. Agora eu via que ela era também a cara de Jim.

– Vamos lá, o que foi que a mamãe falou, Peggy? O que é que a mamãe diz toda hora pra você? O que é que você tem sempre de lembrar?

– Agarre firme na cintura do papai – disse minha enteada.

✦ ✦ ✦

É muito difícil para o padrasto achar o equilíbrio entre preocupar-se demais e preocupar-se de menos.

Essas coisas nem passam pela cabeça dos padrastos das histórias de horror – aqueles que acabam nos jornais, nos tribunais ou na cadeia. Eles não estão nem aí. O filho de sua parceira é uma aporrinhação, um problema, uma lembrança viva de um relacionamento extinto. Mas, e o resto de nós? Dos que se descabelam para fazer as coisas direito?

Nós não temos nada de extraordinário. Não nos tornamos seres humanos melhores do que os outros por assumir a paternidade de uma criança que não é nosso filho biológico. Em geral, nos metemos nessa situação sem pensar nela, e na melhor das hipóteses achamos que tudo vai dar certo por si mesmo. O amor e a família mesclada hão de encontrar a sua verdade. É assim que a gente pensa.

Mas a família mesclada tem todos os problemas da família tradicional, e outros mais, que são exclusivamente seus. Você não pode ser todo bondade e consentimento com seu enteado, porque nenhum pai pode ser assim. E, no entanto, você não tem o direito de censurar um enteado da forma como faz um pai ou mãe verdadeiros.

Eu jamais havia levantado a mão para Pat.

Mas para Peggy eu não podia levantar nem a voz.

Os padrastos – aqueles que procuram fazer o melhor possível – desejam ser queridos. Os pais – os pais verdadeiros – não precisam ser queridos.

Porque sabem que são amados.

Um amor incondicional e sem reservas. Um pai tem de fazer coisas muito ruins para perder o amor dos seus filhos. Um padrasto simplesmente não é objeto desse tipo de amor.

E eu tinha a impressão cada vez mais clara de que não havia nada que eu pudesse fazer para obtê-lo.

Ou eu era mole demais – na ânsia desesperada de ser querido, ávido por algumas migalhas de aprovação de Peggy – ou tentava dar uma de pai verdadeiro. Aparentar. Esse é o maior crime do padrasto. Fingir ser uma coisa que não é e nunca poderá ser.

Eu sabia, quando estava calmo, que a coisa não era fácil também para Richard. Sabia que tudo o que ele queria para o meu filho – museus, Harry Potter, tofu, até a nova vida em outro país – não tinha caráter de punição. Eu não odiava Richard por causa dessas coisas. Eu o odiava porque ele tinha levado meu filho para longe de mim. Quem ele achava que era? Ele não era o pai de Pat.

É ingrata a tarefa do padrasto. O padrasto não pode vencer. Você ou está envolvido demais ou está envolvido de menos com esse pequeno estranho. Mas há uma coisa que o padrasto deve sempre se lembrar. É que para a criança é pior ainda.

Os adultos sempre podem arranjar uma mulher ou um marido novo. Mas os filhos do divórcio não podem arranjar um novo pai ou uma nova mãe, como não podem arranjar um novo coração, novos pulmões, novos olhos. Para o bem e para o mal, seja rico, seja pobre, você está amarrado aos pais que o puseram no mundo.

Peggy era obrigada a me engolir, esse homem na cama de sua mãe que não era nem barro nem tijolo, nem amigo nem pai, mas apenas uma personificação do pai.

O tio papai.

✦ ✦ ✦

Uma noite como nos bons tempos. Era essa a idéia. Havia uma nova cópia do filme *Annie Hall* em exibição no cinema Curzon Mayfair. Depois iríamos a Chinatown comer um pato à Pequim. E fecharíamos a noite, quem sabe, tomando um café expresso em alguma espelunca antes de voltar para casa para dar uma trepada preguiçosa e curtir uma boa noite de sono.

Cinema, jantar, café, transar.

Depois deitar encaixadinhos e dividir o mesmo travesseiro durante umas oito horas.

O programa perfeito.

Nossa noite no centro da cidade não chegava a ser tão emocionante quanto bater papo com os irmãos Gallagher, aqueles do grupo Oásis, no Met Bar, mas eu achava que ficaríamos felizes. Como aconteceu muitas vezes antes. Mas talvez eu tenha forçado demais a barra para que fosse parecido com os velhos tempos.

O filme foi bom. E nós saímos de mãos dadas pelas ruas estreitas do Soho, rindo com Alvy Singer e sua Annie Hall, mergulhados no filme e em nós mesmos, exatamente como fora no começo de nossa história.

Só começou a dar errado em Chinatown.

O Shenyang Tiger estava cheio. Havia uma família chinesa inteira na mesa ao lado – avó, avô, jovens maridos e esposas e um bando de lindos filhos, incluindo um bebê novinho, um buda de cara gorda com uma espantosa mecha de cabelo negro *a la* Elvis.

Cyd e eu olhamos o bebê e sorrimos um para o outro.

– Ele não é lindo? – ela disse. – Olha quanto cabelo.

– Você quer um? Ainda dá tempo de mudar o seu pedido. Eu peço o pato e você pede o bebê.

Eu só estava brincando, não estava?, mas o sorriso dela desapareceu instantaneamente.

– Ai, Harry, dá um tempo. Não vem com esse assunto de bebê novamente. Você nunca pára de falar nisso?

– Do que você está falando? Não é o assunto do bebê outra vez. Eu só estava mexendo com você, meu amor. Antigamente você costumava ter senso de humor.

– Antigamente você me deixava viver a minha vida.

– O que você quer dizer com isso?

– Eu sei que você quer que eu desista do negócio. Não é? Você me quer grávida e dentro da cozinha. Eu sei que é isso que você quer.

Eu não disse nada. Como poderia negar que preferia vê-la fazendo o jantar da família do que dando de comer à metade dos bacanas de Londres? Como poderia negar que queria um bebê, uma família, todos os sonhos tradicionais?

Eu queria que voltássemos a ser o que éramos. Não porque quisesse aprisioná-la. Mas porque eu a amava.

O garçom chegou com o nosso pato à Pequim, rodelas de pepinos, cebolas primavera e molho de ameixa. Esperei ele acabar de servir o pato e sair.

– Eu só quero que você seja feliz, Cyd.

– Então me deixa em paz, Harry. Me deixa levar meu negócio. Me deixa tentar fazer alguma coisa por mim mesma pelo menos uma vez na vida. Pára de tentar me fazer desistir de tudo para ser... eu nem sei direito o que é que você quer. Doris Day? Mary Tyler Moore? Sua mãe? Uma dona-de-casa dos anos 1950 que não sai à noite?

A bem da verdade, a minha mãe estava fora o tempo todo. Fazendo o Quatro Estrelas, o Entrando na Linha e o Deitando e Rolando. Mas deixei pra lá.

– Eu não me importo de você sair à noite. E estou feliz pelo seu negócio estar indo tão bem. Eu apenas gostaria que houvesse mais noites como esta. Que você passasse mais noites comigo.

Agora o sangue dela subira à cabeça.

– Você quer ser o único provedor, não é? O grande homem da casa. Você vai passar o resto da sua vida tentando ser seu pai, Harry?

– Provavelmente. Eu consigo imaginar coisas piores para ser do que o meu pai. – Empurrei o meu prato para longe. De repente eu não estava mais com fome. – E você vai passar o resto da sua vida bajulando esses babacas?

– Luke Moore não é um babaca. É um brilhante homem de negócios.

– Quem foi que falou na porra do Luke Moore? Estou falando desses garotões bêbados da City que acham que podem se engraçar pro seu lado só porque você dá pra eles um franguinho no espeto.

O celular começou a tocar no fundo da bolsa de Cyd. Ela o pegou e imediatamente reconheceu o número que chamava. Era o nosso.

– Sally? – ela estava tomando conta de Peggy. Cyd não gostava de que ninguém de fora da nossa pequena família cuidasse de Peggy. – Sim, quando ela começou a vomitar?

Ah, que fantástico, eu pensei. Agora a garota está vomitando em cima da babá.

– Satisfeitos?– perguntou o garçom.

– Estava ótimo, obrigado. – Eu sorri.

– E é sólido ou líquido? – Cyd perguntou. – Está bem, está bem. Ora, você não consegue fazê-la vomitar na privada? Sim, sim. Escuta, a gente chega em casa em meia hora, Sally. O quê? Bem, troca o pijama dela e coloca o sujo na máquina. Nós vamos pegar um táxi. Até já.

– Algum problema?

– Peggy. Você sabe que ela não gosta quando saímos os dois ao mesmo tempo. Ela passa mal do estômago. – Cyd acenou para uma garçonete que passava. – Quer me trazer a conta, por favor? – Aí ela viu a minha cara impassível. – Você está de mau humor só porque Peggy está passando mal?

– Você não devia ir embora. Devia comer o seu delicioso pato. Não tem nada de errado com Peggy.

– Ela acaba de botar pra fora uma pizza da Mister Milano. Como você pode dizer que não tem nada de errado com ela?

– Isso sempre acontece. – Era verdade. Era como se Peggy enfiasse o dedo na garganta todas as raras vezes em que saíamos à noite. – Escuta, se ela estivesse realmente doente, eu estaria tão preocupado quanto você.

– É mesmo? Tão preocupado quanto eu? Eu acho que não estaria não, Harry.

– Você não vê? É uma espécie de chantagem. Ela faz isso pra você voltar pra casa. Coma a sua comida, Cyd.

– Eu não quero jantar. E você devia entender como ela se sente, Harry. Se há uma pessoa que devia entender, essa pessoa é você. Você sabe o que é ser um pai que cuida do filho sozinho.

– É isso que você acha? Que você é uma mãe solteira? – Balancei a cabeça. – Você é casada, Cyd. Você deixou de ser mãe solteira no dia em que se casou comigo.

– Então por que é que eu me sinto uma mãe solteira? Por que é que eu me sinto tão sozinha?

– Não é porque tem alguma coisa errada com Peggy. – Um garçom colocou a conta e uma laranja cortada à nossa frente. – É porque tem alguma coisa errada conosco.

✦ ✦ ✦

Lá fora, a noite ficara desagradável.

As multidões de gente pachorrenta e bem-educada do início da noite haviam sido substituídas por bandos de bêbados barulhentos. Turistas acenavam desesperadamente para táxis já ocupados. As ruas estavam cheias de arruaceiros dos subúrbios e mendigos vindos das cidades mais afastadas. Uma briga meio boba, meio sem razão de ser, estava começando do lado de fora de um pub lotado. Deu para ouvir o som de copos quebrados e sirenes.

Foi quando eu a vi.

Kazumi.

Ela estava numa fila, do lado de fora de uma igreja da Shaftesbury Avenue transformada em boate havia quase vinte anos. Limelight. Gina e eu tínhamos ido ali algumas vezes. Eu nem sabia que a Limelight ainda funcionava.

Kazumi estava com um grupo de rapazes e moças um pouco mais jovens do que ela, todos da cidade, a julgar pela aparência. Estava no centro do grupo, os garotos tentando impressioná-la e as garotas querendo ser suas amigas. Com um sorriso paciente, ela percebeu meu olhar e ficou olhando na minha direção, sem reconhecer o homem do passado da sua amiga ou simplesmente sem lhe atribuir nenhuma importância.

Kazumi estava indo dançar.

Eu voltava para casa na hora em que ela estava saindo.
Não era um outro tipo de diversão noturna.
Era um outro tipo de vida.

quinze

Outro postal dos Estados Unidos. Na frente, sob as palavras *Connecticut – o estado da noz-moscada, New England*, uma vastidão rural incendiada pelas cores do outono. Atrás, em letras "com mãozinhas dadas", uma mensagem do meu filho.

> *Querido papai. Nós temos um cachorro.*
> *O nome dele é Britney. Nós adoramos ele.*
> *Tchau.*

– Britney é um nome engraçado para um cachorro – disse minha mãe. – Acho que foi idéia de Gina.

Antigamente, ela gostava de Gina. Eu sempre dizia que minha mãe, quando a conheceu, achou que Gina era uma espécie de Grace Kelly da periferia de Londres, uma combinação perfeita de belos olhos azuis, recato à moda antiga e pose de rainha. Mas, desde o nosso divórcio, minha mãe veio mudando de opinião aos poucos. Agora Gina estava mais para Prostituta da Babilônia do que para Princesa de Mônaco.

– Talvez Britney seja uma cadela, mãe – eu disse, em tom de sarcasmo.

– Não fica falando desse jeito – disse ela.

Estávamos junto ao túmulo do meu pai. Era a primeira vez que eu ia ali desde o dia em que fui pegá-la em sua casa para passar o Natal conosco, havia já três meses. Foi um Natal surpreendentemente bom – minha mãe e Cyd se divertiram à beça recheando um peru enorme, e Peggy, depois de delirar por ter ganho o boneco Brucie Ibiza DJ com miniaturas de toca-disco e tudo, passou uma hora no telefone com Pat, comparando os presentes.

Eu achava que, sem Pat, o Natal seria impregnado de tristeza e sensação de perda, mas o que aconteceu na verdade foi uma trégua desses sentimentos. O tempo fazia o seu serviço, pois a lápide do meu pai já não era tão branca e impecável quanto alguns meses atrás. Trazia as nódoas do inverno e o desarranjo do passar dos meses. As coisas se desgastavam sem eu perceber.

– Pat está bem? – perguntou minha mãe. – Está gostando da escola? Já fez amigos? Ele estava com problemas aqui, não estava? Eu lembro que você e Gina tiveram de ir falar com a professora. Está tudo bem agora?

– Ele está ótimo, mãe – eu disse, embora não fizesse a menor idéia de se Pat era um aluno nota dez ou ainda ficava zanzando pela classe. Minha sensação era de que Pat estava não a milhares de quilômetros, mas a milhões de anos-luz de distância.

– Eu sinto falta dele, sabe?

– Eu sei que sente, mãe. Eu também sinto.

– Ele virá no feriado?

– Nas férias do meio do ano. Ele vem passar as férias conosco.

– É muito tempo. Ainda está muito longe. Por que não na Páscoa? Ele não pode vir para a Páscoa?

– Vou conversar com Gina, mãe.

– Eu ficaria feliz se ele viesse para os feriados da Páscoa.

– Vou tentar, mãe.

– Porque a gente nunca sabe o que vai acontecer, não é? A gente nunca sabe.

– Mãe, não vai acontecer nada com ele – eu disse, tentando disfarçar a exasperação na minha voz. – Pat está ótimo.

Ela olhou para mim, esfregou as mãos com força e espanou a sujeira do túmulo do meu pai.

– Eu não estou falando de Pat, Harry – ela disse. – Estou falando de mim.

– Eu fiquei olhando para ela, parecia que o mundo estava virando de cabeça para baixo.

Eu sempre acreditara que o meu pai é que era o durão. Minha mãe não dirigia, não abria a porta da frente depois do anoitecer e detestava qualquer tipo de conflito. E pelo fato de a minha mãe não ter carteira de motorista, ser educada com garçons desaforados e dormir de luz acesa, eu acreditava estupidamente que ela era uma mulher medrosa. Agora eu ia aprender que minha mãe era, na verdade, um poço de coragem.

– O que houve, mãe?

Ela tomou um novo fôlego.

– Eu achei um caroço, Harry. Quando estava no chuveiro. No meu seio.

Senti um aperto no coração.

– Que é isso, mãe? Pelo amor de Deus.

– Pequeno. Mas muito duro. Eu já fui ao médico. Você sabe como eu detesto ir ao médico. Mais ou menos como seu pai. Agora eu tenho de fazer os exames. Graham vai me levar de carro.

É assim que acontece, eu pensei. Você perde o seu pai, depois perde a sua mãe. Ou vice-versa. Egoisticamente, eu pensei "já enfrentei a doença e morte do meu pai, não vou ser capaz de passar por tudo isso novamente". Mas eu vi que isso teria de acontecer. Era a coisa mais natural do mundo.

Eu imaginava a cena no chuveiro. Minha mãe tomando banho com o sabonete da grife Body Shop em formato de golfinho que ganhou do neto no Natal. E imaginava a expressão daquele rosto bondoso, insubstituível, ao descobrir uma coisa que antes não estava ali.

Um caroço pequeno e duro.

Um caroço do tamanho do planeta.

✦ ✦ ✦

Quando cheguei em casa, encontrei Peggy sentada no tapete, com as pernas cruzadas, lendo atentamente um livro sobre a boneca Lucy.

– Olha só o que eu arranjei, Harry.

Eu sentei no chão ao lado dela e olhei o livro. *Eu amo a boneca Lucy: A bonequinha preferida de todo o mundo* era uma publicação ilustrada metida a séria, cheia de análise social e desconstrução cultural. Folheei o primeiro artigo – "Onde nasceu a boneca Lucy?" – porque sempre me fizera essa pergunta. No final das contas, a boneca Lucy nasceu em Paris, filha de mãe tailandesa-brasileira e pai anglo-zulu. A publicação revelava também que o boneco Brucie era de Ibiza.

Havia outras matérias abalizadas. A boneca Lucy como ícone moderno. A boneca Lucy como feminista exemplar. A boneca Lucy como repositório de valores tradicionais. A boneca Lucy como radical da revolução sexual. Lucy era a boneca perfeita – ela podia ser o que você quisesse.

– Onde você arranjou isso, meu amor?

– O tio Luke deu pra mim.

– Tio Luke?

– Ele trouxe a mamãe em casa no carro de corrida dele.

– O tio Luke entrou aqui?

– Não. Mas deu à mamãe este livro pra mim. É pra meninas grandes.

Eu fiquei me perguntando por que esses cretinos viviam dando presentes errados a essa menina. Primeiro, o pai dela com aqueles animais de pelúcia imensos e totalmente inúteis. Agora, o livro do tio Luke. Peggy era jovem demais, uns dez anos pelo menos, para

Eu amo a boneca Lucy: A bonequinha preferida de todo o mundo. Mas, afinal, o que é que eu sabia sobre essas coisas? Ela adorou examinar as figuras, e havia páginas e páginas de anos e anos de reproduções dos catálogos da boneca Lucy.

– Todas as bonecas Lucy – disse Peggy.

Lá estavam elas, em toda a sua glória. A boneca Lucy Secretária (Lucy quando trabalhava para uma grande empresa japonesa, antes da recessão). Lucy Dançarina Carioca (com plumas e cauda *a la* Carmen Miranda). E Lucy Garota Trabalhadora (com pasta, óculos sem lentes e o cabelo pintado de preto para dar um ar de seriedade profissional).

Tinha também a Lucy Ônibus Espacial. Lucy Estrela Funk. Lucy Rive Gauche. Lucy Hippie-Chique. Lucy Cantora. Lucy Esportes Radicais. Lucy Piloto de Caça.

Lucy como cantora, dona de loja, dona-de-casa, trabalhadora, cozinheira, guerreira, aventureira e turista. Lar e carreira, amor e sexo, vida doméstica e charme, trabalho e diversão.

– De qual boneca Lucy você gosta mais, Harry?

Olhei para a boneca Lucy Night-Night-Baby, vestida com um négligé branco semitransparente que lhe descia quase até o umbigo.

– Eu gosto da Lucy Garota Trabalhadora – eu disse.

– Por quê?

– Porque me lembra a minha mãe.

– Eu também.

Cyd estava lá em cima, mudando de roupa. Sentada na penteadeira, de calcinha e sutiã, olhava para o espelho. Quando me viu, entrou logo na defensiva, esperando que eu começasse a reclamar do livro, da carona, do tio Luke.

Eu balancei a cabeça, mordendo o lábio.

– Minha mãe – falei.

– O que aconteceu?

– Achou um caroço no seio – eu disse com a voz embargada por essas palavras e por tudo que elas pudessem significar. Minha mulher atravessou o quarto, tomou-me em seus braços e me prendeu de uma forma que só fizera duas vezes antes.

Quando soube que meu pai estava morrendo.

E quando meu filho foi morar com a mãe.

Os momentos realmente ruins, os piores de todos os momentos.

Ela me prendeu. Minha mulher me prendeu, abraçou-me com força, como se não fosse mais largar, alisando meu cabelo, sussurrando palavras suaves como uma prece.

Embalando-me delicadamente enquanto eu chorava, chorava e chorava.

✦ ✦ ✦

Minha médica me obrigou a fazer natação. Quase todas as manhãs eu ia à piscina pública do bairro, assim que abria, e me juntava aos trabalhadores de escritório que se alongavam na água.

Eu nadava de um lado para o outro, entoando o meu mantra: *o meu coração é um pequeno milagre, o meu coração é um pequeno milagre.* Nadava até quebrar. Esta era uma expressão nova, que eu aprendera recentemente e que queria dizer fazer alguma coisa até você simplesmente não agüentar mais. Até quebrar.

Saí da piscina já em plena hora do rush. No parque, as pessoas já se dirigiam apressadas para a estação de metrô.

Menos ela.

Kazumi estava agachada no gramado, olhando pelo visor da sua câmera fotográfica em meio a um enxame de trabalhadores. Eu e um esquilo paramos para observá-la.

Ela vestia uma parca preta, saia plissada bege e botas. Até eu era capaz de dizer que eram compradas na Burberry. Meia-calça preta. Belas pernas. O cabelo caía-lhe sobre o rosto e era puxado outra vez para trás. Ela parecia bem demais para a hora do rush.

– O que é que você está fotografando?

Ela ergueu os olhos. Reconheceu-me dessa vez. Sorriu.

– As folhas. Todas essas folhas novas. São lindas, mas só permanecem por pouco tempo. Como a *sakura* no Japão. Você sabe o que é a *sakura?*

Fiz que sim com a cabeça.

– A floração das cerejeiras, não é? Todo ano, nos primeiros dias de abril, japoneses de todas as idades, estudantes, trabalhadores, secretárias, idosos, vão aos parques ver a floração das cerejeiras. As flores só ficam nos galhos uns dois dias, depois caem e morrem.

Ela se levantou, alisou a saia da Burberry e tirou outra vez o cabelo de cima dos olhos.

– Você conhece a *sakura* por causa de Gina?

– É, por causa de Gina. – Os anos de casado com a minha primeira mulher haviam me proporcionado um curso intensivo de cultura japonesa. Eu sabia sobre a tradição da *sakura.* – E duvido muito que as folhas da zona norte de Londres possam se comparar.

Ela riu.

– Lindas cores. Todos os tons de verde. Não tão óbvio. Tem de olhar com outros olhos. Você se interessa por fotografia?

– Eu? Muito.

– Verdade?

– Claro. Fotografia para mim é muito mais do que bater fotos nas férias e mandar revelar no laboratório. Eu vejo a fotografia assim como uma forma de arte do século XX. Sabe, um moderno meio de comunicação que ainda não foi totalmente explorado.

O que é que eu estava fazendo? Quanta babaquice. Ela deve ter me achado um grande imbecil.

– *Pedir ao instante fugaz para ficar* – ela disse.

Devo ter feito uma cara de total desconcerto.

– Alguém disse isso uma vez sobre a fotografia. Um poeta, eu acho. É como observar a *sakura.* O momento é interessante, porque é apenas um momento. *Pedir ao instante fugaz para ficar.* – Ela sorriu. – Eu adoro isso. É lindo demais.

Pedir ao instante fugaz para ficar, eu pensei.

– Eu também adoro – eu disse. E adorei mesmo.

Ela colocou a tampa da lente no lugar e alisou a saia novamente. Estava se aprontando para ir embora. Eu fiz o que pude para não deixar a conversa morrer.

– Tudo bem com você, Kazumi? Está trabalhando aqui?

– Tentando. Procurando.

– Arranjou lugar para morar?

Ela assentiu com a cabeça.

– Ainda em Primrose Hill. A umas poucas quadras da antiga casa de Gina.

– Que legal. Primrose Hill é ótimo.

– Eu vi aquele ator, o Jude Law, numa loja. Com um bebê.

– Sorte sua. – Embora o que eu realmente pensei foi: sorte do Jude Law. – Eu ando querendo te pedir uma coisa. Posso encomendar algumas daquelas fotografias do Pat? Se você não estiver muito ocupada. Eu marquei na folha de contatos. Sei exatamente as que eu quero.

Ela concordou com um daqueles pequenos movimentos encorajadores com a cabeça.

– Eu mando pelo correio.

– Eu posso ir à sua casa pegá-los.

– Eu posso mandar pelo correio.

– Não tem problema. É sério.

Ela ficou olhando para mim um momento, pensando.

– Que tal uma xícara de chá, Kazumi? Tem um café lá para os lados das quadras de tênis.

– Claro. Britânicos sempre querem tomar uma xícara de chá.

– Assim como os japoneses.

Fomos até o pequeno café ao lado da quadra de tênis, remando contra a corrente de trabalhadores que se dirigiam apressados para seus escritórios. Enquanto esperávamos as bebidas eu me imaginei em seu apartamento em Primrose Hill, vendo-a tirar as botas e a saia da Burberry. Eu já estava vendo tudo, e essa sensação era a melhor coisa do mundo. Aquele velho e perigoso sentimento estava prestes a começar.

– Com vai Pat? – ela perguntou, e eu a adorei por isso. Eu adoraria qualquer um que tivesse o cuidado de me perguntar pelo meu garoto.

– Está bem, eu acho – respondi. – Começou a escola. Ganhou um cachorro chamado Britney. Ele virá passar os feriados. Logo, eu espero. Ainda temos de combinar. E você? Está feliz em Londres?

– Mais feliz do que em Tóquio. Mais feliz do que quando estava casada.

Eu pensei no homem que chorava no jardim de Gina. Uma parte de mim não queria saber daquilo. Detesto quando elas começam a falar do passado. Para mim, isso só faz atrapalhar tudo. Mas ela queria que eu ouvisse. E eu estava curioso demais para detê-la.

– Ele é fotógrafo. Bastante conhecido. Pelo menos em Tóquio. Era apaixonado por fotógrafos europeus. Horst, Robert Doisneau, Alan Brooking. Fotógrafos da Magnum. Você conhece? Agência Magnum? Ele era mesmo brilhante. Eu era assistente dele. Primeiro emprego depois da universidade. Eu, como se diz?, tinha muita admiração nele.

– Tinha muita admiração por ele.

– Ele era muito incentivo. *Incentivador*. Aí nos casamos e ele mudou. Queria que eu ficasse em casa. Ter um bebê.

Que espécie de homem faz uma coisa dessas?

– Não queria que eu trabalhasse. – Ela sorvia o seu chá. – Como você e Gina.

Essa eu não podia deixar passar.

– Nada a ver com eu e Gina. Gina *quis* ficar em casa para criar nosso filho. Pelo menos a princípio.

– Homens casados – ela disse, como se isso explicasse tudo. Levantou-se e pegou uma pequena carteira Prada. Apesar de toda aquela conversa sobre os fotógrafos da Magnum, ela era a típica garota japonesa. Louca por Prada e Burberry.

– Guarde o seu dinheiro. Eu pago essa. Você pode pagar a próxima.

– Não – disse ela. – Não haverá próxima vez. Eu mando pelo correio as fotos de Pat.

Aí ela saiu, observada por mim e pelo nosso esquilo enquanto desaparecia em meio à horda de trabalhadores. Uma garota asiática com uma saia da Burberry. Eu a chamei.

– Mas quando é que a gente se vê de novo?

Ela ergueu a mão esquerda, sem se virar para trás.

– Quando seu dedo tiver outra aparência.

Olhei para a minha mão e vi a aliança de ouro cintilando no dedo. Eu tinha a sensação de que havia qualquer coisa errada com ele. Ele estava cortando o meu barato.

✦ ✦ ✦

Eu sabia que lá no fundo Gina ainda tinha uma quedinha por mim.

– Seu cretino miserável – ela disse quando eu telefonei. – Idiota. Bobalhão. Seu grande estúpido. Você faz idéia de que horas são aqui? Já passa de uma da manhã. Pat foi para a cama há muito tempo. Você é um completo imbecil, Harry.

– Não é com Pat que eu quero falar. É com você.

– Fala rápido que eu estou indo escovar os dentes e me deitar.

– Eu quero que Pat venha. Por uma semana mais ou menos. Sete dias. Qualquer coisa. Páscoa. Que tal a Páscoa?

Deu para ouvi-la colocar a mão sobre o fone e dizer a Richard que era eu. E para ouvi-lo suspirar e bater a porta, mal-humorado.

– Não é possível, Harry.

– Por que não?

– Porque é muito caro ficar andando de avião de um lado para o outro do Atlântico. É muita agitação também. Ele ainda é muito pequeno. Quem você pensa que ele é? Tony Blair? Ele só tem sete anos.

– Vai ser bom pra ele. Vai ser uma aventura. Eu preciso vê-lo. Não posso esperar até o verão. E dinheiro não é problema.

– Não? – Ela sabia ser sarcástica. – Pode não ser pra você. Mas o emprego de Richard na Bridle-Worthington acabou não dando certo. – Pausa. – Ele não ficou.

– Meu Deus, Gina, ele não pode *continuar* mudando de emprego desse jeito. Já está na hora de ele se lembrar que tem responsabilidades e começar a dar duro.

A resposta foi um longo silêncio. Tive um palpite de que minha ex-mulher havia dito ao enrolado do Richard quase que aquelas mesmas palavras.

– Quer dizer que ele está desempregado?

– Não, ele está correndo atrás. Mas nós não temos dinheiro para ir.

– Eu pago. Não se preocupe com isso, Gina. Eu só quero ver o meu filho. Só quero que ele se lembre de que tem uma vida aqui. Ele vai ter uns dias de feriado, não vai? Mande-o na Páscoa. Mande-o quando puder.

– Vou pensar.

– Por favor. – Eu lhe implorava para me deixar ver o meu filho. Mas por algum motivo eu não estava com raiva. Por alguma razão que eu não chegava a compreender, meu sentimento era algo mais parecido com piedade. – Como vão as coisas por aí?

– Ah, o litoral da Nova Inglaterra é uma maravilha. Cheio de aldeias de pescadores e lojinhas de antiguidades. E nomes que lembram a nossa infância na Inglaterra. Yarmouth, Portsmouth. Acho que tem até uma Little Hampton. Muitos nomes ingleses, Harry.

– Parece ótimo. Estou feliz por você, Gina.

– Mas...

– O quê?

A voz dela era pouco mais que um sussurro. Como se estivesse falando consigo mesma, não comigo.

– Bem, aqui onde nós moramos não é bem assim. Hartford não é nem bonito nem tradicional. É uma cidade grande e feia. Muita violência. E eu me sinto um pouco, não sei como você diria, solitária, eu acho. Acho que estou me sentindo um pouco solitária. Richard vai à cidade todos os dias atrás de emprego. Pat fica na escola.

– Ele está indo bem?

– Ele está indo muito bem. Parou de ficar zanzando pela classe no meio da aula.

– Isso é fantástico, Gina.

Mas eu não conheço ninguém. As pessoas saem todas durante o dia e ficam trancadas em casa à noite. Não é nada do que eu esperava. – Aí ela se recompôs, lembrando com quem estava falando. – Mas a gente vai ficar bem, a gente vai ficar bem.

– Escuta, deixa o Pat vir por uma semana. Pra ele poder passar algum tempo com a minha mãe. Ele ia adorar. Ela também. – Não falei nada com Gina sobre a minha mãe, sobre o caroço do tamanho de um planeta. Aqueles dias tinham ficado para trás.

– Porque nunca se sabe o que vai acontecer na vida, não é?

– É mesmo – disse minha ex-mulher. – A gente nunca sabe o que vai acontecer na vida.

dezesseis

Quem visse minha mãe andando na rua poderia pensar que ela era uma velha senhora como tantas outras indo comprar ração para o seu gato. Mas estaria redondamente enganado.

Para começar, ela detesta gatos, porque diz que eles fazem a maior sujeira (embora, estranhamente, ela sempre pare para acariciar e falar com os bichanos, mesmo os mais pulguentos, que encontra em seus passeios). Quem olhasse para minha mãe acharia que sabe tudo sobre ela. Mas a verdade é que não saberia nada.

Algumas coisas eu sei sobre a minha mãe.

Ela acha que Dolly Parton é a maior cantora do mundo e que as pessoas não deviam ficar o tempo todo de gozação com o jeito dela. Assiste a todos os esportes na TV, mas prefere os mais violentos (boxe, rúgbi, futebol americano). Acredita que o neto foi o bebê mais lindo que já existiu. Para ela, esta não é uma opinião parcial, mas totalmente objetiva.

Algumas outras coisas eu sei sobre minha mãe. Ela está inimaginavelmente só desde que o meu pai morreu. Não importa quantas pessoas estejam ao seu redor. Ela adorava o meu pai, e conversa com as fotografias dele sempre que acha que não tem ninguém ouvindo. Para ela, visitar o túmulo do meu pai é um programa capaz de transformar um dia fora de casa num bom dia.

Eu sei que ela desperta um incrível sentimento de amor nos amigos e familiares – os vizinhos consertam a calha do seu telhado em troca de uma xícara de chá, seu exército de amigos grisalhos a convida toda hora para bater perna no novo shopping center e seus irmãos lhe telefonam todos os dias.

Minha mãe é bondosa, divertida e valente. Muito valente. Mesmo não abrindo nunca a porta da frente depois que escurece, ela está sempre disposta a enfrentar qualquer desordeiro que apareça. Quando Pat era pequeno, ela ameaçou dar um chega-pra-lá numa gangue de jovens, como ela dizia, brabos, num restaurante.

Nesse dia eu é que fiquei zangado com ela – achei que eles podiam tê-la machucado, porque neste miserável mundo moderno nem as senhoras idosas estão a salvo –, mas agora eu fico feliz por ela ter feito aquilo. Ela é assim. Essa é a minha mãe. É assim que ela é. Eu me orgulho dela.

Ela não tem o pavio curto do meu pai. É tolerante com outros modos de vida e acredita na bondade do ser humano. Mas quando perde as estribeiras, ela fica... como ela mesma diz, *braba.*

O irmão favorito, o que é mais próximo dela em idade, gosta de lembrar-lhe da cicatriz que ela deixou no piano de armário da casa do East End em que cresceram. Minha mãe, com raiva de alguma provocação do irmão, atirou-lhe uma faca na cabeça. A faca passou bem perto e foi se cravar no piano, tremendo como só acontece nos gibis. Essa tentativa de assassinato foi um acontecimento excepcional. Ela era uma menina calada e tímida, maltratada na escola por causa de um ligeiro defeito na fala (maltratada não pelos colegas, mas pelos professores, pois aquela escola do East End era brutal como uma casa de correção dos livros de Dickens). Ela sempre disse que a faca escapou de sua mão. O irmão insistia que ela mirou cuidadosamente.

Numa casa cheia de meninos, ela era distante e magnífica como uma Rainha Virgem. Adorada pelos pais, incentivada a pensar em si mesma como uma pessoa especial, ela era paparicada como filha única.

Eu sei que minha mãe sempre foi querida – como a única menina de uma grande família de meninos e como a única mulher da pequena família em que eu fui criado – e acho que é por isso que ela é tão pródiga com o seu amor. Eu e Pat estaríamos perdidos sem ela. Não posso nem imaginar como seria o mundo se a minha mãe não estivesse nele.

Ela é cheia de vida. Tem mais vida dentro de si do qualquer outra pessoa que eu já conheci. Sei também que gosta de dar uma boa risada, mesmo nas horas mais difíceis. Até hoje nós rimos por causa de uma cabeçada que ela deu no caixão no dia do enterro do meu pai.

Só uma pessoa que gosta de gente como a minha mãe pode ficar tão sozinha. Ela planeja cuidadosamente a sua programação noturna de TV. Gosta das notícias e de documentários sobre pessoas reais, mas levanta a sobrancelha para os *piercings* de línguas e mamilos em *Seis estudantes invocados num apartamento.* Sei que desdenha dos seriados lacrimosos, embora nos anos 1980 ela gostasse do JR, o vilão de *Dallas.* As maldades dos desenhos animados a divertem.

E o que mais? Ah, sim.

Sei que minha mãe detesta ir ao médico.

✦ ✦ ✦

Tex acabou não levando minha mãe ao hospital. Parece que o carro dele tinha algum problema no motor, mas eu desconfiava que o verdadeiro problema com Tex era simplesmente falta de fibra.

Minha mãe me disse que ia tomar um ônibus. Eu me ofereci para levá-la. Ela respondeu que podia ir muito bem de ônibu, pois não queria criar confusão. Essa sempre foi uma de suas melhores qualidades – não criar confusão. Se os Quatro Cavaleiros do Apocalipse aparecessem no seu quintal, investindo contra as suas roseiras, minha mãe faria todo o esforço do mundo para não criar confusão.

Dar uma risada e não criar confusão. Era o jeito dela. Era a sua filosofia. Um calmo estoicismo que mexia com o meu coração e me fazia ter vontade de abraçá-la.

Mas o dia de hoje não estava para risos. Era difícil suportar dias como este com estoicismo.

Quando ela saiu da sala do médico, eu vi que as notícias não eram boas.

Ela se esforçava para entender o diagnóstico, entender a linguagem, entender como um pedaço de carne endurecida podia mudar o seu mundo tão completamente.

Ela não quis falar sobre o assunto na sala de espera cheia de gente. Não quis falar até chegarmos ao meu carro.

Ficamos sentados dentro do automóvel no infindável estacionamento do hospital.

Os outros carros circulavam como tubarões à procura de uma vaga preciosa. Era um dia de muito movimento. Provavelmente todos os dias eram dias movimentados no hospital.

– Olha aqui, eu anotei. – Ela me mostrou um pedaço de papel em suas mãos trêmulas. No papel estava escrito *carcinoma invasivo.*

– O que significa isso? – eu perguntei sabendo mais ou menos do que se tratava mas não querendo acreditar.

– Câncer de seio – disse a minha mãe.

É claro, eu pensei. Primeiro o meu pai, depois a minha mãe. Era a coisa mais natural do mundo, tão natural quanto o nascimento de um filho. Então por que é que parecia que o mundo estava se despedaçando?

O médico do setor de câncer na mama disse que ainda não sabe o que vão fazer. Como tratá-lo. Simpático, o sujeito. De algum país mediterrâneo. Falou inglês melhor do que eu. Eles são assim, não são? Foi direto ao assunto. Disse que existe uma coisa chamada *estadiamento.* Significa que eles têm de avaliar o risco de o câncer se espalhar. E também até onde ele já se espalhou.

Eu estava sem fala.

– Eu conheci a enfermeira do setor. Simpática. Uma moça adorável. Especialmente treinada para lidar com casos como o meu. Eu vou ter de voltar, Harry. Posso vir de ônibus. Não se preocupe. Eu sei que você está ocupado.

Enquanto ela olhava para o hospital, eu observei o perfil do seu rosto, aquele rosto meigo e bondoso que eu conheci antes de qualquer outro, e vi as emoções todas que se agitavam dentro dela.

Choque. Medo. Perplexidade. Raiva. Até mesmo uma espécie de divertimento perverso.

– Graham não ficou muito tempo, não foi? O velho Tex. Joe, o caubói do rio Southend. Foi pulando fora assim que a música parou. O seu pai estaria aqui. O seu pai estaria aqui por mim, Harry. Aquele homem andaria no meio do fogo por mim. Isso é um casamento, Harry. Casamento é para isso.

– Tem muita coisa que eles podem fazer, não tem?

Ela estava silenciosa, perdida em pensamentos.

– Mãe? – eu disse. – Tem muita coisa que eles podem fazer, não tem?

– Ah, tem. Tem, sim. Muita coisa que eles podem fazer. Eu vou derrotar esse mal. É sério, Harry. As pessoas conseguem viver com câncer no seio. Sim, elas *vivem.* Não é como o seu pai. Não se pode lutar contra um câncer no pulmão. Não se pode lutar contra aquilo. O maldito câncer de pulmão. Aquele grande... desgraçado. – Ela me lançou um olhar. – Desculpe a minha linguagem.

– Mãe?

– O que, meu amor?

– Eu tenho um grande orgulho de você ser a minha mãe.

Ela assentiu com a cabeça e pegou a minha mão. Segurou-a tão apertado em sua mãozinha que eu pude sentir o pedaço de metal precioso na palma da minha mão, aquele pedaço de ouro polido por uma vida inteira.

O anel de casamento da minha mãe.

Ficava perfeito nela.

✦ ✦ ✦

Meu pai a conheceu por intermédio do irmão dela. Aquele que ela tentou matar atirando a faca. Mas que sempre foi o seu favorito.

O meu pai e o irmão da minha mãe freqüentavam o mesmo clube de boxe para jovens. Naquela época o boxe era tão popular entre os colegiais quanto o futebol. Agora tudo mudou, e os únicos homens de televisão que lutaram boxe na escola vieram todos de Eton, colégio pródigo em atividades esportivas.

Foi na época em que o boxe era considerado um passatempo saudável para garotos em idade de crescimento. Depois de treinarem juntos – meu pai e meu tio tinham exatamente a mesma idade e o mesmo peso, ambos um ano mais velhos do que minha mãe –, o irmão de minha mãe levou meu pai à casa deles, situada num *banjo* do West End, que era como eles chamavam a sua ruazinha sem saída, um banjo, porque tinha exatamente o formato do instrumento musical. E naquele banjo havia uma casa cheia de garotos. E uma garota.

Com 17 anos, o meu pai já trabalhava havia três anos. Atrevido e brincalhão, o seu orgulho era aguçado por um temperamento explosivo. Certa vez, depois de ser insultado por um de seus muitos primos, meu pai o amarrou a um poste de rua e lavou-lhe a boca com sabão. Ele parecia gostar dessas coisas. Mas quando viu a minha mãe, a princesa mimada do banjo, de 16 anos, ele encontrou uma razão para parar de brigar e começar a viver.

Minha mãe o ensinou a ser terno – ela e as coisas inimagináveis que ele viu e fez na guerra. Meu pai ensinou-a a ser forte. Talvez ele já tivesse a ternura dentro de si – o rapaz barulhento era mais sensível do que deixava transparecer. E talvez ela fosse mais dura do que parecia. A garota reservada de 16 anos fora forjada pela pobreza, pela vida no banjo e pelo seu bando de irmãos.

Mas eles tiveram um casamento delirantemente feliz. Até o dia em que meu pai morreu, eles foram loucos um pelo outro. Durante uma vida inteira, eles nunca deixaram realmente de se namorar.

Ele mandava rosas vermelhas para ela, ela lhe trazia o café na cama. Ele costumava admirá-la, como se não acreditasse na própria sorte. Ela escrevia poemas para ele. Colocava-os na sua marmita. Eu via os cartões que ele fazia para ela – Dia das Mães, aniversário, Natal. Meu anjo, era como ele a chamava. Amor da minha vida. Ele parecia o menos romântico dos homens, mas escrevia sonetos pensando nela.

Criados em comunidades fechadas e repletas de gente, eles foram felizes na companhia um do outro. Os únicos verdadeiros traumas da união foram aqueles primeiros tempos em que o bebê simplesmente não vinha. E mais tarde, depois que eu cheguei, quando ela passou pelo desgosto de uma série de abortos naturais. Uma das lembranças mais claras que eu tenho da infância é a da minha mãe sentada no chão do apartamento onde morávamos, que ficava no andar de cima de uma quitanda. Ela estava arrasada, inconsolável, chorando por mais um bebê perdido. E meu pai tentava confortar o seu grande amor, o seu anjo de coração despedaçado.

Minha primeira visão sobre a vida de casado.

Quando eu me tornei pai, me vi tentando imitá-los, tentando encontrar aquele mesmo equilíbrio entre a rigidez e a ternura. Eles pareciam os pais perfeitos. Amorosos e severos.

Meu pai jamais levantou um dedo para nenhum de nós – a sua violência ele guardava para os estranhos que se atreviam a se meter conosco. Minha mãe não era avessa a me atirar um sapato – pelo menos não era uma faca – quando eu a irritava com meus devaneios e brincadeiras solitárias, aquela indolência de filho único que muitas vezes me impedia de vir quando era chamado. Mas ela esperara tempo de mais por um bebê para ficar brava comigo por muito tempo.

– Espera só o teu pai chegar em casa – ela me dizia, e era a sua ameaça definitiva.

Mas aquilo nunca me meteu medo. Porque eu sabia que eles me amavam, sabia que era um amor incondicional e para sempre, construído para durar a vida inteira e mais além.

Não, o que me amedrontava nos tempos de menino era a idéia de perder a minha mãe. Baixinha, um metro e sessenta e cinco mais ou menos, de cabelos encaracolados, eu a via desaparecer nas noites escuras e tempestuosas de inverno, noites que parecem não existir mais, a caminho das lojas próximas da nossa casa, quando saía para comprar alguma coisa para o chá. Era um tempo em que nevava no inverno e, pelo menos na minha lembrança, as ruas ficavam ocultas pela névoa produzida por incontáveis lareiras. Ela saía para comprar carne, costeletas de porco e feijão e, nas sextas-feiras, peixe e batata – o cardápio da minha infância –, que vinham embrulhados em jornal.

E eu ficava ansioso, insuportavelmente ansioso pelo retorno dessa mulher, a minha mãe, que tinha ido dar um pulinho no mercado. Ainda vestido com o meu uniforme escolar, calça cinza de flanela, camisa cinza e gravata listrada, aquela roupa de gente velha que éramos obrigados a usar, eu me empoleirava no encosto do sofá perscrutando as ruas escuras e vazias com o rosto colado na janela, sentindo escorrer pelo vidro o vapor que se condensava.

À procura da insubstituível visão da minha mãe, torturado pela idéia de que ela pudesse não voltar para casa nunca mais.

✦ ✦ ✦

Cyd e eu levamos minha mãe a um show.

Meu pai sempre levava a minha mãe a shows. Uma vez a cada seis meses mais ou menos eles vestiam suas roupas de domingo e tomavam o rumo das luzes brilhantes de Londres. Para quem passava a maior parte de seu tempo na frente da televisão, aqueles dois eram verdadeiros *connoisseurs* de musicais.

Quando as versões cinematográficas de *Oklahoma!*, *West Side Story* e *My Fair Lady* chegaram à TV, eles cantavam junto sem cometer um erro sequer. Minha mãe até dançava – fazia uma imitação particularmente boa do balé *cool-daddy-o,* dos Sharks e dos Jets em *West Side Story*. Para a minha mãe, os musicais não eram uma experiência passiva. Durante quarenta anos ela freqüentou o West End, e eram poucas as canções tocadas nas casas noturnas de Shaftesbury Avenue, Strand e Haymarket que ela não soubesse melhor do que os próprios cantores.

– Essa eu adoro – ela disse a Cyd. – Gosto da garotinha. E das prostitutas. Gosto de quando atiram nos estudantes. É muito triste, mas tem umas músicas ótimas.

Ela vestia um conjunto branco da Bloomingdale's, que eu trouxera de Nova York. Estava encantadora, porém fraca, e mais velha, muito mais velha do que eu jamais pensei que pudesse vê-la.

Cyd pegou a mão dela quando fomos buscá-la em casa e não a largou ao longo de todo o trajeto até o Palace Theatre, em Cambridge Circus, no centro da cidade. E assim continuou, naquele início de noite, enquanto abríamos caminho pelas calçadas cheias de gente. A minha mãe parecia frágil demais, delicada demais para sobreviver ao tráfego e à correria do centro da cidade.

No Palace, o público era aquela mistura habitual de turistas estrangeiros, moradores de bairros afastados vindos em ônibus fretados e gente da cidade fazendo o seu programa noturno. Bem na nossa frente havia um rapaz vestido com um terno risca-de-giz, algum mauricinho do distrito financeiro, acompanhado do que parecia ser a sua mãe de um lado e a sua avó do outro. Logo de cara, eu não gostei dele.

Só porque a minha mãe, ao tirar o casaco, aplicou-lhe sem querer uns trancos na orelha, o sujeito fez o maior teatro, virando-se para trás e balançando a cabeça com ar de reprovação. Depois, fez questão de demonstrar a sua impaciência quando ela assoviou a música da abertura. Ao começar o show, ficou pigarreando enquanto a minha mãe acompanhava os atores no incrível número da morte de Fantine, *I Dreamed a Dream*. E quando finalmente a minha mãe se juntou ao elenco na emocionante interpretação de *Do You Hear the People Sing?*, ele se virou, irado.

– A senhora quer fazer o favor de ficar calada?

– Deixe-a em paz, cara – disse Cyd, e eu a amei por isso. – Nós também pagamos ingresso.

– Não dá para assistir ao espetáculo com ela atuando com o elenco!

– Quem é *ela?* – eu perguntei.

Atrás de nós, as pessoas começaram a fazer ssssh! Viam-se cabeças carecas ou com permanentes mexendo-se contrariadas, rostos bem nutridos amarrotados de irritação.

– *Do you hear the people sing, singing the song of angry men?* – cantava a minha mãe, totalmente na dela, feliz da vida. – *It is the music of a people who will not be slaves again!*

A vovó do executivozinho meteu a sua colher na conversa.

– Nós também pagamos por nossos lugares, sabe?

– Assim ninguém pode se concentrar na apresentação – ganiu sua filha cafona.

– A senhora não precisa se concentrar, madame – disse Cyd. – A senhora só precisa relaxar e aproveitar. Relaxa e goza, a senhora sabe como faz, não sabe?

– Ora essa!

– Eu vou pedir ajuda – disse o filho, e foi buscar um lanterninha.

Aí eles nos expulsaram.

Foram bastante educados. Disseram que se não conseguíssemos fazer a minha mãe ficar quieta, o gerente se reservava o direito de pedir que nos retirássemos. E não havia meio de calar a minha mãe quando ainda tínhamos pela frente as mortes de Valjean, Javert, Eponine e todos aqueles simpáticos estudantes.

Acabamos indo embora, minha mulher, minha mãe e eu, rindo daquilo tudo, como se ser expulso do teatro fosse mais divertido do que assistir ao musical. Fomos caminhando em meio às tribos que povoam a noite da cidade até chegar ao Bar Itália, onde minha mãe tomaria uma deliciosa xícara de chá.

Nós três, minha mulher, minha mãe e eu, de braços dados pelas ruas do Soho.

Cantando *Empty Chairs at Empty Tables* no máximo volume.

dezessete

Fui buscar o meu filho no aeroporto.

Ele atravessou o portão de embarque de mãos dadas com uma jovem comissária da British Airways. Trazia, em volta do pescoço, uma espécie de placa de identificação como as que usavam as crianças removidas de suas casas nas guerras. Também lembrava o ursinho Paddington, o personagem dos livros da minha infância, que ostentava uma plaquinha com as palavras "Por favor, cuide deste urso".

Por favor, cuide dessa criança.

– Pat! Estou aqui! Pat!

A comissária me viu antes dele. Pat veio conversando com ela, o rosto pálido e sério, até me ver em meio às pernas dos turistas e executivos que chegavam. Aí ele largou a mão da moça da British e correu para os meus braços. Eu me ajoelhei para dar-lhe um abraço apertado e beijar os seus cabelos louros.

– Deixa eu olhar pra você, meu amor.

Ele sorria e bocejava, e eu vi que a banguela que existira na parte da frente da sua boca tinha mudado. Havia agora dois fragmentos ósseos desiguais, branquíssimos, aparecendo. Os dentes que teriam de durar para o resto da sua vida.

E havia outras mudanças mais. Ele estava mais alto, seu cabelo talvez ligeiramente mais escuro e eu não reconhecia nenhuma de suas roupas.

– Tudo bem com você? Como foi o vôo? É tão bom te ver, meu amor.

– Não dá pra dormir no avião porque eles vêm a toda hora querendo que você coma um monte de coisas – ele disse, piscando os olhos azuis exaustos. – A gente tem que escolher peixe ou frango.

– Ele está um pouco cansado por causa da diferença de fuso horário, não é, Pat? – disse a garota da British. E me deu um deslumbrante sorriso branco. – Ele é um menino encantador.

Era verdade. Ele era um menino encantador. Inteligente, divertido e bonito. E independente e corajoso também – voando sozinho através do oceano Atlântico. Um garoto formidável.

Meu filho, aos sete anos de idade.

Agradecemos à comissária da British e pegamos um táxi de volta à cidade. Há muitos meses eu não sentia o coração tão leve.

– Tudo bem em Connecticut?

– Legal.

– Você gosta da sua escola nova? Já tem amigos?

– Tá boa.

– Mamãe está bem?

– Ela está bem. – Ele fez uma pausa, franzindo o cenho para o tráfego que se arrastava lentamente em direção à auto-estrada. – Mas ela discute com Richard. Eles tiveram uma briga por causa de Britney.

Então era esse o problema de Gina. Por um momento eu me perguntei quem era Britney. Uma babá boazuda? Uma secretária engraçadinha em busca de amor? Mas Britney não podia ser secretária, Richard não tinha emprego. A Bridle-Worthington tinha furado. Então quem era essa mulher misteriosa?

– Britney vomitou na sala – disse Pat. – Richard ficou muito zangado. Depois Britney fez xixi no tapete indiano. Também teve que fazer uma cirurgia e Richard disse que era nojento Britney ficar mordendo os pontos.

Eu estava pensando que Britney era uma droga duma babá, mas aí me lembrei. É claro. Meu filho tinha um cachorro agora.

Um sorriso vagaroso se espalhou pelo rosto de Pat.

– Adivinha? Ele senta do lado da mesa durante o jantar e fica lambendo o pirulito dele.

Eu levantei as sobrancelhas.

– Richard ou Britney?

Meu filho pensou por um momento.

– Você tá brincando, né, pai?

– Vem aqui, seu...

Ele deslizou no assento e veio para o meu colo. Pude sentir aquele cheiro de Pat que eu conhecia, sentir o seu cansaço. Em poucos minutos ele já estava dormindo um sono pesado.

O motorista do táxi tinha os retratos de três crianças pequenas sobre o painel do carro. Ele olhou para nós pelo retrovisor e sorriu.

– Vocês estão vindo de longe? – ele perguntou.

Eu abracei o meu menino.

– Estamos, sim. Estamos vindo de muito longe.

✦ ✦ ✦

Cyd havia pendurado balões coloridos na porta da frente, o que encheu meu coração de amor e gratidão.

Ela estava à nossa espera, toda sorridente. Enquanto eu pagava o taxista e puxava a mala de Pat pela calçadinha do jardim, ela se agachou e o abraçou. E eu senti como se estivéssemos nos tornando finalmente uma família de verdade.

Peggy estava na sala assistindo a um vídeo da boneca Lucy. Era um filme que eu e Peggy já tínhamos visto, uma versão animada de uma história em quadrinhos em que Lucy Rock and Roll e sua banda de rostos impassíveis viajam no tempo e vão parar nos anos 1950.

– A Lucy Rock and Roll e seus amigos estão loucos para encontrar os garotos na danceteria para um lance legal – disse Peggy. – Apertem os cintos, preparem-se para entrar em ação, porque a contagem regressiva já começou!

Pat sorriu timidamente para a mais antiga de suas amigas.

– Olá, Pat – disse Peggy, com a sua vibrante formalidade de criança da realeza. – E aí, que tal os Estados Unidos?

– É legal – ele disse. – Eu tenho um cachorro. O nome dele é Britney. Ele não pode entrar em casa porque fica lambendo o pirulito na frente de todo mundo.

– Sinto muito decepcioná-lo, Pat – disse Peggy, fungando. – Mas ele não pode ser um cachorro se o nome dele é Britney. Britney é nome de cadela, seu *idiota.*

Pat olhou para mim em busca de ajuda.

– Britney é um cachorro, não é, pai?

Eu pensei em Britney se lambendo na mesa do jantar.

– Eu diria que sim, meu amor.

– Você quer assistir a *Lucy Doll's American Grafitti* comigo? – perguntou Peggy. – A boneca Lucy Rock and Roll vive uma vida mágica nessa grande adaptação do grande clássico.

Cyd e eu sorrimos um para o outro. Cyd deu um leve aperto no meu braço. Ela sabia o quanto isso significava para mim.

Pat olhou para aquela belezinha cor-de-rosa fazendo um passo de ganso *a la* Chuck Berry na tela da TV.

– A Lucy é um saco – ele disse.

– Pat – eu disse.

– A Lucy é um pé no saco.

– *Pat.*

– Eu quero que a boneca Lucy vá à merda.

– Pat, eu estou avisando.

– Lucy que se foda.

E foi daí para baixo.

✦ ✦ ✦

Nunca na vida eu tinha visto a minha mãe tão feliz.

Era mais do que felicidade. Ver o neto outra vez provocou uma espécie de êxtase, de abandono delirante. Minha mãe esqueceu-se de si, perdeu-se em seu neto.

Antes mesmo de eu puxar o freio de mão, ela já havia erguido Pat em seus braços e apertado seu corpo até deixá-lo sem fôlego. Depois segurou-o com os braços estendidos para olhar, admirada, o seu rosto lindo. E balançava a cabeça, incapaz de acreditar que ele estava de volta.

Mesmo que só por uma semana.

Entramos. Havia vários folhetos roxos e cor-de-rosa espalhados em cima da mesa de centro. Sem perda de tempo, minha mãe começou a recolhê-los. Não tão rápido, porém, que eu não pudesse ver alguns dos títulos.

Isto é Para Você. Como Lidar com um Diagnóstico. A Reconstrução do Seio. Amigos da Terapia do Câncer no Seio. A Internação. Zoladex. Taxol. Taxotere. Arimidex. Quimioterapia. Radioterapia.

Eu não entendia metade desses títulos. Mas sabia o que todos significavam.

– Você está bem, mãe? – eu perguntei, a mais inútil de todas as perguntas, mas que eu não podia deixar de perguntar. Porque eu queria muito que ela me dissesse que tudo ia ficar bem, que ela estaria sempre comigo neste mundo.

– Ah, eu estou ótima – ela disse, não querendo criar confusão, tentando a todo custo evitar a autopiedade e o melodrama. – Mandaram-me essas coisas. Não sei como eles esperam que eu leia tudo isso.

Ela juntou os folhetos sobre o câncer e guardou-os numa gaveta.

E bateu a palma das mãos.

– Vou fazer uma boa xícara de chá para os meus dois meninos – ela disse. – Que tal?

– Eu não posso tomar cafeína – disse Pat, pegando no controle remoto da televisão. – Foi a mamãe que falou.

– E eu já tomei alguns *capuccinos* – eu disse. – Minha médica não quer que eu tome mais de três doses de cafeína por dia. É ruim para a pressão, você sabe como é.

– Ah – disse a minha mãe, perplexa. – Tudo bem. Então eu vou fazer para mim, está bem?

Aí Pat e eu nos atiramos sobre o velho sofá, que parecia conhecer todas as curvas do nosso corpo, enquanto minha mãe ia para a cozinha cantarolando *Jolene,* de Dolly Parton, e refletindo sobre aquele estranho mundo novo que proibia seu filho e seu neto de tomar uma boa xícara de chá.

✦ ✦ ✦

Mais tarde fomos ao parque, onde Pat escalou as partes mais altas de um velho trepa-trepa enferrujado. Ele não era mais o menino inseguro de dois anos atrás. Agora era tão destemido quanto um cabrito montês.

Dois garotos maiores escalavam o topo como macaquinhos em roupas das lojas Tommy Hilfiger. Pat parava a cada passo, agarrava-se com força e olhava para eles com adoração. Pat admirava os garotos mais velhos. Eles o ignoravam solenemente.

– É bom tê-lo de volta – eu disse para minha mãe. – Voltamos a parecer uma família de verdade. Especialmente quando estamos com você. Apenas uma família comum em que a gente não precisa pensar muito sobre nada. Onde tudo parece, eu não sei bem, normal. Como você e papai.

Meu pai teria aprovado com alegria a minha ânsia de normalidade. Teria lamentado a morte do velho modelo de família, o aumento da taxa de divórcios e essa geração de crianças criadas sem a presença do pai ou da mãe. Teria dito tudo isso enquanto enrolava um cigarrinho.

Meu pai era cem por cento a favor da normalidade.

Mas minha mãe era feita de outro barro.

– O que é o normal? – ela perguntou. – Seu pai e eu fomos casados durante dez anos até você nascer. Você chama isso de normal? Nós nos sentíamos tudo, menos normais. Nós nos sentíamos como uma aberração.

Os dois garotos maiores pularam do trepa-trepa e correram para os balanços. Pat lhes dirigiu um sorriso da mais pura simpatia.

– Todos os nossos amigos estavam tendo filhos – disse a minha mãe. – Pareciam um bando de coelhos. Sempre tinha alguma amiga com um "pãozinho no forno". Grávida, prenha, embuchada. Mas com a gente não acontecia. – Ela deu um sorriso. – E você nos chama de normais, Harry. Deus me ajude! Nós não nos sentíamos normais, eu garanto.

Eu olhava o meu menino subindo cuidadosamente até o topo do trepa-trepa, o rosto carregado de concentração, as faces coradas pelo frio.

– Não é a isso que me refiro. Nós éramos normais. Você, eu e papai. – E me lembrei do Natal com todas as tias e tios, das férias no camping de Cornwall, do cheiro do assado de sábado enquanto meu pai lavava o carro na entrada da garagem. Lembrei-me das viagens ao Southend, não para ir ao pier ou à praia, mas para assistir às corridas de cães. E de me deitar no banco de trás do nosso carro com as luzes amarelas das estradas de Essex passando sobre a minha cabeça quando voltava da casa da minha avó ou, uma vez por ano, da pantomima no London Palladium, dizendo para a minha mãe que não conseguia dormir, que não estava cansado. *Apenas descanse os olhos*, ela dizia. *Apenas descanse os olhos.* A minha infância teve uma simplicidade, uma qualidade, e eu achava que era tarde demais para o meu filho ter também. – Não se pode ser mais normal do que nós éramos – eu disse.

– Quer dizer que nós nos tornamos normais quando você chegou? Se você não tivesse chegado, nós continuaríamos sendo uma aberração?

– Não sei. Eu só sei que era tudo muito mais natural. De um jeito que não se consegue ser hoje em dia. Pat e Peggy não conversam. Cyd fica brava comigo porque acha que eu estou mimando Pat demais. Eu estou chateado por sentir que ela não está gostando de Pat ficar conosco, e é só por uma semana.

– Por que é que Pat e Peggy não estão se falando?

– Eles tiveram uma briga feia porque Pat chamou a boneca Lucy de piranha de dois dólares. Você sabe como Peggy admira a boneca Lucy.

– Irmãos e irmãs brigam o tempo todo. Eu quase esfaqueei um de meus irmãos.

– É, mas eles não são irmãos, são? Essa é a questão. Nunca vai ser uma coisa normal. Não de verdade. Se as coisas degringolam, o que acontece? A gente nunca mais se vê novamente. Você vai me dizer que é isso o que você chama de normal? Essa não, mãe. Nem você é assim tão cabeça-feita.

Vimos Pat subir até o alto do trepa-trepa. Ele sorriu para nós, exibindo contra o céu azul a sua silhueta, o corpo embrulhado no abrigo acolchoado. Apesar da friagem, havia no ar um cheiro de primavera.

Ele se agarrava firme com ambas as mãos. Fios de cabelo dourado saíam de dentro do gorro de lã que a avó tricotara para ele.

– É que eu não gosto desse negócio de normal – disse minha mãe. – Porque durante anos eu me senti qualquer coisa, menos normal. Ficamos dez anos esperando você. Todo mês era uma nova decepção. Agora multiplique por dez, Harry. Você é bom nessas coisas. Faz a conta.

Um dos tênis de Pat pareceu escorregar, e eu vi a expressão de orgulho em seu rosto se transformar em alarme quando ele, de repente, cambaleou no vazio. Mas logo se recuperou, encaixou o pé e se agarrou nas barras do brinquedo com seus punhos pequeninos.

– Esse negócio de família normal não existe – disse a minha mãe.

✦ ✦ ✦

Gina telefonou.

Era quase meia-noite. As crianças dormiam havia horas – Peggy no quarto dela, Pat num velho sofá no quarto de hóspedes – e Cyd saíra para servir um bufê na inauguração de um desses hotéis modernos que estavam surgindo por toda a cidade. Depois dos insultos à moralidade da boneca Lucy, estávamos todos nos falando novamente, embora com uma polidez forçada que às vezes parecia pior do que o mais irado silêncio. Dei graças a Deus por não ter ninguém por perto quando minha ex-mulher ligou.

– Pat está bem, Harry?

– Está ótimo.

– Você não está deixando ele comer açúcar, está? Nem cafeína? Nem carne?

– Ele não come um hambúrguer desde que morava aqui.

– Eu quero que você o leve para visitar meu pai.

– Seu pai? Levá-lo para ver Glenn?

– Exato. O avô de Pat.

Eu sempre tinha dificuldade de lembrar que Pat tinha dois pares de avós. A mãe de Gina morrera antes do nosso filho nascer e o pai dela, embora ainda estivesse por aí e Pat o visse esporadicamente no passado, nunca fora um avô do tipo tradicional.

Glenn continuava sendo o que sempre fora – um músico cabeludo que nunca conseguiu subir para a primeira divisão. A não ser por uma aparição isolada na *Top of the Pops* na virada dos anos 1960 para os 1970, Glenn passou quase três décadas como assistente de vendas numa loja de guitarras da Denmark Street, tocando *Stairway to Heaven* para adolescentes que lêem revistas de rock. A cada quatro, cinco anos ele aplicava o melhor de sua energia na formação de uma nova banda, para não dizer de uma nova família. Gina e a mãe haviam sido abandonadas muitas encarnações antes. Divergências musicais, provavelmente.

– Eu quero que ele vá ver o meu pai. Quero que ele saiba que tem outro avô. Não era só o seu pai, Harry.

– Está bem. Eu vou levá-lo para ver o Glenn.

– Obrigada.

– E como vão as coisas por aí? Britney ainda está chateando o Richard? Pat me contou tudo. Ele ainda fica lambendo o pinto na hora do jantar? O cachorro, eu quero dizer, não o Richard.

– O cachorro é o menor dos nossos problemas – disse a minha ex-mulher.

✦ ✦ ✦

Meu filho começou a gritar no meio da noite. Eu levantei da cama, sentindo Cyd despertar ao meu lado, e fui vê-lo, pisando com cuidado, pois estava mais dormindo que acordado.

E foi como se ele nunca tivesse ido embora.

Seus longos cabelos louros estavam colados à cabeça por causa do suor. Fiz com que ele se sentasse e dei-lhe um pouco de água, esfregando-lhe as costas do jeito que costumava fazer quando ele era bebê e precisava expelir gases.

– Não dá pra dormir no avião – ele disse, na escuridão, quase dormindo. – É muito difícil, sabe, porque o avião está andando e tem comida o tempo todo e televisão também. Não é difícil, pai?

– É, mas agora está tudo bem, Pat. Está tudo bem agora.

Eu apertei o meu filho e o embalei, sentindo através do pijama de algodão o calor do seu corpo e o movimento ritmado do seu coração, fazendo aumentar dentro de mim todo o amor que eu tinha por ele.

Eram quatro da manhã. A casa toda dormia. Mas eu estava acordado, lembrando-me das palavras de muitos anos atrás.

– Apenas descanse os olhos – eu disse ao meu menino.

dezoito

Peggy observou a multidão que fervilhava em torno da London Eye, a gigantesca roda-gigante.

– Tem gente à beça – ela disse, pegando na minha mão.

Eu olhei para a London Eye lá em cima e depois para o seu rosto preocupado. Sorri e apertei-lhe a mão.

– Logo, logo a gente vai estar lá.

Ela fez um gesto de aprovação e segurou a minha mão com mais força. Às vezes Peggy me dava a mão e eu achava que ia ficar tudo bem.

Ela era tão pequena, tão inteligente, tão sensata, tão confiante e tão bonita que bastava ela segurar a minha mão para eu sentir vontade de protegê-la pelo resto da vida. Eu pegava aquela mãozinha cálida na minha e nada mais importava. Não importavam as visitas esporádicas do inútil do pai. Não importava a polêmica infindável que ela e Pat estavam travando sobre o DVD que iriam ver no início da noite. Nem mesmo o fato de que sua mãe tinha olhos para ela que jamais poderia ter para o meu filho. Peggy pegava a minha mão e uma reação química acontecia dentro de mim. Eu me sentia pai dela.

Lá em cima, a grande roda girava no claro céu de abril. Girava tão devagar que do lugar onde estávamos era difícil dizer se ela estava se movendo. Mas as pessoas continuavam entrando e saindo das cápsulas de aço e vidro, de maneira que alguma coisa estava, com certeza, acontecendo.

A multidão se dirigia vagarosamente ao portão de acesso. Pat corria excitado entre os obstáculos, verificando o nosso progresso. Cyd tinha nas mãos um panfleto sobre a London Eye. Falava de vez em quando – "*Isto* aqui é bem interessante..." – e lia para nós curiosidades sobre os criadores da roda-gigante, sua construção e suas dimensões. Pat circulava e Cyd lia em voz alta, mas Peggy apenas segurava na minha mão enquanto andávamos lentamente.

Peggy era em geral muito mais tranqüila do que Pat, mas não era esse o motivo de estar calada hoje. Meu filho estava aturdido com a algazarra ao redor da London Eye, mas alguma coisa relacionada àquela multidão deixava Peggy amedrontada.

– Nós vamos poder ver o lugar onde moramos, Peggy – eu lhe disse. – E vamos poder ver o Parlamento, os parques e tudo o mais até Docklands.

– E o Big Ben?

– O Big Ben também. – Apertei sua mão uma vez mais. – Tudo vai dar certo, Peggy.

Ela parecia não ter tanta certeza. Pat voltou correndo, ofegante e feliz. Cyd pôs o folheto debaixo de um braço. Com o outro envolveu a minha cintura e encostou a cabeça no meu ombro. Quando virou-se e olhou para mim, nós sorrimos um para o outro, aquele sorriso que a gente só consegue dar quando se ama há muito tempo e que parece conter ao mesmo tempo a pergunta e a resposta.

Feliz?

Graças a você.

Aí a minha mulher bateu no meu braço com o folheto da London Eye.

– Ei, vê se não esquece – ela disse. – O teatro de Peggy na escola é na semana que vem. É muito importante que vocês estejam lá. Eu vou dar umas palmadas em vocês se não forem.

– Não perderíamos a apresentação de Peggy por nada neste mundo.

Eu falava sério. Naquele momento nos sentíamos como se fôssemos realmente uma família. E eu queria que esse sentimento perdurasse.

Estávamos tão perto da roda-gigante que era preciso esticar o pescoço para trás para ver o topo. Dava para ver que ela, definitivamente, se movia.

– Quase lá – disse Pat, ofegante.

Eu segurava a mão de Peggy enquanto a roda seguia girando. Para onde quer que ela olhasse, o mundo adulto se erguia, muito alto, diante dela.

✦ ✦ ✦

– Olá, rapazes – disse o pai de Gina. – Na boa. Tranqüilo. Que tal uma xícara de chá? Gostam de chá de ervas?

Glenn. O outro avô de Pat. Era fácil lembrar-se dele como o infeliz, o inútil do pai da minha ex-mulher, o triste exemplo de homem que tornou suspeitos todos os outros homens, todos capazes de alguma terrível traição. Não era tão fácil, porém, lembrar que ele era avô do meu filho.

Meus pais haviam sido uma parte importante da vida de Pat, a fonte da estabilidade e do amor incondicional durante todos aqueles anos de completa balbúrdia doméstica. Por isso, era difícil para mim ver esse pai caprichoso de Gina como eu via meus pais. Glenn não espelhava a minha idéia de avô. Na minha cabeça, ele estava mais para um hippie velho, ainda capaz de acreditar que o seu peru cansado de guerra é o centro do universo. Se Glenn não estava nem aí para a filha, por que se importaria com o neto?

Mas eu não conseguia detestá-lo, apesar dos estragos que ele causou durante a vida. Nas raras ocasiões em que nos encontramos, esse velho narcisista com suas velhas calças de couro me pareceu uma figura solitária e patética. Todos os grande sonhos, grandes amores e grandes cenas histéricas da sua vida resultaram em um quarto-e-sala alugado em Hadley Wood. Porque Glenn confundia felicidade com hedonismo.

Mas havia nele uma inegável doçura. Eu sabia que ele era um egoísta miserável que sacrificara todas as pessoas que amou na vida por seu peru e sua guitarra, e sabia também que Gina ainda carregava as feridas que ele lhe infligira ao abandonar a casa para começar outra família na maior tranqüilidade.

Enquanto Glenn se virava com as nossas bebidas – os mais simples atos domésticos estavam além de suas forças –, eu me sentei num sofá feito do mesmo couro envelhecido das suas calças. Pat perambulava pelo apartamento. Não havia muito por onde andar, mas para qualquer lugar que olhasse a gente só via música.

Revistas de rock sobre a mesa de centro. Um violão e uma guitarra elétrica apoiados em seus suportes. Um bom aparelho de som com o revestimento das caixas desgastado pelo tempo, aparência que lembrava a do próprio Glenn. Torres reluzentes de CDs. E pilhas imensas de antigos LPs de vinil. Pat pegou um deles.

– O que é isso? – ele perguntou, abanando uma cartolina quadrada na minha frente.

– É um disco, Pat.

– Pra que que serve?

– Toca música.

Ele me olhou, desconfiado.

– É grande demais.

Na capa do álbum que ele segurava, um bonito rapaz em primeiro plano exibia um olhar melancólico. Ao fundo, na penumbra, três rapazes não tão bonitos, com ar indeciso, mais pareciam irmãs feias esperando serem tiradas para dançar.

Glenn voltou para a sala com nossas canecas de chá de camomila.

– Boa escolha, rapaz – disse ele. – É o primeiro álbum do The Doors. Considerado por muitos o melhor álbum de estréia de todos os tempos.

– Não é com Jim Morrison que Pat está curioso, Glenn – eu disse. – É que ele nunca tinha visto um disco.

Glenn quase deixou cair o chá de ervas.

– Fala sério!

Depois ele mergulhou em seu mundo, sentado com Pat no chão do apartamento alugado, peneirando meio século de música ao som de *Break on Through (to the Other Side)*.

Estava tudo lá, de Elvis e Little Richard aos Beatles e Rolling Stones, Jimmy Hendrix e The Who, Pistols e Clash, Smiths e Stone Roses, Nirvana e Strokes, além de todas as ramificações e todas as variantes, do country rock ao *glam*, ao *grunge*, ao *nu-metal*, os grandes, os que foram alguém um dia e – sua grande especialidade – os artistas de um único sucesso. Entre fascinado e perplexo, Pat era guiado por Glenn numa viagem turística à terra encantada do rock and roll.

– *Esses* caras aqui são interessantes – disse Glenn com uma risadinha marota, mostrando uma capa de disco com cinco rapazes com calças psicodélicas fazendo estripulias num parque infantil. – É, isso mesmo, os Trollies. Começaram como uma banda *cover* chamada Trolley Boys. Depois entraram na onda psicodélica como os Trollies. Saíam pelos conjuntos habitacionais com aquela coisa de visão cósmica, sabe como é, Pat? Mais tarde gravaram, com o nome de Maximum Troll, alguns álbuns conceituais bem interessantes mas pouco valorizados. – Glenn estendeu a capa para Pat. – Você reconhece alguém?

Olhei por cima dos ombros deles. E o vi imediatamente – aquela cara de menino cantor drogado, cabelo cortado à Led Zepellin caindo sobre a jaqueta de veludo, olhando maliciosamente para a câmera junto com seus parceiros. O Glenn de trinta anos atrás, quando Gina era bebê, mais próximo do que jamais esteve de ver seus sonhos se realizarem.

– Este aqui é o seu avô, Pat – eu falei, resistindo ao ímpeto de dizer “o seu outro avô”. – Ele apareceu uma vez no programa *Top of the Pops*, não foi, Glenn?

Pat ficou boquiaberto.

– *Você* apareceu no *Top Pops?*

Ele sempre chamou de *Top Pops*. Eu desisti de tentar corrigi-lo. De todo modo, eu gostava um pouco desse erro.

– Com essa mesma formação. Ah, com exceção de Chalky Brown na bateria. Na época que fizemos *Roundhouse Lady*, o baterista era Sniffer Penge.

Pat estava encantado. Ele nunca imaginara que seu avô transviado fosse capaz de tanta glória. E Glenn parecia despretensiosamente feliz, talvez mais feliz do que eu jamais o havia visto.

Meu pai detestava falar do seu passado – a pobreza do East End, o serviço militar numa brigada naval que organizava o desembarque de tropas em praias, a morte e a ruína na Segunda Guerra, os amigos de 19 anos que não voltaram para casa. Mas Glenn não tinha esse tipo de sentimento em relação ao passado – sua grande apresentação como Trolley Boys, com Pete Townshend e Roger Daltry na platéia, seu estouro nas paradas com *Roundhouse Lady*, seu giro pelo país com o Maximum Troll para gravar um álbum duplo. Glenn mal conseguia parar de falar.

E pela primeira vez eu vi que Glenn era tão avô de Pat quanto o meu próprio pai.

Era com certeza uma versão alternativa de masculinidade, aquela que o pai de Gina apresentava. Em vez do soldado, pai e marido que o meu pai havia sido, Glenn era músico, livre e artista.

✦ ✦ ✦

Saímos atrasados da casa de Glenn.

Os dois ficaram tão envolvidos falando de música – ou Glenn falando de música enquando Pat olhava admirado, dizendo de vez em quando "*Você* apareceu mesmo no *Top Pops*, vovô?" – que entramos em nosso carro já em plena hora do rush.

Avançávamos lentamente pela Finchley Road, rumo ao sul, quando resolvemos estacionar, fugir um pouco daquele tráfego e comer alguma coisa. Tínhamos um importante compromisso naquela noite – a apresentação de teatro de Peggy –, mas restava ainda bastante tempo.

Pelo menos parecia que sim.

Havia um pequeno restaurante japonês em Camden Town. Graças à sua mãe, Pat era expert em comida japonesa, um craque com os pauzinhos capaz de comer sashimi e *tempura* como qualquer garoto de sete anos devora um hambúrguer. Só depois que estávamos lá dentro descobrimos que era um restaurante *tepanyaki*, que prepara a comida ao vivo para grupos de oito pessoas. A coisa ali era mais para teatro do que para restaurante.

As mesas ficavam dispostas ao redor de grandes grelhas metálicas, deixando espaço suficiente para o *chef* fazer o seu trabalho. Os cozinheiros desfilavam pelo restaurante como caubóis culinários, as pernas arqueadas como se estivessem chegando de dez dias de viagem montados a cavalo, grandes chapéus brancos pendurados atrás da cabeça e enormes facas enfiadas em coldres pendentes ao lado do avental.

Os *chefs* não se limitavam a cozinhar, eles davam um verdadeiro show. Podia-se vê-los por todo o restaurante, em meio ao chiado das grelhas, cortando camarões, carnes e vegetais e misturando-os ao arroz, atirando cinematograficamente para o ar os potes de tempero e ervas para pegá-los atrás das costas. Tudo isso executado numa velocidade alucinante, como Tom Cruise em *Coquetel*, com a diferença de que eles usavam facas imensas.

Mas o nosso show levou séculos para começar, porque tivemos de esperar a nossa mesa se encher de fregueses. Eu olhava o relógio, calculando a hora em que precisávamos sair dali para chegar a tempo de assistir à apresentação de Peggy. Quando a nossa mesa se encheu finalmente, fomos saudados por um jovem *chef* filipino que sacou melodramaticamente o seu facão e começou a atirar alimentos para o ar. Ele devia ser novo, porque deixava escapar coisas – um crustáceo genioso quase arrancou o olho de um turista alemão –, mas Pat deu um sorriso encorajador. O tempo foi passando e Pat pedindo mais comida jogada no ar, picada na faca e passada na grelha.

– A gente realmente precisa ir andando, Pat – eu disse, sabendo que não tinha coragem de acabar com a brincadeira.

O jovem cozinheiro *tepanyaki* jogou um pote de canela para o alto e por pouco, muito pouco mesmo, não conseguiu pegá-lo. Meio sem entusiasmo, eu me juntei aos presentes num caloroso aplauso.

– Eu estou com muita fome – disse Pat, com os olhos faiscando de assombro.

✦ ✦ ✦

Qual era o problema entre a minha família e o teatro?

Pat estava com o estômago embrulhado quando chegamos à escola.

– Eu falei para você não comer aquele terceiro prato de lulas – eu disse.

A peça já havia começado. Por todo o auditório, pais orgulhosos filmavam uma celebração multicultural da diversidade chamada *O ovo*. O que é que isso tinha a ver com a Páscoa? Quase nada.

Crianças representando as religiões do mundo se reuniam num estábulo onde uma pomba da paz de papel machê acabara de nascer. Num pequeno palco estavam um menino vestido com um lençol branco e uma boina preta, possivelmente representando um sacerdote xintoísta, uma menina com uma toalha de praia alaranjada e uma touca de natação cor-de-rosa na cabeça, para simular calvície, que decididamente devia ser um monge budista, e uma criança de sexo indeterminado com uma barba de lã e sandálias, que devia representar o islã, o judaísmo ou ambos.

E tinha Peggy, com os braços e as pernas enfiados num velho edredom e um cachecol em volta da cabeça, provavelmente representando a Virgem Maria.

Eu consegui ver Cyd no meio de uma fila de cadeiras, com dois assentos vazios ao seu lado. Agarrei a mão de Pat e começamos a abrir caminho, passo a passo, na direção dela. Pais orgulhosos com suas câmeras digitais urravam de dor e exprimiam a sua revolta quando pisávamos em seus pés e acertávamos seus joelhos.

– Desculpe, desculpe – eu sussurrava, enquanto Pat se lamuriava e gemia com a mão no estômago. No palco, a peça chegava ao clímax.

– O-que-é-esta-estranha-criatura? – perguntou o sacerdote xintoísta.

– De-onde-ela-veio? – perguntou o monge budista.

– O-que-ela-significa-para-os-povos-do-mundo? – perguntou a criança com a barba de lã.

– Onde foi que vocês andaram? – perguntou a minha mulher.

– Shh! – estrilou um dos pais com uma câmera na mão.

– Sinto muito. Eu não pude arrancá-lo da casa do Glenn.

– Glenn? Aquele velho punk nojento?

– E depois ficamos encalhados num restaurante *tepanyaki*.

– Shh!

Voltamos a nossa atenção para o palco.

Cyd sibilou pelo canto da boca.

– Você sabia que era a noite especial de Peggy. Você sabia.

– VOCÊS QUEREM PARAR DE CONVERSAR, POR FAVOR? – disse uma vovó na fila imediatamente atrás da nossa.

Pat abriu a boca, inclinou-se para a frente e, silenciosamente, começou a ter engulhos.

No palco, todos olhavam para Peggy. O monge budista de toalha laranja e touca de natação. O sacerdote xintoísta de lençol branco e boina preta. O velho de barba de lã e sandálias. Todos esperando que Peggy fizesse a sua fala.

– *O-que-ela-significa-para-os-povos-do-mundo?* – repetiu o velho.

– Você é tão egoísta – Cyd me fuzilou, não se importando em falar para todo mundo ouvir. – Você só se importa com o seu filho. Ninguém mais significa nada para você.

– VOCÊS QUEREM FAZER O FAVOR...

Cyd se virou no assento.

– Muda o disco, vovó.

Peggy ficou parada, olhando para a platéia, como se esperasse uma deixa. Sua boca se abriu mas não soltou nem uma palavra. Ao contrário de Pat, que escolheu esse exato momento para vomitar calculadamente no meu colo.

Ouviu-se então a voz de uma professora piedosa nos bastidores.

– Este pássaro significa que todas as pessoas devem viver como uma só e...

– E se amar umas às outras – murmuraram os atores no palco, reunindo-se em volta da pomba de papelão. Menos Peggy, que olhava para a sua mãe, suplicante. Enquanto eu limpava Pat e a mim mesmo com um lenço de papel solitário, Peggy caminhou até a beira do palco com o cachecol se soltando de sua cabeça.

Eu a alertei, mas era tarde demais. Ela ergueu as mãos para proteger os olhos das luzes da ribalta e, para horror da platéia, despencou de cima do palco.

– Eu nunca vou perdoar você por isso – disse Cyd.

✦ ✦ ✦

Ninguém se feriu seriamente.

A queda de Peggy foi amortecida por um grupo de alunos do primeiro ano sentados na primeira fila. Pat sentiu-se melhor logo depois de vomitar a sua lula *tepanyaki.* Orgulhosos e felizes, os pais e avós puderam desfrutar os seus chás, seus biscoitos e suas análises do show. Mas Cyd e eu resolvemos não ficar para o social.

Assim que Pat se limpou e as lágrimas de Peggy secaram, nos desculpamos outra vez com os alunos do primeiro ano, seus pais e professores e nos dirigimos ao estacionamento. Eu e minha mulher tivemos quase de arrastar as crianças para fora dali.

– Você não está nem aí, não é? – disse Cyd. – Quando uma coisa não tem a ver com você e Pat, você não dá a mínima.

– Não é verdade.

– Foi a lula que fez isso – desculpou-se Pat, como um bêbado incurável que põe a culpa num gole mal dado.

– Vamos direto pra casa – eu disse, embora a perspectiva de uma noite no lar com a minha família mesclada me enchesse de angústia.

– Nada disso teria acontecido se você estivesse aqui – reclamou Cyd, com os olhos marejados. – Se você tivesse se interessado em estar aqui.

– Harry? – chamou uma vozinha ao meu lado.

– Sim, Peggy?

Eu me curvei para ouvi-la.

Ela sussurrou em meu ouvido.

– Eu te odeio, Harry.

Uma senhora com uma câmera pendurada no pescoço sorriu para nós.

– Mas que família tão linda – disse ela.

dezenove

Deitamo-nos no escuro, sem nos tocarmos, esperando o sono, ainda muito distante, chegar.

– Você o mima demais – ela disse. Mas sem despeito. Foi quase delicado o modo como ela falou. – Se você não o mimasse tanto, essas coisas não aconteceriam.

– Alguém tem de mimá-lo. Quem mais iria fazê-lo? Você?

– Ele não tinha nenhuma necessidade de ficar tanto tempo com o avô.

– Eles não se viam há séculos. E nem sei quando vão poder se ver novamente. Eles estavam se divertindo.

– Eu queria que vocês dois estivessem lá esta noite. Por Peggy. E por mim.

– Você não o quer por aqui. Ele só está conosco há uma semana. Não mais que uma semana. E é demais para você.

– Não é verdade. E não é justo.

– Você sabe por que foi que eu me casei? Você faz idéia, Cyd? Eu me casei para que o meu filho tivesse uma família. Não é engraçado? Não é a coisa mais engraçada do mundo? Que grande família a gente virou.

Ela não disse nada de imediato, como se estivesse pensando no que eu falei. Depois observou:

– Eu achava que você tinha se casado porque queria uma família, Harry. Você. Uma família para você. Não uma família para Pat.

– Uma mísera semana, nada mais. E é demais para você.

Ficamos um tempo em silêncio. Já havíamos falado demais. Depois de um tempo, eu achei que ela estava dormindo.

Mas não estava.

– Nós éramos loucos um pelo outro. Não faz muito tempo. Queríamos dar tanto um ao outro. Lembra-se disso, Harry? Eu não sei o que está acontecendo conosco. Nós éramos felizes juntos.

Achei que ela ia me abrir os braços, me tocar. Mas não tocou. Tampouco eu a toquei. Apenas ficamos ali na escuridão, minha mulher e eu, perguntado-nos como as coisas podiam ter chegado a esse ponto.

– Às vezes eu me pergunto por que foi que você se casou comigo – eu disse.

Era verdade. O sexo era bom, eu sabia, podíamos falar um com o outro e na maior parte dos dias era uma felicidade tê-la por perto. Mas e daí? Ela podia ter ficado com um outro qualquer. De todos os caras do mundo, por que é que ela foi escolher justamente a mim?

– Eu me apaixonei por você – ela disse.

– Mas por quê? É isso o que eu não entendo, Cyd. Sério. Apaixonar-se não explica tudo. Se você tivesse olhado ao seu redor poderia ter arranjado um cara mais rico, com um pau maior e uma personalidade mais agradável.

– Eu não queria outra pessoa. Eu queria você.

– Mas por quê?

– Porque você é um bom pai.

✦ ✦ ✦

No jardim da velha casa havia um clima de genuína excitação.

Estávamos excitados porque Pat voltaria para os Estados Unidos na manhã seguinte e eu e minha mãe queríamos desesperadamente fazer de cada hora um momento especial.

Estávamos excitados porque era o primeiro dia realmente quente do ano e eu havia estendido sobre todo o quintal um grande plástico, que minha mãe molhou até ficar escorregadio como uma pista de patinação no gelo.

Mas o principal motivo dessa excitação era a presença de um convidado muito especial.

Bernie Cooper estava conosco.

Quando ouvi os dois tagarelando alegremente escada acima, para vestir os calções de banho, eu percebi que deveria ter combinado esse encontro uma semana antes. Bernie Cooper e Pat deviam ter tido a chance de passar mais do que um dia juntos. Mas eu estava tão ansioso para que Pat visse minha mãe, Cyd e Peggy, e até o velho Glenn, que quase me esqueci de reservar um tempo para que ele visse quem mais queria ver. Então, na véspera do último dia, eu telefonei para os pais de Bernie e pedi que me deixassem levá-lo à casa de minha mãe. Íamos ver um filme, dar uma volta no parque e comer uma pizza. Mas o sol surgiu como se já fosse verão, e os dois garotos não saíram do quintal da minha mãe.

Eles passaram aquela longa tarde quente escorregando sobre o plástico encharcado. Bernie era tão moreno quanto Pat era louro. Era destemido onde Pat era cauteloso. Deslizava de barriga, arremessando-se sobre o plástico em direção às roseiras. E barulhento onde Pat era silencioso. Eram tão diferentes, mas se entendiam perfeitamente.

Minha mãe e eu ficamos horas assistindo àqueles fiapos de braços e pernas deslizarem pelo quintal. De vez em quando ela se levantava para molhar o plástico com a mangueira. E lhes dizia para terem cuidado quando caíam no chão ao correr pela grama molhada. Ela ria sozinha enquanto os meninos quase estouravam de rir, Bernie Cooper e Pat, aos sete anos, num dia que, se dependesse deles, duraria o resto de suas vidas.

Eu sabia que o meu filho teria outros amigos. Em Connecticut. No seu novo bairro. No curso colegial. Na universidade. Ele era um menino simpático, iria sempre fazer novos amigos. Talvez não tão bons quanto aquele, talvez jamais tão bons quanto Bernie Cooper, mas ainda assim verdadeiros amigos. Não importa o quanto fosse doer, Bernie teria de deixá-lo partir.

E eu também.

✦ ✦ ✦

Minha mãe foi conosco ao aeroporto.

Pat deu-lhe a mão quando saímos do Heathrow Express em meio a um enxame de turistas e executivos. Era quase como se ele é que estivesse tomando conta dela, e não o contrário. Quando foi que houve essa mudança? Quando foi que a minha mãe envelheceu?

Fomos até o balcão da British Airways e entregamos Pat a uma comissária sorridente. Ela pareceu verdadeiramente feliz. As pessoas eram assim com Pat. Sempre ficavam felizes em vê-lo. Uma criança fácil de se gostar.

Agachei-me ao seu lado no portão de embarque e beijei-o no rosto dizendo-lhe que logo, logo voltaríamos a nos ver. Ele assentiu movendo a cabeça, lacônico. Não sentia medo, nem estava triste. Mas parecia muito distante, como se já estivesse de volta à sua outra vida.

Minha mãe deu-lhe um abraço que o deixou sem fôlego. Foi só quando a jovem da British Airways pegou a sua mão que o meu filho pareceu preocupado.

– É uma viagem comprida – ele disse. – Vai levar a noite inteira pra chegar lá.

– Apenas descanse os olhos – disse minha mãe.

Eu me lembrei do dia em que levei Pat para ver o avô no hospital. Meu pai estava próximo do fim, logo não estaria mais respirando e por isso eu achei que ele e meu filho deviam se ver pela última vez. A perda de nossos avós, eu pensei, costuma ser a primeira vez que percebemos que a vida é uma série de despedidas.

Quando meu filho deu a mão à comissária, eu me perguntei se minha mãe e Pat iriam se ver outra vez algum dia.

✦ ✦ ✦

– Você sabe, Harry, que a emissora tem a maior consideração por Eamon Fish – disse-me Barry Twist no hall do restaurante Merry Leper.

Aquilo cheirava a problema.

– Ele é original. Impetuoso. Muito moderno – despejou Barry. – Ele é quente. É abusado. As pesquisas dizem que é o comediante preferido dos homens das classes A, B, e C na faixa de 18 a 30 anos.

– Você esperou Eamon ir para a Irlanda para me dizer essas coisas?

Eamon estava descansando. Eu o imaginava numa fazenda em County Kerry. Fazia três semanas que estava lá, onde as montanhas se encontram com o mar e onde ele não tinha nenhuma chance de se encontrar com seu fornecedor de cocaína.

O garçom chegou.

– Uma taça de champanhe. Duas, Harry? Duas. E uns tira-gostos. Amendoim, biscoitinho, batata frita.

– Para mim, nada.

Essas coisas têm sal demais. Veneno para a pressão arterial. Agora, eu tinha de me preocupar com essas coisas de velho. E em não perder meu emprego. Eu tinha de me preocupar com isso também.

– Nós queremos voltar – eu disse, agora falando como produtor. – Eamon Fish é o mais importante comediante da sua geração. Mantê-lo fora do ar é um crime contra a televisão.

– As coisas não são assim tão simples – disse Barry Twist.

– Por que não?

– Bem, nossas pesquisas mostram também que a maioria dos homens das classes A e B entre 20 e 40 anos na região sudeste estão muito satisfeitos com o fato de Eamon ter ido – como eu diria – descansar. O entusiasmo dos patrocinadores também já não é tão grande. Os Seis Grandes – cervejas, carros, refrigerantes, material esportivo, cosméticos e setor financeiro – não querem identificar sua imagem com a de uma pessoa que até recentemente estava com... estafa.

– O que exatamente você quer dizer?

– Pó. Neve. Branquinha. Ela mudou a imagem de Eamon, meu rapaz. Eamon era um garoto irlandês cativante, aficcionado por garotas do tempo. Mas já não é mais tão cativante. E nem tão quente.

Barry jogou um papel em cima da mesa.

– Você viu o que saiu no *Trumpet?* Evelyn Blunt falando sobre Eamon Fish. Na verdade, é um artigo sobre "a morte da nova comédia".

– Evelyn Blunt é um bundão. Um picareta amargo e perverso que odeia o mundo porque nunca teve sucesso como... o que é mesmo que ele queria ser? Romancista? Ser humano?

– Eu gosto muito do Evelyn Blunt. Ele é petulante, irreverente, polêmico.

Ele ia catando salgadinhos na tigela.

– Um bêbado diante de um computador pode ter seus 15 minutos de fama e faturar milhões sendo petulante, irreverente e polêmico.

– Milhões? É mesmo? Nada mau. Quero dizer, aquela coluna dele não vai levá-lo muito longe, vai?

– Ele sempre fez questão de criticar o Eamon. Por pura inveja. O que foi que esse nojento desse gordo seboso escreveu desta vez?

Barry Twist tirou os farelos dos dedos e pôs os óculos de leitura.

– *Para uma geração de comediantes cujas carreiras progridem mais devagar do que suas carecas...*

– Essa é boa. Como se Evelyn Blunt fosse um galã. Os caras mais feios são os que mais falam mal da aparência física dos outros.

– *...Eamon Fish foi o cartão-postal da moderna comédia solo. Mas agora ele está "descansando". Sua navalha está sem fio. E a rapaziada dos programas noturnos de microfone aberto não está conseguindo segurar a onda como nos anos 1990.* – Aí ele se torna mais pessoal. Título – *Fisshhh, sua batata está assando...*

– Quem pode pode – eu disse. – Quem não pode vira crítico engraçadinho.

– Como está o nosso amigo? Se cuidando? Relaxando?

– Louco para voltar a trabalhar. Louco para voltar ao seu programa.

– O programa. – Os olhos de Barry viajaram pelo Merry Leper. Ele acenou sem muita convicção para alguém que conhecia. – É claro, é claro.

– Algum problema?

– Nenhum problema. Apenas uma pequena mudança de planos.

A frase ficou no ar.

– Você vai rifar o *Sextas com Fish?*

Barry riu só de ouvir essa idéia.

– Não, não, não, não, não – ele disse. Aí me olhou meio envergonhado. – Sim.

– Puta que pariu, Barry. Esse programa é a vida de Eamon.

E meu ganha-pão também, pensei. Pensei no dinheiro que mandava para Gina todo mês, o dinheiro de Pat, pensei nas contas em casa e me perguntei o que faria se o nosso programa fosse para o beleléu. Talvez Marty Mann estivesse certo. Eu fui burro em apostar tudo numa pessoa só. Quando alguma coisa dá errado, como é que você fica? A monogamia destrói o seu maldito coração.

– Nós ainda queremos continuar com Eamon. Mas depois dos recentes acontecimentos relacionados com aquele narizinho voraz que ele tem, nós não achamos mais que Eamon deva fazer programas de entrevistas. Nós agora o vemos mais... nas ruas. Mais voltado para... os jovens. Puxando para o drama, por assim dizer. Lidando com a realidade, essas coisas. Queremos que ele apresente um novo programa, *Mundo cão.*

– Que diabos é esse *Mundo cão*, quero dizer, quando não está latindo?

– Bem, queremos que ele o co-apresente, na verdade. Com Hermione Gates.

– Aquela maluca tatuada que vive mostrando a calcinha nas festas de lançamento?

Barry assentiu entusiasticamente.

– É ela, a Hermione. Ela não é o máximo? Moderninha. Fogosa. Cheia de gás. – Ele coçava o queixo, pensativo. – Ela bem que gosta de mostrar as calcinhas, não é?

– E o *Mundo cão*, o que é isso? Alguma mistura amalucada de papo-furado e música ruim para estudantes que voltam bêbados do bar da escola a fim de uma hora de vulgaridades antes de cair em estado de total estupor?

– Essa é a idéia geral – disse Barry. – É da Mad Mann Productions. Do seu velho amigo Marty Mann. A estrela deles está em alta, Harry. Marty vai ter um monte de programas no ar nesta temporada. Esse negócio de *reality show*, *Seis estudantes invocados num apartamento*, voltou com toda a força. Ele está também com um novo programa de encontros chamado *Cadê as minhas calças, cara?* e com aquele programa de perguntas, *Sinto muito, eu sou um completo idiota*. Marty vai fazer também a nossa nova revista cultural noturna *Arte? Ai meu saco!*.

– Largue o meu saco? Que nome é esse?

– Não é *Largue o meu saco*. É *Arte? Ai Meu Saco!*, Harry. *Arte? Ai Meu Saco!* É irreverente, avançado, atual.

Ele viu a expressão do meu rosto.

– Pergunta para ele o que ele acha, está bem? O assunto do *Mundo cão*. O tempo não pára, Harry. Eu sei que rapazes como Eamon e você imaginam que a TV pode ficar a vida inteira esperando. Mas as coisas não são assim. O mundo segue girando. Caras novas aparecem todo dia. A televisão é uma boa amante, mas é uma má esposa.

Eu estava prestes a me lançar na defesa de Eamon – ele havia melhorado muito a sua performance e era bom demais para apresentar lixo noturno criado para agradar a bêbados imbecis – quando por cima do ombro de Barry eu vi Cyd entrar no Merry Leper. E ela não estava só.

Luke Moore pusera seu braço senhorial em volta da cintura da minha mulher para conduzi-la até o bar e depois ao salão do restaurante. Havia nela qualquer coisa de diferente, eu pensei. E aí eu percebi.

Ela parecia feliz.

Senti uma pontada de dor ao lembrar que ela costumava parecer assim quando estava ao meu lado. Aquela mistura de orgulho e felicidade que a gente sente quando encontra a pessoa que procurava. E de repente eu descobri que não me casara com ela apenas por causa do meu filho. Eu me casara com Cyd porque era louco por ela. Porque a amava.

O agente da emissora de TV reprimiu um bocejo.

– O mundo moderno é assim – ele disse. – Cedo ou tarde, todo mundo acaba sendo rifado.

✦✦✦

Quando cheguei em casa, Sally dormia no sofá.

Cabelo louro pintado, calça *jeans* larga e um discreto *piercing* no umbigo logo abaixo da camiseta curtinha. A garota que estava sempre por perto. O que tornava Sally ligeiramente diferente da babá comum era que o seu próprio bebê dormia no tapete, em frente à lareira.

Precious dormia de barriga para cima com um pijaminha da loja Gap Kid, os braços erguidos até a altura das orelhas como um levantador de peso categoria meio-quilo. Era muito maior do que eu me lembrava, mas o fato é que ela já devia estar com uns dois anos. E percebi que logo, logo eu ia ficar igualzinho a um daqueles velhos que me chateavam o tempo todo quando eu era pequeno, dizendo *olha só como você está crescendo!* E a garota iria pensar: lá vem o chato do tio Harry.

Sally acordou, esfregando os olhos e sorrindo.

– Peggy já foi dormir – ela disse. – Fica silencioso aqui sem o Pat.

– Como é que você consegue, Sally?

Ela pegou nos braços a filha que dormia e começou a afagar o cabelinho dela.

– Como é que eu consigo o quê?

– Precious. Criá-la sozinha. Como você consegue?

– Bem, meus pais são ótimos. Como a sua mãe com o Pat. Você não cuidou de Pat sozinho durante um tempo? Você sabe como é. Não é tão ruim.

– Eu cuidei dele por algum tempo. Mas você vai fazer isso a vida inteira. Deve ser difícil sem o... qual é mesmo o nome dele? Steve? ...fazendo a parte dele.

– Prefiro me virar sozinha do que contar com o inútil do Steve – disse Sally, embalando Precious em seus braços. – Aquele imprestável do pai dela. Mãe solteira não presta contas a ninguém. Sabe do que eu gosto nisso, Harry? – Ela beijou a cabecinha de Precious. – Não tem complicação. Sem encrencas. Sem ficar discutindo quem faz o quê. Só eu e minha menina.

Eu me lembrei da época em que eu e Pat tivemos de nos virar sozinhos, depois que Gina foi para o Japão se encontrar, recuperar sua vida, e antes de eu e Cyd começarmos. Apesar de toda a ajuda dos meus pais, eu às vezes me sentia como a última linha de defesa entre meu filho e toda a escuridão do mundo. Sentia-me solitário e assustado. Mas eu me lembrava de tudo isso como uma época feliz da minha vida. Pat e eu juntos, só nós dois – de certa forma eu sentia saudade daquela época.

Porque Sally estava certa.

Não tinha complicação.

✦ ✦ ✦

Eu estava tomando banho quando Cyd chegou em casa.

Ela meteu a cabeça pela cortina do chuveiro e me deu um sorriso apatetado.

– Tem lugar para mais um?

Dava a impressão de ter tomado um ou dois drinques. Eu pensei em minha mulher com Luke Moore no Merry Leper. Por que ela não me havia dito que ia se encontrar com aquele escroto? O que é que ela estava tentando esconder de mim?

Eu a ouvi cantarolar enquanto tirava a roupa. Ela parecia alegre e brincalhona, uma mulher ligeiramente bêbada voltando para o marido, em casa, com a consciência tranqüila. Virei a cabeça na direção do chuveiro e deixei a água quente bater no meu rosto.

Cyd se juntou a mim, pressionando o seu corpo esguio contra o meu. Minha resposta foi imediata. Era impossível negá-lo. Eu ainda tinha um tesão louco por ela.

– Ui, ui, ui – ela disse. Ela estava mesmo muito alegre, cara. – Isso é só alegria por me ver ou é de fato uma enorme ereção? Vamos lá, me dá esse sabonete.

Ela pegou o sabonete e começou a ensaboar as pernas. Aí voltou sua atenção para mim e ensaboou as minhas costas de um modo mais diligente do que sensual – trabalho de mulher acostumada a dar banho em criança –, mas eu fiquei logo excitado. Virei-me de frente para ela e vi os seus olhos redondos semicerrados para se proteger da água e o cabelo negro colado nos ombros.

– No chuveiro – ela riu. – Há séculos nós não fazemos isso, não é?

– Como foi a sua noite?

– Foi boa.

– Desculpe, com quem você disse que estaria?

– Ora, com aquelas duas moças que servem bufê para umas empresas grandes. Tomamos uns drinques e comemos qualquer coisa no Merry Leper. Foi tudo bem com Pat?

– Duas mulheres, é?

Ela fechou os olhos e gemeu, apertando-me como um freio de mão prestes a ser solto.

Eu me afastei, puxei a cortina do chuveiro para o lado e peguei a toalha mais à mão.

– O que é, Harry?

Eu me enxugava com fúria, cheio de sabão nas costas, olhando o rosto molhado e atônito da minha mulher. Tudo o que eu queria era não desejá-la tanto. Era que estivesse tudo acabado, para não ter mais esse sentimento.

– Aqui não tem lugar suficiente pra mim – eu lhe disse, jogando a toalha no cesto de roupa suja e deixando-a sozinha no chuveiro.

E descobri que a nossa união era muito parecida com a London Eye, a roda-gigante da margem esquerda do Tâmisa.

Mesmo quando tudo parecia estar totalmente imóvel, quando parecia que nada estava acontecendo, ela estava lá, na escuridão, girando, girando, o tempo todo em movimento.

vinte

— Simplifique – disse Eamon. – É a primeira coisa que te dizem no jardim-de-infância. Esse negócio de ficar por aí trepando e inventando mil coisas pra fazer não faz nada bem. Se você quer ficar numa boa, tem de simplificar, Harry.

À nossa frente a terra se estendia como um cartão-postal de Count Kerry. Um tranqüilo lago prateado era o único acidente em quilômetros de altas pradarias que se estendiam até onde as rochas íngremes se encontravam com o mar. Aquele mar parecia imenso, como se chegasse até o fim do mundo e não só até à América.

Eamon me alertara para os turistas que infestam sua pátria buscando diversão nos pubs, um pouco de misticismo celta nas esquinas e garotas bonitas como as da banda The Corrs em todas as pousadas. Mas o único sinal de vida que eu vi em toda essa paisagem áspera e desértica foi um comediante que engordara alguns quilos desde a última vez que eu o vira.

– Eles querem rifar o programa, Eamon. Eu sei que não é a melhor hora para te dizer isso, mas não posso fazer nada. Eles ficaram assustados com esse negócio da droga. Se você tivesse simplesmente tomado um porre seria diferente. Eles diriam que foi uma asneira de garotão. Eles acham bebedeira engraçada. Até ficaria bem para os anunciantes de bebidas. Mas droga é outra coisa.

– Eu estou fora? Assim? Sem chance?

– Eles não vão renovar o contrato de *Sextas com Fish*. Querem que você seja co-apresentador de um jardim zoológico da madrugada. *Mundo cão* é o nome. Você e Hermione Gates.

– Aquela que mostra a calcinha a toda hora?

– A própria.

Ele ficou pensativo. Senti o cheiro doce da relva esmagada pelas minhas botinas Timberland novinhas em folha.

– E você, Harry? Você vem comigo? Eu não faço programa nenhum se você não continuar.

Fiquei sensibilizado por Eamon pensar em mim. Mas não passou pela minha cabeça que os criadores de um programa diferente e atrevido como *Mundo cão* quisessem um produtor quadrado e careta como eu. Imaginei que eles iriam preferir um desses jovens produtores que usam os *jeans* tão lá embaixo que dá pra ver o *piercing* pendurado no saco.

– Não se preocupe comigo. – Eu pensei no dinheiro que mandava para Gina e Pat e no dinheiro que eu e Cyd precisávamos para pagar a hipoteca. – Eu me viro.

Caminhamos até uma parte mais baixa e sombreada do terreno e depois encontramos a luz do sol numa pequena colina. Ao longe, pouco antes das samambaias darem lugar às pedras junto ao mar, havia uma pequena casa de fazenda. Ninguém devia morar ali desde a Grande Fome, que matou, em 1845, mais de um milhão de irlandeses por causa da quebra da safra de batatas. Mas a construção passou a funcionar como uma autêntica casa de campo desde a época em que a Irlanda deixou de ser um lugar terrível de onde as pessoas fugiam para se tornar um lugar agradável para se visitar. Esta fora a casa de Eamon durante todo o último mês. E dela agora se aproximava um táxi, em meio à ventania que varria a estrada da península.

– Deve ser ele – disse Eamon. – Evelyn Blunt.

Observamos o táxi.

– Você tem certeza de que está a fim de fazer isso, Eamon? Você não tem de falar com esse cara.

– Eu confio no Blunt como confio no meu taco.

– Tanto assim?

– Ele já me chamou de tudo o que é porcaria neste mundo. O que mais ele pode me fazer de ruim?

Essa entrevista era mais uma das brilhantes idéias de Barry Twist. Twist acreditava que o público adora pecadores que acabam reconhecendo seus erros. As pessoas perdoariam qualquer coisa, calculava Barry, desde que você passasse a impressão de que nunca gostou daquilo desde o começo. Não bastava a pessoa abandonar o vício, ela tinha de mostrar que abandonara. O mundo gosta da expiação pública.

Evelyn Blunt, durante tanto tempo a pena que destilou veneno sobre Eamon, fora convidado para fazer a entrevista porque o jornal dele era considerado influente – isto é, era lido por gente da mídia, por formadores de opinião que decidiriam se a sua volta era ou não um sucesso –, ao mesmo tempo em que ele próprio vinha escrevendo ultimamente artigos mais longos e ponderados na tentativa de levar de sua verborragia despeitada e destrutiva para algo mais parecido com o autêntico ensaio. Blunt fracassara como apresentador de TV, como romancista e como apresentador de rádio. Era inevitável que cedo ou tarde tentasse ser jornalista.

Descemos a colina até à casa, enquanto o táxi deixava os passageiros ao lado do meu carro alugado. Blunt saiu e olhou para aquele esplendor selvagem com a sua cara azeda e amarrotada. Tinha um aspecto suarento, como se ainda estivesse no processo de regeneração do alcoólatra que fora em sua juventude depravada. Ele não vinha só. Havia uma moça também. A fotógrafa.

Não deu para ver o seu rosto enquanto o taxista retirava da mala do carro as bolsas de nylon com as lâmpadas, os filmes e o tripé. Aí ela se aprumou e olhou para a paisagem puxando o véu de cabelo negro de cima do rosto. E eu a vi.

Kazumi.

Agora estávamos na casa. Blunt cumprimentou Eamon apertando a sua mão como se não estivesse usando o meu amigo como saco de pancadas nos últimos dois anos. Kazumi e eu ficamos olhando um para o outro. Aí ela fez um gesto com a cabeça na direção do oceano.

– Olha.

Muitos quilômetros mar adentro, uma tempestade se aproximava. Enormes nuvens negras avançavam na direção da costa, mas pareciam tão distantes quanto num sonho.

– Ah, está muito longe ainda – disse Eamon. Seu sotaque ficava mais carregado sempre que ele saía do Soho. – Aqui a gente não corre para se proteger. Primeiro a gente tira uma soneca, depois corre atrás do abrigo.

Mas Kazumi já tinha saído para escalar os rochedos irregulares com a câmera balançando em volta do pescoço. Nós a vimos agachar-se sobre as pedras e começar a fotografar a tempestade que se aproximava.

– Doce Kazumi – disse Evelyn Blunt. – Esta noite vai ser boa.

✦ ✦ ✦

Foi só quando Eamon ficou encurralado no banheiro por uma gangue de turistas ingleses com camisas do Manchester United e quando Evelyn Blunt subiu na mesa para fazer o seu número de dança irlandesa, que eu e Kazumi tivemos oportunidade de ficar a sós.

– Quer dizer que Londres acabou dando certo pra você? – eu gritei mais alto que a vigorosa versão de *Real Real Gone,* de Van Morrison, executada pela banda do pub.

Ela deu tapinhas no ouvido. Eu gostei da forma como a banda carregava um pouco nas tintas. Gostei muito mesmo.

– Não consigo ouvir – disse ela, sorvendo a sua cerveja irlandesa.

– Você tem conseguido muito trabalho? Já havia trabalhado para o Trumpet?

Ela sorriu, balançou a cabeça e levou as mãos às orelhas levemente viradas para fora. Era verdade. O barulho ali era ensurdecedor. Eu descobri que podia dizer a ela o que quisesse.

– Eu disse que estou muito feliz em te ver. Você está maravilhosa. Você está linda. Estou muito feliz por você ter entrado na minha vida. Eu acho que estou perdendo a cabeça.

Ela sorriu educadamente.

Um turista alemão sorridente, vestindo uma camisa do Glasgow Celtic, trombou na nossa mesa. Ele batia palmas e batia os pés no chão enquanto Blunt dançava, abaixando-se e levantando-se, mas mantendo os braços junto ao corpo, duros, como se tivessem sido colados naquela posição.

– Esses irlandeses são uns loucos – disse o alemão. – Sabem se divertir, não?

– Ele mora em Hampstead – eu disse. – *Hampstead, Londres.*

– Loucos, esses irlandeses são uns loucos.

Ouviram-se aplausos quando o grupo, uma banda de hippies esculhambados que mais pareciam figurantes do filme *Coração valente*, atacou de *One Irish Rover*, de Van Morrison.

Blunt subiu um nível mais.

O pub ficou superlotado com a chegada de um ônibus de italianos que foram logo pedindo cerveja à estudante ruiva do balcão. Blunt deu uma topada num grande cinzeiro de vidro e saiu pulando numa perna só, com uma careta de dor. Os turistas aplaudiam, entusiasmados, achando que o acidente fazia parte do número oficial.

O turista alemão mexia a cabeça em sinal de aprovação.

– A música é muito importante para os irlandeses. Boomtown Rats. Thin Lizzy. U2. Está no sangue deles.

Ele subiu na mesa com Blunt.

Eamon voltou. Ao ver Blunt e o alemão, balançou a cabeça.

– Está vendo o que acontece com quem fica vendo *Titanic* sem parar?

Uma bandeja cheia de copos de cerveja foi deixada sobre a mesa. Na tentativa de roubar a cena do alemão, que dançava balançando os braços com os pés plantados, a própria antítese da dança irlandesa, Blunt tentou executar um salto imitando aquela trupe de dançarinos irlandeses, o Lord of the Dance. Voou por cima de um copo de cerveja preta e caiu com a cara num sanduíche de tomate e queijo de um turista australiano.

Eamon bebericava a sua água mineral e sorria para Kazumi. Meu astral foi lá embaixo. Será que Eamon estava pensando em dormir com Kazumi? As garotas haviam sido substituídas pela droga em sua vida. Mas agora não havia mais drogas.

A banda começou a tocar outra música de Van Morrison e todo mundo se levantou. Um italiano bonitão aproximou-se de Kazumi e perguntou-lhe se queria dançar. Num instante, Evelyn Blunt apareceu entre eles, vermelho, carrancudo e com uma rodela de tomate pendurada na orelha suarenta.

– Ela já tem par, sócio.

✦ ✦ ✦

Tiveram de nos expulsar.

Os visitantes estavam dispostos a ficar ali até o sol nascer, mas a jovem atendente ruiva precisava levantar cedo para ir à aula na Faculdade de Tecnologia da Informação.

Voltamos os quatro caminhando por uma estrada rural bastante esburacada, onde a única luz vinha do manto de estrelas sobre nossas cabeças e o único som era o fragor das ondas do mar.

Sem esquecer os turistas vomitando ao longo do estacionamento dos ônibus.

✦ ✦ ✦

Era difícil dormir naquela casa junto à costa.

O vento da noite varria o Atlântico e fazia estalar e ranger o velho madeiramento da casa, como se fosse um navio arremessado pelas ondas num mar revolto. E estava gelado. Eu reforcei o meu pijama com uma velha camiseta *Sextas com Fish* e coloquei meias térmicas, mas ainda assim batia queixo debaixo do fino edredom que havia lá para os hóspedes de verão.

Mas não era o frio nem o barulho que não me deixavam dormir, e sim imaginar Kazumi toda encolhida embaixo dos lençóis no quarto no alto da casa. Era isso que não me deixava dormir. E era por isso que eu estava acordado quando ela bateu à minha porta de madrugada.

Usava um pijama xadrez. Essa moça gostava mais de roupas xadrezes do que qualquer escocês que eu conhecera. Usava também meias grossas e um gorro de lã. Devia estar ainda mais frio no alto da casa. Eu pisquei os olhos, sem saber se aquilo era um sonho. Aí ela falou. Sussurrando, como se estivesse com medo de acordar a casa.

– Desculpe – ela disse.

– Tudo bem. O que houve?

– Problema no quarto.

Eu a acompanhei através da sala escura e, cuidadosamente, subi a escadinha que levava até o topo da casa. Evelyn Blunt estava deitado na cama de bruços, com a boca aberta, babando e roncando pra valer.

– Ele disse que foi ao banheiro e errou o caminho de volta – disse Kazumi.

Nossos olhos viajaram do jornalista bêbado até à precária escadinha que se precisava subir para chegar ao quarto. Ninguém fica bêbado a esse ponto, eu pensei.

– Gordo mentiroso – disse Kazumi.

– Ele... ele machucou você?

Ela balançou a cabecinha bonita.

– Pegou a minha bolsa de água quente e caiu no sono. Eu não consegui acordá-lo.

– Deixa eu tentar. – Eu o sacudi pelo ombro. – Blunt, acorda, você está no quarto errado. Acorda, seu gordo suarento, desgraçado.

Ele deu um gemido e levou minha mão ao seu rosto. Um olhar de êxtase inebriado passou pela sua cara inchada. Era inútil. Eu não ia conseguir acordá-lo.

– Pode ficar no meu quarto – eu disse a ela. – Eu durmo no sofá.

– Não, não, não.

– Não tem problema. Verdade. Fica com o meu quarto.

Ela me olhou por um instante.

– Nós podíamos... bem... dividir o seu quarto.

No silêncio, dava para ouvir o mar batendo na praia.

– Sim – eu disse. – Podemos fazer isso, sem dúvida.

Acanhados como duas crianças no primeiro dia de escola, voltamos para o meu quarto. Deitamo-nos rapidamente, o meu coração esperançoso pairando nas alturas mesmo sabendo que ela não estava ali movida por paixão, mas pelo medo de uma hipotermia.

Deitei-me de costas, com Kazumi virada para o outro lado. Dava para sentir o calor de seu corpo enquanto ouvia a minha própria respiração, até que não resisti e toquei de leve em sua costela, sentindo o tecido do seu pijama na palma da minha mão.

– Não, Harry – ela disse, um pouco melancólica, mas sem se mover.

Afastei a mão. Eu não queria ser como Blunt. Eu podia ser qualquer coisa, menos aquele tipo de homem.

– Por que não?

– Você tem mulher e filho.

– É um pouco mais complicado do que isso.

– E por outras razões também.

– Como o que, por exemplo? – Experimentei um risinho. – Porque você não é esse tipo de mulher? Eu sei que você não é esse tipo de mulher. É por isso que eu gosto tanto de você.

– Eu também gosto de você. Você é simpático.

– É mesmo?

– Sim. Você é bom e engraçado. E solitário.

– Solitário? Eu?

– Sim, eu acho que sim.

– Então qual é o problema?

– Você não é esse tipo de homem. – Ela se virou e olhou para mim, seus olhos castanhos brilhando ao luar como uma garota de alguma canção de Van Morrison.

Eu virei para o meu lado, adorando o modo como o seu cabelo negro lhe caía sobre o rosto. Toquei o pé dela com o meu, meia de lã com meia de lã. Fiquei sem fôlego quando ela colocou a palma da mão sobre o meu peito. Na escuridão, as nossas vozes eram suaves como preces.

– Eu quero dormir com você – eu disse.

– Então fecha os olhos e dorme. – Séria.

– Você me entendeu. Eu quero fazer amor com você.

Ela balançou a cabeça.

– Você não é livre.

– O mundo não está nem aí, Kazumi. Isso fica só entre mim e você. Não estamos machucando ninguém. Ninguém vai saber.

– Nós vamos saber.

Com essa ela me pegou.

– Eu não quero ser mulher que dorme com homem casado. E você não quer ser esse tipo de homem casado.

– Eu quero.

– Não, Harry. Você é melhor do que isso – ela acariciou o meu rosto. – Apenas me abrace – ela disse, virando-se para o seu lado. Eu me encostei nela, duas camadas de pijamas entre o seu traseiro e a minha ereção. Coloquei o meu braço livre em volta da sua cintura e puxei-a para perto de mim. Ela levantou o meu braço, deu um beijo casto no meu pulso e apertou a minha mão. Paramos de falar. Fiquei um longo tempo ouvindo o vento açoitando o Atlântico, a velha casa rangendo na noite e o som suave da nossa respiração.

Enquanto Kazumi dormia em meus braços, eu me perguntava como se pode simplificar a vida. A gente simplifica ficando onde está? Ou começando tudo de novo?

vinte e um

Quando acordei ela já tinha ido embora.

Ouvi vozes lá embaixo, na praia. Olhei pela janela e vi Kazumi fazendo fotos de Eamon.

Embrulhado num casaco de lã vermelho, ele fazia poses cuidadosamente descuidadas – olhando melancolicamente para o mar, olhando melancolicamente para a câmera, olhando melancolicamente para nada em especial – enquanto ela se movia ao seu redor, clicando sem parar e murmurando instruções e incentivos.

Uma japonesa com uma câmera, pensei. Um clichê do mundo moderno. Hordas de fotógrafos amadores documentando indiscriminadamente todos os lugares turísticos e voltando depressa para os seus ônibus. Mas, ao ver Kazumi tirar fotografias de Eamon sob o vento da praia de Dingle Bay, eu tive a impressão de que essa moça era possuída por uma insaciável curiosidade pelo mundo e por tudo o que havia nele e senti por ela e sua câmera uma imensa onda de ternura. *Pedir ao instante fugaz para ficar*, disse o poeta sobre a fotografia. Era o que ela estava fazendo. Pedindo ao instante fugaz para ficar.

Tomei banho e me vesti. Eamon e Kazumi ainda estavam na praia, agora num ponto mais distante. Ela devia achar que já tinha as imagens de que precisava, pois agora trabalhavam mais devagar, testando coisas novas. Vi Kazumi agachada nas pedras repletas de algas e Eamon caminhando lentamente em sua direção, com as mãos nos bolsos, olhando – melancolicamente, eu diria uma vez mais – para um ponto situado acima da sua cabeça.

E embora me chateasse admitir, eu pensei que talvez ela tivesse razão. Uma transa na noite passada não teria sido sensato. Uma noite com Kazumi teria sido um grande erro. Porque uma noite com essa mulher nunca seria o bastante.

E o que significava isso? O que significava uma noite não ser o bastante?

Significava um caso.

Eu conhecera em minha profissão vários homens casados que tinham amantes, o suficiente para saber que aquilo era trabalho pesado. Os contatos telefônicos em que só um dos dois pode falar, o medo constante de ser descoberto, a culpa, a ansiedade, as lágrimas derramadas quando o Natal e o Ano-Novo chamavam de volta ao lar, o sentir-se constante e eternamente dilacerado. E a mentira. Nada podia ser feito sem mentiras.

Eu não era homem de passar por essas coisas. Não era o meu feitio. Eu não podia fazer isso com Cyd. Nem comigo mesmo. Nem com Kazumi. Pelo menos era o que eu sentia à luz do dia e a cinqüenta metros de distância, sem ela aconchegada nos meu braços vestindo um pijama xadrez.

Eu fora fiel à minha mulher.

Eu fizera a coisa certa.

Então por que eu me sentia tão infeliz?

Ouvi um mugido triste e cavernoso ao meu lado. Era Blunt, abotoando a camisa, com o estômago embrulhado. Um arroto silencioso escapou da sua boca. Ele tinha o rosto coberto por uma fina camada de suor.

– Devo ter misturado a bebida – ele disse, afastando-se em direção à praia onde Kazumi tirava as últimas fotos de Eamon.

Eu não queria me prender a essa moça que eu mal conhecia. Cyd era mais do que minha mulher e minha amante. Ela era a minha melhor amiga. Pelo menos até o momento em que outro homem entrou em nossas vidas.

Aí eu me lembrei dos momentos que marcaram o nosso amor. Eu e Cyd tivéramos a nossa cota de bons momentos. De mãos dadas vendo as luzes do Tâmisa, a nossa primeira noite, o último Natal, em que tudo foi absolutamente engraçado, dos minúsculos toca-discos do Brucie DJ Ibiza à expressão de horror da minha mãe ao vê-la enfiar o recheio pelo rabo do peru.

Mas o que forjara de fato o nosso vínculo foram os outros momentos, os maus momentos. Meu filho no hospital com a cabeça quebrada por causa de uma queda no parque. A tristeza mortificante do meu divórcio de Gina. Cyd participara de tudo isso, e eu sabia que ela se preocupava comigo como nenhuma outra pessoa no mundo.

Mas agora eu tinha a sensação de estar perdendo a minha mulher; eu descobrira um vazio em minha vida que estava sendo preenchido por Kazumi, mesmo que ela não quisesse.

Um vazio do tamanho de uma família e com um formato de coração.

✦ ✦ ✦

Houve uma noite em que eu fiz o jantar para nós quatro. Eu, Cyd, Peggy e Pat. Desde que me casara com Cyd, minhas habilidades culinárias tinham se atrofiado. Mas eu sabia que ia acabar fazendo um jantar. Para a família.

Estávamos os quatro sentados à mesa. No começo, Cyd e Pat até que se esforçaram para fingir entusiasmo pela minha comida, ainda que as palavras de Peggy fossem temperadas com sarcasmo.

– Espaguete à bolonhesa, Harry. Hummm, mal posso esperar!

– Ah! Eu acho que você vai ter de esperar mesmo, Peg!

Às vezes, os diálogos entre mim e minha enteada eram uma verdadeira comédia.

– Deixa ficar *al dente*, Harry – ela advertiu, imperiosa. – Eu não gosto do espaguete mole demais. Você sabe *realmente* o que eu quero dizer com *al dente*, não sabe?

Disfarçando um sorriso tenso, eu mexia o molho borbulhante de carne com tomate.

– Você sabe que isso é basicamente um ensopado, não sabe? – disse Cyd, delicadamente. – Essa quantidade de carne precisa ficar bastante tempo cozinhando em fogo brando.

– Por favor – eu disse, tentando levar na brincadeira. – Esta noite é a minha vez de cozinhar, certo?

Eu sabia fazer um espaguete à bolonhesa. Não tinha como errar. Cansei de fazer aquilo quando morava sozinho com Pat. Mas, não sei bem por que, eu enfiara na cabeça que espaguete à bolonhesa era um prato rápido de preparar. Que só demorava – eu não sei – o tempo que leva para eles nos trazerem no restaurante. Mas eu estava redondamente enganado a respeito do espaguete à bolonhesa, como estava redondamente enganado a respeito de muitas outras coisas.

Depois de mais ou menos uma hora, Peggy começou a bater impacientemente na mesa com a boneca Lucy Agente Secreta. Pat olhava de boca aberta com o controle remoto na mão, como à espera de um sinal. E Cyd – depois de me perguntar simpaticamente se eu me importava – foi fazer a sua declaração de renda. E eu ali, em pé, na frente do fogão, mexendo o molho que, inexplicavelmente, demorava mais tempo para ficar pronto do que em qualquer restaurante. Pensei então que talvez não fosse espaguete à bolonhesa que eu preparava com tanta facilidade para Pat. Talvez fosse espaguete *ao pesto*. Sim, era isso. Era espaguete *al pesto* que se fazia em poucos minutos. Bastava abrir a lata e misturar com a massa. Era simples e saboroso. Espaguete verde, como dizia meu filho.

Agora, dois anos passados desde a época do espaguete verde, Pat deixou cair no chão o controle remoto, fazendo um estrondo.

– Opa – ele disse, fazendo uma careta, procurando quem o apoiasse com um sorriso. Cyd e Peggy o ignoraram.

Peguei o controle remoto e guardei-o com raiva no bolso do avental.

– Dá pra você parar de pensar em televisão pelo menos cinco minutos na vida?

O queixo do meu filho começou a tremer, num claro sinal de lágrimas reprimidas. Peggy deu um suspiro teatral.

– Vocês me dão *licença* de sair da mesa agora? – ela disse. – Eu estou *muito* ocupada esta noite.

– Espera só mais um pouco – disse Cyd, sem tirar os olhos das suas contas. – Vai lá buscar o Brucie Agente Secreto. Ele pode explicar a Lucy a sua missão enquanto a gente espera o Harry.

– Isso mesmo, todo mundo espera só um pouquinho mais – eu disse, mexendo furiosamente o molho de carne. – A Lucy pode esperar para mudar de roupa até depois do jantar.

– Nossa mãe! – disse Peggy. – *Alguém* levantou com o pé esquerdo hoje.

Cyd levantou os olhos das suas contas.

– Está tudo certo, Harry. Eu já falei com ela. Não precisa se aborrecer com isso, querido.

– Se você fizesse isso com mais freqüência, eu não precisaria mesmo, *querida.*

Minha mulher deixou de lado a calculadora e suspirou.

– Quanto tempo mais isso vai levar?

– Não sei. É essa carne moída. Está demorando séculos.

– Carne? – disse Peggy. – Você disse carne? Mas eu não como *carne.*

– Por que não?

– Porque carne é assassinato. – Fez uma pausa dramática. – Eu já não disse? Eu não vou mais comer carne. Eu decidi ser vegetariana.

– Eu também – disse Pat. – Eu também sou *vegetal.* Posso ir ver televisão agora? Já vai começar *Cadê as minhas calças, cara?.*

Eu queria um jantar que fizesse a gente se sentir como uma verdadeira família. Só isso. Não era pedir muito. E talvez tenha sido exatamente isso o que eu consegui.

Porque quando o meu espaguete ficou pronto, ninguém mais se falava.

✦ ✦ ✦

Eamon caminhou na minha direção. Blunt e Kazumi ainda estavam na praia. Ele falava alguma coisa com ela enquanto coçava sua barriga indecente. Ela balançou a cabeça e guardou o equipamento. E começaram a caminhar de volta à casa, sem que Blunt sequer tentasse ajudar Kazumi a carregar suas tralhas.

– A noite foi boa? – Eamon perguntou.

– Não aconteceu nada.

– Pô, Harry, quem sou eu para jogar a primeira pedra? O que você faz em suas viagens a trabalho não é da minha conta.

– Estou falando sério, Eamon. Não aconteceu nada.

– Tipo sexo tântrico, você quer dizer?

– Não houve nada.

Nada aconteceu e tudo aconteceu. Porque pela primeira vez me ocorreu que, se eu não pudesse ter uma família com a minha mulher, talvez pudesse ter com outra pessoa.

– Eu bem que gosto desse negócio de sexo tântrico – disse Eamon. – Dura horas, não é? Sabe qual é a minha posição favorita no sexo tântrico? Chama-se "A visita do encanador". Você fica esperando, mas ele nunca chega.

✦ ✦ ✦

Se tivéssemos dormido juntos – ou melhor, se não tivéssemos apenas dormido juntos – haveria agora entre nós um constrangimento. Ou, pior ainda, uma falsa intimidade. Mas nós andamos na praia, longe da casa onde Blunt entrevistava Eamon, sem que houvesse entre nós aquela estranheza pós-sexo. Passamos a noite nos braços um do outro, e foi tudo o que fizemos. Andar naquela praia pedregosa enquanto as nuvens se acumulavam no horizonte e os primeiros ônibus de turistas circulavam calmamente por Dingle Bay parecia a coisa mais natural do mundo.

– Espero que as fotos fiquem boas – disse Kazumi. – É o meu primeiro trabalho para eles. A editora de fotografia é, como se diz?, barra pesada. Não dá segunda chance a ninguém.

– As fotos vão sair boas. Você é uma brilhante fotógrafa.

Ela me deu um sorriso.

– Você está exagerando.

– Não, não estou. Eu vi as suas fotos. As fotografias que você fez do meu filho.

– É claro – ela disse. – Pat.

Eu ficava feliz por ela ter enxergado uma centelha no meu filho. Que ela soubesse que ele era especial. Eu realmente gostava muito disso.

– Eu vou poder te ver em Londres?

Ela parou e olhou para o mar. Outra tempestade se aproximava, nuvens maiores e mais escuras do que as do dia anterior, movendo-se a baixa altitude sobre o Atlântico encapelado, rumo à costa. Aproximava-se rapidamente. A máxima de Eamon – dava para tomar um copo de cerveja e ouvir os sucessos dos The Corrs antes de a tempestade chegar – parecia a mais pura conversa fiada.

– Kazumi?

– Pra quê?

– Pra quê?

– A gente se ver em Londres, pra quê? – Ela pegou abruptamente a minha mão esquerda e puxou a aliança. – Está vendo como não sai? Não sai tão fácil.

– Nós não fizemos nada de errado.

– Não ainda.

– Eu vou lá te ver em Primrose Hill. Bem lá em cima, de onde se pode ver a cidade toda. Domingo de manhã. Às dez horas mais ou menos?

A chuva começou a cair. Já havíamos percorrido boa parte da praia. A casa desaparecia em meio à bruma que, de repente, caiu como uma mortalha saída do mar.

– Por aqui – ela disse, e começou a correr.

Eu a segui até uma cabana arruinada, onde um barco a remo apodrecia. A porta estava destrancada. Dentro estava escuro. Cheirava a algas e tabaco. Era uma espécie de cabana de pescador abandonada. Ou isso ou a casa de férias de algum novo-rico da Bávaria.

Estávamos ambos molhados até a raiz dos cabelos. Juro que pensei que essa seria a parte em que tirávamos as nossas roupas encharcadas e caíamos nos braços um do outro. Mas ela apenas se sentou tremendo na mesa da cozinha e começou a examinar cuidadosamente a máquina fotográfica que deixara pendurada ao pescoço, para ver se sofrera algum dano.

Fiquei na janela, assistindo à chegada da neblina, ouvindo, sem conseguir ver, as ondas baterem nas pedras. Eu sentia frio, por causa da roupa molhada, mas ela veio por trás de mim, me envolveu em seus braços e me apertou, trazendo o calor de que eu precisava.

É o que é, eu pensei. Nada mais. Dois animais tratando de se abrigar e se aquecer na costa ocidental da Irlanda. Sem fazer nada de errado.

– Eu não vou a Primrose Hill.

– Certo.

– Não no domingo de manhã.

– Está bem.

– Nem nunca mais.

– Muito bem.

Ficamos então frente a frente, ouvindo o barulho da chuva que caía no telhado. Ela inclinou a cabeça e ergueu-a na minha direção. Eu a beijei. Os seus olhos castanhos se fecharam e se abriram como faíscas na meia-luz da neblina. Senti o gosto do mar em seus lábios e o calor de seu corpo através das nossas roupas molhadas.

É o que é, eu pensei. Duas criaturas encharcadas, tremendo de frio no meio do nevoeiro. É tudo. Não queira fazer disso alguma coisa que não é, Harry.

E pensei em Gina, e também em Cyd. Eu perdera as duas melhores amigas que já tive por fazer sexo com elas, por me casar com elas, por tentar fazer com que aquilo durasse para sempre. Kazumi e eu nunca iríamos tão longe e, mesmo assim, estaria tudo bem.

Mas eu sabia que iria conservar esse momento. Eu o guardaria num cofre para tirá-lo quando me sentisse infeliz e solitário. Era suficiente.

Primrose Hill era querer demais.

vinte e dois

Quando cheguei em casa havia uma correspondência na soleira da porta com meu nome e endereço na letra clara e elegante de Gina.

Dentro, uma fotografia – um homem, uma mulher e uma criança, todos de pé junto a uma cerca de madeira branca em plena luz do sol. Pat aparecia na frente da foto, de short e camiseta *A ameaça fantasma* desbotada, os olhos semicerrados por causa do sol e a lacuna semipreenchida no meio do sorriso. Gina estava bem atrás dele com uma das mãos levantadas contra o sol e a outra apenas pousada no ombro do nosso filho. Estava magérrima, com uma blusa de moletom de mangas arregaçadas. Mas, apesar dos anos e independentemente dos problemas de sua nova vida, ela ainda conservava a beleza radiante pela qual um dia eu me apaixonara, assunto sobre o qual, diga-se de passagem, ela não gostava nem um pouco que se falasse.

E Richard, o homem com quem minha ex-mulher se casara, estava lá ao lado dela, sério, semi-oculto pela sombra de uma casa branca revestida de madeira. Não parecia feliz. Tinha um ar de expatriado que voltara para casa, mas não em triunfo. Mas o que é que eu sabia? Ele se casara com minha ex-mulher e morava com meu único filho. Eu não conseguia pensar nele como um fracassado. Dentro do envelope havia também um pedaço de papel.

Um bilhete de Gina.

Harry

Estamos voltando a Londres por algumas semanas. Só nós dois. Eu e Pat. Meu pai está com um problema na perna, precisando de ajuda na casa. Eu não vou ficar com ele – eu tenho um apartamento. Nós ligaremos para você quando chegarmos aí. Parece que Pat se divertiu bastante com você. Mas você sabe como ele é – não fala muito. Por favor, agradeça a Cyd. Espero que sua mãe esteja bem. Tenho de ir.

Gina.

– Oi, Harry.

Peggy estava no alto da escada, vestida num longo branco, de laços, com mangas curtas e bufantes. Parecia uma noiva. Ou um anjo.

– Você está linda, Peg.

– Meu pai vai se casar. Com sua namorada Liberty. Ela é enfermeira. De Manila. Eu vou ser a dama de honra.

– Vamos – disse Cyd, surgindo ao lado dela, no alto da escada. – Vai tirar o vestido. Cuidado com os alfinetes, hein? Eu já vou lá.

Minha mulher desceu as escadas.

– Fez boa viagem? Como está Eamon? Ele está bem?

Não respondi. Deixei as malas no vestíbulo e entrei na cozinha. As bancadas estavam cobertas de pratos de *guacamole, chili* e tabasco e vidros de molho de ameixa de Cantão e ketchup de banana caribenha. Acre e doce.

– Fazendo experiências com meus molhos – disse Cyd. – Eu falei com sua mãe. Ela não está se sentindo muito bem.

Minha mulher estendeu os braços para mim, mas eu apenas olhei para ela.

– Você mentiu pra mim – eu disse.

– O quê?

– Antes de eu viajar. Você me disse que tinha saído com duas conhecidas. Duas mulheres, você disse. Mas eu vi você com ele. Luke Moore. No Merry Leper. Eu vi você, Cyd.

– Harry.

– Eu vi vocês dois.

– Harry?

– O quê?

– Não é o que parece ser. Ele quer comprar a firma. Foi por isso que eu fui encontrá-lo. Mas não pude te dizer porque eu sabia que você... faria isso.

Pela primeira vez, desde que voltara pra casa, eu olhei minha mulher no olho.

– E o que foi que você disse a ele?

– A mesma coisa que sempre disse, Harry. – Ficamos nos olhando. – Eu disse que não.

– O que mais ele tentou comprar? Não me diga. Eu posso adivinhar, cacete.

Tentei passar batido, mas ela me agarrou pelo braço.

– Eu não quero nenhuma outra pessoa, está ouvindo? É isso mesmo. Você já devia saber. Eu não quero mais ninguém, Harry. Nunca quis. Mas a gente pode destruir o amor da outra pessoa, Harry, da mesma forma como pode destruir qualquer coisa. Portanto, ou você pára com isso ou...

– Ou o quê?

– Ou eu não sei o que vai acontecer conosco.

Ela tocou no meu rosto e viu a fotografia que eu tinha na mão.

– É uma fotografia de Pat?

– Que importância isso tem pra você?

– Puxa vida, Harry. – Ela soltou a minha mão. – Isso não é justo. Se eu não amo o seu filho exatamente da mesma maneira que você, isso não é uma traição.

Com essa ela me pegou, é claro.

✦ ✦ ✦

Eamon explodiu.

Talvez por causa das críticas maldosas de Evelyn Blunt. O jornalista usara com Eamon uma velha técnica dos profissionais do seu gênero – comportar-se pessoalmente como um grande amigo e criticar na imprensa como um verdadeiro carrasco. Sob o título *Um assunto nada engraçado*, Blunt escreveu um artigo de três mil palavras para dizer que Eamon Fish não significava nada e não merecia, portanto, nenhuma atenção dos leitores do seu jornal. Mas as fotos saíram boas – Eamon com os olhos esgazeados e os cabelos ao vento, suas belas feições morenas quase como parte da paisagem de Kerry. E muito, muito melancólico mesmo.

Ou quem sabe foi aquela celebridade culinária que o levou a explodir. O primeiro trabalho de Eamon em *Mundo cão* foi entrevistar Wee Willie Hiscock, o simpático *chef* de Tyneside, no norte da Inglaterra. Durante todo o magnífico café da manhã, Hiscock fez propaganda ostensiva do seu novo livro *Você também foi fisgado pela boca, meu chapa*, continuação de seu best-seller *Você foi fisgado pela boca, meu chapa*. Eamon sempre fora avesso a esse tipo de autopromoção descarada. Em *Sextas com Fish* ele conseguia pôr um freio nesse tipo de coisa, mas agora parecia incapaz de fazê-lo.

Ou talvez a gota d'água tenha sido a banda jovem. Hermione Gates não fazia segredo de que era fã ardorosa dos Lads Unlimited, cinco garotos bonitos de cabeça raspada que cantavam razoavelmente afinados e faziam uns passos de dança que mais pareciam exercícios para doentes de artrite.

O monitor do estúdio mostrou claramente a calcinha de Hermione, excitadíssima durante a apresentação de *Our Funky Love Will Live Forever*, dos Lads Unlimited. E também mostrou claramente Eamon (albuns favoritos: *Nevermind*, do Nirvana, *Physical graffiti*, do Led Zeppelin, e *Is This It?*, dos Strokes) olhando para o relógio.

Mas Eamon, provavelmente, estaria até hoje apresentando *Mundo cão* se não lhe tivessem dado a tarefa de entrevistar o vencedor de *Seis estudantes invocados num apartamento*.

O ganhador foi Warren, um encanador moreno, sarado e com a cabeça devidamente raspada, de *piercing*, cujo maior desejo era que o sucesso de *Seis estudantes invocados num apartamento* lhe permitisse largar a caixa de ferramentas e se tornar realmente útil como apresentador de *game-shows* ou como DJ em Ibiza.

Warren sentou-se entre Hermione e Eamon, que não conseguia disfarçar sua perplexidade. O encanador virtualmente aposentado levantava preguiçosamente a camiseta azul-pastel, deixando à mostra o abdome musculoso e uma jóia em formato de losango presa ao umbigo.

– Quando foi que a sorte virou pro meu lado? Na sexta semana. Foi na hora em que descobri que Darren tinha apanhado o meu leite na geladeira. Sem nem perguntar, caramba!

Diante da lembrança, Hermione fez uma cara de desaprovação.

– Você ficou com muita raiva mesmo, não foi, cara?

Eamon estava de cabeça baixa.

– Bom, pra mim, o caso é que a pessoa tem de perguntar antes de beber o leite do outro.

– É isso mesmo, cara. Eu acho, assim, que... pô, Darren, se liga, ô panaca!

Eamon pôs o rosto entre as mãos.

– Chloe e Zoë, com certeza, elas não queriam que eu desse uma dura no Darren, pô! Mas com ele eu me entendia, porque nós dois temos problemas porque não tivemos família.

De repente Eamon se levantou e se dirigiu à câmera dois, com a luz vermelha acesa. Senti uma onda de orgulho. Mesmo em momentos de extrema pressão, ele nunca olhava para a câmera errada.

– Desliga – ele disse. – Desliga agora mesmo!

– Qual é, cara? – disse Hermione Gates.

– Vocês estão envenenando suas mentes com essa porcaria. Todos estamos. O que é que está havendo conosco? Nossas telas eram povoadas de heróis. Agora só queremos gente que podemos olhar de cima. *Pessoas que podemos olhar de cima.* – Deu um olhar de profunda tristeza para Hermione e Warren. – Eu não quero fazer parte disso. – E arrancou o microfone, tirou do ouvido o ponto que o conectava com a galeria e atirou-os aos pés do atônito diretor de cena. – Eu vou lá fora. Acho que vou demorar.

E foi embora. No lusco-fusco dos bastidores do estúdio, eu e Barry Twist o vimos partir.

– Você já sabe que ele nunca mais vai ver um teleprompter nesta cidade, não sabe? – disse Barry.

– Às vezes a gente tem de começar de novo – eu disse. – É difícil e doloroso. Mas às vezes a gente tem, simplesmente, de dar um tempo e começar de novo.

✦ ✦ ✦

Minha mãe ia se internar de manhã.

O plano era eu pegá-la em sua casa, onde ela certamente me esperaria vestindo o que chamava de roupa de domingo, e depois levá-la de carro ao hospital da cidade vizinha, onde o cirurgião faria o que eles chamavam de uma mastectomia simples.

Um de seus seios, o que tinha o tumor, seria extirpado para que sua vida pudesse ser salva. Esse seio – uma das curvas pelas quais o meu pai se apaixonara quando ela era garota e nunca deixou de amar enquanto eles envelheciam juntos, o seio que me alimentara quando eu era bebê – seria eliminado, amputado para separar a minha mãe do tumor que queria matá-la. Essa coisa que me dera a vida, que fizera o meu pai sufocar de arrebatamento e gratidão, seria extirpada e – o quê? – jogada fora? Queimada? Preservada para pesquisas médicas?

Eu não fazia a menor idéia, e nenhum dos folhetos – *Como falar com seus filhos sobre o câncer no seio, Vivendo com linfoedema, Exercícios pós-cirurgia no seio* – dava qualquer pista sobre o destino do seio amputado. Eles não queriam que a gente pensasse nisso.

Sentei-me na sala de estar da velha casa, bebendo uma xícara de chá forte atrás da outra e sentindo que minha mãe fora impelida a uma espécie de guerra. De repente parecia tudo precário, desequilibrado, em oposição. Seio e tumor, amor e doença, vida e morte.

Minha mãe estava feliz. Feliz com a velha casa cheia de gente, essa mulher – uma entre sete filhos, mãe de um única criança que custou rios de lágrimas para chegar, viúva havia dois anos – parecia sentir-se cumprindo outra vez o seu destino. O chá com biscoitos, os sanduíches na cozinha, a cerveja trazida por um de seus irmãos. Nem parecia que a casa estava cheia por causa da cirurgia no seio. Parecia Natal.

A família que eu conhecera quando criança vinha diminuindo – os tios e tias, os irmãos de meus pais e suas mulheres, as amadas esposas que eles conheceram naquelas mesmas ruas e que continuaram amando pelo resto da vida.

Eu conhecia essas pessoas melhor do que quaisquer outras. Conhecia-lhes a generosidade, a perseverança e a lealdade.

Era grato a elas por estarem junto de minha mãe nesse momento – "qualquer coisa que a gente possa fazer, meu amor, qualquer coisa mesmo, é só dizer", disseram-me vezes sem conta – o que não foi surpresa para mim.

Meus tios e tias. Aposentados agora, em sua maioria, ou quase lá. Mas eu me lembrava deles do meu tempo de criança. As dores e os achaques de agora, os remédios com hora marcada, as inquietantes idas ao médico – nada disso obscurecia a lembrança que eu tinha daqueles homens magros e rijos e suas esposas miúdas e graciosas, todos eles operários de fábrica, tipógrafos e donos de lojas mais tarde substituídas por supermercados, no tempo em que os supermercados eram novidade, e todas elas donas-de-casa muito antes de este termo ser inventado. Mesmo as que trabalhavam fora. E como trabalhavam.

Essas mulheres, minhas tias, que jamais pensaram em si mesmas como profissionais de qualquer coisa, trabalhavam em ônibus, em refeitórios de escola e na escrituração de armazéns, lojas e supermercados. Trabalhavam porque precisavam.

Não trabalhavam para se realizar nem para se descobrir. Trabalhavam para pagar o aluguel, trabalhavam porque tinham muitos filhos – meu exército de primos – e pouco dinheiro.

A velha família estava reunida ao redor da minha mãe na noite anterior ao seu encontro com o cirurgião. E embora o número deles estivesse diminuindo – meu pai foi o primeiro a morrer, e depois dele minha mãe perdeu dois de seus irmãos, com problemas de coração, justamente na hora de começar a desfrutar seus jardins e seus netos –, esses londrinos transferidos para os subúrbios uma vida inteira atrás ainda tinham algo de indômitos.

A casa estava cheia de risos e música de caubóis. Eu fui à mercearia do bairro comprar mais leite e açúcar. Os folhetos sobre o câncer, com suas horríveis ilustrações de mulheres que tiveram os seios cirurgicamente removidos, ficaram ignorados sobre a mesa de centro, ao lado do guia da programação de TV e de uma biografia da cantora Shirley Bassey.

Quando eu era garoto e sonhava em cair fora, no tempo em que tramava uma carreira na televisão, eu achava que minha família vivia vidas mesquinhas – sem nunca pensar no que existia além de suas cidadezinhas suburbanas, sem se preocupar com nada, sem nunca sonhar. Mas agora eu percebia que eles viviam vidas melhores do que a minha – vidas mais felizes e mais plenas de significado, vidas em que a decência e a lealdade estavam acima de qualquer dúvida, em que se reagia ao câncer pondo a chaleira no fogo e um disco de Dolly Parton na vitrola. Ah, como eu os invejei, essa família em extinção, agora que minha mãe lutava por sua vida, agora que já era tarde demais.

Minha tia Doll conversava em voz baixa com minha mãe na cozinha. Às vezes parecíamos segregados como uma família muçulmana. Havia coisas que minha mãe jamais sonharia em discutir comigo ou com seus irmãos. Coisas a que eu só tinha acesso pela literatura do câncer.

A mastectomia total pode ser a melhor opção quando o tumor está no centro do seio ou bem atrás do mamilo; o seio é pequeno e ficaria deformado com uma mastectomia parcial; existem várias áreas cancerosas ou pré-cancerosas no seio; a mulher prefere ter todo o seio extirpado.

Eu era obrigado a ler sobre essas coisas. Talvez fosse bom a minha mãe não me falar sobre elas.

No jardim, o meu tio Jack, irmão de meu pai, o marido baixinho, moreno e elegante da tia Doll, fumava um cigarro que ele mesmo havia enrolado. Do lado de fora da casa. Uma novidade. Uma pequena concessão ao novo século, quem sabe ao câncer de pulmão do meu pai. Cigarros, antes consumidos nessa casa tão livremente quanto chá e chocolates digestivos, agora tinham de ser fumados no quintal. Vendo meu tio Jack fumando, eu vi o fantasma do meu pai em seu rosto.

O enorme Merc preto do tio Jack estava estacionado do lado de fora da casa, um carro de luxo numa rua cheia de caminhonetes leves e velhos Fords. Tio Jack era motorista – levava executivos ao aeroporto, esperava-os com uma placa à sua chegada, fumando seus cigarrinhos do lado de fora do carro para que o ar interior estivesse sempre limpo e fresco. Tio Jack foi comigo à funerária ver o corpo do meu pai. Eu me perguntava se em breve não iríamos ver o corpo da minha mãe.

Depois que a família toda – incluindo a tia Doll e o tio Jack, os últimos a sair – foi embora, minha mãe fez um chá para nós dois. As luzes foram quase todas apagadas, não haveria mais visitas nessa noite. Nenhuma outra visita antes da operação. Com o passar dos anos, os tios e tias que costumavam jogar pôquer até o sol raiar – fumando, tomando cerveja e *sherry* e rindo alto a noite toda – agora preferiam estar em casa, com as portas trancadas, antes de ficar escuro demais.

– Como você está, mãe?

– Estou bem, meu amor. Não se preocupe comigo. E vocês, como estão?

– Vocês quem?

– Você e Cyd.

– No momento não muito bem, mãe. – Eu não queria preocupá-la, especialmente esta noite. Mas achei que a coragem dela merecia um pouco de valentia da minha parte. – Eu conheci uma pessoa. Uma pessoa de quem gosto muito. E acho que Cyd também conheceu uma pessoa.

Eu esperava que minha mãe – a metade daquele fantástico número a dois, os meus pais, a primeira dupla marido-e-mulher que eu conheci, o casal que lançava sua sombra gigantesca sobre todos os meus relacionamentos com as mulheres – me passasse um sermão sobre a santidade dos votos conjugais, sobre a importância do casamento, sobre a desgraça do divórcio.

Mas ela não fez nada disso.

– A vida é curta – disse minha mãe. – A gente tem de buscar satisfação onde pode.

De pé, junto à janela, minha mãe olhava a rua, como se esperasse alguém. Mas todos tinham estado lá para visitá-la. Não faltava mais ninguém. Foi então que eu percebi.

Meu pai.

Ela estava esperando o meu pai.

Minha mãe estava de pé junto à janela da casa onde eu cresci, a casa onde ela envelheceu, e eu a amei mais do que era capaz de suportar quando a vi esperando o marido que não viria.

Esperando. Na noite anterior à sua internação para a mastectomia simples, que não era nada simples, nada simples mesmo, minha mãe, em pé na janela da velha casa, olhava para a rua vazia atrás das cortinas imaculadamente limpas, esperando meu pai.

Esperando que ele surgisse na curva da rua, no carro da empresa, e a tomasse uma vez mais em seus vigorosos braços tatuados, esperando meu pai chegar em casa para dizer que ela era linda – seu rosto, seu corpo, toda ela – e que ele a amava como sempre amou, e que tudo ia ficar bem.

Ou, talvez, apenas para tomá-la em seus braços.

✦ ✦ ✦

Eu vi o Tex.

Tinha levado minha mãe ao hospital, onde a deixei desfazendo sua malinha numa enfermaria onde não havia nenhum lugar vago. Estava lotada de mulheres, em geral bastante idosas, em suas camisolas impecáveis. Nos móveis da cabeceira viam-se livros românticas, caixas de chocolate e copos de laranjada. Meu pai morrera nesse hospital e eu estava surpreso em como tudo aquilo me era familiar – aquele cheiro enjoativo de comida de hospital pelos corredores, filas para todo lado, fumantes rebeldes sugando seus cigarros do lado de fora das portas principais. Cada tijolo parecia impregnado do cheiro de comida, doença e remédios. A diferença era que agora eu vinha a uma enfermaria feminina – cheia de mulheres que riam, conversavam, se queixavam e se compadeciam de uma forma que não acontecia na enfermaria dos homens.

Havia muito o que fazer. Uma enfermeira veio tirar a pressão arterial. Depois, uma conversa com o anestesista. O cirurgião estava a caminho. Minha mãe tinha de mudar de roupa, trocar o conjuntinho de domingo pela camisola da loja Marks&Spencer. Ela agia como se estivesse indo a um passeio na praia. Aquele excesso de jovialidade, aquela vivacidade exagerada que era sempre a sua defesa diante das crises.

Eu a beijei, sofregamente, e saí. E foi enquanto abastecia o carro no posto de gasolina que vi o Tex.

Ou melhor, Graham, o corretor de seguros de Southend, vestido para sua sessão semanal de dança *country*, abastecendo sua máquina velha com óleo diesel sob o olhar divertido dos adolescentes de Essex em seus Escorts envenenados. Ele não estava sozinho. No banco do carona havia uma vaqueira idosa – uma amiguinha com um falso brilhante, calça de couro e chapéu de aba larga no alto do permanente estilo Margareth Thatcher. A substituta da minha mãe na dança *country*. Quem sabe houve até mais de uma desde que Tex esnobou a minha mãe quando descobriu que ela estava doente.

Eu o vi atravessar o pátio e entrar na loja de conveniência. Saiu trazendo uma caixa de chocolates com menta e um ramo de flores barato, desses que a gente só arranja nos postos de gasolina. Ao vê-lo chegar com os presentes, Margareth Thatcher deu um sorriso tímido. Que sujeitinho. Fiz menção de ir até ele, agarrá-lo pelo braço e dizer-lhe poucas e boas sobre o que minha mãe fazia no hospital do fim da rua naquela manhã, falar-lhe da cirurgia, fazê-lo ouvir palavras como mastectomia, radioterapia e linfoedema até ele ficar roxo de vergonha por sua covardia.

Mas não fiz nada. Completei o tanque enquanto ele presenteava Margareth Thatcher com os chocolates e as flores. E foi aí que eu vi a minha própria imagem refletida na janela do carro. Essa imagem me deteve. Quando me recobrei, Tex e sua parceira de dança tinham ido embora.

Eu descobri que não fui capaz de abordá-lo porque suspeitava ser, eu próprio, aquele mesmo tipo de homem – um enganador, um cara que abusa do amor da mulher fingindo ser simpático e encerra o envolvimento logo que aparece o primeiro problema. O que Tex fez com minha mãe – será que era muito diferente do que eu estava fazendo com Cyd?

Sinceramente, eu queria ser um outro tipo de homem, queria ser como meu pai. Leal, fiel, cumpridor de suas promessas. Um homem para sempre. Mas eu desconfiava que era muito mais parecido com esse caubói de araque do que com meu pai.

Muita conversa mole e promessas vazias, muitas flores e chocolates. E fugindo da raia assim que o bicho começava a pegar.

✦ ✦ ✦

Gina me ligou no dia em que chegou a Londres, mas não foi o telefonema que eu esperava, no habitual estilo superficial, formal e doida para me ver sair da linha e da sua vida também.

Em vez disso, o telefonema veio à meia-noite, com Gina em lágrimas e uma trilha sonora pesada ao fundo.

– Harry?

Bastou uma palavra, mesmo entrecortada pela emoção, para eu saber que era ela.

– Gina, qual o problema?

Cyd acordou do meu lado e sentou-se na cama. Tivera uma noite longa, servindo em alguma inauguração, e caíra no sono assim que a cabeça tocou no travesseiro.

– Harry, é terrível.

– Você está em Londres? Fala mais alto, eu não consigo te ouvir.

– Estamos no nosso apartamento. Eu e Pat. Em Belsize Park. Eu pensava que fosse ser legal aqui. Mas os vizinhos – eles puseram *So Solid Crew* tocando no máximo volume.

– Você quer que eu, o quê? Você quer que eu vá até aí?

Eu notei a minha mulher – isto é, a minha atual mulher – pegar o despertador e colocá-lo de volta no lugar com impaciência.

– Você sabe que horas são, Harry? – perguntou Cyd.

– Você pode, Harry? – perguntou Gina. – Isso está me deixando louca e parece que eles são muitos. Eu acho que é uma festa. Estou com medo de ir até lá.

Coloquei a mão no fone.

– Gina está em Londres. Tem um problema com o apartamento. Vizinhos barulhentos.

– Manda ela chamar a polícia – disse Cyd, sentada na cama. Estava com a sua velha camiseta estampada com uma imagem do compositor Tom Petty. Quando começamos, e até nos casarmos, ela usava umas camisolas que me deixavam louco. De seda, curtinhas e transparentes. E calcinhas tipo fio-dental no alto daquelas pernas compridas de dançarina. Agora eram aquelas camisetas. – Me dá o telefone, que eu mesma digo a ela.

– Pat não está conseguindo dormir – disse Gina.

Aquilo foi demais para mim.

– Me dá o endereço – eu disse. – Chego aí logo que puder.

Enquanto me vestia no escuro, Cyd virou-se para o seu lado da cama.

– Ela não é mais seu problema, Harry. Você está divorciado. Esse relacionamento *acabou.* Deixa o marido dela resolver. Ou então a polícia.

Não respondi. Eu não queria brigar. Mas sabia que não podia simplesmente ignorar o telefonema de Gina e voltar a dormir. O velho ditado estava certo.

Nosso casamento durou sete anos.

O nosso divórcio ia durar para sempre.

✦ ✦ ✦

O flat onde Gina se hospedara era um enorme casarão branco em Belsize Park. Imóvel bom, num bairro afluente. Muitas árvores e caçambas de entulho, e os dois tipos de carros que a gente sempre vê nesse tipo de bairro, os sérios – Mercedes-Benz SLK, Audi TT, BMW Série 3 – e os carros só para diversão – Fuscas originais e em sua versão atual e reestilizada, Morris Minors enferrujados e Citroëns pré-históricos. Paguei o táxi já de olho no apartamento onde estavam meu filho e minha ex-mulher. Não precisei procurar o número. Dava para ouvir a música vindo do segundo andar.

Apertei o botão do interfone do último andar e Gina abriu a porta da frente. A música ecoava sobre a minha cabeça. Depois de entrar no imponente casarão, a gente sentia o cheiro de imóvel alugado. Pilhas de cartas endereçadas a ex-moradores sobre o carpete ressecado que lembravam folhas de outono. Esse lugar não devia ser barato, talvez umas duas mil libras por mês, mas não parecia ser moradia fixa de ninguém. Os proprietários daqueles apartamentos moravam todos em outros lugares.

Passei pela festa do segundo andar ouvindo risos, gritos e um copo se quebrando. A música que eles tocavam parecia um interminável alarme contra ladrões.

Você está ficando velho, Harry.

Gina abriu a porta, pálida e aos prantos, envolta num roupão estilo quimono que parecia vários tamanhos maior do que o seu. Ou talvez fosse assim mesmo. Por baixo ela vestia um pijama, e me ocorreu como Cyd fora injusta ao esperar que Gina irrompesse de pijama numa festa de rapazes bêbados.

– Eu vou lá falar com eles, está bem?

– Obrigada, Harry.

– E Pat?

– Ele está bem. Dormindo, da última vez que eu olhei. Só Deus sabe como.

Senti meu coração acelerar enquanto descia o lance de escada. Bati à porta. Nenhuma resposta. Bati mais forte. Finalmente um branquela alto e esquisito, com um corte de cabelo tipo Beatle, abriu a porta. Estudantes, eu pensei. Improvável que me esfaqueiem. Afinal, o que eu podia esperar em Belsize Park? Gangues?

– São quatro pizzas americanas, duas de alho e uma Capricciosa – disse o garoto esquisitão. – E uma Vesúvio com calabresa extra. Mais a salada de repolho, o pão de alho, a mostarda e o ketchup, é claro.

– Eu não vim entregar nenhuma pizza. Eu moro em cima. Sua música está impedindo o meu filho e a minha... mulher de dormir.

Por cima de seu ombro alto e ossudo eu pude ver o apartamento cheio de jovens rindo e dançando, tentando se convencer de que estavam num comercial de vodca. Um jovem mais baixo e mais gordo apareceu ao seu lado.

– Ele trouxe o sorvete de chocolate belga?

Senti um cheiro doce e enjoativo de maconha. Será que afetaria meu filho no andar de cima? Será que meu garoto podia ficar chapado involuntariamente?

– Ele não é da Mister Milano – disse o garoto esquisitão. – É do andar de cima.

– De cima? – disse o gordinho.

– Quer que a gente faça menos barulho.

– Está perturbando ele, é?

– Parece.

Eles estavam rindo da minha cara. Eu tinha esperado ameaças à minha pessoa. Não que eles rissem de mim.

– Sem problema, meu amigo – disse o gordo. – Nós vamos ficar quietinhos como ratos.

– Você não vai ouvir a gente. Como é que os ratos fazem?, guincham – disse o esquisitão.

Eles se abraçaram, se esbaldando de rir.

– Muito obrigado – eu disse. – Porque o meu filho de sete anos, ele...

– Sem problemas, meu amigo.

E fecharam a porta na minha cara. Enquanto eu subia as escadas de volta ao apartamento de Gina, a música diminuiu miraculosamente.

– Bom trabalho, Harry.

Dei um sorriso tipo não-foi-nada para minha ex-mulher. E imediatamente a música voltou, muito mais alta do que antes.

– Filhos da puta – eu disse, indo para a porta.

– Não vai, não.

Olhei para ela. Ela apertou a faixa do roupão-quimono, como se quisesse se esconder dentro dele.

– Gina, não são só os cretinos do andar de baixo, são?

– Não.

Abracei-a e entramos no apartamento. Ele era visivelmente caro e visivelmente alugado. A pesada mobília tradicional inglesa, o sofá de couro vermelho-sangue, as reproduções de Klimt na parede – nada disso podia ter sido escolhido por Gina, que gostava de tudo leve, moderno e japonês. Esse apartamento parecia ter sido decorado pela rainha Vitória.

Sentamos no sofá vermelho-sangue.

– É o seu pai? – Eu não perguntara o que havia realmente de errado com ele. Desde que o meu pai morrera, eu supunha fatalistamente que toda doença de gente velha era necessariamente terminal.

– Meu pai está bem. – Ela riu pela primeira vez, limpando o nariz com as costas da mão. – Ele é um bobo, coitado. Machucou a bacia esquiando.

– Esquiando? Eu pensava que havia algo de errado com ele.

– O único problema que ele tem é o mesmo que sempre teve. Não consegue crescer.

Eu havia tirado os sapatos na porta – mesmo num apartamento alugado, Gina não precisava dizer que gostava que a gente tirasse o sapato na porta, à moda japonesa – e agora eu sentia os meus pés tremerem com as vibrações que vinham do chão.

– Eu vou lá falar com esses imbecis.

– Não, Harry.

– Não se preocupe, eles não vão me machucar. São todos garotos de classe média, de boa situação.

– Não são como a gente, portanto.

– Não, não se parecem nem um pouco com a gente.

Olhei para ela. Apesar do cansaço e das lágrimas, ela ainda exibia o mesmo brilho que me deixara sem fala e sem fôlego na primeira vez que a vi. Mas alguma coisa acontecera com Gina, alguma coisa terrível.

– Vai lá dar uma olhada em Pat enquanto faço um chá para nós. É de jasmim, está bem? É o único que eu tenho.

– Jasmim está ótimo.

Gina entrou na pequena cozinha e eu abri algumas portas até ver o meu descabeladozinho dormindo a sono solto de barriga para cima.

Meu filho, aos sete anos de idade, dormindo no segundo quarto de um apartamento alugado em Belsize Park. Enquanto eu morava a alguns quilômetros de distância com outra mulher e outra criança. Como sempre, fiquei admirado com o amor que eu sentia pelo meu menino. O *hip-hop* lá embaixo sacudia a janela do quarto. Ele não parecia se importar. Puxei o edredom *A ameaça fantasma* por sobre o seu ombro e fechei a porta o mais silenciosamente que pude.

Gina pusera duas xícaras de chá verde-claro sobre a mesinha.

– Dormindo – eu disse.

– Ele dorme com qualquer coisa, esse menino. Você devia vê-lo no avião. Turbulência o tempo todo sobre o Atlântico. Mas ele nem se mexeu.

– O que está acontecendo, Gina? Qual é o problema?

– É o Richard. Eu o deixei.

Levei um instante para cair em mim.

– Você deixou o Richard? Então essa viagem a Londres...

– Definitiva. Nós não vamos voltar.

– Então quando você disse que era por poucas semanas...

– Esse era o plano original. Mas não faz mais sentido voltar para trás. Ai, que droga, Harry, a minha vida é um caos. O que é que eu estou fazendo neste maldito apartamento com esses estudantes idiotas e essa música medonha? Eu vou acabar num desses programas de TV que mostram a miséria humana de gente anônima.

– O que foi que aconteceu?

– Filhos.

Eu pensei que ela se referia a Pat. Pensei que ela queria dizer que em sua vida não cabiam Pat e Richard. Mas não era isso.

– Nós não podemos ter filhos – ela disse. – Tentamos um tempão. Eu não consegui engravidar. E isso acabou com a gente, Harry. Isso simplesmente acabou com a gente.

Eu sorvia o meu chá, apesar de estar escaldantemente quente. Eu não sabia se devia estar ouvindo isso. Nem se queria estar ouvindo.

– Eu acho que um casamento precisa de filhos, Harry. Já é difícil ficar junto quando se tem filhos. Sem eles, eu não sei nem se é possível. Fizemos todos os testes. Eu e Richard. No começo foi tudo bem. Nós até ríamos daquilo tudo. Richard se masturbando num potinho de plástico, e eu com as pernas para cima com os médicos me cutucando e investigando por dentro. Não acharam nada. Mas tem alguma coisa errada em algum lugar. No final foi pressão demais. Talvez fosse mais fácil, talvez a gente tivesse agüentado se não houvesse Pat. Mas foi difícil para Richard. É difícil amar o filho de outra pessoa quando você não consegue ter o seu próprio.

– Quer dizer que o Richard culpava Pat?

– Eu não falei isso, Harry. Mas é uma tarefa ingrata ser padrasto. Eu acho que no final Richard se sentiu incapaz. – Ela suspirou. – Aí eu vi o extrato do cartão de crédito dele. Flores, quartos de hotel, restaurantes. – Gina olhou para mim. – Flores eu não recebia. Em quartos de hotel eu nunca estive. Restaurantes eu só lia a respeito.

– E quem era ela?

– Uma vizinha. Uma dona-de-casa entediada com três filhos Não é engraçado? Com certeza teria sido uma colega de trabalho se ele tivesse um emprego. Como ainda estava desempregado, ele teve de ir ao supermercado achar o que estava procurando. E pelo visto ela também devia estar atrás de alguma oferta.

– Ele está louco. Trair você.

Isso a fez rir.

– Você fez a mesma coisa, Harry. Você também fez.

– Sinto muito, Gina. Sinto muito por você e Richard. Por você e por mim. Pelos estudantes lá embaixo. Por tudo.

– O que aconteceu conosco, Harry? O que aconteceu com o casal que queria ficar junto para sempre?

– Eu não sei o que aconteceu. O tempo, eu acho. Foi só o tempo, Gina.

– Você nunca desejou que as coisas voltassem a ser daquele jeito? Aquela inocência? Aquela sinceridade?

Terminei o meu chá japonês e me levantei. Estava pronto para enfrentar a música.

– Agora e sempre – eu disse.

✦ ✦ ✦

Minha mãe dormia.

Branca de exaustão e dopada pelos analgésicos e remédios contra a doença, imune aos sons e odores desagradáveis do hospital ao seu redor, ela dormia na cama do pequeno quarto de pós-operatório com o soro espetado numa veia azul-clara das costas da mão.

Dormindo ao meio-dia de domingo. Coisa que ela jamais fizera na vida. Se é que se pode chamar aquilo de dormir, o estado de inconsciência que sucede a operação.

Sentei-me ao lado dela com medo de tocá-la.

Seu rosto bondoso, sua compleição delicada, a bandagem sobre o curativo embaixo da roupa do hospital – essas coisas partiam o meu coração e me obrigavam a segurar a onda e sufocar tudo o que eu sentia dentro de mim.

Não eram permitidas visitas, não ainda, e os médicos e enfermeiras tinham todos ido embora. O seio canceroso fora retirado, e eles estavam confiantes de que a operação fora um sucesso.

Deram-me uma explicação detalhada do que aconteceria em seguida. Primeiro, quimioterapia. Depois, radioterapia. A quimioterapia muito provavelmente faria a minha mãe perder o cabelo e ter problemas de estômago. A radioterapia causaria coceiras e sensibilidade, como uma queimadura de sol. Mas, antes de tudo isso, ao acordar ela sentiria dor no braço, os pontos e a agulha do soro. E sentiria enjôo. O enjôo estaria sempre presente daqui para a frente. A ferida, o corte que fora feito para remover o tumor que a estava matando, ficaria sensível, doendo e repuxando por muitos meses.

Os médicos me disseram algo que minha mãe jamais me diria. Que ela não poderia usar sutiã. Não ainda. O corte era muito recente. Era como se tudo nessa doença fosse cuidadosamente tramado para que minha mãe se sentisse menos mulher.

Depois que todos se foram – os médicos otimistas, as alegres enfermeiras, o amável oncologista, o simpático cirurgião e o anestesista tranqüilão – eu chorei por tudo o que minha mãe havia passado e por tudo o que ela ainda ia passar.

Mesmo que derrotasse essa coisa, mesmo que sobrevivesse.

– Eu te amo tanto – eu sussurrei, dizendo-lhe coisas que seriam embaraçosas demais de dizer se ela estivesse acordada. – Você não merece isso, mãe. Você, não. Ninguém merece.

Fiquei horas ali sentado. Ela passou o domingo inteiro dormindo, não acordou nem por um instante. Parecia que aquele sono duraria décadas, como num conto de fadas. Na hora em que fui embora, a tarde de primavera caía por trás da cortina do quarto. Foi só quando vi o meu carro no imenso estacionamento do hospital que eu me lembrei que faltara ao meu compromisso.

✦ ✦ ✦

Eu gostava das luzes de Primrose Hill.

Eram, são ainda, aquelas velhas luminárias vitorianas. Altas e negras, com um globo grande no topo. Luminárias que pareciam saídas de alguma cidade perdida, a Londres de Sherlock Holmes e Watson, dos fogs densos e amarelados e dos rebocadores sobre o Tâmisa.

As luzes ainda não estavam acesas quando cheguei a Primrose Hill. Os dias estavam ficando mais longos. Mas a noite finalmente caía e logo elas seriam acesas.

Já não havia tanta gente na rua. Estava muito escuro para jogar bola, já não se viam os cachorrinhos de madame, e os jovens namorados saíam de braços dados para ir jantar em Camden Town, Hampstead e Swiss Cottage. Decidi fazer uma rápida caminhada até o alto e depois ir para casa.

O parque de Primrose Hill fora construído num lugar alto e coberto de vegetação rasteira. Dali se pode ver a quilômetros de distância. O zoológico de Londres e a imensidão verde do Regent's Park. O West End, a City e Docklands ao longe. E no morro que fica atrás, os bosques de Hampstead Heath. Eu olhava a minha cidade enquanto o dia dava lugar à noite. As estrelas surgiam. A grande metrópole começava a luzir.

Foi então que eu a vi subindo o morro na minha direção. Seu lindo rosto estava afogueado pelo esforço. Era como se tivesse caminhado o dia inteiro. Desde a hora marcada para o nosso encontro, na verdade.

– Desculpe o atraso, Kazumi.

Ela chegou ofegante ao alto da colina. Balançou a cabeça, eu não sabia se me dizendo que não tinha importância ou se estava muda de raiva. Então ela olhou para mim de um modo que eu compreendi inteiramente.

Porque dizia beije-me, seu idiota.

E eu a beijei.

E foi exatamente nesse momento, da Prince Albert Road no sul até a King Henry's Road no norte, de St. John's Wood a oeste até Grand Union Canal a leste, em todas as direções partindo de Primrose Hill, que todas as luzes se acenderam.

Parte Três

A GAROTA MAIS MARAVILHOSA QUE JÁ EXISTIU

vinte e três

– Viagra – sugeriu Eamon, sem que eu tivesse perguntado nada. – A solução ideal para o homem que tem mulher e namorada. É disso que você precisa, Harry. Viagra. É uma beleza. Você só descobre que está ficando velho quando não consegue mais engolir.

Mas não era de Viagra que eu precisava. Porque, para um homem que tinha mulher e namorada, era surpreendente como eu fazia pouco sexo.

Seria razoável pensar que eu espalhava minhas sementes a torto e a direito me revezando entre o leito conjugal e o sofá da namorada. Mas Cyd se mudara para o quarto de hóspedes. O mundo que meus pais conheciam tinha finalmente virado pelo avesso. Para eles, não havia sexo antes do casamento. Para mim, não havia depois.

Tínhamos quartos separados porque geralmente eu ia deitar muito depois da meia-noite, ao passo que Cyd estava na cama com seu chá de camomila logo depois do noticiário das dez. Tanto eu quanto Cyd culpávamos o trabalho. Era muito triste admitir que nossos problemas iam muito além dos nossos horários.

O trabalho freelance de Cyd com Luke Moore estava realmente decolando, agora que ela recusara a proposta de vender-lhe a Food Glorious Food. De repente aparecia uma enxurrada de reuniões matinais para servir no distrito financeiro e no West End, aqueles cafés da manhã em que os homens de negócio se enchem de croissants, bolos de passas e pães de todos os tipos. Minha mulher trabalhava até o início da noite, ao passo que eu, geralmente, estava fora de madrugada, supervisionando o retorno de Eamon às casas noturnas.

Agora que a TV se acabara, Eamon estava voltando às raízes, apresentando-se sozinho pela primeira vez em anos, comandando espetáculos com microfone aberto e pensando até em fazer uma turnê. Era uma fase em que não ganhávamos dinheiro, razão pela qual a minha poupança emagrecia a passos firmes, mas nós dois sabíamos que era o único caminho de volta possível. Ele se apresentava em pequenas boates, pouco mais do que porões, onde tudo o que tínhamos de fazer era estar lá. E eu vi que todo comediante sonha em se apresentar sozinho tanto quanto qualquer palhaço anseia representar Hamlet.

Era o cerne da sua arte, o lugar onde ele era realmente colocado à prova. Por seus nervos, pelos bêbados, por suas próprias limitações. Portanto, nós passávamos a noite em porões abafados, onde ele às vezes era bom, às vezes não tão bom, mas era sempre mais engraçado do que seus eventuais interlocutores na platéia – "Então eu não me lembro de você, da escola de medicina? Você era aquele dentro do vidro" – e eu me perguntava se ele era mesmo capaz de fazer a coisa sem repetir tomadas, sem teleprompter, sem uma equipe de produção e sem a muleta da cocaína.

A volta de Eamon ocupava boa parte do meu tempo, mas na verdade não o tempo todo. Às vezes eu dizia a Cyd que estava com Eamon, quando a pessoa com quem eu estava mesmo era Kazumi. E se eu não dizia nada ela não parecia se importar.

Eu saía tarde e minha mulher saía cedo. E ambos sabíamos que era mais do que trabalho. Ela agora dava longos telefonemas para suas irmãs e sua mãe nos Estados Unidos, como se – podia ser imaginação, mas eu acreditava que era um bom palpite – a possibilidade de voltar para casa começasse a tomar forma em sua mente. Nosso problema, esse problema que eu e minha mulher tínhamos, é que simplesmente não éramos capazes de imaginar nosso futuro juntos. Ainda nos amávamos, mas havia em nosso relacionamento um quê de cortesia e formalidade que partia o meu coração. Nós simplesmente não conseguíamos ver como poderíamos dar certo um dia.

– Vamos ver como é que fica, está bem? – Cyd dizia, fazendo a sua cama no quarto de hóspedes.

Portanto, a gente estava vendo como é que a coisa ia ficar. Mais um casal com problemas, só isso. Mas era a coisa mais triste do mundo, esse sentimento de que o que tínhamos não era bom o suficiente para valer a pena ficar nem tão ruim que desse vontade de ir embora.

E se não havia sexo depois do casamento, tampouco havia em Primrose Hill, no apartamento que Kazumi dividia com uma sueca que cursava o segundo ano da Academia Real de Música. Eu achava que nosso beijo crepuscular pairando sobre Londres me havia aberto a porta, mas o que eu tinha diante de mim agora era uma porta fechada.

Eu e Kazumi nos deitávamos em sua cama de solteiro, totalmente vestidos e com a cortina aberta, e ficávamos ouvindo a sua companheira de apartamento praticar violoncelo no quarto ao lado. Ela tocava tão bem que a música, logo ali do outro lado da parede, nunca era uma intrusa. Era estranhamente confortante ter Chopin, Elgar e Haydn, aquele maravilhoso turbilhão de música romântica, filtrando pela parede delgada toda a paixão que parecia estar fora do nosso alcance. A colega de apartamento tocava algumas músicas que eu conhecia, embora não soubesse dizer de onde, e outras que eu nunca ouvira na vida. Depois eu vim a saber que uma das peças que ela tocava muitas vezes – preparava-se para um exame – era a *Canção sem palavras*, de Mendelssohn.

Podia ter acontecido de a colega de apartamento estudar contabilidade ou, quem sabe, botânica. Mas o romance consiste justamente em uma série de acasos felizes, e o fato de ela tocar a música mais maravilhosa que já se ouviu enquanto Kazumi deitava-se castamente em meus braços parecia algo predestinado, escrito nas estrelas, que me dava a certeza de que eu estava no lugar certo.

Essa música teria sido o acompanhamento perfeito para umas poucas horas de paixão. Mas não era isso o que Kazumi queria. Ela não queria dormir comigo. Assim como minha mulher, na verdade.

– Eu não quero ser o seu segredinho sujo – disse Kazumi. – Isso não funciona. Ficar com medo de sermos vistos juntos. De topar com alguém que você conhece. Que espécie de vida é essa? Você pode me telefonar mas eu não posso te telefonar. Sem falar nas perguntas que eu teria de te fazer. Do tipo – você ainda faz sexo com a sua mulher?

– Eu posso te responder isso agora.

– Não. – Ela pressionou o dedo em meus lábios. – Eu não quero que você comece a mentir para mim. E mesmo se os homens largam suas mulheres, acaba não dando certo. Eu não sei por quê. Acho que é porque o preço é alto demais.

Eu estava dividido. Queria cuidar das duas. Amar as duas. Kazumi e Cyd. Da maneira como as duas mereciam. Mas já sabia que era impossível. A gente até pode amar duas mulheres ao mesmo tempo, mas não da maneira como elas merecem.

Por isso, eu estava o tempo todo procurando a placa de saída, experimentando portas, buscando uma solução para esse caos. Fiz isso com Kazumi e com Cyd. Nos momentos mais angustiantes, quando tudo parecia demais e a música parava, eu queria que alguém – Cyd, Kazumi, uma delas ou as duas – dissesse alguma coisa dolorosa que me fizesse ir embora, que resolvesse tudo de uma vez por todas.

– Você parece saber muita coisa sobre casos com homens casados, Kazumi. Como foi que você se tornou tão entendida no assunto?

– Deixa isso pra lá.

– Mas eu quero saber.

– Não foi comigo. Foi uma amiga.

– Uma amiga. Com certeza.

– Verdade.

– Mas quem era essa amiga secreta? Alguém daqui?

– Não. No Japão. Uma amiga íntima do Japão.

E foi aí que a ficha finalmente caiu.

– Qual era o nome dela, essa do homem casado?

Do outro lado da parede, um som de violoncelo derramava uma espécie de melancolia solene. Era a *Canção sem palavras* outra vez. O exame devia estar perto.

– Gina – disse Kazumi. – A minha amiga se chamava Gina.

✦ ✦ ✦

Minha médica achava que eu sofria de Síndrome do Jaleco Branco.

– O senhor vai ao médico – ela sorriu, com o seu adorável sotaque italiano acrescentando vogais inesperadas aos finais dos substantivos – e a sua pressão arterial vai à Lua.

De certa forma ela estava certa. Quando eu comecei a freqüentar o seu consultório, a minha pressão sistólica ficava em torno de 18 e a diastólica aí pelos 9,5. Então a doutora me obrigava a deitar por uns 10 ou 15 minutos, e fazia outra leitura. Esta sempre apresentava uma enorme melhora – por volta de 15 por 9. Não era nenhuma maravilha, mas queria dizer que eu não estava à beira do derrame.

Síndrome do Jaleco Branco. É, pode ser. Eu sabia que tinha algo a ver com o meu coração. Mas o que a minha médica nunca levou em conta em seu diagnóstico era que eu ia ao consultório direto de casa. Portanto, quando ela tirava a minha pressão, pelo menos uma parte da leitura representava a minha vida com minha mulher – a aridez e a estagnação das camas separadas, a família mesclada e um ex-marido que ia se casar na semana seguinte. É claro que a minha pressão ia ao céu. Aonde mais ela poderia ir?

Depois que eu deitava no sofá por uns minutos, ouvindo o rumor distante do tráfego na Harley Street, minha mente se extraviava até a parte feliz da minha vida. A primeira leitura era da minha vida com Cyd. A segunda era da minha outra vida, a minha vida secreta, a minha vida com Kazumi.

Agora eu a conhecia. Ela não era mais apenas uma moça bonita que me agradara aos olhos. Eu sabia da sua infância, do pai trabalhador que enchia a cara depois do expediente, da mãe que renunciara ao sonho de viajar pelo mundo por um homem que não a amava. Sabia do seu casamento desfeito e da coragem que precisou reunir para vir para Londres começar tudo de novo. E já aprendera como o seu rosto, em geral tão absorto e sonhador, era capaz de se iluminar de felicidade de repente, sem aviso, como as velhas luminárias de Primrose Hill.

Eu sabia que não era o mesmo que construir uma vida de verdade com alguém. Que não era o mesmo que lidar com a amolação de todas aquelas coisas que estão sujeitas a dar problema – máquinas de lavar, aquecedores, carros, famílias, casamentos –, mas Kazumi era, ainda assim, o que havia de mais doce no meu mundo, e isso era real também, mais real do que qualquer coisa. Nós conversávamos muito, eu e Kazumi. Falávamos sobre tudo. Menos sobre a minha mulher, é claro. Nós nunca falávamos sobre ela.

– Precisamos ser mais agressivos em seu tratamento – disse a minha médica.

Ela ajustou a minha receita. Em vez de 40 mg de Zestril uma vez por dia, eu iria tomar 20 mg de Zestril e 20 mg de Zestoretic.

Mas no fundo do meu coração – o meu coração louco, latejante, apaixonado – eu sabia que, para o problema que me afligia agora, pílulas nunca seriam o suficiente.

✦ ✦ ✦

Quantas garotas e mulheres eu levara em casa para conhecer minha mãe?

Não foram todas as garotas que eu levei ao cinema, nem todas as mulheres que eu levei para a cama. Mas entre namoradas e esposas, devíamos estar já na casa dos dois dígitos. Foi no caminho de Londres até os subúrbios, ali onde a cidade dá lugar ao campo, que eu percebi que o critério para levar uma mulher para conhecer minha mãe fora sempre o mesmo – a garota, essa em especial, seria a última que eu ia levar em casa. Por que damos tanta importância à primeira? É a última que conta.

A essa altura da sua vida, eu gostaria de ter poupado a minha mãe da minha última convulsão doméstica. Mas não fazia sentido dizer que Kazumi era só uma amiga.

Minha mãe sabia que, para um homem em crise conjugal, esse tipo de coisa não existe.

✦ ✦ ✦

A velha casa no domingo de tarde.

Pat abriu a porta para nós, sorrindo para Kazumi, sem atinar com o que ela fazia ali. Minha mãe estava sentada no tapete da sala, silenciosa e concentrada, exercitando a rotação do ombro. Levantou-se um pouco constrangida de ser apanhada assim desprevenida, mas beijou Kazumi como se a conhecesse desde sempre.

– Olá, querida, estou fazendo meus exercícios.

Minha mãe tinha passado por um inferno, mas agia como se tivesse ido a um passeio no parque.

Depois da cirurgia e da radioterapia, os músculos do braço direito estavam tensos e rígidos. Havia exercícios para controlar a dor e outros, diferentes, para recuperar o uso do braço. Ela os fazia com a maior boa vontade, sem nunca se queixar, e eu agora tinha certeza de que ela era mesmo mais durona que todos os homens da sua vida.

– Vou ter de fazer esses exercícios durante dois anos, meu bem – ela disse a Kazumi. Cinco segundos depois de conhecer uma pessoa, a minha mãe já começava a chamá-la de *querida, meu bem* e *meu amor.* – Foi o que eles me disseram.

Kazumi, Pat e eu ficamos observando a minha mãe executar o seu programa de exercícios. Ela mostrou a Rotação do Ombro, o Pentear o Cabelo, a Elevação Assistida, o Coçar as Costas e o Curvar o Braço. Anunciava orgulhosamente os nomes dos exercícios da mesma forma como anunciara um dia o Entrando na Linha, o Perdidos em Austin e o Quatro Estrelas.

E eu sabia que os exercícios eram o de menos. Ela não ia se livrar daquela coisa apenas coçando as costas. Mesmo depois da monstruosa cirurgia necessária para salvar a sua vida, ela nunca mais ficaria definitivamente livre daquilo. O monitoramento, os exercícios, os remédios, o medo do câncer voltar – tudo se media em anos.

Minha mãe ainda tinha um cateter e sentia uma dor lancinante no peito. E enquanto tomávamos chá com biscoitos eu notei que ela desenvolvera o hábito de examinar a mão.

Foram retirados alguns nódulos linfáticos localizados debaixo do braço dela, o que, segundo os médicos, podia causar linfoedema – um aumento de fluido nos tecidos do braço. Pediram-lhe para observar alguma inchação no lado afetado, o lado direito, e ela fazia isso o tempo todo. A cada cinco minutos mais ou menos ela examinava a mão, procurando sinais do começo do fim.

A quimioterapia a fazia sentir uma espécie de ressaca monumental, uma ressaca que não passava nunca. Felizmente o seu cabelo não caíra. A radioterapia a deixava cansada e sensível, como se tivesse dormido sob um sol escaldante. Ela ria de coisas que fariam homens adultos – eu, por exemplo – ir chorar num quarto escuro.

– Eu estava na expectativa de que meu cabelo fosse cair – ela disse, com um sorriso matreiro. – Pelo menos poderia usar a minha peruca Dolly Parton.

Pat deu uma risada. Ele não estava entendendo muita coisa, apesar de minha mãe e eu termos estudado detalhadamente o folheto *Como falar com seus filhos sobre o câncer no seio*. (*Se você conversar aberta e honestamente com seus familiares a cada etapa, certamente irá descobrir que eles podem ser uma grande fonte de amor e apoio.*)

Mas ele conhecia os sinais indicativos de que se estava fazendo uma piada – o tom de voz, as sobrancelhas erguidas, os olhos revirados – e estava sempre pronto para reagir entusiasticamente.

Eu achava difícil rir numa hora dessas, sabendo que o meu filho já seria um adulto no dia em que pudéssemos dizer que essa coisa dentro da minha mãe estava definitivamente derrotada. Anos e anos. O melhor que poderia acontecer levaria muitos anos. Mas o pior com certeza estaria lá num instante.

A dose diária de 20 mg de Tamoxifen, um tratamento hormonal, fazia a minha mãe sentir uma espécie de segunda menopausa. Ela teria de tomá-la durante cinco anos. Depois de dois anos talvez não precisasse mais fazer exercícios. Talvez. Dependeria do que os médicos dissessem. Tinha de esperar para ver.

Havia muitas coisas sobre as quais ela não me falava, coisas que eu tinha de adivinhar, arrancar dos cirurgiões e de suas amigas ou descobrir nos folhetos. *Coisas de mulher*, diria a minha mãe.

Ela ainda não podia usar sutiã por causa da cicatriz, ainda muito recente e sensível. Isso parecia tremendamente cruel. Mais uma vez eu concluía que o câncer parecia sadicamente decidido a fazer a minha mãe se sentir menos mulher.

Mas ela enfrentava a indignidade, a dor e o medo sem se queixar, com o pragmatismo tranqüilo e brincalhão que fora um de seus atributos durante toda a vida. Quando saiu para buscar mais chá, ela sorriu para mim por sobre o ombro de Kazumi, levantando as sobrancelhas e assentindo sutilmente com a cabeça. Eu conhecia aquele olhar. Eu o vira quando trouxe Gina em casa pela primeira vez. E Cyd também. Aquele olhar significava – *ela é uma graça.*

Kazumi estava com Pat, sentada no chão da sala. Eles já se conheciam de quando ela o fotografou no quintal de Gina, e eu me vi ao mesmo tempo feliz e preocupado com o fato de o meu filho se lembrar dela tão claramente.

Será que ele falaria de Kazumi a Gina? Pior ainda, a Cyd? Como é que eu ia sair dessa? Paciente e generosa, Kazumi brincava com um dos videogames de Pat, que por sua vez a observava com uma alegre curiosidade. Eu temia que meu filho entendesse mais do que me convinha. Mal completados os oito anos de idade, Pat já sabia como o mundo funcionava. Ou pelo menos como seu pai funcionava.

Será que essas coisas se repetiriam mais adiante em nossas vidas? Será que dali a uns trinta anos eu estaria lutando contra a doença e meu filho, divorciado e pronto para começar tudo de novo? Será que ele traria uma outra moça para eu aprovar como se nunca tivesse se apaixonado antes?

Kazumi era boa para Pat. Eles riam e brincavam, e embora soubesse que era injusto compará-la a Cyd, obrigada a desempenhar o tempo todo o papel ingrato de madrasta, eu não podia fazer nada. Eles pareciam realmente mais à vontade.

Talvez as coisas fossem diferentes se nós vivêssemos juntos. Sim, definitivamente, seriam diferentes. Mas vendo Pat e Kazumi jogar Nuke Universe Two, eu sonhava fugir com os dois. Para Paris, County Kerry ou qualquer outro lugar bem longe. Vendo o meu filho com Kazumi, eu achava que não era tarde demais para começar outra vez. E pensando na infinita bondade do rosto de minha mãe, eu desejei também desesperadamente viajar com ela, para ir ver algumas coisas enquanto ainda era possível, antes que fosse tarde demais. Eu queria tirar todos nós desse lugar.

Quando minha mãe voltou com o chá e os biscoitos, eu lhe mostrei os folhetos que trouxera comigo. Ela os folheou com grande cuidado, como se tivesse de devolvê-los aos seus donos.

– Nashville, mãe. A terra da música *country*. Olha isso aqui. Nós podemos ir juntos. Pat também. Nas férias. E Kazumi, se não estiver ocupada com o trabalho. Umas férias de verdade para você. Escuta só, mãe: *Seis milhões de pessoas viajam por ano a Nashville, Tennessee, a terra da música* country. *Desfrute todo o esplendor do Grand Ole Opry, do Music Row e do Country Music Hall of Fame. Viva o Nashville Sound de Hank Williams, Patsy Cline, Jim Reeves, Kenny Rogers e Shania Twain.* É o máximo, não é? Mãe?

Mas minha mãe era diferente de mim. Ela não sonhava fugir. Ela queria ficar ali.

– Parece ótimo, querido, mas eu estou feliz na minha casa.

Ela pôs de lado o folheto. E eu vi que minha mãe nunca se interessaria em ir a Nashville. Era nesse ponto que nós éramos tão diferentes. Ao contrário de mim, minha mãe não acreditava que a felicidade estava sempre em outro lugar.

– Eu gosto de férias – ela disse a Kazumi. – Todo ano eu e meu marido íamos a algum lugar. Quando Harry era pequeno, costumávamos ir à Cornwall e a Dorset. Fomos à Noruega algumas vezes – eu tenho um irmão que conheceu uma moça adorável e se estabeleceu por lá depois da guerra. Eu tinha seis irmãos, Harry já contou a você?

Kazumi fazia os adequados murmúrios de admiração. Estava pegando o jeito rapidamente.

– Depois fomos à Espanha, mas Harry já não quis ir conosco – continuou minha mãe. – Mas eu gosto daqui. Entende o que quero dizer? Eu gosto de sentir essa coisa que a gente não sente nas férias quando está longe de tudo. Você sabe, essa coisa que a gente sente quando é parte de uma família.

Aí minha mãe olhou as mãos, admirando, quem sabe, o seu esmalte de unha vermelho brilhante, ou procurando sinais de linfoedema, ou talvez apenas olhando a sua aliança de casamento, aquela modesta argola de ouro que de certa forma continha o mundo inteiro.

vinte e quatro

Nunca se viu ninguém tão feliz por saber que vai ter um bebê.

Quando voltei da minha corrida no parque, ela estava na escada, rindo e chorando ao mesmo tempo.

– Estou *grávida* – ela disse, como se fosse a melhor coisa do mundo. E me abraçou. Só depois de nos desvencilharmos um do outro, de nos olharmos nos olhos às gargalhadas, sem poder acreditar na nossa sorte, só depois de tudo isso foi que ela me mostrou o resultado do teste de gravidez – aquela linha azul fininha, indiscutível.

Nos dias e semanas seguintes, ela continuou fazendo testes, repetidamente, para ver a linha azul, como se aquilo fosse bom demais para ser verdade. Talvez existam outras grávidas cujo passatempo preferido é fazer testes de gravidez, mesmo sabendo a resposta, mesmo tendo o feliz resultado já confirmado uma dúzia de vezes.

Mas Gina foi a primeira que eu conheci.

A primeira mulher com quem eu vivi, a primeira com quem eu me casei. Ela era para mim uma fonte inesgotável de assombro, do mesmo modo como eram para ela os seus testes diários de gravidez.

Já são quase nove anos agora. O mundo girou, deu muitas outras voltas, de modo que a minha mulher não apenas era agora a minha ex-mulher como estava para se tornar a ex-mulher de um outro homem. Fala-se muito das estatísticas de divórcio, dos índices flutuantes de fracassos no casamento moderno, mas para mim e minha ex-mulher, a taxa parecia ser de cem por cento.

Aquela fina linha azul representava um coraçãozinho batendo dentro dela, um lampejo de vida que agora era um garoto de quase oito anos de idade, que mudava de semana em semana e já via nascer os dentes que durariam até o fim de seus dias. E essa vida que ele estava levando – pulando de uma casa para outra, de uma escola para outra, de um país para outro, vendo casamentos se desmancharem e aprendendo que o mundo adulto era frágil e falível – parecia estar lhe roubando a sua... bem, eu francamente não sei que nome a gente dá para isso.

Roubando-lhe o seu halo de inocência. A aura de luz que sempre tivera ao seu redor quando era menino, uma aura que fazia os estranhos pararem na rua e sorrir para ele.

Pat ainda é um garoto em um milhão. Ainda brilha. Para mim, ele ainda é a criança mais linda do mundo. Mas essa vida roubou dele o seu fulgor de anjo. Ele se foi, e não vai mais voltar, e se por um lado é certo que todos acabamos perdendo o fulgor de anjo, não consigo deixar de pensar que eu e Gina – que guardou o seu primeiro teste de gravidez como se fosse tão precioso quanto nosso bebê – temos a maior parte da culpa. Nós podíamos ter feito coisa melhor pelo nosso bebê. Mas a disposição atual de Gina era culpar o seu último ex-marido por tudo.

– A Páscoa, você acredita? Não devia ser um problema, devia? Ninguém diria que a Páscoa é uma ocasião propícia para brigas domésticas.

Estávamos na pequena cozinha do seu apartamento, tomando chá de jasmim. Gina ainda sentia um grande amor pelo Japão, ainda ansiava pela vida a que renunciara pelo casamento, por mim e por Pat – ela nunca conseguiria superá-lo, nunca deixaria de sentir falta dessa vida que não chegou a conhecer.

– Mas Richard resolveu criticar o ovo de Páscoa que eu comprei para Pat. Dá pra acreditar?

Pat apareceu na porta.

– Posso ver *A ameaça fantasma* no DVD? – perguntou a Gina.

– Não, você vai sair com seu pai.

– Só as reportagens. Algumas cenas eliminadas. A entrevista com o diretor. As notas da produção.

– Então vai. – E Pat desapareceu. Uma excitante música orquestral veio da sala de estar. – O ovo de Páscoa que eu comprei era o máximo, Harry. Chocolate ao leite coberto com coraçõezinhos de glacê vermelho. Com um grande laço roxo em volta. E Richard, escuta essa, disse que aquele era o tipo de ovo que se compra para um *namorado*, não para um filho. Para um namorado! Ovo de páscoa para um namorado! Foi o que ele disse! Ele disse que aquele era o tipo de ovo que a gente compra para o marido ou a esposa. Quer dizer, dá pra acreditar na mesquinhez desse homem? Como se eu não tivesse o direito de comprar para o meu filho o ovo de Páscoa que me desse na telha...

– Você tem falado com ele?

Ela sorriu.

– Você já ouviu falar da Síndrome da Vaca Velha?

– Acho que não.

– Depois que o touro cruza com a vaca, ele não se interessa mais por ela. Não importa se é uma beleza de vaca. O touro não quer mais saber dela. É o que chamam de Síndrome da Vaca Velha.

– E isso é verdade?

Ela confirmou com a cabeça.

– Uma vez é suficiente para o touro. Por mais atraente que seja a vaca, ele simplesmente não quer mais nada com ela. Mas para a vaca velha aqui, a coisa é diferente. Quando eu rompo, eu rompo mesmo.

Ela me fez rir. Eu percebia a amargura em sua voz e sabia que essa nova vida era difícil para ela também. Como era difícil para toda mãe e todo pai solteiro. E – por incrível que parecesse – era o que Gina era agora. Ela estava com raiva, triste e magoada. Mas eu sentia um enorme afeto por essa mulher que fora um dia mais íntima para mim do que qualquer outra pessoa no mundo. Uma mulher que com certeza seria a minha melhor amiga se não tivéssemos estragado tudo nos casando.

E pela primeira vez eu comecei a pensar que nosso casamento não fora um fracasso. Não na realidade. Podíamos ter feito melhor com Pat. Podíamos ter sido mais generosos um com o outro. Tudo isso era verdade. Mas ficamos juntos por sete anos, geramos um garoto meigo e atencioso cuja existência faria deste mundo um lugar melhor. E ainda nos falávamos. A maior parte do tempo. Quando ela não estava a fim de ser a vaca velha e eu não abusava do papel de touro velho. Portanto, como se poderia dizer que nosso casamento fracassou? Alguns anos e um grande garoto – talvez seja o máximo que se pode querer.

Gina e eu tínhamos passado por uma situação terrível e ainda podíamos ficar juntos numa sala tomando chá de jasmim enquanto ela se queixava de seu futuro ex-marido. Na base da nossa história, eu e Gina tínhamos uma coisa que eu e Cyd jamais tivéramos.

Eu me lembrei da linha azul.

Voltei ao dia em que cheguei em casa depois de correr no parque e Gina me disse, entre risos e lágrimas, que estava esperando o nosso bebê.

A mim e a Cyd faltava isso, a esperança, a alegria e o otimismo que Gina viu naquela linha azul, aquela linhazinha que levava a todos os nossos amanhãs, à nossa aposta no futuro.

✦ ✦ ✦

– Ah, é claro, não tem nada que se compare – disse Eamon. – Amor puro e casto à distância. Nada que se compare – exceto, talvez, sexo selvagem e sem proteção, como quando a gente pega ela por trás na marra. Com certeza, é até um pouquinho melhor.

Eu começava a me arrepender de ter falado a verdade. Começava a desejar nunca ter dito a Eamon que Kazumi e eu não havíamos consumado o nosso relacionamento.

– Ela me entende. – Era verdade. Kazumi sabia o que eu estava passando com a minha mãe. E com o meu filho. E embora não nos agradasse colocar em palavras, até com a minha mulher.

– Ela te entende bem demais, Harry. – Eamon tomou um gole de água mineral e passou a mão pelos bastos cabelos negros. – Ela está se divertindo às suas custas, cara. Não se iluda com essa falsa ternura. Com esse negócio de olá-flores, olá-céu.

– Olá-flores, olá-céu?

– Kazumi sabe que depois que o homem consegue o que deseja, não quer mais saber da mulher.

Estávamos em seu camarim, numa casa noturna do East End. O camarim parecia um armário de vassouras comparado aos que estávamos acostumados na televisão, e a boate era na verdade um pub do gênero chope-com-torresmo, antiquado e amarelado de tabaco, que com um certo atraso tentava pegar uma carona na onda da comédia.

Não era muito diferente dos lugares onde Eamon se apresentava antes de entrar para a televisão. O que havia mudado era a sua própria atitude em relação às mulheres. O despreocupado mercador do sexo de antigamente agora recomendava cautela, fazia o possível para me convencer a voltar para minha mulher e acabar com essa loucura. O vício fizera com Eamon o mesmo que faz com muita gente. Fizera-o desejar a estabilidade.

– Você está todo enrolado, Harry. Você comeu demais as mulheres erradas e decepcionou demais as mulheras certas. Como a sua.

Ele sempre tivera um fraco por Cyd.

– Você entra em cinco minutos.

Mas ele não queria deixar passar. Eamon – o único que sabia de tudo sobre mim e Kazumi, além da violoncelista colega de apartamento – achava que tudo seria diferente se eu conseguisse transar com ela. Livrar-me dessa obsessão. Se eu e Kazumi transássemos, disse-me Eamon, eu a veria apenas como uma garota a mais. Porque, por enquanto, essa era a única coisa que Kazumi não era – só uma garota a mais. Mas eu não achava que o sexo, quando finalmente acontecesse, faria alguma diferença. Exceto tornar impossível viver sem ela.

– Você não percebe o que está fazendo, Harry? Você está esticando a melhor parte.

– A melhor parte?

– A procura. A perseguição. A febre da antecipação. É a melhor parte, não é? Quando a gente consegue, é o máximo, melhor do que qualquer coisa que vem depois.

– Lembre-me de nunca fazer sexo com você.

– Você não quer que a parte boa acabe, Harry. Como acabou com Gina. E com Cyd. A sua mulher. E com todas as mulheres que você conheceu. Você quer que a melhor parte se prolongue. Então o que é que você faz? Deixa essa relação platônica continuar. Faz com que a caça, a perseguição, o adiamento do prazer durem para sempre.

– Você acha que é isso que estou fazendo? Eu não acho, não. Eu dormi com muitas mulheres que não amava. Por que não posso amar uma mulher com quem ainda não dormi?

Dormir com – eu não conseguia deixar de usar esse eufemismo bastante impreciso. Todas os outros termos me pareciam demasiado mecânicos.

– Veja a questão da seguinte forma. Do que se trata, todo esse negócio de sexo e romance, homens e mulheres? Se trata de adiar o momento da libertação. Se trata de adiar o prazer. Se trata de deixar o êxtase em suspenso. Relaxa, Harry, sai dessa. Os rapazes daquela banda Frankie Goes to Hollywood sabiam o que estavam falando. Sabe o que é que você está fazendo com essa mulher com quem você não transa?

– Diga-me.

– É óbvio. Apaixonando-se dessa maneira por uma mulher com quem não transa você só adia o momento da libertação para sempre. É claro que você é louco por ela. Por que não seria? Você será louco por ela até descobrir que ela é de carne e osso. Exatamente como a sua mulher.

– Você acha que eu perderia o interesse por Kazumi se a gente transasse?

– Não. O que eu acho é que você poderia pensar com mais clareza. No momento você está apaixonado por uma fantasia, e isso é a coisa mais perigosa do mundo.

– Você acha então que não se pode gostar realmente de uma pessoa antes de trocar seus fluidos corporais com ela?

– Ei, Harry, pega leve.

Olhei para o relógio.

– Você entra em um minuto.

– Nenhum homem consegue pensar com clareza antes de trocar o óleo, Harry.

Talvez fosse isso mesmo. Eu sabia que o relacionamento platônico tornava tudo inapelavelmente romântico. Um *capuccino* com Kazumi no meio da tarde em algum bar ensolarado era algo de que eu me lembraria para sempre. Uma Polaroid que tiramos de nós mesmos em Primrose Hill – Kazumi rindo com a gente batendo cabeça para ficar dentro da foto – virou o destaque da minha semana. A pressão que ela fez na minha mão na última fila do cinema Odeon de Swiss Cottage foi mais excitante do que a maioria das chupadas que ganhei em minha curta carreira de garotão. Ela fez isso por mim.

E eu sabia, é claro, que a coisa estava ficando fora de controle. Mas era mais do que uma fantasia. Eu estava começando a considerar os aspectos práticos de uma vida com Kazumi. Desfazer um lar, estabelecer um outro, dar a mim e a Kazumi a chance de chegar àquele ponto em que os casais, mesmo os muito apaixonados, acabam tendo de chegar. Aquele ponto em que os dois não sentem necessidade nem de se falar.

A coisa podia dar certo. Eu sabia que podia dar certo. E talvez essa fosse a mulher de que eu sempre precisara. Talvez Cyd pudesse ser mais feliz com outro homem. Ela não parecia mesmo muito satisfeita com a vida que estava levando comigo. Portanto, talvez fosse melhor para todo mundo. Um áspero e doloroso despedaçar-se – do casamento, da casa, do lar – e depois todos teriam a sua chance de chegar ao final feliz.

– Mas você nem a *conhece* – disse Eamon, interrompendo meus planos de uma nova vida. – Vocês passaram, o quê?, uma centena de horas um com o outro? Se tanto.

– Quanto tempo você acha que é necessário? Quanto tempo a gente precisa pra saber?

Ele balançou a cabeça, exasperado. Lá fora, dava para ouvir, de muito perto, os gritos do público se sobrepondo à voz da comediante no palco.

– Você é um completo imbecil, Harry. Você vai realmente abandonar a sua esposa, cacete, essa esposa maravilhosa que aliás você não merece, para dar umas trepadas com uma mulher que mal conhece?

Ele estava realmente zangado comigo.

– Eu não disse isso.

– Ora, pra onde você acha que esse negócio está caminhando?

– Não sei.

– É melhor começar a saber, cara. Mais cedo ou mais tarde, provavelmente mais cedo, isso tudo vai acabar em lágrimas.

– Por que é que tem de acabar em lágrimas?

– Porque você vai ter de escolher, seu babaca estúpido. Depois que a gente entra nessa, sempre tem de fazer uma escolha.

– E se eu escolher Kazumi? Como é que você sabe que será um desastre? Como pode ter tanta certeza?

Ele levantou as mãos, fingindo render-se.

– Eu não sei, Harry. Nem você. Mas transe com Kazumi. Transe bastante. Depois veja como se sente depois que ela disser a primeira coisa negativa a respeito do seu filho.

– E se ela nunca disser? E se ela for ótima para ele?

– Então faz as malas e vai à luta.

Ele pôs uma chave prateada na minha mão. Eu olhei para ela. Não precisou me dizer que era a chave do seu apartamento.

– Kazumi é ótima – disse Eamon. – Mas o mundo está cheio de mulheres ótimas. É isso que os românticos idiotas como você nunca admitem. Há um milhão de mulheres extraordinárias lá fora. Dez milhões. Você pode se apaixonar por qualquer uma delas. Se surgirem as circunstâncias adequadas, se houver oportunidade. Cedo ou tarde você tem de parar de se atormentar com a idéia de que lá fora tem uma mulher com o seu nome na testa. Você tem de ser feliz com o que tem. Você tem de amar a mulher com quem está. Você tem de dizer: este é o meu lar agora, esta é minha mulher, e é aqui que eu vou ficar. Pare de procurar, Harry. Simplesmente pare de procurar, está bem?

Há muito tempo, eu ouvi a voz de meus pais. *Apenas descanse os olhos*, me diziam meu pai e minha mãe. *Apenas descanse os olhos.*

Mas Eamon me ofereceu a chave prateada.

E eu a peguei.

✦ ✦ ✦

– Eu comecei a usar essas camisinhas sensíveis – disse Eamon, caminhando pelo pequeno palco. – Camisinhas sensíveis, sim, elas são ótimas. A vantagem da camisinha sensível é que depois de você transar e cair no sono, ela faz carinho na sua garota e conversa com ela sobre seus sentimentos. Camisinhas sensíveis mandam flores no dia seguinte. E nunca esquecem de telefonar...

Ouviu-se uma onda de risos da platéia misturados com alguns suspiros. Não havia a disposição para o riso fácil a que a gente estava acostumado na televisão. Tinha um tipo de freguês que vinha a esses lugares só pelo prazer de sacanear o otário no palco. Na escuridão enfumaçada, alguns se mostravam mais inquietos.

– Já deu a sua cheirada, Eamon?

– Ah, eu não faço mais isso – disse Eamon, suavemente. – O médico me receitou supositórios para o meu vício. Eu disse a ele que não estavam dando certo. E ele me perguntou: "Você tem usado regularmente?", e eu respondi: "O que o senhor imagina que eu tenho feito, doutor? Enfiado eles no rabo?"

Mais risos. E algumas vaias.

– Sim, camisinhas sensíveis. Tem gente que diz que usar camisinha durante o sexo é como tomar banho de chuveiro com capa de chuva. Devem estar brincando. Com todas essas novas doenças, *não* usar camisinha durante o sexo é como levar um quadro de luz para dentro da banheira...

Risadas e umas poucas ofensas, cada vez mais mordazes.

– Você é um fracassado, Eamon, você já era!

– Volta pra clínica de viciados!

– Ainda não caiu a ficha, Eamon?

– Camisinhas, sim. – O pigarrinho Woody Allen. – Hoje em dia tem camisinhas para todas as nacionalidades. Tem pacote de seis, para os italianos. De segunda a sábado com descanso no domingo. E pacote de oito, para os franceses. De segunda a sábado e duas no domingo. E tem o pacote de doze, para os britânicos. – Uma pausa. Seu *timing* era sempre muito bom. – Janeiro, fevereiro, março...

Uma voz belicosa veio do fundo, rouca de asco e cigarro.

– Dá um tempo, Eamon Fish – seus 15 minutos já eram!

– Meus pais não precisavam se preocupar com camisinhas. "Compre e previna-se", não, eles não precisavam se preocupar com nada disso. Não que o sexo seguro deles fosse lá grande coisa. Uma noite eu os escutei pela parede do quarto. Eles tentavam fazer sexo e simplesmente não conseguiam. Minha mãe disse: "Qual é o problema? Você não consegue pensar em mais ninguém?"

– Você não tem graça nenhuma! – berrou a voz.

– Não é aquele tipo de comédia – disse Eamon.

✦ ✦ ✦

A cidade era grande, mas o mundo era pequeno. Cedo ou tarde íamos ser vistos juntos.

Naturalmente que evitávamos as zonas perigosas do norte e do centro de Londres, esse setor surpreendentemente grande da cidade onde Cyd podia estar trabalhando ou Gina estar à espreita. Mas acabaríamos sendo vistos. Eu sabia disso.

E quando aconteceu foi pior do que eu havia imaginado – e não foi minha mulher nem minha ex-mulher, foi uma pessoa dos subúrbios da minha vida. Ele me viu assim que entrou na boate e entendeu tudo imediatamente.

O homem casado ao lado de uma garota que não era a sua esposa. Tomando um drinque num canto silencioso de um pub no segundo andar de uma boate, de mãos dadas, como se já não fosse a primeira vez.

E eu senti uma culpa nauseante porque esse sujeito, esse estranho, sabia, e minha mulher, não. Senti vergonha de mim mesmo. Parecia a maior das traições imagináveis.

– Harry – disse Richard, olhando para Kazumi.

Que diabos ele estava fazendo aqui? Que motivo poderia ter esse cara para estar numa casa noturna de Hackney?

– Richard. Eu pensei que você ainda estava nos Estados Unidos.

– Eu vim ver Gina. – Ele finalmente tirou os olhos de Kazumi. – Para ser sincero, eu quero que ela volte.

– Esta é Kazumi – eu disse, pensando, num momento de covardia, em fazê-la passar por uma colega de trabalho ou uma parceira de negócios.

Mas a verdade era que Richard não estava nem aí. Não estava em condição de se importar com os enredos românticos dos outros – sem emprego, sem mulher e com uma vida que chegara a um ponto que ele nunca havia imaginado. Eu conhecia essa sensação.

– Estou com uns amigos – ele disse. – Moram aqui perto. Este lugar está ficando popular entre a gente da City, não?

– Eles e os traficantes de crack. Escuta, Richard, nós temos de ir. Boa sorte com... tudo.

Vendo Kazumi e Richard se cumprimentarem sorrindo, eu me

lembrei da teoria do touro velho de Gina e concluí que ele não tinha a mínima chance de tê-la de volta.

Abandonamos abruptamente os nossos drinques e o deixamos. Meu sentimento de culpa nos dirigiu até a porta de saída.

Foi quando eu me lembrei da chave no meu bolso.

✦ ✦ ✦

Entramos no apartamento de Eamon.

Ele fora comprado durante os anos aúreos de *Sextas com Fish*, dos cachês lucrativos e dos anúncios de cerveja – um *loft* à beira do rio com visão para a Tower Bridge, o Tâmisa e as docas recém-urbanizadas, iluminados como um cartão-postal de Londres à noite. Kazumi foi até o janelão e ficou olhando para as águas negras do Tâmisa, a ponte iluminada, a cidade cintilante.

Aí ela se virou para mim.

– Kazumi...

– Não diga nada.

Iluminados pelo luar e pelas luzes da cidade, fomo nos desvencilhando de nossas roupas enquanto nos beijávamos. Estávamos atracados seminus sobre o sofá, como adolescentes no cio, quando Eamon chegou em casa.

Kazumi ouviu a chave na porta antes de mim. E antes mesmo que Eamon e sua acompanhante entrassem na sala de estar ela já se levantara e se escondera no banheiro.

Eu reconheci a mulher – uma produtora de TV que já havia trabalhado no *Programa Marty Mann.* Eamon acenou da porta e em seguida eles desapareceram em seu quarto. Ouvi música e risos por trás da porta fechada. Não teria tido importância, mas o encanto fora quebrado. Kazumi voltou do banheiro totalmente vestida e pronta para ir embora.

– Ah, não vai ainda – eu disse. – Por favor, Kazumi. Vem aqui. Ninguém vai nos perturbar novamente. Olha só a vista.

Ela balançou a cabeça.

– Não é a minha vista.

Eu não tentei discutir com ela. Aborrecido, abotoei a camisa e saímos do apartamento em silêncio.

– Não posso continuar assim – ela disse enquanto eu fazia sinal para um táxi. – Estou falando sério, Harry. Isso não pode continuar.

E não continuou.

Porque depois de deixar Kazumi eu fui para casa, onde minha mulher me disse que estava indo embora.

vinte e cinco

Eu já fora abandonado antes.

Mas desta vez era diferente.

Gina foi embora em fúria quando me deixou – sem se importar com o que estava levando e o que estava deixando para trás. Tudo o que ela queria era sair de casa, ficar longe de mim e da nossa vida. Eu me lembro das meias de Pat transbordando da mala semifechada, das lágrimas da traição borrando a sua maquiagem e de uma dor latejante bem acima do meu coração, onde ela me atingira com o meu telefone celular.

Apesar de tudo isso, quando Gina foi embora ainda parecia haver uma tênue chance de que um dia ela voltasse para casa e que aquela raiva toda acabasse passando.

Não foi assim com Cyd.

A saída de Cyd era calma e metódica.

Sem lágrimas, sem gritos, sem pressa. Uma saída adulta e racional, o que de certa forma parecia ainda pior. Ela não estava indo embora essa noite. Não estava indo embora amanhã. Mas iria embora em breve.

Em nosso pequeno quarto de hóspedes, as malas estavam abertas sobre a cama de solteiro e as bolsas ocupavam presumivelmente cada centímetro quadrado de chão. Algumas quase vazias. Outras já carregadas de livros, brinquedos, CDs e roupas de inverno, dela e de Peggy. Cyd planejava já estar em algum outro lugar quando mudasse a estação.

Com Gina, eu achava que ainda tinha uma chance.

Com Cyd, não tinha nenhuma dúvida.

Ela não voltaria nunca mais.

– Você vai a algum lugar?

Ela se virou.

– Desculpe. Não ouvi você entrar. – E voltou-se novamente para a mala que estava arrumando. Empilhou os grossos suéteres de lã de Peggy, balançando a cabeça. – Desculpe.

– O que é isso – eu disse, entrando vagarosamente no quarto.

– O que parece que é?

– Parece que você está se mudando.

Ela assentiu com a cabeça.

– Como eu já disse, desculpe.

– Por quê?

Ela se virou outra vez e me olhou de frente. E debaixo daquela calma eu vi a mágoa e a raiva.

– Porque você já me deixou, Harry. Eu sinto que você já me deixou. O que eu não sei é por que você continua comigo. E sabe o que é mais triste? É que nem você sabe. Você não sabe mais o que faz ao meu lado. Você nem se lembra.

Balancei a cabeça, embora soubesse que cada palavra sua era verdadeira. Em algum lugar do caminho eu esquecera por que estávamos juntos. Por isso foi tão fácil me apaixonar por outra pessoa.

– Eu não posso ficar de farra por aí, Harry. Eu disse isso a você desde o começo. Porque não sou só eu. Eu tenho uma filha. Tenho de pensar nela. E sei que, tal como estão as coisas entre mim e você, cedo ou tarde você vai arranjar uma amiguinha.

– Uma amiguinha?

– Uma amiguinha, sim. Alguém com quem você possa transar sem complicação. Cedo ou tarde você vai arranjar. Se é que já não arranjou, sei lá. E acho que nem quero saber. Ora, vamos, Harry, a gente nem dorme mais na mesma cama. Com certeza tem uma amiguinha lá fora com o seu nome escrito na testa.

Famílias mescladas e amiguinhas. Havia um mundo inteiramente novo lá fora. Meu pai não o teria reconhecido. Eu mesmo não o reconhecia.

– Cyd, a última coisa que eu estou procurando é uma amiguinha.

Ela me estudou por um momento. Talvez pudesse ver que isso era verdade também.

– Aí um belo dia aparece alguém que você ama de verdade e a bagunça fica pior ainda. Não para você. Mas para mim e minha filha. Você se lembra dela? É com ela que eu tenho de me preocupar agora. Você vai achar uma moça e vai fazer o que sempre fez, Harry, dizer que ela é a mulher mais maravilhosa que já existiu.

– É isso o que eu faço?

Minha mulher fez um gesto de assentimento.

– E você vai acreditar em cada palavra, Harry. E ela também. Quem sabe até já não aconteceu? Você já conheceu a garota mais maravilhosa que já existiu, Harry? Ou ela é só a última de uma longa fila?

Meus olhos se desviaram de Cyd para as malas abertas e para Cyd outra vez. Ela havia guardado seus álbuns de fotografias. As fotos de Peggy. As fotos do nosso casamento. As nossas férias ao longo dos anos. Ela as guardara todas.

– Não vá embora, por favor. – Eu não queria que a gente terminasse daquele jeito. Nem de nenhum outro. Alguma coisa dentro de mim negava-se a dizer a palavra final, a consumar o rompimento.

– Por que não? Não está dando certo, Harry. Não pra você. Nem pra mim.

– Por favor...

Fiz um movimento em sua direção, mas ela ergueu a mão como se fosse um guarda de trânsito.

– Você não é um mau sujeito, Harry. Você tem um bom coração. Eu acredito nisso. Mas nós podemos desperdiçar as nossas vidas sendo simpáticos um com o outro. Podem se passar vinte anos e a gente continuar sem saber por que ficamos juntos. Eu sei que você quer o que os seus pais tiveram. Sei que você quer um casamento como o deles. E quer saber de uma coisa? Você não é o único.

– As coisas andam difíceis. Com minha mãe, com nossos filhos, com o trabalho.

– Os momentos difíceis deviam nos tornar mais unidos. Eu não esperava nenhuma grande aventura. Isso é um casamento, Harry, não o Club Med. Segurar a barra nas horas difíceis e assim nos fortalecermos e nos aproximarmos, essa é a questão. Mas o nosso casamento não é isso, Harry. Nem nós.

Eu sabia que não tinha o direito de me sentir tão mal quanto me sentia. Mas não podia evitar. Ver Cyd arrumando suas coisas parecia o maior fracasso da minha vida. E o que doía mais que tudo era saber que ela estava certa. Ela merecia mais do que estava recebendo do nosso casamento.

– Eu estou indo embora porque você não consegue ir, Harry. Porque você não é cruel o bastante para me deixar. Mas não me faça nenhum favor, está bem? Eu não quero que você fique porque sente pena de mim. Porque se sente culpado. Ou porque não tem coragem de ir embora.

– Eu fico porque gosto de você.

Ela sorriu delicadamente, colocando a mão no meu rosto.

– Se você gosta realmente de mim, me ajude a sair desta situação.

– Mas pra onde você vai?

– Pra casa. Pra Houston. Pra minha mãe e minhas irmãs. Aqui não tem nada mais pra mim.

– Quando?

– Depois do casamento de Jim. Peggy está louca pra ser a dama de honra. E eu não vou privá-la disso.

Peguei na mala que estava sobre a cama um álbum de fotografias, com uma capa de couro, e o abri numa foto que parecia ter sido tirada uma vida inteira atrás. A festa de cinco anos de Pat, no quintal da casa dos meus pais. Pat pequenininho, lindo. Peggy, mais velha aquele tantinho que faz a diferença, compenetrada na gelatina de morango à sua frente. Minha mãe e meu pai, saudáveis, sorrindo aliviados para a câmera porque o dia estava indo bem. E Cyd sorrindo, acenando-me com um sanduíche de pasta de peixe enquanto eu tirava a foto. Uma mulher alta, esguia e bonita, uma mãe solteira que acabara de perceber que não só ia ter de passar por essa provação – conhecer os pais do namorado – como ia acabar gostando. Todos parecíamos tão jovens.

– Se lembra disso? Da festa de cinco anos de Pat?

Ela riu.

– Eu me lembro bem do seu pai engasgando com uma tortinha de lingüiça quando eu disse que meu ex-marido saía com uma dançarina de cabaré tailandesa.

Tive de rir dessa lembrança.

– *A vaca foi para o brejo.* Era uma das expressões favoritas do meu pai.

Fechei o álbum de fotografias e coloquei-o de volta na mala.

– Eu sinto muito também, Cyd. Sinto muito não tê-la feito feliz.

Eu estava sendo sincero.

– Vem aqui – ela disse. Eu fui até ela, e nos abraçamos por um longo tempo.

– Amigos ainda? – eu disse.

– Sempre amigos, Harry. – Ela me soltou delicadamente e voltou para a sua arrumação. – Mas eu prefiro ir embora enquanto ainda nos resta um pouco de amor.

✦ ✦ ✦

Minha mãe estava gostando de usar a sua peruca Dolly Parton.

Perder o cabelo durante a quimioterapia foi uma das poucas indignidades de que ela fora poupada, mas mesmo assim a portentosa peruca dourada estava agora no serviço ativo. Ela emoldurava o seu rosto ainda belo quando abriu a porta para mim e Pat, reluzindo à luz do sol como a armadura de um cavaleiro.

– O que foi que aconteceu com a sua cabeça? – perguntou Pat.

– É o meu cabelo Dolly Parton, meu bem.

– Você está bem, não? – eu perguntei. – Seu cabelo não começou... você sabe.

– Nem um pouco. Custava cinqüenta libras na Harrods. Uma chance imperdível. Além disso, as louras se divertem mais. Como disse Rod Stewart.

Ela parecia ótima com a sua peruca. Enquanto Pat se ocupava do DVD, eu me sentei com ela no quintal e a ouvi dizer que aquilo não tinha nada a ver com vontade de ser loura.

– Estou diferente agora – ela disse. – As pessoas pensam que já foi tudo superado. Mas você nunca supera. Toda a dor, todo o sofrimento... você fica pensando se aquilo está voltando, se é ele outra vez. A gente fica resfriada e pensa que é câncer. Mas olha só. Parece até que estou com pena de mim mesma.

– Não, não parece, mãe.

– Minha peruca Dolly Parton – disse ela, tocando na cabeleira loura. – É uma forma de mostrar ao mundo que já não sou mais a mesma. Agora eu sou diferente, certo? As pessoas me perguntam: *De volta ao normal, Liz?* – Minha mãe balançou a cabeça. – Eu fico louca. Eu não posso fingir que essa coisa não aconteceu comigo. Mas como posso lhes dizer? Como fazê-las entender? A vida para mim nunca voltará ao normal. O normal mudou.

Eu sabia o que ela queria dizer. Pelo menos achava que sabia. Adoecer novamente seria sempre uma possibilidade. Agora ia ser assim para sempre.

– Mas estou mais forte, também – disse minha mãe. – Olha só o meu magnífico cabelo. Eu saio por aí sem me importar com as pessoas me olhando. Com o que elas dizem – esse é o menor dos nossos problemas, não é? Estou vivendo o aqui e o agora. Tentando viver a vida plenamente. À minha maneira, silenciosamente. Não planejo nada dez anos à frente. Se você quer garantia, compre uma torradeira. Agora eu procuro usufruir o que tenho. – Ela pegou a minha mão. – E tirar proveito do quanto sou amada.

– Você ainda vai estar por aí por muitos anos, mãe. Você derrotou essa coisa. Você vai ver Pat crescer.

Eu queria mesmo acreditar naquilo.

– É difícil para as pessoas – ela disse, como se não tivesse escutado uma palavra do que falei. – Eu acho que o seu pai sentia isso ao voltar da guerra. Com quantas pessoas ele podia conversar, realmente conversar, sobre as coisas pelas quais tinha passado? Só com os caras que tinham vivido a mesma situação. Aqueles que sabiam.

Ela me mostrou um daqueles folhetos roxos e cor-de-rosa sobre o câncer no seio. Mas esse era novo.

– A gente pode fazer um curso – disse minha mãe, abrindo o folheto. – Eles dão treinamento para você ser conselheira. Aí você pode conversar com mulheres que estão passando pelo mesmo problema que você passou. Agora eu sei que é isso o que eu quero fazer. Ajudar mulheres que estão lutando contra o câncer no seio. Está vendo só, Harry? Agora eu consigo dizer. Antes eu nem pronunciava essa palavra. *Câncer.* Como se eu tivesse alguma coisa do que me envergonhar, como se fosse minha culpa. Você se lembra de uma moça loura no hospital? Uma bem bonitinha? Um pouco mais nova que você. Tinha dois garotinhos. Umas gracinhas. Mais ou menos da idade de Pat.

Eu tinha uma vaga lembrança de uma jovem pálida na mesma enfermaria da minha mãe.

– Pois é, ela morreu – disse minha mãe, com os olhos se enchendo de lágrimas.

– Você não vai morrer.

– Eu quero conversar com moças como aquela. Mulheres, eu quero dizer. Agora a gente tem de chamá-las de mulheres, não é? Pois é, ela era só uma menina para mim.

Pat veio até o quintal, entediado com o DVD. Ele não queria vir à casa da avó hoje. Bernie Cooper o chamara para brincar. Mesmo me sentindo culpado, eu o convenci de que tínhamos de ficar com a vovó hoje. Porque minha mãe estava certa. O normal mudara. E eu não tinha como saber quanto tempo ainda nos restava.

– Meus meninos lindos – ela disse, abrindo os braços. – Me abracem. Os dois. Vamos lá, podem me abraçar que eu não vou quebrar.

Nós a abraçamos rindo, com o rosto afundado na peruca Dolly Parton, sabendo que naquele momento a amávamos mais do que qualquer outra pessoa na face da Terra.

Pat voltou para a sala de estar. Sorrindo de tristeza e felicidade ao mesmo tempo, minha mãe bateu no meu ombro.

– Seu pai estaria orgulhoso de você.

Eu ri.

– Não sei por quê.

– Porque você tem cuidado muito bem de mim. Porque você ama o seu filho. Porque você é um homem bom. Você sempre se compara a seu pai e acha que fica devendo alguma coisa. Você está enganado, Harry. Independentemente da estatura do seu pai, você ainda tem muito a crescer por sua própria conta.

– Mas como foi que você e papai *fizeram*, mãe? Como é que se ama uma pessoa para toda a vida? Como se faz para que um casamento dure para sempre?

Minha mãe não teve nem de pensar.

– Você tem de continuar se apaixonando – ela disse. – Você só precisa continuar se apaixonando pela mesma pessoa.

✦ ✦ ✦

A gente sempre tirava os sapatos na casa de Gina, de modo que, no momento em que Pat abriu a porta com sua chave, eu os vi imediatamente – aqueles bico largo um tanto gastos e necessitados de graxa, umas barcaças que não deixavam espaço para mais ninguém na soleira da porta.

Namorado novo, pensei. Não era de surpreender. Ela nunca iria ficar sozinha muito tempo. Não com aquela aparência. Ainda.

Enquanto ajudava Pat a tirar o casaco, eu pensei o mesmo de tantas outras vezes em que me via perto da minha ex-mulher.

E o meu menino?

O que significaria, para Pat, Gina começar a sair com um namorado novo? Será que o cara vai gostar do meu filho? Ou será que vai vê-lo como uma mera aporrinhação?

Então Gina surgiu à nossa frente, com a cara afogueada e um tanto aflita. Eu senti em minha ex-esposa uma ponta de irritação. Que diabos ela estava fazendo lá dentro com esse cara de pés grandes?

– Vovó está com um cabelo novo – Pat lhe disse.

– Que ótimo, querido – ela disse, sem ouvi-lo, vendo que eu olhava para as barcaças.

– É amarelo – disse Pat.

– Que bacana.

Já sem o casaco, Pat tirou os sapatos.

– Entra. Tem uma pessoa lá dentro que quer ver você. Eu preciso conversar com o seu pai.

Pat subiu as escadas até a área íntima do apartamento. Um homem com voz de barítono falou com ele e Pat respondeu com sua voz fina e meiga.

– Richard – disse Gina.

– Richard?

– Eu acho que nós vamos tentar novamente.

Eu ouvia a conversa fiada de Richard e Pat lá em cima.

E o meu menino?

– Você me surpreende, Gina.

– É?

– É. E a teoria da vaca velha?

– Do touro velho.

– Seja como for. Eu pensei que quando você terminava com eles, terminava mesmo.

Ela riu.

– Talvez eu estivesse pensando em você, Harry.

Eu respirei, deixa pra lá.

– O que houve?

Ela deu de ombros.

– Eu acho que me senti isolada. E um pouco assustada, talvez. Você sabe como é viver sozinha com um filho.

– Sim, eu sei como é.

– A gente se sente solitária. Não importa o quanto se ame os filhos, a gente se sente solitária. Fica difícil conhecer outras pessoas. Fica difícil mesmo, Harry. E eu não tenho nem certeza de que estou a fim de passar por tudo isso outra vez. Encontros... Deus me livre dos encontros. Quem é que tem gás para essa droga na nossa idade?

– Eu topei com Richard. Ele disse a você?

Ela fez que sim com a cabeça, mas não havia em seus olhos nada que indicasse já saber a respeito de mim e Kazumi. Richard mantivera o meu segredo, portanto. Ou talvez ele não estivesse nem aí. Tudo o que ele queria era a sua mulher de volta.

– As coisas não eram tão ruins entre nós – disse Gina. – A mudança foi difícil. E depois esse negócio de ficar tentando um bebê sem conseguir foi mais difícil ainda. Mas nós vamos tentar outra vez.

– Tratamento de fertilidade?

Ela assentiu. – Vou ter de tomar uns remédios para produzir óvulos em grande quantidade. E Richard vai ter, você sabe, de se masturbar.

Não devia ser nenhum grande esforço para Richard.

Fiquei olhando para ela. Num minuto tinha acabado com o cara, no minuto seguinte seus ovários davam hora extra para fazer o bebê dele. Eu não a entendia mesmo. Será que escolher a pessoa para compartilhar a nossa vida é uma coisa aleatória? Será que é tão fácil demolir e construir de novo logo depois?

Gina achou que o meu silêncio significava dúvidas a respeito do tratamento de fertilidade.

– É o que há de mais avançado hoje em dia, Harry. Em algumas clínicas de fertilidade, as realmente boas, a gente tem mais chance de conceber com a fertilização in vitro do que com o método convencional. É verdade.

– Eu não sei não, Gina. Ouvi falar que a fertilização in vitro é cara. E nem sempre funciona.

– Quem sabe isso até nos fortaleça? Nos transforme em um casal de verdade? Não é o que todos queremos?

– Mas você não o ama mais, Gina. Você não pode ficar com um cara, continuar casada com ele, ter um filho com ele, só porque está se sentindo solitária.

– Não posso? E o que é que você quer que eu faça? Esperar que apareça o Sr. Perfeito? Eu não tenho tempo, Harry, nem energia. Às vezes eu penso o seguinte: a pessoa com quem você está é só a pessoa com quem você está. E basta. Fim de papo. Não é nada além disso.

– Romântica como sempre.

– Não é tão mau assim. Ser companheiros. Estar juntos. Se apoiar. Não é como nas velhas canções, mas, e daí? Um adulto não pode ficar por aí se apaixonando o tempo todo como um adolescente boboca. Isso faz da vida da gente uma tremenda duma confusão.

– A gente não escolhe a pessoa por quem vai se apaixonar.

– Que papo mais ingênuo. É claro que escolhe, Harry. É claro que escolhe.

Eu gostava de pensar que éramos amigos. E gostava de pensar que ainda gostava dela. Que sempre iria gostar dela. Mas esse gostar da minha ex-mulher só ia até aí. No final, meus pensamentos sempre voltavam ao mesmo ponto.

– E o meu menino?

– O seu menino? – ela disse. – O seu menino, Harry? Você devia ter pensado no seu menino antes de transar com aquela putinha do seu escritório, não é?

E de repente eu vi que não existe neste mundo ninguém mais distante de você do que a pessoa com quem um dia você foi casado.

vinte e seis

– O sujeito pega um vôo lotado – disse Eamon, caminhando na meia-luz esfumaçada. – O avião está cheio. Mas o assento ao seu lado, o assento ao seu lado está vazio. – Mão à boca, pigarrinho Woody Allen. – Ele pensa: quem será que vai sentar ao meu lado? Igualzinho a você, não é? Aí ele vê se aproximar a mulher mais linda que já viu na vida. Um rosto angelical e umas pernas de fechar o comércio. É claro que ela se acomoda no assento vizinho ao do nosso amigo. – Curvado sob o refletor. A platéia atenta. – Aí o sujeito cria coragem e fala com ela. "Desculpe? Por favor? Para onde a senhorita está indo?" "Oh", diz ela. "Estou indo à Feira do Sexo em Kilcarney. Eu dou palestras sobre esse assunto. Desfaço alguns mitos a respeito do sexo." "Como o que, por exemplo?" "Por exemplo", diz ela, "muita gente acredita que os negros são mais bem dotados do que os homens de outras raças, quando na verdade são os nativos norte-americanos que tendem mais a apresentar essa característica fisiológica. A sabedoria popular diz também que os franceses são os melhores amantes, mas as estatísticas mostram que os gregos são os mais capazes de proporcionar prazer sexual às suas parceiras." Aí ela corou. "Mas eu estou lhe falando tudo isso sem nem saber o seu nome." O sujeito estendeu a mão. "Tonto", disse ele. "Tonto Papadopoulos."

E enquanto a platéia ria eu me via na pele daquele sujeito e na moral daquela história.

Nunca estivera em meus planos ser aquele cara que mente sem pestanejar. Eu nunca quis ser esse tipo de homem. Meu pai nunca foi esse tipo de homem.

Mas eu havia aprendido que precisava mentir para poder equilibrar todas as demandas. Era uma loucura.

Meu nome é Tonto. Tonto Papadopoulos.

✦ ✦ ✦

Enquanto lá em cima Cyd ajudava Peggy a vestir sua roupa de dama de honra e Pat, sentado no tapete, assistia a uma corrida de cavalos no canal 4 – esse menino via qualquer coisa, eu juro –, eu fui sorrateiramente até o fundo do quintal para ligar para Kazumi pelo celular.

Íamos nos encontrar para jantar. Era o combinado. E essa coisa tão simples – um homem indo jantar com uma mulher – tinha de ser planejada no máximo segredo, como se fosse uma coisa ilegal ou tremendamente perigosa. Eu estava enjoado disso, para falar a verdade. Eu ficaria feliz quando esta necessidade de me mover furtivamente acabasse. Agora faltava pouco.

Quando entrei de novo em casa, Peggy estava no alto da escada, sorrindo de orelha a orelha, vestida de dama de honra.

– Que tal eu estou, Harry?

– Parece um anjo.

E parecia mesmo. Um anjinho. Senti uma pontada de tristeza de saber que essa criança que eu vira crescer em breve estaria fora da minha vida para sempre.

Ela correu de volta para o quarto com instruções para a mãe sobre as flores que ia usar no cabelo enquanto eu ia até a sala de estar e me sentava ao lado do meu filho. Ele ainda assistia, impassível, à corrida de cavalos na televisão. Às vezes eu ficava preocupado com esse menino.

– Você não quer ver o que mais está passando, Pat?

Ele grunhiu uma negativa, sem nem olhar para mim.

Pat viera para a minha casa porque sua mãe tinha umas coisas para discutir com o seu... o que era Richard nesses dias? Ex-padrasto? Futuro padrasto? O doador de esperma para o seu meio-irmão? Eu achava cada vez mais difícil acompanhar a novela da minha ex-mulher. Mas quem era eu para me sentir superior?

Pelo menos, Gina fazia tudo às claras.

– Eu não sabia que você era viciado em corridas de cavalos, Pat – disse Cyd, entrando na sala.

– Cavalos – disse Pat, virando-se para Cyd. – Os cavalos são lindos.

Senti uma pontada de culpa. Ele não estava meramente vidrado na TV. Os cavalos o encantavam. Por que ele nunca me disse isso? Por que guardou essa revelação para Cyd? Só porque não fui eu quem perguntou?

Ela sorriu e sentou-se no chão ao lado dele.

– Os cavalos são lindos, não são? – ela disse. – Eles têm, como dizer?, uma nobreza, eu acho. Sim, os cavalos têm uma certa nobreza.

– Uma o quê?

– Nobreza. – Ela se virou para mim. – Como você definiria *nobreza*, Harry?

– Dignidade – eu disse. – Decência, generosidade.

Como você, eu pensei, olhando para a mulher com quem eu me casara. Dignidade, decência e generosidade. Exatamente como você.

Não que Cyd se parecesse com uma égua.

Ela pôs o braço no ombro do meu filho e ficou ao lado dele olhando os cavalos. E eu percebi que ela sempre fora boa com ele – gentil, paciente, até amorosa. Então qual era o problema? O problema era eu não estar nunca satisfeito com sua generosidade, sua paciência e seu amor.

O problema era eu querer, o tempo todo, que Cyd fosse uma coisa que ela jamais poderia ser.

A mãe dele.

✦ ✦ ✦

Eu nunca vira Peggy tão animada.

Muito antes da hora prevista para o pai ir buscá-la, ela já estava vestida de dama de honra, posando em frente a todas as superfícies refletoras disponíveis na casa e controlando a rua pela janela, à espera do pai.

Finalmente ouvimos o ronco de uma moto acelerando lá embaixo.

– Ele chegou! – gritou Peggy, saindo da frente do espelho do hall.

– Não esqueça o seu capacete – disse a mãe lá de cima.

Era um casamento temático. Os noivos chegariam no cartório de motocicleta. Até o padre que ia casá-los numa igreja das redondezas chegaria na sua Honda e realizaria a cerimônia com roupas de couro. A recepção seria no histórico Ton Up Café, na estrada M1.

Peggy estava na porta, acenando para Jim, quando Cyd desceu as escadas.

Eu fiquei atônito ao vê-la.

Ela usava um vestido que havia anos eu não via. Seu antigo *cheongsam*, traje feminino em estilo chinês, em seda verde. O mesmo que usara na noite em que eu me apaixonei por ela.

Ela viu que eu a observava, mas ignorou-me, como se fosse perfeitamente natural sair por aí com aquele vestido tão especial. Ajudou Peggy a colocar o capacete.

– Agarra bem a cintura do papai, está bem?

Fomos juntos acompanhar Peggy até o meio-fio. Eram duas motos, Jim na sua Norton com Liberty, a noiva radiante, sentada na garupa, e o padrinho numa antiga Triumph com um assento lateral. Jim e seu padrinho de casamento usavam casacos de couro sobre os fraques. A única concessão de Liberty à segurança no tráfego era um capacete branco-neve. Dei meus parabéns formais a Jim. Não era uma situação fácil. O marido da ex-mulher desejando sorte ao primeiro marido dela no dia do seu novo casamento. Então fizemos o que os adultos sempre fazem em ocasiões como essa – nos concentramos na criança. Cyd cuidou dos babados de Peggy ao colocá-la no seu assento e eu me certifiquei de que o capacete estava bem ajustado.

Aí eles foram embora, os motores roncando rua abaixo e os fraques e o vestido de noiva esvoaçando.

– Você vai a algum lugar? – eu perguntei.

Cyd respondeu sem olhar para mim.

– Estou empacotando umas coisas – ela disse. – Decidir o que quero levar e o que quero jogar fora.

– Vai levar esse vestido com você?

– Não. Eu só queria ver se ele ainda servia. – As motos já se tinham ido. Ela olhou para mim. – Antes de jogá-lo fora.

Ela usara esse vestido naquela que foi provavelmente a noite mais feliz da minha vida. Aquela felicidade simplesmente caíra sobre mim, como é próprio da verdadeira felicidade, e fora causada pela alegria de simplesmente estar ao lado dela. Era uma cerimônia de premiação num dos grandes hotéis de Park Lane, uma daquelas festas barulhentas, intermináveis, cheias de gente bêbada e tapinhas nas costas, que eu em geral abominava.

Mas naquela noite eu estava tão feliz de estar vivo, vendo o suave azul do céu esmaecer sobre o Hyde Park, tão satisfeito de estar com aquela mulher incrível em seu vestido de seda verde, que, honestamente, acreditei que nunca ficaria triste outra vez.

– Ele ainda serve – eu disse a ela.

✦ ✦ ✦

Cyd foi para cima cuidar das malas.

Eu fui para a sala de estar e me sentei no tapete ao lado do meu filho. Já não havia belos cavalos, ele apenas passeava pelos canais em meio aos programas da televisão vespertina. As imagens se sucediam rapidamente ante seus olhos azuis. *Cadê as minhas calças, cara?*, *Snowboarding*, *Seis estudantes invocados num apartamento*, velhos vídeos de música, *Mundo cão*, modelos russas, *Arte? Ai meu saco!*, o canal de culinária, *Desculpe, eu sou um completo idiota.* Tomei delicadamente o controle remoto de sua mãozinha cálida e desliguei a TV.

– Você está legal, Pat?

Evasivo, ele assentiu com um gesto.

– Você viu como Peggy estava bonita de dama de honra? – Ele pensou um momento. – Ela parecia mesmo uma dama.

– Não estava? – Abracei-o. Ele se aconchegou perto de mim. – E você? Como você está se sentindo?

– Um pouco preocupado.

– Com o que, meu amor?

– Bernie Cooper – ele disse. – Bernie Cooper disse que cachorros precisam de passaporte.

– Bem, eu acho que é verdade mesmo. Se um cachoro vai se mudar de um país para outro, ele precisa de algum tipo de documento de identidade. Bernie tem razão.

– Pois é, é isso que eu quero saber. Britney tem passaporte?

– Britney?

– Meu cachorro Britney. Porque, se Britney não tem passaporte, como é que o Richard vai trazer ele pra Londres, onde a gente vai morar agora?

– Eu tenho certeza de que Richard vai dar um jeito nisso. E Richard? Como você se sente de vê-lo outra vez?

Ele deu de ombros. Creio que estava verdadeiramente mais preocupado com o cachorro do que com o padrasto. Britney significava infinitamente mais para Pat do que Richard jamais significaria. E, além do mais, um cachorro é para toda a vida, ao passo que um padrasto pode ser para um período qualquer de tempo.

– Sua mãe e Richard talvez voltem a morar juntos.

Meu filho fez um gesto de concordância, mordendo o lábio inferior pensativamente enquanto examinava o controle remoto na minha mão.

– Você está feliz com isso, meu amor? Isso não diz respeito só à mamãe e a Richard. Diz respeito a você também. Eu quero que você, como dizer?, me diga se alguma coisa o preocupa. É para isso que eu estou aqui, certo? Você pode falar comigo sempre que quiser. Sua mãe falou alguma coisa com você sobre isso? Sobre o que ela e Richard planejam fazer?

Outro gesto.

– Eles vão tentar fazer funcionar, pai.

Eles vão tentar fazer funcionar.

Quando eu tinha sete anos de idade, tentar fazer funcionar queria dizer montar um trenzinho elétrico que você ganhou no seu aniversário ou um Autorama no dia de Natal. Em silêncio, ligamos novamente a TV.

Agora, quando um garoto falava em fazer funcionar, estava se referindo a um casamento.

✦ ✦ ✦

Ouviu-se um ruído de motocicletas na rua.

Peggy estava de volta do casamento do pai.

Cyd desceu as escadas, ainda com o vestido verde. Eu me senti tomado por algo que talvez fosse esperança, talvez apenas nostalgia. Mas eu estava feliz por ela ainda não ter tirado o vestido.

Saímos à rua, onde uma dúzia de motocicletas nos esperavam. Os homens de fraque e as mulheres em roupas de festa, todos devidamente protegidos com couros e capacetes e orgulhosamente montados em suas enormes BMWs e Nortons e Harleys e Triumphs. A noiva vinha na garupa da moto de Jim e Peggy toda empertigada no único assento lateral do comboio. Sua mãe pescou-a de lá.

– Bom casamento? – disse Cyd.

Agitada, Peggy começou a tagarelar.

– Eu levei as flores e fui andando bem atrás de Liberty no corredor que ia até a sala do cartório.

Jim riu.

– Essa é a minha garota. Venha cá, princesa, dê um beijo grande no papai.

Cyd e eu observamos constrangidos pai e filha se abraçarem. A parte de Peggy nas comemorações havia terminado. Ela não estaria com o casal feliz na recepção no Ton Up Café. Depois eles embarcariam para Manila, onde passariam a lua-de-mel. Jim pegou a filha no colo, cercado de sorrisos.

Pat se juntara a nós na calçada, tapando os ouvidos por causa do barulho das motos.

– Bem – disse Cyd. – Parabéns.

– Sim – eu disse. – Parabéns.

Jim sorriu e arrancou com a moto. Eu não podia acreditar. A moto de Jim roncando rua abaixo com a noiva atrás e a filha na frente. A noiva e a dama de honra uivavam de prazer. Eu pensei que fosse um seqüestro. Pensei que ele a estivesse roubando.

– Ela devia estar de capacete – disse Cyd. – Eu sei que é só uma brincadeira, mas não gosto disso.

No final da rua, Jim fez meia-volta e veio em nossa direção, com a filha rindo em seus braços e o vestido da sua noiva esvoaçando atrás da moto. Veio fritando os pneus traseiros, fazendo as três gritarem de medo e prazer, como numa montanha-russa. A moto deu um guincho e parou. Os demais convidados aplaudiram e aceleraram seus motores.

– Mais – disse Peggy.

– Só uma vez mais – disse Jim.

– Chega – disse Cyd, tirando Peggy da moto.

– Ah, *mãe!*

Jim suspirou ostensivamente.

– A Cyd de sempre.

– Já basta – eu disse.

O noivo olhou para mim, agora sem sorrir, e eu percebi que era a primeira vez que ele me olhava no olho naquele dia.

– Já basta? – ele disse. – Já basta, você disse? Quem é você para me dizer que já basta, cara? Ela é minha filha.

– Eu vivo com ela – eu disse.

Ele me deu uma sacaneada.

– É, mas não por muito tempo mais, certo?

Eu olhei para Cyd e ela olhou para o outro lado. Então ela falara com o ex-marido sobre nós. E eu desconfiei de que toda essa exibição de felicidade – o casamento temático, o bando de amigos na porta da nossa casa, a performance motociclística com Peggy – tinha menos a ver com a filha do que com a ex-mulher.

Somos capazes de resistir a todas as tentações com nossos antigos parceiros, exceto a de lhes dizer o quanto estamos felizes agora.

– Eu te conheço, Harry – disse Jim. – Você não é pai da Peggy. Você não é pai nem do seu próprio filho, certo?

Olhei para Pat. Ele tapava os ouvidos. Eu não sabia se era por causa das motos ou se por causa de Jim.

Primeiro Luke Moore, agora Jim. O mundo estava cheio de caras que se achavam com mais direitos sobre a minha mulher do que eu. E o que me deixava mais irado era saber que eles agiam assim por minha culpa.

– Você é um babaca, Jim. Você sempre foi e sempre será um babaca. Você é que ama a sua filha, não é? Você é que é um bom pai, não é? Mas pra isso você precisa fazer mais do que convidá-la para os seus casamentos.

– Parem com isso vocês dois! – Cyd gritou, pondo Peggy no chão. E começou a empurrar Jim. – Agora vai, está bem? Agora vai. Liberty, diz a ele para ir embora.

Mas Jim não arredava o pé. Fazia-se de indignado, como se tivesse passado anos se contendo comigo e agora finalmente me diria o que pensava a meu respeito.

– Eu vou ficar feliz quando você sair da vida de Peggy – disse.

Eu dei uma encarada nele. Dava para sentir o cheiro de champanhe barato e Calvin Klein. – Você se acha muito presente na vida dela, não acha? Aparece quando lhe dá na telha, depois some durante semanas. Você chama isso de estar presente na vida de um filho?

Cyd agora gritava.

– Vai! Vai!

Pelo canto do olho, eu vi Pat e Peggy se afastarem chorando, de mãos dadas. Dois dos convidados ao casamento desmontaram de suas motos e me olharam de modo ameaçador. A coisa estava ficando esquisita.

Foi nesse momento que Peggy tropeçou na calçada, largou a mão de Pat e caiu na rua. E foi imediatamente atropelada por um carro.

O impacto a fez rodopiar e se estabacar na calçada, com as pernas para fora do meio-fio. Seu vestido de dama de honra estava todo sujo. Meu Deus, outra vez não, eu pensei, lembrando-me de Pat, aos quatros anos, estatelado no fundo da piscina vazia com a cabeça quebrada. Estupefato, eu vi Cyd correr até a filha. Alguém gritou. Liberty se ajoelhou, empurrando Cyd para o lado. Enfermeira, eu pensei. Ela é enfermeira.

O motorista do automóvel estava branco como uma vela. Tinha mais ou menos a minha idade, mas dirigia o seu BWM novinho em folha de terno e gravata. Não vinha correndo – movia-se lentamente ao longo da fila de carros estacionados à procura de uma vaga –, mas devia estar usando o celular, porque ainda o trazia na mão tocando uma versão acelerada de *Waltzing Matilda*. Não estava prestando atenção suficiente na rua para evitar atingir a garotinha que caiu de repente bem na frente do carro. O lado esquerdo do pára-choque estava ligeiramente amassado.

Cyd gritava e chorava, tentando pegar a filha enquanto Liberty a empurrava com uma das mãos e deitava Peggy com a outra. Jim me dava empurrões – eu não sabia dizer se tentando me tirar do caminho ou me atingir. E Liberty clamava por alguém, mas eu não conseguia descobrir quem, até que finalmente entendi. Pareceu-me estranho que, de todas as pessoas a quem poderia estar se dirigindo, Liberty falava justamente com o motorista do BMW cujo celular ainda tocava *Waltzing Matilda*.

– Uma ambulância – ela dizia. – Chame uma ambulância.

Eu me perguntava o que havia de tão importante naquele celular. Uma mensagem de texto da namorada, pensei. Ele é como eu. Mergulhado em seu mundinho de fantasia, ferindo todo mundo à sua volta.

✦ ✦ ✦

Peggy fraturou a perna.

Foi isso. Foi tudo. E foi bastante ruim – eu espero nunca mais ver uma criança sofrer tanto –, pois fomos na parte traseira da ambulância pensando que ela podia ter morrido.

Uma fratura parcial do osso, disse o médico no hospital, o que queria dizer que a capa exterior do osso estava intacta mas havia uma fratura interna. Disse também que a fratura parcial acontece com freqüência em crianças, porque os seus ossos são flexíveis. Já os ossos dos adultos se partem em pedaços com uma pancada mais dura.

Embora ela não tivesse machucado a cabeça, fizeram-lhe uma tomografia computadorizada, que não acusou nada. Deram-lhe analgésicos infantis, engessaram-na e levantaram a sua perna numa espécie de tipóia ajustada à guarda da cama. Logo, ela já estava sentada, observando imperialmente os demais internados da enfermaria infantil.

Não foi como o acidente de Pat. Ela não chegou a correr perigo de morte. Mas ainda assim eu vislumbrei um mundo em que o impensável acontecera, e isso me fez gelar o sangue.

Éramos cinco à beira da cama. Jim e Liberty. Cyd e Pat. E eu. Tomando chá de má qualidade em xícaras de plástico, sem falar muito, ainda entorpecidos pelo susto. Depois da gritaria na rua, seria um constrangimento estarmos aqui juntos não fosse o alívio ter suplantado todas as demais emoções. Quando o médico chegou ao lado da cama, todos nos levantamos de um salto.

– Ela vai ficar aqui por algum tempo – ele disse. – O que fizemos foi reduzir a fratura, o que significa que as extremidades quebradas foram recolocadas em sua posição natural. Agora basta manter a fratura reduzida no lugar até a consolidação. – Deu uns tapinhas na cabeça de Peggy. – Você gosta de dançar, mocinha?

– Eu danço muito bem, mesmo – Peggy disse.

– Bem, logo logo você vai estar dançando tão bem como sempre.

Pelo canto do olho eu vi Jim dar uma olhada no relógio. Ele e Liberty tinham de pegar o avião. Depois que o médico foi embora, o noivo e a noiva deram adeus e correram para o aeroporto. Ficamos só nós três.

Ficamos ao lado de Peggy até a noite chegar e ela dormir. Cyd pôs os braços no meu ombro e no de Pat, o que de certa forma era o sinal para liberar toda a tensão reprimida do dia.

Sem fazer barulho para não perturbar Peggy e seus vizinhos que dormiam, Cyd, Pat e eu nos abraçamos chorando de alívio.

E pela primeira vez em toda a minha vida eu não sabia dizer onde terminava e onde começava a minha família.

vinte e sete

Ainda fui ver Kazumi.

Apesar de tudo o que acontecera.

Quando ela abriu a porta da rua pelo interfone, eu me perguntei: como você pode ser capaz de uma coisa dessas? Como pode vir se encontrar com essa moça, com Peggy no hospital? E me perguntei também, não pela primeira vez, o que meu pai pensaria de mim.

Mas eu sabia que estava ali simplesmente porque era mais fácil do que não estar. Depois de levar Pat para a casa da minha mãe na esperança de poupá-lo da última reconciliação de Richard e Gina, cancelar com Kazumi teria sido mais difícil – mais desculpas, mais mentiras – do que simplesmente chegar atrasado para esse compromisso com minha vida secreta.

Não tinha nada que eu pudesse fazer no hospital. Depois que passou o choque inicial, Cyd pareceu até um pouco embaraçada por eu tê-la tocado com abraços e carícias, na tentativa de confortá-la. Ela pareceu achar aquilo inapropriado, uma vez que estava com as malas semi-arrumadas no quarto de hóspedes. Já nos tínhamos afastado demais para aquilo. Então de que adiantava eu ficar no hospital? Eu não podia nem segurar na mão da minha mulher!

Portanto, fui me encontrar com Kazumi. Subi as escadas, ainda com o estômago embrulhado do susto do acidente e do corre-corre do hospital, ainda entorpecido por causa das horas de espera e dos quilômetros de estrada até a casa da minha mãe. Eu passara o dia inteiro cuidando de uma criança acidentada e não podia fazer nada a respeito. O pior sentimento do mundo.

Kazumi olhava para baixo por cima da balaustrada. Ao ver aqueles longos cabelos negros puxados para trás do seu sorriso encantador, ocorreu-me que esta seria com certeza a nossa noite especial. E quando ela me beijou eu tive certeza – ela estava pronta para o passo final. Todos os meus votos de matrimônio foram declarados nulos e destituídos de sentido. Íamos cruzar a linha e fazer as nossas próprias promessas.

Dentro do apartamento ouviam-se escalas de violoncelo tocando em um dos quartos. A colega de apartamento estava em casa, mas Kazumi sorria com um ar conspirativo.

– Ela vai ficar no quarto – disse. – Precisa praticar. Não se preocupe.

A mesa estava posta para duas pessoas. Um jantar especial para dois – taças de champanhe, guardanapos de linho, uma vela branca, já acesa, num candelabro de prata, com a chama bruxuleando à meia-luz. Meu coração latejou como uma velha chaga ao pensar no cuidado com que ela preparara tudo aquilo.

– Pat está bem? Sua mãe está bem?

– Estão ótimos.

Ela estava na minha vida. Ela conhecia meu filho e minha mãe. Ela gostava deles, eles gostavam dela. Dando tempo ao tempo, eles poderiam amá-la. E ela poderia amá-los. Eu sabia. Era tudo verdade. Ela estava em meu sangue agora. Já era parte de tudo. Bem, de quase tudo. Pois assim como ela estava isolada de Cyd, Cyd estava isolada dela. E eu não podia falar de Peggy a Kazumi, não saberia nem por onde começar.

No meio da mesa havia uma grande frigideira sobre uma espécie de fogareiro. Como os que você usaria num acampamento, ou se fosse um *chef de cuisine* com inclinação para os espaços abertos.

Havia pratos de carne fatiada bem fininha, pedaços de tofu e pilhas de vegetais crus, alguns dos quais eu reconhecia.

– *Sukiyaki* – eu disse. – Que beleza.

Ela ficou encantada.

– Todo ocidental adora *sukiyaki*. Desde quando o imperador Meiji começou a comer carne, no início do século XX. Até então era só peixe.

– Eu não sabia disso – falei, afundando na cadeira. – Eu não sabia disso.

Ela abriu uma garrafa de champanhe e encheu os nossos copos.

– *Kampai* – eu disse.

– Saúde – ela respondeu.

Ela deu a volta na mesa, beijou-me rapidamente nos lábios e, sorrindo, pôs algumas fatias de carne e uma porção de vegetais crus dentro da frigideira quente, cobrindo-os com uma espécie de molho. No quarto, a colega de apartamento parou de praticar suas escalas e começou a tocar *Canção sem palavras*. Essa música triste e calma, recendendo a coisas para sempre perdidas, era como um punho apertando a minha garganta.

– Molho chama *warashita*. Feito de molho *shoyo*, vinho de arroz doce e açúcar. Sabe o que vem depois?

Sobre a mesa, junto a duas tigelas esmaltadas, havia dois ovos.

– A gente bate os ovos crus e depois mergulha neles a carne e os vegetais – eu disse, lutando contra o punho que apertava a minha garganta.

– Ah! – disse ela. – Grande entendido em *sukiyaki*, posso ver.

E descobri uma outra coisa também. De repente, eu vi que o sonho que eu tinha jamais se tornaria realidade, nem em um milhão de anos. Eu sonhava começar de novo – ir embora com Kazumi, levando meu filho conosco. Era isso o que eu queria. Não era só uma nova mulher. Não era só isso. Era um mundo unificado e uma família reconstituída. Uma nova mulher. Uma nova vida.

Honestamente, eu não sei aonde eu imaginava que nós iríamos. O oeste da Irlanda. Paris. Talvez algum outro canto do norte de Londres fosse suficiente. Talvez Primrose Hill já fosse longe o bastante. Qualquer lugar. Mas nós iríamos, e no meu sonho já estávamos a caminho.

Agora eu via que esse sonho nunca iria se tornar realidade. Não por culpa de Kazumi. Mas porque o preço a pagar era muito alto. Muitas coisas preciosas teriam de ser descartadas, muita vida teria de ser jogada fora, para que eu pudesse começar de novo.

Eu achava que o meu sentimento por ela – amor, romance, chame do que quiser – era a única coisa que importava.

E isso simplesmente não era verdade.

Outras coisas também importavam.

Eu sei que podia ter feito o de sempre. Podia ter tentado conservar Cyd numa semifelicidade enquanto ia enrolando Kazumi em outra semifelicidade. Fodendo com as duas de todas as formas possíveis. Eu podia ir levando a coisa assim, mentindo para todo mundo, para Cyd, para Kazumi, e principalmente para mim – dizendo a mim mesmo que amava verdadeiramente as duas. À minha doce maneira.

Quando você tenta amar duas mulheres acaba não amando nenhuma, não da maneira que elas merecem.

Quando você tenta amar duas mulheres, o que acontece é isso – você se parte em dois.

É preciso ter um coração de pedra para levar uma vida dupla. E ela também, a outra mulher. Eu sabia que Kazumi não tinha sido feita para esse tipo de vida. Kazumi não era talhada para ser minha amante. Não era fria o bastante nem dura o suficiente. Todas as razões pelas quais eu a amava eram razões pelas quais ela jamais poderia ficar em segundo plano. Seu coração era o mais doce e gentil que poderia existir. Eu ainda acreditava nisso. Mesmo agora.

No final das contas, eu a conhecia muito bem. Nela eu podia vislumbrar a mim mesmo, pelo menos a melhor parte de mim. Ela acreditava, realmente acreditava, que encontraria um amor capaz de transformar o seu mundo. E talvez estivesse certa. Mas agora eu sabia que ela jamais iria encontrá-lo em mim.

Com essa mulher era tudo ou nada. Por isso eu a amava – agora eu posso dizê-lo. Eu a amava. Mas ela não era talhada para viver um caso. Sob tantos aspectos ela era a garota certa, mas para esse papel ela era a garota errada. Ela era romântica. Digam o que quiserem sobre essas almas sonhadoras, sobre o caos e a destruição que elas deixam em seu rastro, mas os românticos têm uma coisa que ninguém pode negar. Eles nunca se contentam em ficar em segundo plano.

– Kazumi – eu disse, levantando-me.

Ela fez uma cara de desapontamento.

– Problema com o ovo? Você não gosta de ovo cru?

Coloquei cuidadosamente o meu copo de champanhe sobre a mesa.

– Ovo cru é ótimo. É que... Eu não posso fazer isso. Eu sinto muito, muito mesmo. Preciso ir embora.

Ela concordou com um gesto, entendendo tudo, flamejando de raiva.

– Então vá. Volte para sua esposa.

– Eu sinto muito.

Ela pegou o candelabro de prata e o atirou em mim, um arremesso sem direção que o fez passar perto da minha cabeça e a vela branca espatifar-se em cima da toalha. Depois lançou-se contra o nosso jantar especial, socando-o furiosamente e jogando tudo no chão. Copos e vegetais, talheres de prata e *chopsticks*, guardanapos com molho *shoyo*. Ela jogava os restos do nosso jantar especial em cima da mesa, no chão, nas minhas pernas. Arruinado, tudo arruinado.

Kazumi abaixou a cabeça. Seu cabelo parecia um longo véu negro.

– Kazumi.

– Volte para sua casa.

Então eu a deixei, com o cheiro de carne queimada no ar, o violoncelo da colega de apartamento filtrando pelas paredes e o champanhe rejeitado queimando as minhas entranhas. Não era fácil deixá-la. Mas, no final, o apelo de Cyd sobre mim foi mais forte. Cyd tinha a vantagem do mando de campo.

O que quer que viesse a acontecer, eu precisava estar com a minha mulher.

Ainda que fosse só para lhe dizer adeus.

✦ ✦ ✦

Cyd ainda estava no hospital.

Peggy estava sonolenta, com o rosto sério e contraído, e uma espécie de tenda protetora sobre a sua perna engessada. Parecia minúscula na cama do hospital. Ela estava sentada com a cabeça inclinada para o lado, como se tivesse naquele momento começado a cochilar.

Assim que cheguei, não vi Cyd. Depois eu a descobri dormindo no chão, do outro lado da cama, entre dois cobertores azuis. Já passava da meia-noite. Agachei-me ao seu lado e ela despertou.

– Ela acordou com muita dor. Aí eles lhe deram uma dose de qualquer coisa que a derrubou. A enfermeira disse que ela ficaria bem até de manhã. – Olhamos para a criança que dormia. Ela não se movia. – Até lá não vai acontecer mais nada. Exceto, você sabe, esperar.

– Vamos para casa um pouco, Cyd.

– Não. Eu não posso deixá-la.

– Vamos para casa. Tome um banho. Durma um pouco. Na sua cama. Tome um chá com torradas. Vamos. Você estará mais forte amanhã.

Ela deu um sorriso exausto e tocou o meu braço.

– Obrigada por me aturar, Harry – ela falou, e eu senti meu rosto corar de vergonha.

– Você me deu força quando eu precisei – eu disse. – Quando Pat se machucou. Lembra?

Já fazia quase três anos. Eu ainda podia ver meu filho caído na piscina vazia, a mancha escura de sangue ao redor do seu cabelo louro. Foi quando eu aprendi. Foi quando eu descobri que este mundo podia tirar o filho da gente. E Cyd estava lá para me dar força. Com Gina no

Japão recuperando sua vida, ou descobrindo seu verdadeiro eu, ou procurando um novo amor, ou o que quer estivesse fazendo, não tinha ninguém lá para me dar força. Além dos meus pais, é claro. E de Cyd, que podia estar em algum outro lugar. Um lugar muito mais fácil.

– Parece que foi há tanto tempo – ela disse.

– Vamos pra casa, Cyd. Só por algumas horas. Vamos, você mal está se agüentando em pé.

Mas tinha uma coisa que ela queria me dizer.

– Eu sei que você quer ser livre, Harry.

– Agora, não. Esse assunto agora, não. Por favor.

– Não, escute. Eu sei que você quer ser livre. Todos os homens querem ser livres. Mas você, mais do que a maioria. Talvez porque você foi pai muito cedo, porque se casou muito jovem. E deu tudo errado muito cedo na sua vida. Eu não sei exatamente por que você quer tanto isso, mas sei que você sonha em ser livre, você sonha em como seria a vida sem mulher, sem filhos, sem responsabilidades. Mas o que aconteceria se você fosse livre, Harry? Você sabe?

– Agora vamos pra casa.

Ela deu um sorriso triunfante.

– Porque eu sei, Harry. Eu sei. Eu sei o que aconteceria se você fosse livre.

– Cyd...

– Me escuta. Se você fosse livre, aconteceria o seguinte, Harry. Você acharia uma garota engraçadinha e se apaixonaria por ela. Ficaria louco por ela. E acabaria num lugar não muito diferente deste onde está comigo, daquele onde esteve com Gina, de onde esteve com todas as mulheres que você já amou. Você não vê, Harry? Quem ama uma pessoa *nunca* está totalmente livre. Não é possível. A pessoa renuncia. A pessoa renuncia à liberdade. Por uma coisa melhor.

Peguei seu casaco e ajudei-a a vesti-lo. Ficamos os dois olhando para a menina que dormia, relutantes em deixá-la. Branco sobre branco, o rosto de Peggy quase sumido no travesseiro.

– Não era para te fazer prisioneiro, Harry – disse Cyd. – O casamento, a aliança, eu e Peggy. Eu sei que foi assim que você se sentiu, mas não era para ser assim. Você e eu... não era para você se sentir prisioneiro, Harry.

– Agora vamos pra casa, está bem?

– Era para te libertar.

✦ ✦ ✦

Deitei na minha cama, no escuro, ouvindo o som da água do chuveiro caindo e depois os passos dela até o quarto de hóspedes. Não percebi que ela viera ao nosso quarto até ela chegar junto à cama com o cabelo negro molhado e lustroso, as longas pernas tremendo, nuas, na friagem da noite. E ainda com o vestido verde.

– Ele ainda serve, Harry – ela disse, e logo estava em meus braços. E aí, como acontece tantas vezes quando a doença e a morte batem à nossa porta, e porque o desejo de viver é sempre maior quando essa alternativa aparece, fizemos amor como se fôssemos uma espécie em extinção.

Só existem dois tipos de sexo no mundo. Solteiro e casado. Desejo e obrigação. Paixão e compaixão. Ardente e morno. Foder e fazer amor.

Com o tempo a gente acaba trocando um pelo outro. Acontece. Mas sempre se pode ter de volta o outro tipo.

É como disse a minha mãe.

Basta você se apaixonar novamente.

vinte e oito

Dissemos adeus em Primrose Hill.

Eu não ficaria surpreso se ela não quisesse me ver nunca mais. Mas havia nela uma mistura de formalidade e generosidade – talvez fosse coisa de japonês – que a fez vir uma última vez.

Era um desses dias claros de verão em que se pode ver toda a Londres. De Primrose Hill dava para ver a cidade inteira e no entanto o ruído do tráfego parecia muito distante. Todo o mundo real parecia muito distante. Mas eu sabia que ele estava cada vez mais próximo.

Ainda era muito cedo. Por toda parte havia cães passeando, gente se exercitando, pessoas saindo apressadas para o trabalho com seus *capuccinos* nas mãos, e luzes, aquelas luminárias antigas que faziam lembrar uma cidade perdida, uma outra Londres que ainda brilhava fracamente na luz da manhã que cobria Primrose Hill.

– Você vai ficar aqui ou vai voltar para o Japão?

– Você não pode me perguntar isso. Você não tem o direito de me perguntar isso.

– Desculpe.

– Pare de dizer isso. Não diga isso novamente. Por favor.

Ela me deu uma lembrança. Era a foto Polaroid que havíamos tirado de nós mesmos com a câmera numa das mãos, rindo como se aquilo nunca fosse terminar.

– Eu achava que quando você tira a foto de uma pessoa, nunca mais perde essa pessoa – disse Kazumi. – Mas agora vejo que não é bem assim. Vejo que nossas fotos mostram tudo o que perdemos.

– Nós não estamos nos perdendo – retruquei. – Quando duas pessoas se gostam, elas não se perdem.

– Besteira, essa – ela disse, com irritação. Mas não pude deixar de rir. Ela estropiava a linguagem o bastante para torná-la especial. – Besteira total.

Balancei a cabeça.

– Você será sempre importante para mim, Kazumi. Eu sempre vou gostar de você. Não vou deixar de gostar mesmo que você esteja com outro homem. Como podem se perder duas pessoas que se amaram?

– Eu não sei – ela disse. – Eu não sei explicar, mas é o que acontece.

– Eu não quero você fora da minha vida.

– Nem eu.

– Seis bilhões de pessoas no mundo, e eu gosto de umas poucas. Incluindo você. Portanto, não fale como se estivéssemos jogando fora um ao outro.

– Está bem, Harry.

– Juntos para sempre?

Ela sorriu.

– Juntos para sempre, Harry.

– A gente se vê, Kazumi.

– A gente se vê.

Eu a vi descer Primrose Hill por um daquelas estranhas trilhas que cruzam o parque em direções completamente diferentes, iguais às escolhas impossíveis que somos obrigados a fazer à medida que vamos vivendo a nossa vida.

Eu a acompanhei com o olhar até ela desaparecer, sabendo que nunca deixaria de imaginar como teria sido se tivéssemos ficado juntos, nunca deixaria de gostar dela e nunca deixaria de encontrá-la em sonhos.

E, quando eu a perdi de vista, alguma coisa aconteceu. Eu devia ter imaginado. Era como se todas as luzes de Primrose Hill tivessem se apagado.

Nunca mais a vi.

✦ ✦ ✦

Minha mãe colocou sua peruca Dolly Parton e foi às compras.

Como a pequena loja do bairro onde ela passou a vida fazendo suas compras fechou as portas depois que o dono se aposentou, ela agora tinha de ir a um enorme hipermercado a quilômetros de distância. Na verdade a minha mãe preferia o hipermercado – "Muito mais opções, meu bem" –, mas o serviço de ônibus até lá era quase inexistente, de modo que uma vez por semana eu e Pat a levávamos de carro.

Estávamos nos dirigindo ao balcão das carnes frescas quando um velho levando no carrinho uma latinha solitária de ração para gatos colidiu conosco. Trazia no queixo uma barba grisalha de três dias e usava um casaco de malha que dava a impressão de estar alimentando uma família inteira de traças. Quando fui tirar satisfações com o velho mal-ajambrado, me dei conta de que já nos conhecíamos.

– Elizabeth! – ele exclamou.

Era Tex, embora hoje, decididamente, se parecesse mais com Graham.

Indiferente, minha mãe jogou um pacote de bacon orgânico no carrinho já ligeiramente cheio.

– Ah, olá – ela disse, não condescendendo em chamá-lo pelo seu nome de caubói, nem por nenhum outro nome. – Como vai a dança *country?*

Com uma careta no rosto enrugado e esfregando o quadril, Tex sussurrou:

– Quebrei o fêmur, Liz. Fazendo o Batendo na Madeira em Wickford. Eu fui obrigado a parar com a dança *country* por um tempo.

Ele olhava para minha mãe como se ela fosse Joan Collins nos bons tempos. E era verdade – ela estava com um ótimo aspecto.

Não era só o magnífico penteado louro *country* e *western*, nem o peso que perdera. Minha mãe agora exalava uma confiança, uma força interior duramente conquistada que punha em seus olhos um brilho que eles nunca haviam tido. Ter sido desprezada sem a menor cerimônia por esse velhote era o de menos. Ela sobrevivera a golpes muito piores do que esse.

– Pois é, você parece... encantadora – disse Tex.

– Obrigada. – Minha mãe deu um sorriso educado, olhando para o velho murcho à sua frente como se não conseguisse localizá-lo direito. – Prazer em vê-lo. – Minha mãe se virou para mim e Pat. – Vamos andando, meninos.

– Quem sabe, quem sabe possamos tomar uma xícara de chá qualquer dia desses – gaguejou Tex. – Se você não estiver muito ocupada.

Minha mãe fez como se não tivesse ouvido. E trocamos Graham e sua latinha solitária de comida de gato pelo balcão das carnes congeladas.

– Você podia tomar uma xícara de chá com ele – eu disse a minha mãe, embora sentisse um secreto orgulho pela forma como ela o colocara em seu devido lugar. – Ele é um velho inofensivo.

– Mas não é o *meu* homem, Harry. Eu esqueci isso por um momento. Depois eu lembrei. Só existe um homem para mim. É assim que as coisas sempre foram.

Pat e eu nos esforçamos para acompanhar a sua cabeça loura quando ela se dirigiu ao caixa. E eu pensei: Dolly Parton teria orgulho da minha mãe. Independentemente da horrível cirurgia que ela sofrera, havia dentro dela alguma coisa que era intocável.

Na saída do estacionamento vimos Tex esperando um ônibus debaixo da chuva fina. Nem me atrevi a sugerir que lhe déssemos uma carona.

Minha mãe dirigiu-lhe um olhar inexpressivo e eu cheguei a pensar que ela iria lhe fazer um gesto obsceno. Eu tinha certeza de que ela era educada demais para isso. Mas também sabia que, se ela tivesse de mostrar algum dedo para Graham, também conhecido como Tex, não teria sido o dedo médio.

Seria o dedo anular da mão esquerda, aquele em que ela nunca deixara de usar sua aliança de casamento.

✦ ✦ ✦

Havia três mulheres à espera da minha mãe em frente à sua casa. Uma lá pelos seus quarenta anos, as outras duas mais jovens do que eu. E todas com um aspecto de quem carrega o peso do mundo nas próprias costas.

Minha mãe conduziu-nos até dentro de casa. Não precisava me dizer que eram algumas das mulheres que ela aconselhava sobre o câncer na mama. Elas ficaram na sala de estar com Pat enquanto eu e minha mãe fazíamos o chá. Pude ouvi-las rir de alguma coisa dita pelo meu garoto. Fiquei com a sensação de que elas não riam havia muito tempo.

– Sabe a mais moça, Harry? Ela fez a mesma operação que eu. Amputou o mesmo seio. Agora tem medo de olhar para si mesma. Faz idéia? Com medo do espelho. Não pode deixar isso acontecer. Você não pode ter medo de olhar para si mesma. Elas vêm conversar comigo. Porque a família, o marido, as filhas, os filhos, todos querem ser tranqüilizados. Eles não querem a verdade, querem ser tranqüilizados. Mas a mim elas não precisam tranqüilizar. E também não precisam ter vergonha na minha frente. Porque eu sou uma igual. Porque haveríamos de ter vergonha? Não é tão mau assim. Elas se sentem envergonhadas. Eu sou mais velha do que elas, Harry, e sou mais forte do que jamais fui. Isso me fortaleceu. Me deu uma força estranha. Eu não tenho mais medo deste mundo. Essas garotas, eu sei que devia dizer mulheres, mas elas são garotas para mim, não conseguem dizer aos seus maridos como se sentem. Mas não há nada de errado nisso. Não existe esse negócio de vida descomplicada. Agora eu vejo. Eu amei o seu pai mais do que a própria vida. Mas não precisamos contar tudo para a pessoa com quem estamos casados. Isso não é nenhuma vergonha.

– Mas talvez os maridos entendam – eu disse. – Devemos tentar entender um ao outro, não devemos? E, se eles as amam de verdade, talvez entendam.

– Talvez – disse minha mãe. – Se eles as amam de verdade.

– Posso perguntar uma coisa sobre você e o papai?

– Diga.

– O casamento muda? Com o passar dos anos, eu quero dizer. Eu devo esperar que o meu casamento seja uma coisa diferente do que era no começo?

Minha mãe sorriu.

– Muda o tempo todo, nunca pára de mudar. Quando a gente é jovem, diz: *eu te amo porque preciso de você.* Quando a gente é velho diz: *eu preciso de você porque te amo.* Uma grande diferença. E não estou dizendo que uma coisa é melhor do que a outra, embora a segunda tenda a durar mais. Mas a gente nunca pára de se amar, Harry. Não se a gente ama de verdade. – Ela tomou as minhas mãos. – Harry, fale com ela se é isso o que você quer. Converse com Cyd. Diga a ela o que está acontecendo. Converse com sua mulher se você acha que isso pode ajudar.

– Mas eu não sei se posso. Eu quero que ela se orgulhe de mim, mãe. Do jeito que você tinha orgulho do papai. – Eu apertei as mãos dela. – E eu quero que você se orgulhe de mim, também.

– Eu já tenho orgulho de você – disse minha mãe.

✦ ✦ ✦

Peggy voltou para casa com o gesso assinado por todas as crianças da sua enfermaria. Ainda ia levar um tempo até ela poder voltar para a escola. Mas o osso estava se consolidando, de modo que naquela noite fomos para a cama aliviados. Peggy estava sarando. E de uma forma que eu não sabia explicar muito bem, eu também estava.

– Eu quero te dizer uma coisa, Cyd.

– Você não tem de me dizer nada. Da mesma forma como eu não tenho de te dizer nada sobre Luke. Porque não há nada para dizer.

– Mas eu quero dizer uma coisa. É sobre o que aconteceu. Como é que foi que, por um momento, perdemos um ao outro?

– Você não precisa dizer absolutamente nada. Apenas descanse os olhos. – Eu senti a minha mulher tocar o meu braço na escuridão. – Você está em casa, agora – ela disse.

vinte e nove

A vida faz reféns todas as pessoas que amamos.

Foi por isso que minha mulher passou um mau pedaço depois que Peggy voltou para casa. Depois de ver o seu filho no hospital, você nunca volta a ser livre. Você nunca mais se sente livre como antes depois de saber como é amar um filho doente, depois de conhecer o outro lado. Porque você nunca se liberta do medo daquilo voltar a acontecer e de ser bem pior da próxima vez.

E não era só a sua filha. Eram os telefonemas do Texas, tarde da noite, as irmãs preocupadas com a mãe, que fora encontrada perambulando num estacionamento do centro de Houston com um DVD de *E o vento levou...* na mão, nenhum dinheiro na bolsa e nenhuma lembrança de como foi parar lá.

– Parece o começo de alguma doença da velhice – disse minha mãe, o que era terrível, uma coisa a mais para a minha mulher se preocupar.

Certa noite, quando apagamos a luz, Cyd mencionou de passagem que sua menstrução não viera e eu pensei comigo mesmo – estresse. Ele faz coisas estranhas com o nosso corpo.

Na manhã seguinte, quando minha mulher acordou e correu para o banheiro com ânsias mas não vomitou nada, eu pensei comigo mesmo – pobre garota. Morta de preocupação com a filha e agora morta de preocupação com a mãe.

E mesmo naquele momento, em pé do lado de fora do banheiro ouvindo a minha mulher tentando vomitar, mesmo assim a ficha não caiu. Eu ainda não entendera que tudo estava acontecendo outra vez.

A melhor coisa do mundo.

✦ ✦ ✦

Eu já vira um desses.

Na verdade, quando Gina ficou sabendo de Pat eu vi dúzias deles. Não tinha nada de diferente. Só uma alça de plástico branco. Olhei como se estivesse faltando alguma coisa, como se fosse uma escova de dentes sem cerdas.

Peguei o teste de gravidez. Parecia surpreendentemente leve. E minha cabeça também.

Havia duas janelinhas sobre a coisa. Numa delas, a janelinha redonda, havia uma linhazinha azul. Na outra, a janelinha quadrada – que eu, por algum motivo, achava que era a importante, a crucial, a janela que faria tudo mudar –, havia outra linhazinha azul.

E finalmente eu entendi. Não só a menstruação que não veio e o enjôo, mas tudo. Finalmente eu entendi. Entendi por que eu tinha de ficar, por que eu iria ficar para sempre.

Foi quando eu pressenti, mais do que ouvi, Cyd na porta do banheiro. Ela ria e chorava ao mesmo tempo – eu acho que deve ser o comportamento-padrão – enxugando os olhos na manga da camiseta da Gap.

– Está tudo bem com você? – ela me perguntou.

Eu a tomei em meus braços.

– Mais do que bem. Está ótimo. Melhor é impossível.

Então minha mulher olhou para mim e sorriu e eu soube, talvez pela segunda vez na minha vida, por que estava vivo.

✦ ✦ ✦

– Espere um minuto – disse Eamon. – Você está ficando com a sua mulher por causa de um escroto babaca estúpido dirigindo uma BMW? É isso que você está dizendo?

– Eu não disse isso.

– Você disse que o acidente mudou tudo. Que elas já estavam arrumando as malas antes de ele acontecer. Que ela estava te deixando, Harry, e você estava pronto para começar de novo com outra pessoa.

Será que eu e Cyd teríamos nos separado se Peggy não tivesse sofrido o acidente? Sinceramente, eu não vejo o que poderia ter nos detido. A coisa é mesmo frágil, uma gaze fina, delicada como uma teia de aranha, meticulosamente construída mas sujeita a ser facilmente destroçada pelos golpes cruéis do acaso. O casamento dos meus pais parecia ter sido feito com matéria-prima mais forte. Minha mãe e meu pai realmente acreditavam que não podiam ter sido felizes com ninguém mais. E eu sabia que não era esse o meu caso. Eu poderia ter sido feliz com Kazumi. Da mesma forma como Kazumi podia encontrar o laço humano que todos buscamos em algum outro homem. E da mesma forma como Cyd poderia ter achado outra pessoa para amá-la. Mas isso não transformava em poeira o que eu tinha com a minha mulher. De certa forma, saber que cada um de nós era capaz de sobreviver sem o outro tornava nossa relação ainda mais preciosa. Nós ficamos juntos porque escolhemos ficar juntos.

Num mundo cheio de opções, nós escolhemos um ao outro.

– E tem o bebê – eu disse a Eamon. – Foi o que realmente nos reconciliou. Este bebê que estamos trazendo ao mundo. Vamos ser uma família de verdade. Talvez já fôssemos.

Ele não pareceu convencido. Queria certezas da minha parte, eu sabia, garantias pétreas de que nosso amor e nosso casamento iam durar.

Mas como diz a minha mãe – se você quer garantia, rapaz, compre uma torradeira.

– Escuta, Eamon, o motivo de eu ainda estar com a minha mulher não é complicado. Eu estou com ela porque a amo.

– Como amava Kazumi? Ou de outra forma? Um tipo de amor diferente ou exatamente o mesmo tipo de amor? Eu preciso saber. E se tivesse sido diferente, Harry? Se você tivesse transado com Kazumi na Irlanda? E não tivesse transado novamente com a sua mulher em Londres? E se, essa agora é forte, e se a mulher que carregasse o seu bebê fosse a outra?

– Bem, aí...

Eu não soube responder.

Às vezes é melhor ignorar o caos que está à espreita bem atrás da porta de nossas casas.

Todas as outras mulheres que eu poderia amar, todas as outras vidas que eu poderia viver, todos os bebês que poderiam nascer – hoje eu simplesmente não consigo pensar em tudo isso.

Afinal, sou um homem casado.

✦ ✦ ✦

A pressão estava baixa. Minha hipertensão diminuía. O suprimento de sangue para o meu cérebro não seria cortado tão cedo.

Boas novas, eu pensei. Quero ver esse bebê crescer. Quero estar por aí o tempo suficiente para que essa criança que vai nascer venha a me ver como um velho tolo que não sabe nada da vida. Quero viver o tempo suficiente para ver meu filho mais novo tornar-se adulto. Este era o plano agora. Esta era a minha nova ambição.

Cada vez mais ela parecia ser a única ambição que valia a pena.

– Treze e meio por sete e meio – disse a minha médica. – Nada má. Nada má mesmo. Você está mantendo um bom peso... não fuma... Fazendo bastante exercício?

– Trinta minutos de exercício cardiovascular, três vezes por semana.

– É a conta certa. Não exagere. Hoje em dia a ginástica está matando os homens de meia-idade tanto quanto o câncer e as doenças cardíacas. Como está sua ingestão de sal?

– Não passo nem perto.

– Cafeína?

– Bem, às vezes é difícil renunciar aos *capuccinos*. Mas reduzi bastante.

– Às vezes temos de nos afastar de coisas de que gostamos e aprender a apreciar coisas de que precisamos.

Vi o rosto da minha mulher na minha frente. O cabelo negro cortado à chinesa, os enormes olhos castanhos, o sorriso franco e as pequenas riscas que começavam a aparecer em torno da sua boca pequena e doce. Esse rosto tão familiar, esse rosto tão querido.

– Mas, e se elas são as mesmas coisas? E se chegamos à conclusão de que as coisas que amamos são as mesmas de que precisamos?

Minha médica sorriu e guardou o aparelho de medir a pressão.

– Nesse caso, o senhor não vai mais precisar de mim – ela disse.

✦ ✦ ✦

Quando eu e Peggy passamos pela porta dourada da loja de departamentos, fomos assaltados por uma babel de fragrâncias. A loja estava cheia, por isso nós, instintivamente, nos demos as mãos.

– Olha só, Harry, manicure de graça! Elas fazem as suas unhas e você não tem de pagar absolutamente nada!

– Talvez mais tarde, meu amor.

Pegamos uma escada rolante para ir à seção de roupas infantis e bebês.

Muita coisa tinha mudado desde a última vez que eu fora pai. Ou então eu e Gina não tínhamos dinheiro para comprar todos os artigos para bebês disponíveis no mercado. Mas muita coisa era completamente nova para mim.

O bebê-conforto – está bem, esse eu reconheci e me lembrei claramente de Pat balançando para cima e para baixo como um pequeno buda desdentado, exibindo as gengivas na maior felicidade. Mas mordedor para o bebê não mastigar o cercadinho – quando foi que eles começaram a vender essa coisa? E a sacola de brinquedos para carro – acaso os brinquedos não ficavam mais espalhados no banco de trás? E olha só esses outros itens – um Acalanto Natural Bebê-Calmante (faz quatro sons relaxantes diferentes para embalar o sono do bebê), um Baby-Banho Flutuante (um casulo macio para manter a cabeça do bebê fora d'água enquanto o corpo flutua em segurança na superfície).

E o protetor contra sabão nos olhos – óculos para lavar o cabelo? *Isso,* sim, é uma coisa inteligente, uma brilhante idéia. Teria sido perfeito para Pat. E olha só essa – prato com ventosas. A base agarra firme na mesa para a criança não espalhar a comida. O bebê do século XXI não pode nem espalhar comida para todo lado.

– O que será que vem depois disso, Peg? Peggy?

Foi quando eu percebi que ela não estava comigo.

O medo tomou conta de mim como uma febre.

Procurei por toda a seção infantil, mas não a encontrei. E pensei no pai dela, que saíra em lua-de-mel e nunca mais voltou, que partira o coração da filha indo morar em Manila, tentar a sorte outra vez numa praia estrangeira, abandonando a filha como se ela fosse um cheque sem fundos.

Jim abandonara a filha de uma vez por todas. E embora tivesse tornado a minha vida mais fácil, a sua ausência deixara em Peggy uma marca que ela teria para o resto da vida, uma ferida que nunca iria sarar, essa criança linda que só merecia ser amada.

E me perguntava até que ponto eu era realmente diferente dele, se chegava a ser melhor do que esse cara que sempre colocou a filha no final da sua lista de prioridades. Será que eu era realmente, como homem, melhor do que ele? Ou estava tão envolto em meus sonhos com o novo bebê que esquecera a realidade da criança que vivia ao meu lado?

Procurei por todo o andar, negociando freneticamente com Nosso Senhor, rezando por uma segunda chance, perguntando desesperadamente a balconistas e gerentes de loja se tinham visto uma garotinha com uma mochila cor-de-rosa da boneca Lucy.

De repente, eu me lembrei de onde eu iria encontrá-la.

Ela estava no térreo, perto da porta de entrada, fazendo pachorrentamente as unhas, de graça, em meio à babel de fragrâncias da seção de cosméticos.

– Oi, Harry – ela disse. – Achou o que estava procurando?

– Oi, beleza. Sim, eu acho que já achei o que queria.

A vendedora de jaleco branco abriu um sorriso fulgurante.

– Que filha bonita o senhor tem – ela disse.

Peggy e eu apenas sorrimos um para o outro.

✦ ✦ ✦

Houve um problema.

Depois de oito semanas de gravidez, Cyd teve um sangramento pela manhã. De repente, nós achamos que podíamos perder a nossa aposta no futuro.

Na sala de ultra-sonografia, ao lado da porta, havia uma cuba prateada cheia de camisinhas, arrumadas como se fossem pétalas aromáticas. Ao ver o ponto de interrogação pairando sobre a minha cabeça, Cyd disse que as camisinhas eram para os instrumentos que o obstetra usava para ver o bebê dentro dela. Para ver se ele estava bem, se ele ainda vivia.

– Minha nossa, você anda recebendo umas visitas estranhas dentro de você, garota – eu disse à minha mulher, pegando em sua mão.

– Nada tão estranho quanto o seu pênis, Harry – minha mulher me disse.

Quando o obstetra chegou, Cyd foi sentar-se numa cadeira complicada, do tipo que a British Airways devia ter na primeira classe, enquanto no monitor ao lado o médico nos mostrava a luzinha pulsante que era o coração do nosso filho batendo. O bebê estava bem. O bebê ainda estava lá. O bebê ia viver. Nada ia impedir o nascimento desse bebê.

Cyd apertava a minha mão sem olhar para mim – não conseguíamos tirar os olhos da tela – enquanto o obstetra nos mostrava a cabeça, comicamente grande, como uma lâmpada fabricada no paraíso, e os braços e pernas minúsculos que o bebê parecia cruzar e descruzar o tempo todo.

Nós rimos à beça, rimos de pura alegria por esse milagre, esse pequeno milagre, o maior de todos os milagres.

Eu sabia que essa criança seria amada como toda criança merece ser amada, esse bebê que era nossa ligação com um grande futuro ainda virgem, nosso laço, o laço inquebrantável com o que significa viver neste mundo e – acima e além de tudo o mais – com nós mesmos.

trinta

Quando fazia tempo bom e céu claro, eu e meu filho nos deitávamos no quintal da velha casa, lado a lado, olhando o céu para ver surgirem as estrelas.

Pat agora era louco por estrelas. As crianças mudam, mudam rápido, mudam enquanto estamos olhando para elas. Depois de uma série de documentários que o enfeitiçou todas as noites de quarta-feira durante seis semanas, Luke Skywalker, Darth Vader e Han Solo foram finalmente obrigados a abrir espaço em sua imaginação febricitante para a estrela Polar, Sírius e Vega.

– Pai?

– O que é, meu amor?

– Bernie Cooper disse que todas as estrelas são pessoas mortas olhando para nós. E sabe o que mais? Uma delas é o avô de Bernie Cooper. – Uma pausa. Ficamos com os olhos fixos no infinito. De dentro da casa vinham vozes femininas: minha mãe e uma das mulheres que vinham procurá-la para conversar, procurar seus futuros. – É verdade, pai?

– Eu gostaria de acreditar que sim, Pat.

– Então o que eu quero saber é: qual delas é o *meu* avô?

Eu sabia que o meu pai teria adorado esse menino.

Meu pai ficaria feliz por ver nascer os novos dentes de Pat, adoraria a sua obsessão pelas estrelas, a sua devoção pela avó, por Bernie Cooper e por seu cachorro Britney – recém-chegado ao país e adaptando-se perfeitamente à rotina de passear pelos grandes parques de Londres –, adoraria esse garoto sincero e curioso que meu filho estava se tornando. Cavalos e estrelas. Meu filho era apaixonado por cavalos e estrelas. O meu pai ficaria encantado com isso.

Um homem duro tanto quanto eu podia lembrar, o homem mais duro do mundo, meu pai mudou muito depois que Pat nasceu. Talvez seja para isso que os netos sirvam – proporcionar-nos uma última chance de dar amor de maneira incondicional e imutável. No fundo do peito do meu pai havia uma coisa congelada que começou a derreter na manhã em que Pat nasceu, e eu descobri que ele teria continuado a amolecer com o passar dos anos, com a chegada do novo bebê.

O único problema foi nós termos nos atrasado.

– Pega a maior estrela que você consegue ver – eu disse a Pat. – Pega a mais brilhante. Essa é o seu avô tomando conta de você. É assim que você sempre vai saber.

As estrelas são como fotografias. Podemos interpretá-las como quisermos. Podemos acreditar que elas significam tudo o que perdemos ou acreditar que elas representam tudo o que amamos e continuamos a amar.

Eu acho que estou de acordo com o pequeno Bernie Cooper nessa questão.

Olhando as estrelas eu pensei nos gêmeos que Gina havia perdido com dez semanas de gravidez, crianças que não chegaram a nascer, os infelizes fantasminhas do seu casamento que estariam para sempre com ela.

E pensei em meus próprios fantasmas.

– Você se lembra da minha amiga Kazu? – disse-me Gina enquanto Britney cheirava entusiasticamente a minha virilha, numa manhã em que fui à sua casa pegar Pat, pálida e abatida por causa da perda, mas finalmente pronta para me dizer que sabia de tudo o tempo todo. – Ela se casou, Harry. No Japão. Kazu encontrou o homem dos seus sonhos. Deu com ele num elevador em Ginza. Estava simplesmente indo jantar, e pimba! Nunca se sabe, não é? Nunca se sabe quando vai acontecer.

Era um cartão-postal de uma outra vida, o mapa de uma estrada não percorrida. E eu descobri que desejava a Kazumi exatamente o mesmo que minha ex-mulher me desejava, o que todos desejamos aos nossos ex-parceiros.

Felicidade, mas não demasiada.

Enquanto ouvia a respiração do meu filho ao meu lado, olhando para as estrelas lá em cima, eu pensei nos meus três filhos.

O menino, a menina e o bebê.

Dois nascidos, um ainda por nascer.

Olhei para as estrelas e pensei em Peggy e Pat fazendo fila para tocar a barriga de Cyd, Peggy boquiaberta de espanto com os movimentos milagrosos do bebê, e Pat, quando chegava a sua vez, sorrindo consigo mesmo e murmurando: "Oh, a Força é poderosa *neste* aqui."

Em breve, essa família moderna de meios-irmãos, meias-irmãs, padrastos, madrastas e pais de sangue seria ainda mais complicada.

Mas agora eu via, finalmente, que só dependia de nós nos sentirmos ou não como uma verdadeira família. As outras pessoas não importavam. Os rótulos que elas nos aplicavam não significavam nada.

Aqui tinha uma família de verdade se nós quiséssemos que assim fosse. Tudo o mais – como dizia uma velha amiga minha – é só besteira.

– Olha só os dois preguiçosos – disse rindo a minha mãe, indo até o quintal depois que a sua última visita foi embora para casa. E, com um chute de suas pantufas cor-de-rosa, mandou uma bola de plástico para cima das roseiras do meu pai.

Quebrado o nosso sonho cósmico, eu e Pat ficamos jogando bola com minha mãe. Estava ficando totalmente escuro agora, um dos últimos dias de um verão tórrido. Mas era uma agradável noite suburbana, quente e estrelada, por isso relutávamos em entrar.

Então permanecemos no quintal da velha casa até não enxergarmos mais nada, rindo no crepúsculo que descia sobre nós, aproveitando ao máximo o tempo bom e os dias que ainda estavam por vir, enquanto nossa brincadeira era observada pelo gato do vizinho e por todas as estrelas do céu.

Outro livro de Tony Parsons

Pai e filho

Harry tinha uma vida invejável: uma esposa linda, um filho adorável e um ótimo emprego na TV. Mas, às vésperas de completar 30 anos, ele perde tudo isso. Algum tempo depois, quando sua ex-mulher vai tentar a carreira de tradutora no Japão, deixando o filho de quatro anos com Harry, ele faz de tudo para provar que pode ser um pai de verdade.

Eleito o Livro do Ano pela crítica inglesa em 2001, esse divertido e comovente livro vai fazer você rir, chorar e se identificar com os desafios, sonhos e conquistas de um pai separado construindo com seu filho uma nova vida.

Outros títulos da Editora Sextante

Augusto Cury
Pais brilhantes, professores fascinantes

Esse livro falará ao coração dos pais e professores, ampliará para sempre a visão sobre como produzir uma educação excelente. Eles trabalham nos solos mais difíceis de serem cultivados: a inteligência e o território da emoção dos jovens.

O autor nos mostra que para fazer a diferença temos de adquirir os sete hábitos dos pais brilhantes e dos professores fascinantes. Além disso, ele chama a atenção para os sete pecados capitais dos educadores e ensina dez técnicas pedagógicas que podem revolucionar tanto a sala de aula quanto a de casa.

Francisco Daudt da Veiga
O amor companheiro

"O amor companheiro é o acolhimento da nossa maior autenticidade, o descanso dos papéis sociais representados, a tolerância sem superioridade com nossas mesquinharias e nossos momentos de alma pequena, quando nada vale a pena. É o único lugar onde se pode falar abobrinhas alternadas com as mais sérias confidências, aquilo que se fala para quem se confia, em quem se tem fé, em quem se acredita."

Francisco Daudt da Veiga

Harry Harrison
De pai para filho

Meninos não vêm com manual de instruções. Na difícil arte de criá-los, é preciso estar atento aos detalhes mais sutis da construção de sua personalidade e demonstrar em cada gesto o amor ilimitado que eles merecem receber.

De pai para filho é um guia sobre as delícias e responsabilidades da paternidade. Em cada uma das seções que acompanham os diferentes estágios da vida dos meninos, você aprenderá uma lição emocionante e bem-humorada de como formar adultos corajosos, honestos, responsáveis e felizes.

Jack Canfield e Mark V. Hansen
Histórias para aquecer o coração dos pais

Esse é um livro especial, que nos faz ver a importância dos pais na criação dos filhos e o profundo amor e cumplicidade que existe na relação entre eles. Suas histórias ajudam a compreender diferentes aspectos da relação pai e filho, contribuindo para solidificar os laços familiares. São relatos – escritos por pais, filhos, filhas e avós – de como a paternidade transformou a vida de inúmeras pessoas.

Histórias para aquecer o coração dos pais é um presente para toda a família, uma coletânea emocionante e inspiradora, que mostra que nunca estamos realmente sozinhos em nossa jornada.

Hugh Prather
Não leve a vida tão a sério

A vida não precisa ser tão complicada quanto insistimos em torná-la. A simples decisão de não se agarrar aos problemas pode melhorar – e muito – nossas vidas. É isso o que Hugh Prather nos mostra, com humor e clareza, nesse livro. Ele escreve sobre as dificuldades do dia-a-dia e nos dá ferramentas para contorná-las, mudando o que há de mais importante na vida: nossa atitude mental e a forma de reagir aos inevitáveis contratempos.

Allan e Barbara Pease

Por que os homens fazem sexo e as mulheres fazem amor?

"Esse livro é leitura obrigatória para todos os homens e mulheres que se amam, se odeiam ou simplesmente convivem. Você vai aprender sobre si, sobre o sexo oposto e como melhorar seus relacionamentos."

(Dr. Denis Waitley, autor de *Impérios da mente)*

Nesse livro você vai conhecer os importantes avanços da ciência da evolução humana e como suas descobertas se aplicam ao relacionamento entre homens e mulheres. Serão apresentadas algumas conclusões perturbadoras e controvérsias vão surgir, mas vamos nos reconhecer, entender melhor muitas coisas e, certamente, aprender a conviver melhor.

Por que os homens mentem e as mulheres choram?

Com base em pesquisas e estudos científicos, os autores de *Por que os homens fazem sexo e as mulheres fazem amor?* – que vendeu mais de 6 milhões de exemplares ao redor do mundo – explicam o comportamento sempre imprevisível do "outro sexo". De forma clara e bem-humorada, eles respondem às nossas principais dúvidas e apresentam soluções práticas para tornar a convivência entre homens e mulheres mais prazerosa.

David Niven
Os 100 segredos dos bons relacionamentos

Por que tantos casais apaixonados acabam se separando depois que vão morar sob o mesmo teto? Quais são os segredos para se manter um relacionamento rico e amoroso em meio às demandas do trabalho, dos filhos e dos nossos próprios sonhos e planos?

Depois de analisar estudos e pesquisas científicas sobre os hábitos de namoro e casamento de milhares de pessoas, o psicólogo e cientista social David Niven reuniu dicas, conselhos e histórias para orientar todos aqueles que desejam ter uma relação sólida e feliz.

Os 100 segredos das pessoas felizes

Baseado em pesquisas e estudos de cientistas junto a milhares de pessoas, o psicólogo e cientista social David Niven descobriu os 100 segredos mais simples que são realmente capazes de tornar as pessoas felizes.

E como a leitura de um complicado tratado científico pode ser causa de infelicidade, esses segredos são apresentados de forma interessante e com exemplos que vão nos fazer identificar as situações descritas e compreendê-las.

Philip Gulley
Criando raízes

Criando raízes é um livro mágico. Suas histórias vão transportar você para a vida de uma cidade pequena, onde a fartura de tempo, tranqüilidade e segurança faz com que as pessoas e os acontecimentos comuns do dia-a-dia, para os quais geralmente damos pouca importância, ganhem significado, gosto e relevância.

É por essa capacidade de transformar o comum em extraordinário que Philip Gulley, um pastor quacre do interior dos Estados Unidos, se tornou tão admirado e querido por leitores do mundo inteiro. Suas histórias são fonte de inspiração para uma vida tranqüila, intensa, feliz e divertida.

Alexandra Robbins e Abby Wilner
A crise dos 25

Embora a fase entre os 20 e os 30 anos seja uma das melhores da vida, também é marcada por uma dura e nem sempre reconhecida transição para o "mundo real". *A crise dos 25* conta as histórias de jovens que descrevem seus desejos, dúvidas e desafios em relação a trabalho, dinheiro, independência, realização pessoal e relacionamentos.

A combinação de novas responsabilidades com uma liberdade nunca antes obtida deixa os jovens indecisos e vulneráveis, fazendo-os alternar fases de euforia e de insegurança, quando questionam se estão mesmo no caminho certo. Em relatos sinceros, eles ganham voz nesse livro, expressando não só suas frustrações e angústias como as conquistas e descobertas que os fazem seguir em frente.

Douglas Adams
O Guia do Mochileiro das Galáxias

Esse é o primeiro título da famosa série escrita por Douglas Adams, que conta as aventuras espaciais do inglês Arthur Dent e de seu amigo Ford Prefect. A dupla escapa da destruição da Terra pegando carona numa nave alienígena, graças aos conhecimentos de Prefect, um E.T. que vivia disfarçado de ator desempregado enquanto fazia pesquisa de campo para a nova edição do *Guia do Mochileiro das Galáxias*, o melhor guia de viagens interplanetário.

Mestre da sátira, Douglas Adams cria personagens inesquecíveis e situações mirabolantes para debochar da burocracia, dos políticos, da "alta cultura" e de diversas instituições atuais. Seu livro, que trata em última instância da busca do sentido da vida, não só diverte como também faz pensar.

O Restaurante no Fim do Universo

A continuação das incríveis aventuras de Arthur Dent e seus quatro amigos através da Galáxia começa a bordo da nave Coração de Ouro, rumo ao restaurante mais próximo. Mal sabem eles que farão uma viagem no tempo, cujo desfecho será simplesmente incrível.

O segundo livro da série de Douglas Adams mostra as mais inesperadas confusões numa história cheia de sátira, ironia e bom humor. Com seu estilo inteligente e sagaz, o autor prende o leitor a cada página numa maravilhosa aventura de ficção científica combinada ao mais fino humor britânico. Uma verdadeira viagem, em qualquer um dos mais improváveis sentidos.

Dan Brown

O Código Da Vinci

Um assassinato dentro do Museu do Louvre traz à tona uma sinistra conspiração para revelar um segredo que foi protegido por uma sociedade secreta desde os tempos de Jesus Cristo. A vítima é o respeitado curador Jacques Saunière, um dos líderes dessa antiga fraternidade, o Priorado de Sião, que já teve como membros Leonardo da Vinci, Victor Hugo e Isaac Newton.

Momentos antes de morrer, ele consegue deixar uma mensagem cifrada na cena do crime que apenas sua neta, a criptógrafa Sophie Neveu, e Robert Langdon, simbologista de Harvard, podem desvendar. Eles transformam-se em suspeitos e em detetives enquanto tentam decifrar um intricado quebra-cabeça que pode lhes revelar um segredo milenar envolvendo a Igreja Católica.

Anjos e demônios

Quando o famoso simbologista Robert Langdon é convocado para analisar um misterioso símbolo – marcado a fogo no peito de um físico assassinado –, ele descobre indícios de algo inimaginável: o ressurgimento de uma antiga fraternidade secreta. Os Illuminati estão de volta para levar a cabo a fase final de sua lendária vendeta contra seu inimigo mais odiado: a Igreja Católica.

Os piores temores de Langdon confirmam-se às vésperas de um importante conclave do Vaticano, quando um mensageiro dos Illuminati anuncia que estes esconderam uma bomba-relógio impossível de ser desativada no próprio coração da Cidade do Vaticano. Com a contagem regressiva já iniciada, Langdon voa para Roma a fim de juntar forças com Vittoria Vetra e ajudar o Vaticano em uma desesperada tentativa de sobrevivência.

John C. Hunter
O monge e o executivo

John Daily é um executivo bem-sucedido que, de repente, percebe que vem fracassando como chefe, marido e pai. Em busca de um novo caminho para sua vida, ele decide participar por uma semana de um retiro num mosteiro beneditino.

Lá encontra Leonard Hoffman, um dos mais influentes e bem-sucedidos empresários americanos, que resolveu largar tudo para ir em busca da verdadeira essência da vida. Nesse livro extremamente envolvente, você vai aprender, junto com John Daily, princípios de liderança fundamentais para construir uma carreira de sucesso e uma vida em plena harmonia com as pessoas à sua volta.

Emett C. Murphy
A nova lei de Murphy

A nova lei de Murphy é uma estimulante visão da vida e da capacidade que nós temos de assumir o controle de nosso destino e de perseguir nossos sonhos.

Contando interessantes histórias de pessoas que conseguiram superar os desafios e obstáculos em busca de seus objetivos, o autor nos mostra os princípios que devemos cultivar para atingir nossos sonhos, como coragem, flexibilidade, humildade, integridade, generosidade e perseverança.

Conheça os 25 clássicos da Sextante

– *Muitas vidas, muitos mestres*, *Só o amor é real* e *Meditando com Brian Weiss*, de Brian Weiss

– *Conversando com os espíritos* e *Em busca da espiritualidade*, de James Van Praagh

– *A última grande lição*, de Mitch Albom

– *Enquanto o amor não vem*, de Iyanla Vanzant

– *A oração de São Francisco*, de Leonardo Boff

– *O ócio criativo*, de Domenico De Masi

– *Mantenha o seu cérebro vivo*, de Lawrence C. Katz e Manning Rubin

– *Por que os homens fazem sexo e as mulheres fazem amor?*, de Allan e Barbara Pease

– *Uma ética para o novo milênio* e *Palavras de sabedoria*, do Dalai-Lama

– *Histórias para aquecer o coração*, de Mark Victor Hansen e Jack Canfield

– *Os 100 segredos das pessoas felizes* e *Os 100 segredos das pessoas de sucesso*, de David Niven

– *Aprendendo a gostar de si mesmo*, de Louise Hay

– *Um dia "daqueles"*, *Querida mamãe* e *O sentido da vida*, de Bradley Trevor Greive

– *Você é insubstituível* e *Dez leis para ser feliz*, de Augusto Cury

– *A vida é bela*, de Dominique Glocheux

– *Faça o que tem de ser feito*, de Bob Nelson

– *Não leve a vida tão a sério*, de Hugh Prather

INFORMAÇÕES SOBRE OS PRÓXIMOS LANÇAMENTOS

Para receber informações sobre os lançamentos da EDITORA SEXTANTE, basta enviar um e-mail para
atendimento@esextante.com.br
ou cadastrar-se diretamente no site
www.sextante.com.br

Para saber mais sobre nossos títulos e autores, e enviar seus comentários sobre este livro, visite o nosso site:
www.sextante.com.br

EDITORA SEXTANTE
Rua Voluntários da Pátria, 45 / 1.404 – Botafogo
Rio de Janeiro – RJ – 22270-000 – Brasil
Telefone (21) 2286-9944 – Fax (21) 2286-9244
E-mail: atendimento@esextante.com.br